BEIJE-ME ANTES DE MORRER

ALLISON BRENNAN

Universo dos Livros Editora Ltda.
Rua do Bosque, 1589 - Bloco 2 - Conj. 603/606
Barra Funda - São Paulo/SP - CEP 01136-001
Telefone/Fax: (11) 3392-3336
www.universodoslivros.com.br
e-mail: editor@universodoslivros.com.br
Siga-nos no Twitter: @univdoslivros

BEIJE-ME ANTES DE MORRER

ALLISON BRENNAN

São Paulo
2012

UNIVERSO DOS LIVROS

Kiss Me, Kill Me
Copyright © 2011 by Allison Brennan

© 2012 by Universo dos Livros
Todos os direitos reservados e protegidos pela Lei 9.610 de 19/02/1998.

Nenhuma parte deste livro, sem autorização prévia por escrito da editora, poderá ser reproduzida ou transmitida sejam quais forem os meios empregados: eletrônicos, mecânicos, fotográficos, gravação ou quaisquer outros.

Diretor editorial: Luis Matos
Editora-chefe: Marcia Batista
Assistentes-editoriais: Bóris Fatigati, Raíça Augusto e Raquel Nakasone
Tradução: Cristina Tognelli
Preparação: Mariane Genaro
Revisão: Ana Luiza Candido e Marina Freitas
Arte: Francine C. Silva e Karine Barbosa
Capa: Zuleika Iamashita

Dados Internacionais de Catalogação na Publicação (CIP)
(Câmara Brasileira do Livro, SP, Brasil)

B838b   Brennan, Allison.

         Beije-me antes de morrer / Allison Brennan; [tradução de Cristina Tognelli]. – São Paulo : Universo dos Livros, 2012.
         400 p. – (Coleção Love me to death)

         Tradução de: Kiss Me, Kill Me

    ISBN 978-85-7930-337-1

         1. Ficção. 2. Policial. 3. Suspense.
    I. Título. II. Série.

CDD 813.6

Para Toni McGee Causey,
Obrigada pelo apoio, amizade e amor incondicional,
acima e além de toda obrigação.

AGRADECIMENTOS

Escritores trabalham isolados, despendendo centenas de horas escrevendo (e reescrevendo). A ponto de, às vezes, esquecermo-nos de que, depois que o livro está concluído, existem muitas pessoas envolvidas para torná-lo o melhor possível. Editores, o departamento de arte, de vendas, de revisão, de produção e muito mais. Eu, particularmente, gostaria de agradecer, como sempre, minha equipe editorial: Charlotte Herscher e Dana Isaacson. Sou abençoada por ter vocês dois.

Outras pessoas incríveis na Random House: Kate Collins, Scott Shannon, Gina Wachtel, Kelli Fillingim e a equipe de produção. E Linda Marrow, que trouxe meu primeiro livro à Ballantine. Sem seu contínuo apoio, este 16º romance não existiria hoje.

Meu agente, Dan Conaway, que deve ter sido diplomata em sua vida anterior, merece muitos créditos por seu apoio e conselhos.

Uma das melhores coisas em ser escritora, além de escrever, é conversar com especialistas de todo o país a respeito de suas paixões, ao mesmo tempo em que aprendo durante o processo. Eu gostaria de agradecer particularmente a Nathan Kensinger, fotógrafo e jornalista, por seu *estupendo* diário fotográfico on-line. Despendi inúmeras horas lendo artigos e vendo fotos, aumentando meu amor pela cidade de Nova York. Nathan também respondeu a diversas perguntas sobre os inúmeros prédios e galpões abandonados nos arredores da cidade. Tomei certas liberdades com as informações. Se estiver interessado em algumas de minhas inspirações, visite o site: kensinger.blogspot.com.

Um agradecimento especial a Diane Lind pela riqueza de informações sobre rastreamento de celulares e identificação de números telefônicos. E também a Wally Lind e seu grupo de especialistas da Escritores de Cenas de Crime por responder às diversas e estranhas perguntas a respeito de decomposição de corpos, pessoas desaparecidas e jurisdição. Qualquer erro é somente meu.[*]

À Academia do FBI de Sacramento, que vem sendo uma fonte contínua de informação e inspiração para muitos de meus livros, merece uma ovação, em particular o agente especial aposentado Drew Parenti e o representante de mídia Steve Dupre, que sempre tiveram tempo para responder às minhas dúvidas. Também quero agradecer à Academia de Treinamento do FBI em Quantico pelo tempo e pelas informações que partilharam comigo durante meu *tour* em 2009. Espero poder voltar ainda este ano para mais pesquisas.

Um caloroso agradecimento a Kirsten Benton, que conquistou o uso de seu nome neste livro no levantamento de fundos Helping Hands for Hank. A verdadeira Kirsten não se parece em nada com a personagem ficcional; somente o nome é o mesmo!

E por fim, à minha família. Meu marido, Dan, por manter a casa funcionando, por trazer café pela manhã e por se ajustar a meu intenso planejamento de escrita. Minha mãe, por suas tentativas de me manter organizada e ser minha fã e incentivadora número um. E meus filhos, por aguentarem meus prazos de entrega e as refeições "perigosas" que os acompanham. Sinto tanto orgulho de vocês, e amo todos.

---

[*] Também quero agradecer a Tessa Maness pela ajuda com os assuntos sobre condicional e *sursis* para este e para o livro anterior!

PRÓLOGO

A música ensurdecedora fazia o galpão estremecer, abafando o uivo do vento do lado de fora e o barulho da multidão enrouquecida que se juntara naquele ponto desolado do Brooklyn após a meia-noite.

Em qualquer outra noite, Kirsten dançaria feito louca na pista até desabar de exaustão ou ser arrebatada por algum desconhecido para uma sessão de sexo anônimo que deixaria a ambos extasiados e envergonhados. Há meses, vivia somente para ter aqueles finais de semana, a liberdade total, a oportunidade de ser outra pessoa. Mas naquela noite, ela só queria ir para casa.

Que casa? Você não tem para onde ir.

As pancadas da música a faziam se sentir pior do que aquilo que estava bebendo. Ela sabia que não deveria ter pedido bebida, mas estava morrendo de sede e precisava de algo para aplacá-la. Tinha criado certa tolerância à maioria das drogas com que costumavam batizar as bebidas e sempre carregava a própria garrafa de água. Talvez fossem seus nervos ou o fato de Jessie ter parecido tão estranha que fez com que Kirsten ficasse tão nervosa. Ela nem deveria estar ali naquele final de semana, mas Jessie implorara para que fosse. E, por falar nisso, onde ela tinha se metido?

Um loiro alto e magro aproximou-se com um sorriso muito conhecido. Cerca de uma hora antes, assim que chegou, ela não estava com vontade de transar, mas o que quer que estivesse em seu drinque a fez relaxar. O cara nem era tão feio assim. Universitário, provavelmente. E Jessie estava *atrasada*.

– Quer se divertir? – perguntou ele, esfregando-lhe o braço com a mão.

– Na pista.

Ele olhou criticamente para a multidão. Nem todos iam às festas alternativas em busca de sexo, ainda que a noite frequentemente terminasse dessa forma. Boa parte ia à procura de drogas, bebida e música.

Ela riu e pegou a mão dele, esfregando o polegar em sua palma.

– É novo nisso?

– Só estou considerando a logística.

O celular dela vibrou, e ela quase o ignorou. Olhou para o número e viu que era uma mensagem de Jessie.

– Continue pensando – ela apertou um botão para ver a mensagem da amiga.

Tô vendo vc com esse cara. Precisamos conversar. Tô preocupada. Lá fora em 10 min.

Para que tanto mistério? Kirsten olhou ao redor, mas não viu Jessie em lugar algum. Respondeu:

O q foi?

– Ei, você quer transar com o celular ou comigo?
– Qual é o seu nome?
– Ryan.

Jessie enviou uma resposta imediatamente:

Por favor, K, preciso falar com vc. Tô congelando...

– Preciso falar com uma amiga antes, depois sou toda sua – envolveu-o pelo pescoço e deu-lhe um beijo de corpo inteiro.

Ele a empurrou contra a parede de metal corrugado e pressionou a pélvis na dela.

– Você é um tesão – disse ele em seu ouvido.

Ela beijou aquela boca diferente e desconhecida com vontade. A excitação do momento atingiu-a, e ela esqueceu-se de todo o resto. Esqueceu-se de quem era, de onde estava, simplesmente se deixando levar pelo aqui e agora. Sorriu enquanto a mente levitava, o corpo praticamente esquecido.

– Gosta disso? – sussurrou uma voz em seu ouvido.

– Sim... – respondeu ela, mesmo sem saber por quê.

Os braços estavam apertados ao redor do pescoço dele. Dele quem mesmo? *Ryan*.

O celular vibrou. Ela balançou a cabeça para clarear a mente e, por cima do ombro de Ryan, leu a mensagem enviada por Jessie.

Deixa de ser piranha e me encontra lá fora. Agora, Ash.

Piranha? E isso fazia com que Jessie fosse o quê? Mas alguma coisa estava errada. No fundo de sua mente, sabia que alguma coisa não fazia sentido. Sua cabeça, porém, estava embaralhada, e as mãos de Ryan estavam sobre seus seios por dentro da roupa. Como foi que ele chegara àquele ponto tão rapidamente? Ela olhou a hora no celular. Aquilo não fazia sentido. Já fazia quinze minutos que estavam se agarrando contra a parede de metal?

Ela sabia, por experiência própria, que os caras que iam a esse tipo de festa em busca de sexo não desistiam fácil, e que a sua promessa de voltar logo não significava nada para ele. Mas e se Jessie estivesse em apuros? Ela estava muito estranha, ligar numa sexta-feira de manhã não era de seu feitio...

Ash.

Ela a chamara de Ash. Apelido de Ashleigh, seu nome de festas.

Jessie conhecia seu nome real. "Ashleigh" e "Jenna" só eram usados para manter as aparências. Talvez ela a tivesse chamado de Ash porque estava no "modo Party Girl".

Enquanto Kirsten pensava no estranho comportamento de Jessie, Ryan já tinha exposto o membro e levantado seu vestido. Tudo se movia em câmera lenta. Era como se ela estivesse observando seu corpo de longe. Ela conhecia essa sensação, mas dessa vez não tinha bebido tanto assim. Ou tinha?

– Camisinha – sussurrou ela.

– Já está a postos, doçura.

Como ela não havia percebido? Sentiu-o dentro de si, mas não se lembrou de ele a ter penetrado; suas pernas envolviam-no, mas ela não sabia como elas tinham ido parar ali.

E ele logo terminou. Ela ficou sem saber se foram necessários dois minutos ou uma hora, mas ambos estavam suados e ele sorria satisfeito.

– Caramba, você é sexy.

– Preciso encontrar minha amiga.

– Vai rápido, e depois a gente vai para os bastidores.

"Bastidores" era um eufemismo para ficar deitado num lugar semiprivativo. Havia escritórios no galpão, vazios em sua maioria, só com algum tipo de mobília velha. Se Kirsten estivesse sóbria, sequer pensaria em ir para lá. O lugar era imundo.

– Ok – disse, e seguiu para a porta.

Kirsten tinha amarrado a bolsinha no pulso e procurou pelo celular, mas ele não estava lá. Percebeu que o zíper estava aberto; tudo tinha caído. Ela nem sabia que horas eram. Olhou ao redor no chão, mas o aparelho e o dinheiro não estavam ali. Sabia que deveria voltar para procurar, mas a música alta a estava enjoando de novo.

Andou até a parte externa. O ar gélido a surpreendeu, mas, por um instante, sentiu-se maravilhosa. E quase imediatamente ficou sóbria, pelo menos o bastante para perceber o desconforto pelo que Ryan lhe havia feito.

O que Jessie queria que ela fizesse? Saísse e virasse... à esquerda?

Mas já tinham se passado mais do que dez minutos. Vinte, pelo menos. Talvez mais. Uma hora? Ela estava sem noção nenhuma do tempo.

Kirsten virou à esquerda e procurou andar em linha reta. Logo ficou com frio. O calor dos corpos dentro do galpão, a dança e as luzes que alguém havia levado para lá tinham bastado para mantê-la aquecida; agora ela queria voltar. Ou ir para casa. Mas seu trem para a Virgínia só partiria na tarde seguinte. Ela tinha planejado se divertir e depois desabar em algum hotelzinho barato. Com o que ganhava no site Party Girl, tinha juntado bastante dinheiro.

Apalpou o cinto e suspirou de alívio quando sentiu as notas dentro do zíper. Ela não guardava todo o dinheiro na bolsa, só alguns trocados, porque não queria acabar na cidade sem nem um tostão, caso a perdesse. Ligar para a mãe pedindo ajuda estava fora de cogitação. Talvez Ryan tivesse encontrado seu celular, e ela pudesse ligar para Trey. Ele havia lhe dito que ela sempre poderia chamá-lo caso precisasse de ajuda.

Ela, porém, não queria ligar para o ex-namorado. Ele daria-lhe um sermão sobre seu comportamento, e ela não queria ouvir isso dele nem de ninguém.

Havia uma pessoa deitada no chão. Primeiro pensou que fossem duas pessoas transando, mas ela estava enxergando tudo dobrado. Piscou rapidamente e percebeu que só havia uma pessoa. Uma garota num vestido cor-de-rosa.

– Você está bem? – perguntou, ao mesmo tempo em que percebeu que a mulher era Jessie e que ela não estava se mexendo.

Kirsten abriu a boca para gritar, mas nenhum som saiu. Estava paralisada, não conseguia se mexer nem pedir ajuda, e Jessie estava deitada no chão numa posição esquisita...

Quase desmaiou. Deu um passo à frente, porém já sabia que Jessie estava morta. Os olhos e a boca estavam abertos, e um braço estava encurvado numa posição artificial.

Kirsten ouviu uma movimentação à direita e depois uma voz. Mas o som parecia vir de milhões de quilômetros de distância, fraco, como se surgisse de um túnel.

Garotas como vocês...

Alguém disse alguma coisa? Ou aquilo estava em sua cabeça? Atordoada, por um segundo achou que fosse desmaiar novamente. Virou-se e andou na direção do galpão, mas não conseguia enxergar direito. Tudo não passava de um borrão.

Nem pense nisso, vadia.

Kirsten parou sobressaltada com o sussurro. Correu para frente, sem saber direito para onde estava indo – só sabia que precisava se distanciar do corpo de Jessie. A voz não era real, não podia ser, porque ela não via ninguém, só uma sombra. Mesmo assim, correu o mais rápido que pôde. Os saltos engancharam no pavimento, e ela quase caiu, mas recuperou o equilíbrio, tirou os sapatos e voltou a correr. Para longe do galpão, para longe de Jessie.

Jessie havia lhe mandado uma mensagem. E a chamara de Ash.

Talvez não tivesse sido ela quem lhe enviara a mensagem.

Alguém esteve esperando por *Ashleigh*. Quem quer que tenha matado Jessie planejava matá-la também.

Seus pés doíam, machucando-se no asfalto quebradiço e nos vidros estilhaçados. Correu até ver um agrupamento de carros. Talvez pudesse se esconder ali. Talvez alguém tivesse deixado as chaves no contato. Ela só queria ir para casa...

Viu alguém sentado no banco do carona numa van. Não sabia se havia mesmo alguém a perseguindo, mas relanceou brevemente sobre o ombro. Ninguém. Mas ela *tinha ouvido uma voz!* Não tinha? Deus do céu, não conseguia raciocinar!

Garotas como vocês...

Ouvindo a voz novamente, tropeçou e caiu, cortando os joelhos e as palmas das mãos. Lágrimas desceram por seu rosto.

O que faria? Jessie estava morta.

Alguém estava correndo atrás dela. Ou vindo em sua direção. Kirsten estava tonta e não conseguia pensar. Esforçou-se para se erguer e tentou correr novamente, mas a dor lacerante nos pés a levou de volta ao chão.

Não havia escapatória.

UM

Enquanto o vento frio rodopiava a seu redor, a agente do FBI Suzanne Madeaux levantou a ponta da lona amarela – característica de cenas de crime – que cobria a garota morta e praguejou num sussurro.

A desconhecida devia ter entre 16 e 20 anos, seu cabelo loiro tinha mechas cor-de-rosa. O vestido de festa da adolescente também era rosa, e Suzanne se perguntou se ela teria mudado a cor das luzes para combinar com o modelito. Não havia sinais externos de agressão sexual ou *causa mortis* aparente. Ainda assim, não havia dúvidas de que aquela era mais uma vítima do assassino que Suzanne tinha sido designada para deter.

A garota só calçava um sapato.

Abaixando a lona, Suzanne inspecionou a cena, tentando em vão manter o longo cabelo loiro escuro longe do rosto. O vento incessante uivava no estacionamento deteriorado e cheio de mato do armazém abandonado no Brooklyn. Algumas árvores ali perto tinham sido derrubadas pelo vento; pequenos galhos e ramos espalhavam-se pelo pavimento. O vento, muito provavelmente, destruíra também qualquer evidência fora do corpo da moça.

Embora o corpo não parecesse ter sido escondido intencionalmente, o mato na altura da cintura e uma pequena construção que um dia abrigou um gerador ou latas de lixo escondiam-na do olhar curioso de um passante qualquer. Suzanne afastou-se da estrutura grossa e olhou na direção da baía Upper. A minúscula baía Gowanus ficava ao norte, e o horizonte de Nova Jersey, a oeste. À noite, se não estivesse frio, o lugar poderia ser muito bonito, com as luzes da cidade refletindo na água.

Um policial à paisana da New York Police Department, a NYPD, aproximou-se com um meio sorriso que Suzanne não chamaria de amigável.

— Ora, se não é a Mad Dog Madeaux*. Ouvimos falar que este era um dos seus.

Suzanne revirou os olhos. Mesmo de olhos fechados reconheceria Joey Hicks pelo sotaque nova-iorquino propositalmente exagerado.

— Não é nenhum segredo — ela disse, fazendo anotações para não ter que conversar.

Hicks não era mais velho do que ela. Em boa forma, provavelmente se considerava bonito, levando-se em conta seu modo de andar. Ela tinha de admitir que ele tinha lá certo charme, mas a atitude "todos os federais são cretinos" que ele demonstrara na primeira vez em que se viram, anos atrás, num caso de homicídio, colocara-o permanentemente em sua lista negra.

Ela olhou ao redor procurando o supervisor dele, mas não viu Vic Panetta. Preferia lidar com o policial mais experiente, de quem de fato gostava.

— Quem encontrou o corpo? — Suzanne perguntou.

— Um segurança.

---

* Optamos por não traduzir o apelido, mas significa alguém "durão", que briga e esbraveja como um "cachorro louco". (N.E.)

– O que ele disse?

– Ele a encontrou durante a ronda da manhã, lá pelas cinco e meia. Já eram onze horas.

– Por que ninguém a levou ao necrotério?

– Não temos nenhum carro disponível. O legista está a caminho. Mais uma hora, pelo que disseram. A polícia de Nova York não tem os mesmos recursos que vocês, federais.

Ela ignorou a farpa.

– O que o segurança fazia aqui ontem à noite? Ele patrulha mais de um prédio?

– Sim – Hicks consultou o bloco de anotações. Apesar de Suzanne não gostar dele, ele era um tira razoável. – Ele bateu o ponto às quatro da manhã, para seu turno de doze horas. Faz um rodízio entre as propriedades vazias ao longo do Sunset Park e ao redor da baía. Ele disse que não se atém a um roteiro específico porque os vândalos ficam de olho nisso.

– E quanto ao segurança noturno?

– À noite ou é o Thompson ou é o Bruzzini. De acordo com o segurança, Bruzzini é um relapso.

– Preciso dos contatos deles – ela hesitou, mas, ao se lembrar da ordem do superior para que fosse mais educada com a polícia, acrescentou: – Agradeço a ajuda.

– O inferno congelou desde a última vez em que trabalhamos num caso? – Hicks riu. – Vou chamar Panetta. Aposto como ele vai, pelo menos, fazer de conta que quer brigar por jurisdição – disse e afastou-se ainda sorrindo.

Suzanne ignorou-o. Não haveria nenhuma disputa por jurisdição; depois do terceiro crime semelhante, uma força-tarefa do FBI com a polícia de Nova York tinha sido formada. Seu supervisor estava encarregado administrativamente, e ela era a oficial responsável do FBI. Panetta era o detetive de maior senioridade da NYPD.

Cansada do cabelo voando ao redor do rosto, Suzanne tirou do bolso um boné dos Mets e afundou-o na cabeça o máximo que a massa volumosa de cabelos permitia. Terminou de escrever suas observações e os poucos fatos que sabia no bloco de anotações.

Esta vítima, a quarta, era a primeira encontrada no Brooklyn. A primeira, uma caloura universitária, fora assassinada no Harlem, numa rua popular entre os sem-teto invasores e a turma das festas, porque todos os prédios eram tampados. Isso foi na véspera do Halloween. A segunda vítima foi encontrada no sul do Bronx, ironicamente de frente para a Ilha Rikers*, em 2 de janeiro. A terceira vítima, a que chamou a atenção do FBI para os assassinatos em série, foi morta em Manhattanville, perto da Columbia University, dezoito dias atrás. Até a força-tarefa ser formada e todas as evidências partilhadas, para todos os efeitos, Suzanne vinha trabalhando no caso há menos de duas semanas.

Além do desaparecimento de um sapato e da idade das vítimas, todas jovens com menos de 21 anos, outros dois fatos em comum se destacavam: todas tinham sido sufocadas com uma sacola plástica que o assassino levava embora consigo e todas foram assassinadas próximo a prédios abandonados com evidências de uma festa recente.

Festas secretas ou underground não eram nenhuma novidade. Algumas até eram relativamente inofensivas com bebidas, música eletrônica e drogas recreativas, enquanto outras eram muito mais desvairadas. As raves nos Estados Unidos começaram no Brooklyn, em túneis de trem subterrâneos abandonados e, apesar de ainda existirem, o pico de popularidade já havia passado há algum tempo. A nova moda eram as festas do sexo regadas a bebidas e drogas pesadas. Música e dança eram precursores para sexo com múlti-

---

* Ilha-prisão situada entre o Bronx e o Queens. (N.T.)

plos parceiros anônimos. Mesmo antes desses homicídios, foram registradas diversas mortes relacionadas ao uso de drogas. Se o padrão se confirmasse, as provas dentro do armazém indicariam que a moça desconhecida teria participado desse último tipo de festa, que o detetive Panetta chamava de "raves extremas".

A imprensa tinha batizado o assassino de Estrangulador de Cinderelas quando alguém com informações confidenciais deixou vazar o fato de que as vítimas eram encontradas sem um dos sapatos. A informação poderia não ter vindo de um policial, já que dúzias de pessoas trabalham numa cena de crime, mas muito provavelmente veio do departamento de polícia. A imprensa parecia não se importar com o fato de que as vítimas não eram estranguladas, mas sim asfixiadas. Porém, Asfixiador de Cinderelas não soaria tão bem no noticiário das onze.

Suzanne tinha enviado um memorando a todas as empresas de segurança particulares nos cinco distritos da cidade, pedindo que fossem mais proativos em relação à interrupção de qualquer festa em locais abandonados, mas o trabalho parecia inútil; para cada local fechado, outros dois surgiam.

Apesar de somente duas das três primeiras vítimas serem universitárias, ela contatou todas as faculdades e colégios locais para avisar os alunos de que havia um assassino visando a jovens nesses tipos de festa. Infelizmente, Suzanne suspeitava que fosse praticamente impossível transpor a crença do "isso jamais vai acontecer comigo" das jovens. Ela quase conseguia ouvir as justificativas delas. *Não vamos sozinhas. Não vamos sair com um desconhecido. Não vamos beber demais.* As mesmas desculpas de sempre. Suzanne não entendia por que elas não podiam simplesmente se divertir em festas "normais", dentro dos dormitórios ou das fraternidades, principalmente quando se tratava de uma questão de vida ou morte. Claro que esses locais também tinham problemas, mas dificilmente haveria um assassino em série percorrendo seus corredores.

– Suzanne!

Ela levantou o olhar e acenou para Vic Panetta, que se aproximava. Ela gostava do italiano magrelo. Ele tinha exatamente a sua altura, 1,75 metro, e usava um casaco novo de lã cinza chumbo que combinava com seus cabelos.

– Olá, Vic – cumprimentou-o quando ele se aproximou. – Casaco novo?

Ele respondeu sem emoção:

– Presente de Natal da minha esposa.

– É muito bonito.

– É um pouco caro por causa de uma etiqueta que ninguém vê – resmungou ele. Gesticulou para a lona e disse: – Fotografamos a área, depois colocamos a lona sobre o corpo para não perder ainda mais provas.

– Bem, do jeito que o vento soprou sem trégua nos últimos dias, acho que já perdemos.

– Já deu uma olhada?

– Por alto.

– Percebeu que falta um sapato?

– Claro.

– Pode estar debaixo do corpo.

– Acha mesmo?

– Não – ele balançou a cabeça e pegou o celular no bolso do casaco. – Boas-novas. O legista está a caminho. Deve chegar em dez minutos.

Já era hora, Suzanne pensou sem dizer nada.

– Hicks me disse que você conversou com o segurança que encontrou o corpo.

– Sim. Ele é um ex-policial da NYPD, aposentado por invalidez, trabalha três dias na semana. Leva o trabalho a sério. Falou um monte a respeito do vigia noturno.

– Preciso saber de alguma coisa?

– Ele suspeita que Ronald Bruzzini receba propina. Ele tem dinheiro demais para a profissão que tem. Mas não há nenhuma prova concreta disso.

– O seu homem sabia das festas?

Panetta balançou a cabeça.

– Só depois que aconteciam, pois ele não trabalha à noite. Ele acredita que Bruzzini finge que não vê certas coisas, pois praticamente toda semana aparecem novas evidências de festas. Hicks e eu vamos investigar os dois vigias noturnos.

– Então acha que esta foi uma das raves extremas? – brincou ela.

Ele revirou os olhos e suspirou exasperado.

– Pode crer. Eles limparam um pouco dentro, mas deixaram o lixo do outro lado da construção. O vento espalhou tudo. A unidade de Cenas de Crimes está trabalhando tanto dentro quanto fora, porém a contaminação é um grande problema. Estamos colhendo impressões digitais, mas conseguir alguma coisa que preste...

– Eu sei. Mais de uma centena de jovens drogados, uma confusão absoluta, recursos limitados. Se precisar do nosso laboratório, é só falar.

– Pode deixar.

A polícia de Nova York tinha um laboratório de criminalística razoável, e por se tratar de um caso local, ela preferia manter as provas ali. Panetta era um veterano respeitado e bem quisto por todos há 22 anos. Por conta da experiência, ele manejava bem o sistema e costumava conseguir os resultados com maior rapidez do que se Suzanne enviasse as provas para o laboratório em Quantico.

– A imprensa vai cair matando – resmungou Panetta.

– Sem comentários.

Ela nunca falava com a imprensa, especialmente depois das críticas violentas que recebera cinco anos atrás, durante o caso do desaparecimento de uma criança. A situação fez com que ela aparecesse no noticiário noturno e seu nome fosse parar no Departamento de Responsabilidade Profissional. Além disso, recebeu a irritante alcunha de "Mad Dog Madeaux".

– Temos um punhado de nada – disse Panetta.

Havia um monte de evidências físicas nos corpos encontrados, mas nada que pudessem usar para rastrear o assassino. As três primeiras vítimas tiveram pelo menos dois parceiros sexuais durante as 24 horas que antecederam as mortes, mas o DNA encontrado ou fora contaminado ou não identificado no sistema. Tinham provas contra sete homens até o momento, mas nenhum deles tivera contato comprovado com mais de uma vítima, sugerindo que o assassino se esforçava para não deixar nenhum DNA, e possivelmente não teve relação sexual com elas. Devido aos múltiplos parceiros sexuais e à natureza extrema das festas, o legista não conseguia determinar se as vítimas tinham sido estupradas ou se tinham feito sexo consensual.

Sem terem provas conclusivas, bem como o motivo do assassino, ficava muito mais difícil delinear seu perfil. Um sádico sexual tem um perfil diferente de, por exemplo, um homem que mata prostitutas porque as considera vagabundas. Assassinos seriais que estupram e matam suas vítimas teriam um perfil completamente diverso daqueles que não molestam as vítimas. A força-tarefa não conseguia nem mesmo determinar se o culpado era um dos frequentadores das festas ou se simplesmente ficava nas redondezas esperando garotas desacompanhadas para atacar.

Além disso, o que quer que fosse usado para asfixiar as garotas era levado embora pelo assassino, juntamente com um único sapato, e os corpos não eram transferidos de lugar. Elas já estavam mortas ao caírem no chão.

Panetta disse:

— A propósito, essa daí não morreu ontem à noite.

— Não verifiquei o corpo atentamente.

— O segurança diurno só trabalha de quarta à sábado. Ele duvida que os outros dois façam mais do que dar uma passada apressada pelas propriedades. Nossa desconhecida pode estar aqui desde sábado à noite.

— Por quê?

— Nosso ex-policial passou por aqui no sábado à tarde, e ela não estava aqui.

— E você não acha que ele pode ser o assassino? – perguntou em tom de brincadeira.

— Acho que não, mas vou investigá-lo mesmo assim. Dei uma boa olhada no corpo, a rigidez cadavérica já está fragmentada. Ela provavelmente está aqui há mais de 48 horas. O legista deve poder nos dar uma hora mais aproximada.

— Deixarei os dados forenses em suas mãos mais do que capazes. Preciso da identidade dela o mais rápido possível e, nesse meio--tempo, vou repassar os casos das outras três vítimas e conversar novamente com os amigos delas. Alguém sabe de alguma coisa. Estou ficando furiosa com esses universitários que ficam de bico fechado só para não entrar em apuros por causa das drogas ilegais e dessas festas, mas que parecem pouco se importar que haja um assassino entre eles.

DOIS

Kirsten Benton estava desaparecida há cinco dias.

Sendo considerada uma fugitiva habitual devido a sua tendência em desaparecer nos finais de semana, a polícia de Woodbridge, na Virgínia, não levou aquele episódio a sério. Sean Rogan, contudo, levou-o muito a sério. Kirsten tinha rompido sua "rotina-padrão".

Nas outras meia dúzia de vezes em que desapareceu, ela voltara para casa no domingo à noite. Já era quarta-feira, e o celular dela caía direto na caixa postal. Sean já havia tentado rastrear o GPS do aparelho, porém sem sucesso. Ou ela o tinha desligado ou ele estava sem bateria.

Poderia ser um caso fácil, mas agora Sean e seu sócio, Patrick Kincaid, teriam muito trabalho pela frente para rastrearem a colegial. Patrick estava no departamento de polícia de Woodbridge. Ele conversava a respeito de Kirsten com o detetive encarregado, a fim de obter uma cópia das queixas de desaparecimento prestadas pela mãe dela nos últimos seis meses. Eles esperavam que houvesse um padrão e que conseguissem descobrir para onde ela tinha ido.

Enquanto isso, Sean trabalhava no computador de Kirsten, na casa dela. Os adolescentes não vivem sem seus brinquedinhos eletrônicos e sempre estão conectados. Vasculhando as redes sociais e os e-mails da vítima, Sean esperava localizá-la até o fim do dia.

Sentado à escrivaninha do quarto de Kirsten, ele primeiramente precisava se livrar de Evelyn, a mãe, que pairava às suas costas enquanto ele tentava descobrir a senha do computador. Passou os dedos pelos cabelos castanhos em sinal de frustração, mas os fios voltaram a cair sobre os olhos. Como é que ele conseguiria expulsar uma mãe preocupada?

– Seu sócio está falando com a polícia, mas não sei se isso vai adiantar.

Evelyn era uma parenta distante de Sean. Isto é, nem se podia mais dizer isso, uma vez que ela se divorciara de seu tio, Tim Benton, irmão caçula de sua mãe. Mas o irmão de Sean, Duke, considerava a família muito importante, e não levava em conta se ela fosse parente distante ou próxima.

Sean disse:

– Se existe alguém que pode fazer a polícia levar a sério o desaparecimento de Kirsten, esse alguém é Patrick. Ele era tira.

Patrick tinha se juntado à RCK há dois anos, quando Sean ainda morava em Sacramento. Há três meses, eles tinham se mudado para Washington, D.C., e aberto a filial RCK Leste. A esperança dos dois era impulsionar a própria carreira, pois queriam se manter bem longe da orientação controladora de seus irmãos mais velhos, chefes da empresa de serviços de proteção. A RCK não costumava cuidar de casos de desaparecimento – o mais parecido com isso foram sequestros internacionais –, mas os Benton faziam parte da família.

– Quer que eu ligue para as amigas dela de novo? – perguntou Evelyn.

– Não, elas estão na escola agora. Já preparou aquela lista para mim?

– Sim.

— Pode revê-la? Certifique-se de ter escrito os números de telefone ou qualquer outra informação de que possa se lembrar, como quanto tempo Kirsten passou com as amigas, namorados ou ex-namorados... Anote também a grade escolar dela e as notas, os e-mails dos professores e números de telefone. Vamos querer falar com eles para saber se o comportamento de Kirsten sofreu alguma alteração recentemente.

Rogan estava tentando lhe dar algo com que se ocupar para não ter que começar uma conversa. Ele e Patrick tinham ouvido suas preocupações por duas horas na noite anterior e possuíam todas as informações de que precisavam para começar, mas Evelyn continuou:

— Ela não tem agido normalmente desde que nos mudamos para cá. Era a coisa certa a fazer. Eu não poderia mais morar em Los Angeles depois do que Tim fez! Certo?

Sean tinha ouvido tudo a respeito das traições do ex-marido, do sórdido divórcio e da subsequente mudança para quase cinco mil quilômetros de distância. A filha, de então 14 anos, não queria se mudar para a Costa Leste, mas foi ali que Evelyn conseguiu emprego. Evelyn admitiu que o relacionamento dela com Kirsten estava abalado desde que se mudaram para Virgínia, há três anos. A única razão de Sean estar ali era porque Kirsten jamais se ausentara por tanto tempo, e Tim Benton contratara a RCK para encontrá-la.

— Vamos encontrar Kirsten primeiro, e depois vocês duas precisam ter uma boa conversa de mãe para filha, está bem?

— Sabia que ela só está interessada nas faculdades da Califórnia? Ela me odeia.

Ele lançou mão de sua covinha e dos reluzentes olhos azuis e pediu com educação:

— Evelyn, você pode cuidar daquela lista para mim?

Finalmente, ela saiu do quarto. Sean sentiu-se mal pela mulher, mas não poderia fazer seu trabalho se tivesse de ficar ouvindo novamente suas lamúrias. Ele até já tinha sugerido a Evelyn que pedisse para uma amiga passar o dia com ela, mas quando ele e Patrick chegaram, ela estava sozinha.

Enquanto o laptop rodava um programa de quebra de código escrito pelo próprio Sean, ele observou o quarto muito pouco mobiliado de Kirsten. A maioria das adolescentes, se é que sua irmã mais velha servia de exemplo, tinha mais coisas do que Kirsten Benton. Eden teria sido capaz de abrir uma pequena loja com tanta roupa e maquiagem, sempre espalhadas pelo chão. No entanto, ali, naquele quarto, faltavam os costumeiros frasquinhos de maquiagem e perfume, além de bichos de pelúcia e quinquilharias de praxe. Não havia nem pôsteres nas paredes, a não ser um, acima da escrivaninha, que mostrava uma praia.

Ele passou os olhos pelo programa, que ainda precisaria de alguns minutos para terminar de rodar, então andou pelo quarto, filmando-o com o celular. O único lugar com algum traço da personalidade da garota era a escrivaninha. Quase escondido na parede, havia um mural de cortiça, visível somente quando sentado à mesa. Estava repleto de fotografias de Kirsten com as amigas, ingressos de cinema e lembretes do tipo: *Prova de inglês na seg.!!!* e *Quarta de cinema – com a turma.*

A escrivaninha de Kirsten tinha uma pilha de livros apoiada na parede, e uma pequena estante à esquerda estava tomada pelos livros populares entre as adolescentes: eram livros sobre bruxos, vampiros e anjos caídos. Folheou um calendário de parede, mas ele não parecia ser usado com nenhum motivo específico. O aniversário de uma amiga estava marcado em janeiro, o do pai em maio. O dia 5 de junho estava circulado em vermelho, e havia uma carinha feliz na data, mas ele não sabia o que aquilo poderia significar, já que Kirsten completaria 18 anos em abril.

Ele pegou uma pilha de informativos de faculdades: Universidade de San Diego, U.C. Santa Bárbara, USC Pepperdine. Todas eram do sul da Califórnia.

Sean relanceou o pôster da praia e a localização registrada. Era o píer de Malibu. Ele não precisava ser um psicólogo para descobrir que Kirsten sentia saudades de casa; isso era aparente pelo quarto vazio, pelas universidades que havia escolhido e pelo pôster que praticamente berrava "Sinto saudades de casa!".

O resto do quarto, porém, mais se parecia com o de um hotel. A cama era simples, coberta apenas por um edredom branco. Nada de travesseiros extras, bichinhos de pelúcia ou manta decorativa. A mesinha de cabeceira nem tinha abajur, e o radiorrelógio ficava na escrivaninha. Deslizou a porta do closet e notou que o chão, este sim, estava tomado de bichinhos de pelúcia e de travesseiros decorativos. Por que não estavam na cama? Seria ela uma compulsiva por limpeza?

Três anos era tempo demais para se ter um quarto no qual não se vivia.

Sean desejou ter pedido a Lucy que o tivesse acompanhado, e não apenas porque não vinham passando muito tempo juntos. Ela entendia os adolescentes e saberia se houvesse alguma coisa estranha. Enviou-lhe um e-mail com o filme do quarto anexado, explicando a história de Kirsten.

Evelyn tinha sua própria teoria: Kirsten tinha arranjado um namorado, provavelmente um universitário. Ela tinha confrontado a filha depois da primeira vez em que a menina fugiu, mas Kirsten negara ter um caso com alguém. De acordo com Evelyn, Kirsten havia dito que só precisava de "um pouco de espaço" e se recusara a contar à mãe aonde tinha ido, mesmo quando Evelyn a deixou de castigo e lhe tomou o carro.

Se havia alguma coisa acontecendo com Kirsten, suas amigas provavelmente saberiam, mas nenhuma delas havia dado qualquer informação útil a Evelyn.

O computador de Sean emitiu um aviso de que tinha decodificado a senha. Ele sentou-se e acessou o sistema de Kirsten. Observou os arquivos e programas, classificando-os pelos mais recentes. Diversos arquivos de texto com o título Pesquisa_Pássaros tinham datas das últimas semanas. Ela parecia ser uma aluna dedicada. Para garantir que esses arquivos eram o que pareciam ser, ele os abriu; eram legítimos. Sean também percebeu que havia diversos arquivos de vídeo com extensão .mov – vídeos com números em seus títulos, mas não havia nada gravado. Eles pareciam ser atalhos, mas não levavam a lugar nenhum, e pareciam ser arquivos temporários.

O histórico de navegação estava programado para se apagar toda vez que o computador fosse desligado. A última vez que Kirsten desligara o computador tinha sido na sexta-feira, às 16h10. Havia alguns registros que Sean poderia tentar acessar e decodificar para descobrir o histórico, mas primeiro ele verificou as mensagens dela. A senha para acessá-las era a mesma do sistema.

Uma série de mensagens não lidas apareceu; ela não tinha verificado as mensagens desde que desligara o computador na sexta-feira. Alguém chamado Trey Danielson tinha enviado oito mensagens nos últimos três dias. Todas eram praticamente idênticas, mas a urgência delas foi aumentando de um "Onde você está? Você está bem?" até a última, da noite anterior:

Me liga, me manda uma mensagem, qualquer coisa! Estou preocupado com vc. O seu celular dá caixa postal direto. Não sei onde vc tá. Falei com Stacey hoje cedo, mas ela não ajudou em nada.

A sua mãe está telefonando pra todo mundo. Por favor, K, não vou fazer perguntas, só me ligue.

Sean franziu a testa, entrou no perfil do Facebook de Kirsten e viu diversos recados de amigos:

Senti sua falta na aula de teatro!

A senhora Robertson foi uma vaca total! Que sorte a sua não ter feito a prova-surpresa.

Ei, tá doente? Tomara que vc vá à festa na sexta!

Somente Trey Danielson parecia genuinamente preocupado. O melhor seria começar por ele.

Sean respondeu à última mensagem que Trey tinha enviado a Kirsten:

Trey, acabei de chegar. Minha mãe tá no trabalho e confiscou meu celular. Pode vir aqui assim que puder? Preciso falar com vc.

Sean desejou que o garoto mordesse a isca.

Estava verificando os registros do computador quando Patrick telefonou.

– Estou saindo da delegacia agora – informou ele. – Evelyn só denunciou o primeiro desaparecimento de Kirsten. Isso não chega a ser estranho. Pais de fugitivos habituais tendem a sentir vergonha do comportamento dos filhos, preocupam-se que as pessoas possam pensar que não controlam os filhos. No entanto, fiz com que a polícia se interessasse o suficiente pelo caso a ponto de eles a considerarem desaparecida, e não fugitiva. Vão enviar a foto e as características físicas dela para todos os hospitais e para a força policial num raio de 160 quilômetros.

– Muito bem.

– Também contatei um amigo meu no CNCDA, e ele vai incluir Kirsten no sistema assim que a polícia de Woodbridge lhe enviar os dados. Com isso, temos mais uma via de busca. Eles vão conseguir espalhar a informação muito melhor do que a polícia local.

O Centro Nacional de Crianças Desaparecidas e Abusadas, trabalhava em parceria com a polícia e com investigadores particulares a fim de encontrarem menores sob todas as circunstâncias, fugitivos ou criminosos. Ter a ajuda deles nesse caso seria um bônus.

Sean deixou Patrick a par das mensagens de Kirsten bem como a respeito de Trey Danielson.

– Mandei um e-mail me passando por Kirsten para ver se ele morde a isca. Ele está no último ano do Ensino Médio e, baseado nas fotos de seu perfil, parece que ele e Kirsten costumavam sair juntos. Penso que vai ser mais fácil fazer ele se abrir do que qualquer uma das amigas de Kirsten; ele mandou um monte de mensagens.

– A menos que ele esteja tentando despistar.

– Despistar? – perguntou Sean.

– Ele pode estar se protegendo ao enviar esses e-mails preocupados, se for culpado pelo desaparecimento dela. Já vi isso antes em casos de violência doméstica.

– Vamos descobrir... Pedi a ele que viesse para cá o mais rápido possível. Se ele a matou, pode ser que não venha, mas, pensando bem, se ele mandou recados para encobrir um crime, ele viria pelo mesmo motivo, não? De qualquer forma, meus instintos dizem que ele virá.

– Está pensando como policial agora.

Fingindo estar ofendido, Sean respondeu:

– Que golpe baixo!

Patrick riu.

– Qualquer que seja o motivo para o garoto vir, precisamos nos livrar de Evelyn. Acho que ela está preocupada demais e não vai ajudar em nada. Vou pensar em algo para ela fazer até chegar aí.

– Boa ideia. Enviei fotos do quarto de Kirsten para Lucy, pedindo ajuda.

Patrick não disse nada.

– Ei, você ainda está aí? – perguntou Sean.

– Por que envolveu Lucy?

O tom de voz de Patrick foi estranho, quase defensivo. Sean respondeu:

– Ela está aflita esperando a resposta da entrevista com o FBI. Seria bom para ela ter alguma distração. Este caso é perfeito, ela é atenta e pode perceber se deixamos passar alguma coisa. – Sean hesitou, depois perguntou: – Algum problema em ter pedido a ajuda de Lucy?

– Claro que não – respondeu Patrick antes de desligar.

Ah, tá, pensou Sean, *nenhum problema, mesmo.*

Desde que ficara sabendo do relacionamento de Sean com a irmã dele, Patrick vinha agindo de modo estranho. Sean entendia a postura superprotetora de irmão mais velho, mas Lucy tinha 25 anos; ela não era nenhuma adolescente ingênua. E ela era boa nesse tipo de trabalho. Lucy era uma das poucas pessoas que Sean conhecia que não só entendia de sistemas e de como a internet funcionava, mas que também compreendia as pessoas. Ela conseguia ler uma conversa e deduzir se quem conversava eram pessoas fracassadas, vítimas ou simplesmente garotos entediados.

Patrick não queria o envolvimento de Lucy no caso por causa do relacionamento deles? Ou por causa do passado trágico dela?

Isso não importava para Sean. Em sua opinião, Lucy era capaz e estaria disposta a ajudar, e ele usaria todos os recursos disponíveis. O benefício extra era poderem passar mais tempo juntos. Uma situação em que só se podia vencer – pelo menos era o que Sean pensava.

TRÊS

Lucy saiu do chuveiro depois da corrida matinal e envolveu o corpo num roupão felpudo branco, o presente de Natal que Kate, sua cunhada, havia lhe dado há dois anos. Penteou o cabelo negro espesso e trançou-o de leve, deixando-o um pouco solto nas costas para que ele pudesse secar. Sentou-se em frente ao computador para verificar os e-mails. Muitos parabenizavam-na pelo aniversário. Respondeu aos familiares, mas hesitou quando leu a mensagem da irmã Carina, que, além de lhe desejar feliz aniversário, também disse que esperava que ela recebesse logo a aceitação por parte do FBI.

— Você e eu, Carina — murmurou Lucy ao enviar uma breve mensagem de agradecimento.

Receber a resposta sobre a entrevista para o FBI poderia levar de três dias a três semanas, porém a maioria dos candidatos que chegava àquela etapa do processo de seleção era aprovada. Desde que seu estágio no Instituto Médico Legal de Washington terminara, na semana anterior, ela se sentia como se estivesse num limbo.

Só queria começar logo o treinamento em Quantico.

Ainda que não tivesse confidenciado a ninguém, nem à família, nem a Sean, ela havia ficado nervosa por causa da entrevista.

Tinha respondido às perguntas feitas pela junta de entrevistadores calma e honestamente, mesmo as mais difíceis, como as questões a respeito da prisão de sua antiga chefe, Fran Buckley, sobre a morte do policial e ex-namorado Cody Lorenzo, e sobre o que acontecera naquele dia horrível, no mês anterior, quando um ex-condenado em condicional quase a matara e quase matara outra mulher.

E à pergunta mais difícil de todas: no que havia pensado quando atirara, matando seu estuprador, Adam Scott, há quase sete anos.

Ela respondeu que acreditava que ele a mataria se tivesse oportunidade. E, quando ele começou a se aproximar, atirou nele.

Era praticamente a verdade, mas não completamente.

Seu estômago contraiu-se de maneira incômoda. Desde que o passado havia retornado para atormentá-la, há cinco semanas, ela se sentia na beira do abismo. Quase sete anos... Seis anos, oito meses e duas semanas tinham se passado, e ela ainda não conseguia se livrar das lembranças. Tinha conseguido administrar a situação razoavelmente bem por anos, mas agora elas ficavam martelando em sua mente como uma música chata que é impossível de tirar da cabeça.

Uma nova mensagem enviada por Sean apareceu na tela, com um arquivo pesado. Ela colocou de lado a ansiedade quanto ao passado e à entrevista com o FBI e clicou na mensagem.

Lucy,
Estou enviando um vídeo do quarto de Kirsten. Alguma coisa não me parece certa, mas não sei bem o que está me incomodando. Alguma ideia?
Sei que está com saudade de mim. =) Feliz aniversário!
PS: não coma o bolo sem mim.
Beijo,
Sean

Lucy não conteve o sorriso. Sean sempre fazia isto: dissipava sua tensão. "Sei que está com saudade de mim." Não precisava inflar o ego dele reconhecendo esse fato. Mas estava animada por ter algo com que se ocupar.

Sean não era nada parecido com os outros homens com quem ela havia saído, mesmo sendo poucos. Aquilo foi algo não planejado, e ela estava completamente despreparada para as fortes emoções que sentia a respeito dele. Gostava do fato de ele não a pressionar. Queria passar todo o tempo livre com ele, mas isso acontecia cada vez menos – ele era como uma droga da qual precisasse se desintoxicar.

Especialmente depois que contara a Patrick, duas semanas atrás. Ela tentou postergar a conversa o quanto pôde, não porque Patrick não gostasse de Sean – afinal eram sócios e tinham construído uma bela amizade nos três anos em que trabalhavam juntos na RCK. Ela não sabia por que não queria contar a Patrick. Com Dillon e Kate tinha sido diferente; eles estavam perto quando ela e Sean começaram a namorar. Não é que ela estivesse escondendo algo. Ela queria contar a novidade ao irmão quando ele retornasse de sua missão na Califórnia, porém, a princípio pareceu estranho sentar-se com ele para anunciar formalmente seu envolvimento com Sean. Por isso, ela simplesmente lhe contou quando estavam voltando da igreja, num tom casual do tipo: "Hum, sabe... Gosto de Sean, e acho que ele sente o mesmo por mim".

– Eu sei – resmungou ele.

Quando Patrick não disse nada mais, ela o pressionou amigavelmente; queria sua bênção. Sean era sócio dele, ela era sua irmã, e queria, ou melhor, *precisava*, de sua aprovação.

Ele só deu de ombros e disse que ela já estava bem crescidinha, mas pareceu querer dizer algo mais. Quais eram as preocupações dele? Lucy sabia que não deveria se sentir daquela forma. Sean havia lhe dito que Patrick superaria, mas Sean não entendia a sua forte ligação com o irmão. Patrick era a única pessoa da família que ela detestaria desapontar. Lucy sabia que tinha menos a ver com o fato de ele ser seu irmão e tudo a ver com a culpa que sentia pelos ferimentos quase fatais que ele sofrera quando tentava defendê-la de seu agressor, Adam Scott.

Ou, talvez, ela só estivesse antecipando a desaprovação de Patrick.

Vivia repetindo para si mesma que não estava procurando nenhum motivo para terminar com Sean, mas ela não queria se apaixonar nem se importar tanto com alguém, não naquele momento. Ou talvez tudo aquilo tivesse a ver com o que *ele* sentia por *ela*. Não era nada que ele havia dito, mas sim o modo como ele a fitava, como ele a tocava, como ele a fazia se sentir – como se ela fosse a única pessoa presente, especial, valiosa, dele. Sem nunca declarar verbalmente, Sean deixava muito claro que ela era a mulher de sua vida. O que era excitante e aterrorizante ao mesmo tempo.

Sean a fazia se esquecer, pelo menos momentaneamente, de que ela não era normal.

– Pare de analisar demais as coisas – murmurou para si mesma. Certo, isso era o mesmo que ordenar ao corpo que parasse de respirar.

Clicou no vídeo de um minuto que Sean tinha enviado. Ele começava na porta do quarto de Kirsten Benton e dava um giro de 360 graus. Paredes vazias sobre a cabeceira da cama. Nada de objetos pessoais. A cômoda, a janela... Tudo muito genérico. Somente a escrivaninha e uma pequena estante estavam tomadas por livros e papéis, e as únicas fotografias na parede só podiam ser vistas por um ângulo específico.

O computador ficava de frente para a cama.

Com o coração pulsando, ela sabia para o que estava olhando, mesmo quando repetiu a gravação em câmera lenta. Fez uma pausa quando o computador reapareceu.

Lá estava uma pequena esfera no alto. Uma webcam. De frente para a cama.

Sentiu o rosto corar e a bile subir à garganta. Precisou de toda a sua força de vontade para não correr até o banheiro e vomitar. Com as mãos contraídas, girou a tampa da garrafa de água e sorveu um gole, livrando-se do gosto horrível na boca.

Não queria responder a Sean. Queria fingir que não tinha visto aquele vídeo, que não estava envolvida. Se articulasse seus medos, faria com que a verdade fosse tão simples... e ela não era nada simples.

Talvez estivesse errada. Poderia haver outra explicação. Ela sempre pensava no pior, e o pior nem sempre era o caso.

Respondeu ao e-mail de Sean:

Existem vídeos no computador? Podem estar com extensão .wmv ou .mov ou qualquer outro formato padrão. Consegue acessá-los?

Não se surpreendeu quando o telefone tocou menos de um minuto depois.

— Sean — respondeu ela quando viu o nome dele no identificador de chamada.

— Existem dezenas de vídeos — respondeu ele. — Mas são todos atalhos ou arquivos temporários e estão vazios, não há nada neles. Estou rodando um programa de recuperação de arquivos apagados. Como sabia?

— Posso estar errada — ela não acreditava que estivesse. — Espero estar errada. Mas vi uma webcam de frente para a cama dela.

Sean não disse nada, porém o peso da verdade pairou sobre eles.

— Merda! — exclamou ele por fim.

— Já vi isso muitas vezes, especialmente em sites de sexo amador. Muitas vezes, as mulheres não sabem que estão sendo filmadas. Mas...

– Mas Kirsten sabia.

– Esse é o quarto e o computador dela – Lucy concluiu.

– Ainda não encontrei nada no computador dela – disse Sean. Depois acrescentou: – Por que uma jovem bonita com um futuro brilhante tiraria fotos nua e as colocaria na internet?

Eram mais do que simplesmente fotos de nudez, Lucy suspeitava, pelo pouco que sabia do cenário armado por Kirsten e pelos vídeos apagados.

– 22% das adolescentes já postaram fotos em que estavam nuas – disse ela, mantendo o tom neutro. As estatísticas enfureceram-na quando ela ficou sabendo, acompanhada de uma profunda e entorpecente tristeza. Uma vez que essas fotos estivessem na rede, não havia como retirá-las. Uma foto de nudez podia ser baixada em milhares de computadores em todo o mundo em 24 horas. – Não tenho respostas – concluiu ela, ainda que suspeitasse que a pergunta de Sean tivesse sido retórica.

– Eu aviso assim que souber de alguma coisa – Sean não parecia estar otimista como de costume. Seu entusiasmo por tudo o que a vida podia oferecer atraiu Lucy, e ela odiava vê-lo tão cabisbaixo.

– Pode mandar o que quiser para mim – ofereceu-se, embora a última coisa que queria era entrar nos arquivos de uma adolescente, sabendo o que poderia encontrar. – Sei o que procurar.

Ele não disse nada por um instante.

– Sean, saberei lidar com o que quer que encontre nesse computador.

– Sei disso. É que...

– Não me poupe. Por favor – ela não queria ser protegida dos demônios deste mundo. Logo aquilo tudo seria seu trabalho, e nada do que ela visse no computador de Kirsten Benton se compararia ao que ela mesma já tinha vivenciado.

— Se tiver tempo, agradeço a ajuda. Vou compartilhar o computador dela e te enviar uma senha para que possa acessar o disco rígido.

— Tenho todo o tempo do mundo por ora e quero ajudar. Eu não me ofereceria se não quisesses.

— Já mandei. Verifique seu e-mail.

Enquanto ele falava, sua caixa de entrada emitiu um aviso.

— Você é bom nisso — elogiou-o.

— Eu sei. Feliz aniversário, princesa — Sean desligou, e Lucy estava sorrindo novamente.

Ela iniciou o computador de Kirsten e começou a trabalhar nos diretórios, um a um.

Se seus instintos estivessem certos, ela encontraria cabeçalhos codificados específicos nos arquivos temporários, criados toda vez que qualquer programa fosse aberto no computador. A maioria dos dados estaria ilegível, e ela não seria capaz de recriar aqueles que não tivessem sido especificamente salvos no computador de Kirsten. Todavia, poderia remover os símbolos, sendo capaz de identificar as salas de bate-papo, se é que havia alguma, em que Kirsten tivesse entrado, podendo inclusive rastrear informações como os endereços de IP, a hora e identificadores similares.

Quando começou a trabalhar como voluntária no Prioridade para Mulheres e Crianças, antes de a organização ter sido fechada, ela aprendera como e quando os predadores sexuais caçavam suas vítimas. O PMC, um grupo dos direitos das vítimas que tinha um papel proativo em rastrear predadores no espaço cibernético, ensinou-a mais sobre esses tipos de crime do que os cinco anos da faculdade e da pós-graduação. Ela conseguia discernir se alguém estava jogando iscas para possíveis vítimas e podia identificar pessoas vulneráveis pela forma como se comunicavam. Suas habilidades linguísticas e a fluência em quatro idiomas ajudaram-na a decifrar a escrita codificada das salas de bate-papo, fato que a deixara muito surpresa.

Ela criou uma planilha com os identificadores dos arquivos temporários de Kirsten. Logo ficou claro que a garota tinha frequentado sites onde participava de múltiplos vídeos de conferência. Muito semelhante ao cada vez mais popular Skype, a principal diferença é que a conferência externa não precisava de nenhum programa adicional além de uma câmera acoplada ao computador. Os vídeos não ficavam gravados no disco rígido. Porém, como eram exibidos ao vivo, um arquivo temporário era criado com o horário inicial e final, o que ajudou Lucy a catalogá-los.

Predadores astutos conseguiam apagar e eliminar os dados dos arquivos temporários, mas Kirsten não era uma predadora. Mesmo assim, com base no conteúdo do registro que Lucy criava, ela tampouco era uma vítima. Os vídeos podiam ser inócuos, simples conversas entre amigos pela tela do computador. Lucy queria acreditar nisso, mas sua mente insistia em voltar para o quarto genérico que a webcam de Kirsten mostraria.

Lucy levou uma hora para catalogar todos os arquivos. Em seguida, criou uma representação gráfica dos dados. Ficou evidente que todos os vídeos de bate-papo tinham sido originados pelo mesmo site. A maioria das conferências durava entre dez e vinte minutos, enquanto algumas poucas duravam mais do que meia hora. A maior parte aconteceu entre quatro e seis da tarde, e somente 20% à noite. As horas após o horário escolar eram o período em que a maioria dos predadores sexuais atuava, porque as crianças estavam em casa sem a supervisão dos pais e usavam as salas de bate-papo livremente.

Lucy franziu o cenho. Kirsten tinha 17 anos, estava no último ano do Ensino Médio. Não havia como saber se ela conversava com a mesma pessoa ou com pessoas diferentes, porque o arquivo temporário apresentava somente o computador de Kirsten e o servidor que abrigava as conferências.

Kirsten podia muito bem ter um namorado, e talvez eles conversassem sempre na mesma hora usando a câmera. Se esse fosse o caso, era muito provável que ela tivesse fugido para se encontrar com ele.

Será que ela se encontrava sempre com a mesma pessoa nos finais de semana em que desaparecia? Fugiu voluntariamente ou foi coagida a fazer isso?

Será que Kirsten já estava morta?

Porque não importa o quanto pense que está sendo cauteloso, toda vez que você se encontra pessoalmente com um amigo virtual, está se arriscando. Especialmente nesse mundo no qual Kirsten vinha se aventurando.

Lucy concentrou-se na tarefa que tinha em mãos. Desejou poder enfiar algum juízo na cabeça de Kirsten, mas, acima de tudo, queria encontrá-la e protegê-la, ampará-la de toda depravação a que ela provavelmente tinha se exposto.

– Você não pode salvar o mundo – Lucy disse em voz alta. Seu irmão Dillon sempre a lembrava de que ela encarava as coisas de maneira muito pessoal, que sempre queria ajudar a todos, mas que algumas pessoas não queriam ser ajudadas.

Lucy deixou as planilhas de lado e repassou os arquivos. Verificou os com extensão .mov vazios que Sean tinha comentado, e percebeu que os horários relacionavam-se com os arquivos das conferências. Isso era estranho, porque não deveria haver dois arquivos criados com uma permuta. Mas, definitivamente, não havia nenhum dado neles e não havia como recriar as imagens.

Um arquivo chamou a atenção de Lucy porque estava num diretório completamente diferente. Ela baixou um programa de recuperação de dados no computador de Kirsten, depois o rodou, observando a tela enquanto os arquivos eram recriados. Muitos deles tinham sido corrompidos e não seria possível recuperá-los, um problema muito comum se os arquivos tivessem sido apagados há muito tempo. Alguns deles poderiam ser recuperados pela força policial; o FBI tinha processos de recuperação de dados de primeira linha, capazes de recriar mais de 90% dos arquivos apagados, a menos que a pessoa tenha se certificado de apagá-los definitivamente de diferentes formas.

Enquanto aguardava o programa terminar o trabalhoso processo, escreveu um relatório para Sean com suas ideias a respeito do que os dados mostravam até então. Estava quase enviando a mensagem quando viu um arquivo com extensão .mov que não tinha sido apagado. Abriu-o.

O vídeo da webcam era obviamente do quarto de Kirsten. A garota e um adolescente estavam nus na cama dela, a boca dele num seio, as mãos dela segurando-o pela cabeça.

Lucy ficou olhando, aturdida. Por que estava surpresa? Talvez porque acreditasse que o quarto genérico servisse somente para as salas de bate-papo sexuais. Contudo, um vídeo de sexo amador era simplesmente um passo adiante na mesma trilha.

E por mais que Kirsten e seu parceiro fossem definitivamente amadores, os dois adolescentes sabiam que a câmera estava ligada, pois se moviam e ajustavam as posições, certificando-se de que toda a ação fosse registrada. Aquilo parecia consensual, os dois criando um vídeo de sexo amador intencionalmente. Lucy não tinha como fingir que Kirsten não sabia.

Ela não conseguia mais olhar. Suas mãos tremiam quando clicou no botão de parar. Levantou-se e começou a andar de um lado para o outro, com as pernas fracas; seria capaz de vomitar se tivesse algo no estômago.

– O que você vinha fazendo? – sussurrou para ninguém.

Não conseguia parar de tremer. Seu medo de estar sendo observada por pessoas desconhecidas voltou. Sentiu-o por dentro de sua pele como vermes microscópicos, eriçando os cabelos da nuca. Mas *não estava* sendo observada. E aquilo não era estupro; a câmera não estava escondida. Aqueles eram dois adolescentes fazendo sexo voluntariamente para que todo o mundo visse.

Lucy ficou brava – não com ela mesma, mas com Kirsten e o namorado. O que os tinha impelido a fazer aquilo? Não tinham pensado nas consequências? No fato de que, uma vez que o vídeo fosse publicado, estaria no espaço cibernético para sempre?

Eles *poderiam* ter gravado aquilo só para eles.

Lucy voltou a se sentar e considerou como procurar por aquele vídeo na internet. Não queria procurar nos sites de sexo amador; sabia o que lhe aconteceria caso mergulhasse demais naquele mundo. Conseguia lidar com salas de bate-papo verbais porque eram apenas palavras, mas as imagens trariam de volta seus pesadelos, e com tudo o que acontecera nas últimas cinco semanas, ela mal conseguia manter aquelas lembranças longe. Conhecia-se bem demais para saber que entrar em sites de sexo seria o mesmo que estar à beira do abismo.

Entretanto, que tipo de agente do FBI ela seria se não superasse aquele trauma? Porque, muito provavelmente, teria de conduzir exatamente esse tipo de investigação se escolhesse os crimes cibernéticos, que era sua área de conhecimento e o trabalho de seus sonhos. Ou ela encontrava um modo de acabar com esses pesadelos, certificando-se de que eles nunca mais voltassem, ou teria de aprender a conviver com eles.

Eles já tinham desaparecido antes; teriam de ir embora novamente. Ela tinha que acreditar nisso.

Sorvendo mais um gole de água como que para se encher de coragem, Lucy rolou o histórico de navegação de Kirsten; ela sabia que encontraria vários arquivos enviados. Embora o histórico de navegação estivesse programado para se apagar toda vez que ela desligasse o computador, isso não significava que ele não pudesse ser recriado. Esse caminho seria a melhor maneira de descobrir para onde ela enviara o vídeo, se é que o fizera, em vez de procurar aleatoriamente em sites de sexo amador.

Lucy só precisou de quinze minutos para recriar o histórico de navegação de Kirsten e descobrir um site promissor, chamado Party Girl.

Clicou no link. O Party Girl era uma rede social obviamente direcionada a homens em busca de sexo on-line. As propagandas promoviam sexo ao vivo pelas câmeras, mensagens sensuais e vídeos pornográficos. Repugnantes para Lucy, que sabia muito bem o que acontecia por trás das cenas, mas tudo dentro da lei – pelo menos aparentemente.

Tanto homens quanto mulheres acima de 18 anos tinham perfis em páginas nas quais poderiam postar seus vídeos pessoais e fotografias. Havia links para grupos de bate-papo, conversa privada, videoconferências e muito mais.

Kirsten tinha um perfil no site, mas não com seu nome. O navegador dela levava para a página de Ashleigh, ainda que a foto de Ashleigh fosse claramente a de Kirsten. Eram reveladoras, mas não pornográficas. O perfil de Ashleigh indicava que ela estava disponível para conhecer homens virtualmente e dizia que ela tinha 19 anos. Lucy teria de fazer uma assinatura do site para acessar outras informações confidenciais a respeito de Ashleigh.

Ela debateu-se com suas opções. Sean teria como descobrir a senha pessoal de Kirsten, mas isso levaria tempo. Caso se registrasse, Lucy descobriria *exatamente* o que Kirsten havia postado na internet. O computador de Lucy tinha diversos antivírus, não só para sua segurança pessoal, mas também porque Kate ensinava sobre crimes cibernéticos em Quantico. Eles provavelmente tinham os computadores mais bem protegidos fora dos escritórios do FBI.

Criar um perfil não custava nada. E se Lucy quisesse visualizar os vídeos ou publicar alguma coisa, ela teria de pagar uma taxa mensal ou anual. Ela optou pelo perfil gratuito e criou uma identidade falsa, semelhante às muitas que criara no passado enquanto trabalhava para o PMC. Não inseriu foto, e uma mensagem instantânea comunicou que, para receber todos os benefícios da interação social do Party Girl, ela deveria publicar fotos e vídeos. Fechou a mensagem e continuou a preencher o breve questionário.

Assim, Lucy transformou-se em "Amber", uma estudante universitária de 19 anos da Costa Leste interessada em amizades e relacionamentos. Assim que recebeu uma mensagem de confirmação, acessou o site.

Ele era tudo o que ela temia. Kirsten não só tinha postado parte do vídeo em que fazia sexo, mas também ficou claro que ele era popular. A página de Ashleigh tinha milhares de visitantes desde que ingressara na rede, oito meses atrás.

Lucy visitou a própria página. Ela tinha criado um endereço de e-mail exclusivamente para o Party Girl e tinha a opção de receber mensagens nesse e-mail ou no pessoal. Optou pelo pessoal, já que tinha criado um justamente para aquele site, e queria saber se alguém entraria em contato sem precisar entrar no Party Girl todo dia.

Também havia uma opção "venda", na qual ela quase clicou, mas então voltou para a página de Kirsten e a estudou. Com certeza a garota tinha vídeos que poderiam ser vendidos individualmente, ou vistos de graça – mediante a assinatura do site. Salas de bate-papo também estavam disponíveis, de forma gratuita ou paga.

Sean provavelmente iria querer acessar o perfil de Kirsten o quanto antes, por isso Lucy lhe enviou as informações que tinha descoberto até então e acrescentou uma mensagem:

Acredito que vá encontrar as respostas de que precisa no perfil de Kirsten. Não tenho como afirmar se as conferências em vídeo eram sempre com a mesma pessoa ou com cinquenta pessoas diferentes, mas com certeza você vai precisar localizar o rapaz com quem ela teve relações no vídeo. Salvei o arquivo no desktop para que você possa ver. Vou investigar um pouco mais o Party Girl. Não há nada de ilegal nesses sites de sexo on-line; eles são semelhantes a tantos outros. Se entrar no perfil dela, veja se consegue descobrir o registro de quem conversou com ela – isso pode estar no e-mail pessoal do site – e também veja se existem mensagens com arquivos. Se estiver ocupado, me mande a senha dela, e eu mesmo verifico.

Enviou a mensagem para Sean, depois percebeu que ainda estava de roupão e que já passava do meio-dia. Rapidamente, vestiu um jeans e um suéter, depois correu para baixo para preparar um sanduíche. Tinha acabado de dar a primeira mordida quando o carteiro deixou a correspondência na caixa em frente à casa. Foi buscá-la, separando as contas das malas diretas. No meio de tudo aquilo, havia uma carta do FBI endereçada a Lucy Kincaid.

Com o coração acelerado, excitada e nervosa, abriu o envelope com pressa.

Lucy ficou encarando a única folha. Não piscou, não se moveu nem leu duas vezes. Seus olhos estavam fixos na frase no meio de todos aqueles termos legais:

seu pedido foi negado

Voltou a dobrar a folha, recolocou-a dentro do envelope e andou devagar até seu quarto, com as mãos trêmulas. Cada degrau era como uma pequena montanha, que subiu esquecendo-se por completo do sanduíche.

Tinha fracassado. O FBI não a queria.

Deixou-se cair na cama e ficou olhando fixamente para o teto, a esperança desvanecendo assim como seu futuro.

Não seria uma agente do FBI. Tudo pelo que tinha trabalhado por quase sete anos havia sumido, desaparecido. Tinha 25 anos de idade e não fazia ideia do que fazer com sua vida.

Não é justo!

Lutou contra as lágrimas. Como podia sequer ousar a pensar em justiça?! Sua vida nunca fora justa. Mas quem prometeu que seria? Não podia culpar ninguém a não ser a si própria. Kate, seus amigos e a família incentivaram-na completamente, fazendo tudo o que podiam a fim de prepará-la para o FBI. Ela tinha feito simulados escritos, praticado para as entrevistas, aproveitado recomendações de agentes do alto escalão do FBI para ser apresentada... Tivera mais oportunidades do que a maioria dos candidatos e ainda assim fracassara.

Eles tinham-na rejeitado.

E a culpa era só dela. *Só dela*.

QUATRO

Trey Danielson deixou-se cair numa das cadeiras da cozinha dos Benton e encarou Sean e Patrick.

– Vocês me enganaram – reclamou.

Sean estava sentado diante de Trey, ainda irado com o vídeo que Lucy encontrara no computador de Kirsten, o qual ela jamais deveria ter assistido; mas, acima de suas preocupações quanto à sensibilidade de Lucy, Sean estava furioso pelo fato de a colegial ter feito tamanha idiotice.

– Onde está Kirsten? – ele exigiu saber.

Trey balançou a cabeça.

– Pensei que ela estivesse aqui! Ela me mandou uma mensagem, isto é, *pensei* que ela tivesse me mandado uma mensagem.

– Kirsten está desaparecida desde sexta-feira à tarde. Hoje é quarta.

Trey franziu a testa e olhou para o tampo da mesa. Sean ficou se perguntando se ele estava tentando inventar uma mentira ou se estava de fato preocupado com a namorada.

– Você escreveu diversas mensagens para Kirsten – disse Patrick. – Postou diversos comentários preocupados com ela na internet, queria que ela telefonasse o quanto antes, e você não sabe para onde ela foi?

— Bem que eu queria saber. Meu Deus! Acho que aconteceu alguma coisa com ela...

— Por que diz isso? – perguntou Sean.

Trey não respondeu.

— Trey – interferiu Patrick –, você teve uma relação física com Kirsten. Se alguma coisa aconteceu com ela, a polícia vai procurar você em primeiro lugar.

— Isso é loucura! – exclamou Trey. – Terminamos há vários meses! Somos *amigos*.

— Quando mostrarmos a fita de sexo que vocês fizeram – raciocinou Sean –, acha que eles vão acreditar em alguma coisa que você disser?

O rosto de Trey empalideceu.

— O quê?

— Vi boa parte; nem pense em negar – Sean não conseguia esconder a raiva na voz.

— Mas... eu... – o garoto estava praticamente corando quando abaixou os olhos para as mãos. – Não pode mostrar isso a ninguém. Meus pais... Caramba, eles vão me matar. Pensei que ela tivesse apagado!

— E apagou – Sean confirmou. – Nós recuperamos as imagens.

Trey olhou para ele um tanto cético.

— Mesmo?

— Vamos voltar um pouco. Quando você e Kirsten começaram a sair?

— Somos amigos desde que ela se mudou para cá.

— Sabe do que estou falando.

Trey deu de ombros.

— Não foi bem assim. Quero dizer, éramos amigos, e depois fomos a uma festa juntos no ano passado e começamos a ser mais do que amigos.

– E quando romperam?

– Logo depois que as aulas recomeçaram.

– Por quê?

– Por que diabos quer saber?

– Porque sim.

Trey ficou emburrado e disse:

– Uma coisa não tem nada a ver com a outra.

Sean insistiu, tentando arrancar a verdade do garoto:

– Você colocou aquele vídeo de sexo na internet? Ou pressionou Kirsten a fazer isso? Foi por isso que ela terminou com você?

– Fui *eu* quem terminou. Eu não queria, mas... – o garoto parou de falar.

Sean estava ficando ainda mais irritado.

– Veja bem, Trey, estou cansado desse interrogatório, por isso vou abrir o jogo. Sou um especialista em segurança de computadores e estou recuperando todos os dados da máquina de Kirsten, mesmo os arquivos apagados – Sean podia não ser capaz de recriar *todos* os arquivos, mas o garoto não precisava saber disso. – Sabemos que Kirsten fugiu da cidade pelo menos cinco vezes desde o início do ano letivo, o que, de acordo com o que acabou de informar, foi depois que vocês romperam. Mas desta vez ela não voltou. Algumas pessoas acham que ela fugiu, possivelmente com um namorado, mas a mãe e o pai merecem saber a verdade. E eu acredito que você sabe aonde ela foi.

Trey comprimiu os lábios numa linha fina. Ele olhava para o dorso da mão como se estivesse contando os pelos dali.

Patrick assumiu do ponto em que Sean parou:

– Você deu seu showzinho de preocupação na internet: na página de Kirsten e no e-mail. Aposto como se puxarmos a lista de ligações do celular dela, vamos descobrir que você telefonou uma dúzia de vezes. Sabe, eu já fui policial e trabalhei num caso em que um cara matou a esposa, depois fez uma grande produção fingindo estar tentando localizá-la... Ligou para os amigos dela, para o celular que havia jogado no lago junto com o corpo, tudo isso antes de prestar queixa do desaparecimento na polícia no dia seguinte. Mas foi a espertezа dele que o denunciou. A polícia rastreou as ligações do celular dele e descobriu que ele estava no lago em que jogou o corpo quando ligou... Ele fez a primeira ligação "preocupado" assim que a matou.

Trey fitou-o pálido.

– Está achando que Kirsten está *morta*?

– Ainda não sabemos – disse Sean –, mas estamos preocupados – considerando o que Lucy disse a respeito da disposição do quarto, ele blefou baseado nas evidências. – Encontramos um registro de múltiplos arquivos de vídeo apagados. Levando-se em consideração a decoração do quarto dela e o filme de vocês dois, acreditamos que isso não tenha sido um evento único.

– Você postou o vídeo na internet? – Patrick quis saber.

– Eu não faria isso! Nós só fizemos aquilo para nos divertir – ele mordeu o lábio.

– Está mentindo! – Patrick bateu a mão no tampo da mesa. Trey se assustou. Até mesmo Sean estranhou o rompante do sócio. Patrick costumava ser o Kincaid calmo e ponderado.

Relutante, Trey disse:

– Kirsten postou. Nós gravamos e depois, sabe... ela encontrou um site e pensou que seria divertido publicá-lo – o pescoço de Trey ficou vermelho. Embaraço físico era algo difícil de simular. – Pedi a ela que o retirasse, mas ela não me atendeu. Fiquei tão furioso que terminei com ela. Ficamos sem nos falar por vários meses, mas depois de uma briga fenomenal com a mãe, ela apareceu na minha casa e acho que fizemos as pazes.

– O que significa que fizeram sexo? – Patrick esclareceu.

– Não! Kirsten está muito perturbada ultimamente. A mãe dela mentiu a respeito de umas coisas e, quando ela fugiu nas primeiras vezes, pensei que tivesse voltado para a Califórnia. Mas ela também não queria ficar com o pai. Ela estava ansiosa para completar 18 anos e poder sair de casa.

– Sobre o que Kirsten acha que a mãe mentiu?

– Não cabe a mim contar.

– Se foi o motivo que fez Kirsten fugir e explicar onde ela está, é bom falar – disse Sean.

Trey cedeu, como se estivesse aliviado por se livrar do peso dessa informação.

– A mãe dela disse que o único emprego bom que encontrou foi aqui na Virgínia, mas Kirsten encontrou umas cartas na mesinha da mãe que provavam que ela tinha recebido ofertas de emprego em Los Angeles, mas que foram recusadas. Kirsten nunca quis sair de L.A. e enfrentou a senhora Benton por conta disso. Não sei o que aconteceu, mas acho que a primeira vez que ela fugiu foi logo depois de descobrir a verdade.

Patrick informou:

– A senhora Benton não contou à polícia que ela e Kirsten tinham discutido.

– Grande surpresa. Ela só se importa com a imagem. Queria que todos pensassem que ela e Kirsten eram muito felizes, mas Kirsten estava cansada de a mãe só reclamar sobre o fato de o senhor Benton tê-la traído.

– Sabe para onde Kirsten foi?

Trey balançou a cabeça.

– Juro que diria se soubesse. Estou morto de preocupação por causa dela. Ela ficou tão envolvida nesse site idiota que as notas dela pioraram... Ela tirou nota vermelha numa prova importante em dezembro. E depois me disse que não ia mais jogar softball este ano. Ela poderia conseguir uma bolsa de estudos porque é muito boa, mas disse que não se importava mais e estava até mesmo pensando em não ir para a faculdade.

Sean franziu o cenho. Todas aquelas informações sobre a mudança de comportamento dela não eram nada positivas. Ele mal se lembrava da irmã mais velha, Molly, que aos 18 anos já era viciada em drogas, e que cometera suicídio quando ele tinha 5. Duke contou-lhe que Molly sofria mudanças de humor e que ficara seriamente deprimida antes de se matar. Seus pais tentaram forçá-la a se internar em uma clínica de reabilitação, mas ela se opôs.

Eles não tinham encontrado evidências de drogas no quarto de Kirsten, mas Sean perguntou assim mesmo:

— Kirsten estava usando drogas?

Trey deu de ombros.

— Não. Quero dizer, fumamos maconha algumas vezes, só. Mas você não pode contar a ninguém; se meu treinador souber, vai me tirar do time.

— Quando foi a última vez que a viu ou que conversou com ela? Como ela estava?

Trey levou um minuto pensando na resposta.

— Sexta-feira, na aula de inglês, pouco antes do almoço. É a única aula que temos juntos. Ela estava distraída, perdida em pensamentos, o professor a chamou umas duas vezes e ela não sabia a resposta para a pergunta. Perguntei se estava tudo bem com ela, mas ela só disse que precisava sumir um pouco.

Sean perguntou com cuidado:

— Ela parecia deprimida? Suicida?

— Kirsten não se mataria, de jeito nenhum.

— Se estivesse usando drogas, isso poderia contribuir para que ela ficasse deprimida.

— Não sei – Trey mordeu o lábio.

Patrick perguntou:

– Existe alguém de fora da escola, que você conheça, a quem Kirsten possa ter procurado para "sumir", como você disse?

Trey balançou a cabeça.

– Só o pai, na Califórnia. Ela sentia muita saudade dele, mas também o culpava por sua mãe estar tão amarga. Mas ela disse que, não importando o que acontecesse, quando se formasse, em 5 de junho, ela se mudaria de volta para L.A.

Isso explicava a data circulada no calendário.

Patrick ainda não parecia satisfeito. Sean disse ao sócio:

– No que está pensando?

O outro balançou a cabeça.

– Não sei bem. Isso não está ajudando em nada.

Sean discordava. Ele sentia que estavam começando a entender melhor Kirsten Benton. Os pais tinham se separado, a mãe mentiu para ela, o pai tivera inúmeros casos extraconjugais – Sean entendia o que a faria fugir de casa. Contudo, o que não fazia sentido era o seu envolvimento com o site Party Girl. Por que postar fotos nuas? Por que publicar o vídeo de sexo com Trey? Seu desaparecimento estaria relacionado com o site ou haveria outro motivo completamente diferente?

– Não sei mesmo onde Kirsten está! – insistiu Trey.

– Sabe se Kirsten já se encontrou pessoalmente com alguém que tenha conhecido na internet? – Patrick perguntou.

– Não, nunca – Trey respondeu enfaticamente.

– Tem certeza disso? Porque esse tipo de coisa acontece a toda hora, mesmo com garotas espertas.

Sean olhou para Patrick. Seu rosto estava rígido, e Sean soube que ele estava pensando em Lucy. Aquele caso o afetava – uma colegial desaparecida era algo muito parecido com o que acontecera com Lucy há quase sete anos. Mas não era a mesma coisa, embora Sean não pudesse explicar isso para Patrick naquele instante.

Trey passou os dedos pelos cabelos.

— No verão passado, eu teria como afirmar com absoluta certeza que ela não sairia com alguém do mundo virtual. Agora? Nunca imaginei que ela largaria o softball. Então, não a conheço mais.

Sean anotou os dados de Trey caso precisasse contatá-lo, em seguida entregou-lhe seu cartão com o número de celular.

— Se tiver notícias de Kirsten, ligue para mim imediatamente. Caso se lembre de alguma coisa que possa ajudar, ligue.

Depois que Trey foi embora, Sean virou-se para Patrick.

— O que acha?

Patrick, porém, estava em seu próprio mundo, olhando fixamente para a parede. Sean prosseguiu:

— Acredito nele, apesar de achar que ele sabe de mais alguma coisa, mesmo que não considere importante. Vamos procurá-lo novamente amanhã, pois até lá ele terá refletido mais sobre a história.

Patrick disse:

— Precisamos passar mais tempo no computador de Kirsten.

— Estou me esforçando para descobrir a senha dela no Party Girl, com isso poderemos investigar mais a fundo.

— Temos de descobrir com quem ela vinha se comunicando e se foi se encontrar com essa pessoa — a voz dele vibrava de raiva, algo que Sean raramente vira nos três anos em que trabalhavam juntos.

— É claro. Mas o que foi? No que está pensando?

Sean não gostava da expressão soturna do sócio, que o fazia ficar mais parecido com o irmão militar, Jack. Patrick não respondeu à pergunta de Sean, mas disse:

— Temos de procurar especificamente qualquer comunicação com universidades e namorados.

O problema não eram tanto as palavras, mas seu tom. Só existia um assunto que deixava Patrick tão bravo assim.

– Está pensando em Lucy – concluiu Sean.

– Em toda a animação dela em ir para a universidade – disse Patrick num tom baixo, o ressentimento sendo deixado para trás. – E num predador se aproveitando disso.

– Vamos cobrir todas as conexões possíveis – prometeu Sean –, mas esta situação é diferente. Kirsten tem o hábito de fugir. Pode ser o mesmo cara toda vez, ou caras diferentes. Vamos encontrá-la e trazê-la para casa.

– Ela devia ter tido mais juízo – disse Patrick.

Sean levantou a cabeça de imediato, chocado pelo que Patrick disse. Ele não poderia...

– Não...

Patrick esfregou os olhos.

– Desculpe. Estou com dor de cabeça.

– Precisamos conversar.

Durante todo o tempo em que conhecia Patrick, aquela era a primeira vez em que ele sinalizava achar Lucy parcialmente culpada por seu sequestro, quando concordara em se encontrar com alguém com quem vinha conversando virtualmente. Lucy já se culpava o bastante, especialmente por Patrick quase ter morrido enquanto a procurava. Se ela suspeitasse que ele ainda pensava naquilo, isso a desestruturaria imensamente. Sean faria de tudo para protegê-la, começando por colocar Patrick em seu devido lugar.

Patrick levantou-se e começou a andar de um lado para o outro na cozinha.

– Não quis dizer isso.

– Até parece – Sean começou a arfar, sabendo que Patrick estava sendo injusto.

O que tinha acontecido há quase sete anos fora algo incrivelmente complexo e ainda era um assunto muito difícil para todos os Kincaid, mas até então Sean jamais pensara que teria de defender Lucy da própria família.

Patrick encarou Sean. A raiva estava de volta, uma centelha que logo desapareceu.

— O que você ia dizer? — perguntou Sean num tom baixo, sem querer começar uma briga, porém incapaz de deixar o assunto de lado.

— Preciso de uma aspirina e de comida.

— Patrick...

— E mais uma coisa: não peça a Lucy para que ajude neste caso.

— Foi ela quem descobriu o Party Girl e o vídeo. Essa é a área dela. Sinceramente, se queremos agir rapidamente, precisamos das habilidades dela.

— Como você acha que ela se sente ao ver aquele tipo de porcaria de vídeo? Entrando em sites como aquele? Você a deixou criar um perfil!

— Espera aí! Eu não sabia que ela tinha se cadastrado naquele site! A propósito, isso não é nada que ela já não tenha feito antes no PMC.

— Pois é, e olha lá no que deu isso.

— Qual é o problema de verdade, hein, Patrick?

— Só afaste Lucy disso tudo. Estou falando sério.

Sean estava atordoado com a raiva de Patrick. Ele vinha se mostrando irritadiço desde que voltara da Califórnia, deixando sua típica tranquilidade e sua personalidade racional na Costa Oeste. Aquele veneno, porém, era tão pouco característico que Sean não sabia como reagir.

— Lucy sabe o que está fazendo. Eu não lhe pediria nada se soubesse que ela não está à vontade.

– É, ela sabe mesmo. Assim como sabia quando armava para cima daqueles ex-condenados em condicional para o PMC e os vingadores?

– Espere um instante...

– Assim como sabia o que estava fazendo quando foi sequestrada diante da igreja? Ou quando quase morreu naquela ilha?

Sean ergueu-se lentamente da mesa, espalmando as mãos firmemente no tampo de carvalho para não socar Patrick.

– Eram situações diversas – disse cerrando os dentes. – E Lucy não pode ser culpada por nenhuma delas.

Patrick piscou, como se não entendesse o que havia dito.

– Eu quis dizer no incêndio.

– Você disse ilha.

– Você sabe o que eu quis dizer!

Infelizmente, Sean sabia exatamente o que Patrick estava pensando e precisou de toda sua força de vontade para se controlar. Já tinha sido bem ruim que o tom de Patrick sugerisse que o que acontecera há cinco semanas, quando o perseguidor de Lucy a atacara, tivesse sido, de alguma forma, culpa dela. Mas a referência à ilha em que Adam Scott a mantivera prisioneira era algo imperdoável.

– Pode falar, Patrick. Conte-me o que está sentindo.

– Não dê uma de Dillon para cima de mim – disse Patrick, referindo-se ao irmão psiquiatra. – Só estou dizendo que Lucy se envolve demais. Ela mergulha de cabeça e não está pronta para esse tipo de pressão. Você não pode, simplesmente, dar a ela um tempo para se recuperar? Ou essa é uma forma de torná-la dependente de você?

– Você está completamente enganado.

– Mas... Por que ela?

Sean percebeu que agora Patrick se referia a seu relacionamento com Lucy. Aquela conversa tinha tomado outro rumo, desviando a atenção de Sean sobre o passado da namorada. Patrick obviamente vinha nutrindo aqueles sentimentos hostis por muito tempo.

– Gosto de Lucy – disse Sean.

– Como gostava de Ashley? Jéssica? Rachel? Emily? As duas? E não vamos nos esquecer de Shelley...

Sean ouviu Patrick listar suas ex-namoradas antes de interrompê-lo.

– Não é a mesma coisa, e você sabe muito bem.

Patrick balançou a cabeça.

– Nos três anos em que o conheço, você teve mais de uma dúzia de namoradas, e a que durou mais quebrou o recorde de dez semanas.

– Ficou tomando nota dos meus namoros?

– Não até você começar a dormir com a minha irmã!

– Você ficou doido.

– E você é um playboy.

– Posso ter sido, mas...

– Então, faz o que, umas cinco semanas que você e Lucy estão juntos? Você já está na metade do caminho de partir o coração dela.

– Não vou partir o coração dela.

– Até parece que não!

Sean se esforçou para se controlar, e Patrick insistiu:

– Você considera saudável que Lucy trabalhe num caso como este? Você pensa em mais alguém além de si mesmo?

Sean chegou bem perto de esmurrá-lo. Patrick percebeu isso e deu um passo à frente, praticamente o desafiando.

Um pensamento tomou Sean de assalto. Ficou se perguntando se o distanciamento de Lucy desde que Patrick voltara a D.C. tinha a ver com o irmão.

– O que andou dizendo a ela? – perguntou.

– Nada ainda. Mas estou de olho em você, Rogan.

– Não faça nada.

Será que um dia tinham sido amigos? Como podia ter acreditado que conhecia tanto Patrick a ponto de não perceber que não o conhecia de fato? Se Lucy ouvisse aquele diálogo sobre suas ex-namoradas, poderia se magoar. Para ela, a aprovação de Patrick significava mais do que a de qualquer outro familiar. Mas, se Lucy ouvisse o comentário dele a respeito da ilha, ela ficaria completamente devastada.

– Vou conversar com os outros amigos de Kirsten – anunciou Patrick, sinalizando que aquela conversa a respeito de Lucy tinha terminado. – Termine o trabalho com o computador. Vamos embora às quatro da tarde.

– De acordo – Sean queria esclarecer as coisas, mas tinham chegado a um impasse. Se Patrick forçasse Lucy a escolher entre a família e ele, Sean temia que ela escolhesse a família. E mesmo se o escolhesse, ela seria infeliz. E ele jamais poderia permitir isso.

Tinha que convencer Patrick de que Lucy era verdadeiramente a mulher certa para ele. Se não... Não. Teria de convencê-lo. Não havia alternativa.

CINCO

Enquanto Sean dirigia em silêncio de volta a D.C., Patrick, no banco do passageiro, recebeu uma ligação de Kate dizendo que Lucy não estava se sentindo bem. Seu jantar de aniversário seria adiado para o final de semana.

Sean deixou Patrick na casa que abrigava tanto o escritório da RCK da Costa Leste quanto a moradia deles, depois foi para a casa dos Kincaid. Kate atendeu a porta.

– Eu disse a Patrick que Lucy não está se sentindo bem.

– Eu sei. Só quero vê-la.

Kate o deixou entrar.

– Seja rápido. Lucy não fica doente com frequência mas, quando fica, é para valer, e aí tudo parece pior.

Sean fez o sinal da cruz sobre o coração e levantou a mão.

– Prometo.

Isso arrancou um sorriso da cunhada de Lucy. Sean subiu e seguiu pelo corredor que conduzia ao quarto da namorada, no fundo da casa. Bateu à porta.

– Sou eu, Sean. Posso entrar?

Não houve resposta. Sean ficou imaginando se ela estaria dormindo. Não queria perturbá-la, mas precisava vê-la. Em parte porque estava com saudades, mas também porque queria ter certeza de que ela estava bem com o que tinha acontecido em relação a Kirsten Benton e o vídeo de sexo. Se ele desconfiasse que ela pudesse se deparar com algo daquele tipo, jamais permitiria que o ajudasse – ou não? A reação instintiva de Patrick era a de proteger Lucy, mas Sean sabia que ela já tinha enfrentado coisa pior não só com o que acontecera sete anos antes, mas durante o trabalho dela no PMC.

Ainda assim, o Party Girl era um site ofensivo, e quando o assunto era exploração sexual de mulheres jovens, Lucy sentia-se bem vulnerável. Ele esperava que ela não tivesse cancelado a festa porque estava abalada demais com o que tinha visto.

Bateu novamente.

– Lucy?

– Não estou me sentindo bem – a resposta soou abafada.

Ele tentou abrir a porta. Estava trancada. Ele não se lembrava de um dia Lucy ter trancado a porta.

– Lucy, deixe-me entrar... Não vou demorar.

– Ligo para você amanhã.

Sean franziu a testa. Ela não parecia bem. Hesitou um momento antes de pegar o seu kit de arrombar portas. Dez segundos mais tarde, estava no quarto.

Lucy estava sentada do outro lado do quarto escuro em sua poltrona imensa; a única fonte de luz era o poste de rua do lado de fora.

– Não consigo acreditar que tenha arrombado minha porta.

Ele fechou a porta atrás de si.

– Eu estava preocupado com você.

– Estou bem. Pode ir.

O rosto de Lucy estava pálido e inchado, o cabelo escuro estava emaranhado em ondas pelas costas, e ela estava sentada com o queixo apoiado nos joelhos. Ela não estava nada bem.

Sean cruzou o quarto, depois parou. A linguagem corporal dela não se parecia com nada que ele tivesse visto antes. Ela estava brava de verdade com ele.

– Você desconhece qualquer limite, não é? – replicou ela.

– Está perturbada pelo que viu no vídeo que encontrou? Desculpe, Lucy, eu não sabia que aquilo estava lá. Mas deveria; eu deveria ter pensado duas vezes antes de pedir sua ajuda...

Ela encarou-o e balançou a cabeça.

– Não, não estou perturbada por causa do vídeo.

– Por favor, me conte o que aconteceu. Eu fiz algo de errado? – talvez a tivesse magoado sem saber. – Fale comigo, por favor.

Ela emitiu um longo suspiro e fechou os olhos. A princípio, ele não entendeu o que ela estava fazendo com a mão, mas depois percebeu que estava apontando para a escrivaninha.

Ele aproximou-se e viu um caderno cheio de anotações em sua pequena letra de forma. Olhou para as fotos da família, algumas emolduradas, outras soltas no tampo. Havia uma série de fotos em preto e branco dos dois, daquelas feitas em cabines, que haviam tirado no dia em que ele a levara para ver vitrines e assim tentar descobrir o que lhe dar de presente, sem perguntar diretamente. Aquela tinha sido uma tarde divertida, e o sorriso no rosto dela era prova disso.

E também havia uma carta, virada para baixo.

Pegou-a. Era do FBI. Ele não precisava ler para saber que ela trazia más notícias.

– Lucy...

– Agora já sabe – ela disse, interrompendo-o. – Pode ir embora.

– Não...

– Sean, você não pode me deixar sozinha? Por uma noite? Você não entende. Não me sobrou nada. Preciso descobrir um monte de coisas, e preciso fazer isso sozinha.

– Você não está em condições de tomar decisões hoje à noite – aproximou-se e ajoelhou-se diante dela, apoiando as mãos em seus ombros. Ela estava tão tensa e rígida, os olhos vermelhos de angústia. – Não sei o que aconteceu com a junta entrevistadora, mas eles são um bando de incompetentes que não sabem o que estão fazendo.

Ela não disse nada, mas seu corpo começou a tremer.

Ele beijou-a no alto da testa, segurando o rosto dela ao encontro do peito, desejando poder sugar toda a dor de Lucy para si. Ele não sabia o que dizer ou fazer para melhorar a situação. E isso doía tanto quanto não poder resolver aquilo.

– Vamos dar um jeito – prometeu.

– Isso não é problema seu – sussurrou ela.

– Seus problemas são meus também – o que precisava fazer para provar que estava comprometido com ela, para o que desse e viesse, nos bons e nos maus momentos?

– Não, Sean.

Ele ignorou o comentário dela. Não começaria uma briga, não enquanto Lucy estivesse tão infeliz.

– Temos muito trabalho a fazer nos próximos dias; talvez até o fim de semana você tenha outra perspectiva.

Ela empurrou-o. Ele tentou não levar para o lado pessoal, mas era difícil.

– Não posso mais ajudar.

– Claro que pode...

– Não entendeu ainda? Acabou para mim. Não vou ser agente do FBI. Não vou ser policial. Não vou trabalhar no combate aos crimes cibernéticos. Acabou.

— Nunca a considerei uma desistente.
— Me deixe em paz – ela se virou.
Ele levantou-se.
— Sua família já sabe?
Ela balançou a cabeça.
— Vou contar, mas não agora.
— Não direi nada.
— Obrigada – ela murmurou, sem emoção alguma.
Ele caminhou na direção da porta, então parou em frente à escrivaninha.
— Preciso da sua ajuda neste caso. Você é inteligente, entende os adolescentes e o que rola nesse tipo de site. Eu poderia descobrir tudo isso, mas levaria muito mais tempo porque não sei exatamente o que devo procurar. Você nos poupou horas de trabalho e, dessa forma, estamos mais próximos de localizar Kirsten.
— E se eu interpretar alguma coisa de forma errada? – rebateu Lucy. – E se eu deixar passar alguma coisa? – balançou a cabeça. – Não preciso desse tipo de pressão. Não sei o que estou fazendo.
— Isso é mentira, e você bem sabe disso. Vá em frente e sinta pena de si mesma por hoje – Sean queria dizer algo reconfortante, mas percebeu que a última coisa de que Lucy precisava naquele instante era que alguém lhe dissesse que tudo ficaria bem. Autopiedade e Lucy eram duas coisas que não combinavam, e ela logo perceberia isso. – Estarei aqui amanhã às oito, pois espero que você vá comigo para Woodbridge. Preciso da sua ajuda ou nem teria pedido, para começo de conversa.
Colocou a mão no bolso e tirou o presente que tinha comprado naquela tarde, depois que tiraram as fotos na cabine. Queria ver a expressão de Lucy quando o abrisse, mas talvez fosse melhor que ela estivesse sozinha ao fazê-lo.
Deixou-o sobre as anotações e saiu do quarto.

Lucy ficou olhando para a porta. Queria ficar brava com Sean, tentou obrigar-se a ficar brava, mas não estava. Estava emocionalmente exausta. A única coisa que sentia eram ondas sufocantes de desespero e de fracasso.

Levantou-se lentamente, sentindo os membros rígidos por conta das horas que havia ficado sentada, e seguiu para a escrivaninha. Apanhou a caixinha que Sean tinha deixado ali. Tinha um laço azul.

Era de se imaginar que ele fizesse algo do gênero. Ela não queria abrir presente algum naquele dia. Não queria ver ninguém para não ter de fingir que estava tudo bem. Mas não resistiu ao desejo de abrir a caixa, sem saber o que encontraria. No que se referia a Sean, tudo era possível.

Puxou o laço e levantou a tampa. Havia um colar ali dentro. O pingente era uma margarida feita com seis ametistas e um pequeno diamante no centro. As pedras estavam incrustadas em ouro.

Ela nunca tinha visto nada parecido. Eram sete pedras num desenho simples, mas a delicadeza e a complexidade com que estavam unidas eram requintadas.

Dentro da caixa havia um cartão dizendo que a joia era de uma loja de antiguidades local na qual ela fizera diversas aquisições, embora raramente para si. Algumas semanas antes, quando foram ao shopping a caminho de um restaurante das proximidades, eles passaram diante da loja. Ela não tinha visto a margarida, mas comentou o quanto gostava de olhar a vitrine e que comprava boa parte dos presentes de Natal ali.

Sean não só se lembrara disso, como também escolheu uma peça que ela adoraria, simbolizando a declaração que ele fizera quando saíram pela primeira vez: a de que a presentearia somente com margaridas coloridas porque elas a faziam sorrir.

Colocando o colar ao redor do pescoço, Lucy chorou.

*

Era compreensível que Lucy estivesse triste por causa da decisão da junta entrevistadora, mas Sean estava simplesmente furioso com o resultado e ficou assim por diversas horas. Continuou a trabalhar, pedindo os registros telefônicos e as informações de IP referentes ao caso Kirsten Benton. Contudo, não conseguia parar de pensar na rejeição ao pedido de Lucy.

Assim, o FBI provou-lhe, repetidamente, que era um grupo de cabeças não pensantes. Não tanto os agentes de investigação – ele tinha um respeito relutante por eles após ter trabalhado em alguns casos que os envolviam –, mas os burocratas insensatos que administravam a agência. Sean sabia que não existia nenhum outro candidato mais qualificado ou dedicado do que Lucy.

Sean quase telefonou para Noah Armstrong, o agente do FBI que se tornara amigo dos Kincaid depois que ele e Kate trabalharam juntos num caso, mas se conteve. Ele e Noah não se entendiam muito bem na maioria das vezes, e não queria lhe pedir nenhum favor. Em vez disso, subiu um escalão e telefonou para o diretor-assistente Hans Vigo, a quem Sean admirava imensamente.

– Hans Vigo – respondeu o agente ao celular.

– Quem fala é Sean Rogan – ele olhou para o relógio e fez uma careta. – Espero que não seja tarde demais para telefonemas.

– Estou acordado.

Sean acomodou-se diante da escrivaninha.

– O FBI vetou Lucy.

Quando Hans não respondeu, Sean perguntou:

– Já sabia?

– Não, mas pensei que ela teria de travar uma batalha difícil.

– Difícil? *Já era*. Ela está fora.

– Ela pode apelar.

– Apelar? Como?

– Ela tem a possibilidade de solicitar uma junta entrevistadora diferente. Mas Lucy sabe disso.

Por que ela não havia dito nada a respeito da apelação para Sean?

– Ela está arrasada. Acho que não chegou a considerar suas opções.

– Ela lhe contou alguma coisa a respeito da entrevista? Se sentiu como se alguém estivesse contra ela ou se houve perguntas que lhe pareceram estranhas?

– Não. Ela achou que tivesse ido bem. Estava animada depois. Consegue descobrir quem estava na junta? Descobrir qual foi o problema com ela?

– Não sei se você, ou Lucy, gostarão de saber a resposta.

– O que você não está me contando?

– Nada que já não saiba. Lucy não é uma recruta típica. A agência observa atentamente os que considera que possam ter motivos específicos.

– Eles não podem condená-la pelo que aconteceu no PMC! Maldição...

– Eles podem considerar tudo o que quiserem. O PMC é somente um fator. Também existe o fato de ela ter matado duas pessoas.

O sangue de Sean gelou nas veias.

– E ela deveria ter morrido em vez disso?

– Pense grande, Sean. Eles provavelmente julgaram que ela já tenha destaque demais. É o meu palpite, não que eu saiba algo específico. Nem sei quem exatamente fez parte da junta de contratação, mas isso não é nenhum segredo e posso descobrir.

Sean ateve-se à última declaração de Hans.

– O que quis dizer com "destaque"? Pelo fato de Lucy ter sido estuprada? Isso é uma merda.

– Sean, não foi isso o que quis dizer – Hans afirmou com voz calma, porém firme. – No entanto, isso pode ser parte do motivo. Não por ela ter sido atacada, mas pelo que aconteceu depois. Qualquer coisa pode ter alertado a junta, mas ela esteve envolvida em diversas investigações da polícia e do FBI, e ela tem ligações em altos postos.

— Isso deveria ajudá-la!

— Às vezes ajuda. E às vezes essas ligações podem prejudicar os candidatos.

Isso Sean entendia. Seu irmão Liam era um desses casos; ele já tinha causado a Duke e à RCK várias dores de cabeça. Sean tampouco era um escoteiro. Sabia ter custado diversos negócios à RCK, quase tantos quanto havia conquistado.

Mas Lucy era diferente, e tornar-se agente do FBI significava mais do que qualquer outra coisa para ela. Sean não queria aceitar a derrota mas, ouvindo Hans, parecia não haver alternativa.

— Portanto ela não tem chance? Por que não disse isso a ela antes que ela passasse os últimos sete anos planejando uma carreira no FBI?

— Sean, entendo que esteja aborrecido e consigo imaginar como Lucy esteja se sentindo agora. Mas nenhum de vocês é ingênuo. Lucy seria uma contratação controversa; essa é a verdade nua e crua.

— Vai ajudar ou não?

— Sean, não conheço ninguém que mereça mais um posto na agência do que Lucy — Hans parecia irritado. — Eu, pessoalmente, gosto dela e a admiro imensamente, e sei que seria uma grande agente. Mais até: precisamos de mais pessoas como ela. O FBI, porém, é uma grande agência governamental, e os indivíduos que se destacam antes de serem recrutados provocam reações exacerbadas. Me dê até o final de semana para que eu possa descobrir o que puder a respeito da junta. Preciso ser discreto, porque se alguém suspeitar que estou tentando manipular o processo, Lucy terá ainda mais problemas quando apelar. Ligo para você na semana que vem.

Sean respirou fundo.

– Agradeço o que está fazendo, Hans.

– E se não der certo, uma mulher talentosa como Lucy ainda tem muitas opções disponíveis. Naturalmente, ajudarei no que puder.

– Obrigado, Hans. Nós dois sabemos disso, mas Lucy jamais pediria ajuda.

– Ela nem precisa.

SEIS

Garotas como vocês...

Kirsten acordou bem antes do alvorecer de quinta-feira, pela primeira vez em vários dias sem sentir-se como se fosse morrer. Ainda assim, lembranças de pesadelos surgiam de seu subconsciente. Ainda tremia por conta do sonho ruim, mas se esforçou para se controlar.

A voz não é real. Tudo faz parte de sua imaginação induzida pelas drogas.

Por mais que quisesse, não conseguia acreditar nisso.

Dolorida e fraca por não ter conseguido sustentar nenhum alimento sólido durante três dias, finalmente sentiu vontade de comer algo que não fosse caldo de galinha. Andar ainda doía. A quem estava tentando enganar? A dor era insuportável, e ela rastejou até o banheiro. Sentando-se na beira da pequena banheira, observou o infeliz reflexo no espelho.

O cabelo loiro estava imundo, mesmo depois de ter tentado lavá-lo no dia anterior. Achava que não tinha tirado todo o xampu, porque os fios pareciam ensebados. Um hematoma leve encobria a bochecha num cinza leve contra a pele já pálida demais. Estava parecendo um cadáver... e realmente não se sentia muito mais viva do que um.

– Tem sorte de não estar morta – sussurrou para si mesma.

A boca estava seca, e ela ergueu-se da banheira para alcançar a torneira. Uma dor dilacerante subiu pelas pernas a partir das solas machucadas, fazendo-a cair de joelhos. A crosta de um dos ferimentos partiu-se, deixando uma mancha de sangue no tapete branco do banheiro.

– Maravilha – disse, antes de começar a chorar.

Ergueu-se e voltou a se sentar na beira da banheira. Em meio às lágrimas que embaçavam sua vista, olhou para as solas dos pés. Eles estavam enfaixados, mas o sangue tinha manchado a gaze. Removeu-a cuidadosamente, contraindo o rosto de dor. Em seguida, avaliou o estrago. Era como se alguém tivesse cortado seus pés com uma faca de serra repetidas vezes. Alguns cortes eram superficiais e já estavam cicatrizando, outros eram mais profundos e exibiam um vermelho vivo. Só tinha mais dois comprimidos do antibiótico que tinha encontrado no gabinete do banheiro.

O que fazer?

Poderia telefonar para a mãe. Ela estaria furiosa, obviamente, mas iria buscá-la. E então Kirsten poderia voltar para casa e para sua própria cama.

Porém nem assim estaria segura.

O que diria para a polícia? Que Jessie tinha lhe pedido para ir a Nova York mesmo não tendo sido escalada para trabalhar como acompanhante? Certo, ela teria de admitir para a mãe que era uma garota de programa.

Melhor estar em apuros por vender serviços sexuais pela internet do que estar morta.

Mordeu o lábio e pensou em telefonar para o pai. Ela nutria um relacionamento de amor e ódio com ele. Embora sua mãe fosse uma divorciada amarga, fora seu pai quem causara os problemas familiares com tantos casos e traições. Talvez devesse simplesmente ligar para ele e dizer: "Bem, você gosta de dormir por aí. Eu também, mas pelo menos sou paga para isso".

Isso resolveria *muito bem* a questão. E Kirsten não estava exatamente orgulhosa do que havia feito, embora isso lhe desse algum controle sobre sua vida. Finalmente sentia como se tivesse poder, pela primeira vez em três anos – desde que se tornara um peão no divórcio dos pais. Assim que ingressou no Party Girl, foi tudo tão libertador e excitante que ela entrou de cabeça. Uma parte sua sabia que fazia isso para se vingar dos pais, mas outra estava simplesmente excitada por estar no comando. O poder que Kirsten tinha sobre os clientes era viciante.

Se tivesse se contentado com as conversas sexuais on-line, estaria bem. Mas, quando outra garota do Party Girl, Jessie, contara-lhe sobre essas festas em Nova York, ela não aguentou a curiosidade e começou a frequentá-las. Ficou completamente pasma com a sensação revigorante das raves. Não eram como ela imaginava – eram muito mais intensas.

Em algum momento nessa história, Kirsten perdeu o controle. Recebia dinheiro para ir a festas grandes e pequenas. Quando estava embriagada, perdia toda a noção de tempo e espaço. Tudo começou a desmoronar, mas ela não queria parar porque se sentia mais viva. Sentia-se mais *real* quando fingia ser outra pessoa.

Mas agora Jessie estava morta! E tinha tentado lhe dizer alguma coisa. Ela havia telefonado na sexta-feira de manhã, implorando para que se encontrassem na festa de sábado. E disse mais uma coisa, porém Kirsten estava muito distraída... E depois Jessie quis se encontrar do lado de fora.

Mas não foi Jessie quem mandou a mensagem. Ela a tinha chamado de "Ash", seu codinome.

Se não foi Jessie quem lhe enviara a mensagem de texto, quem teria sido? Alguém que a conhecia. Alguém que tinha o telefone de Jessie. E se tivesse o celular de Jessie, teria seu número e conseguiria descobrir onde ela de fato vivia. Kirsten poderia ligar para a mãe, mas será que estaria segura em casa?

Ela estava ficando cada vez mais ansiosa sobre sua situação. Estava hospedada em um apartamento incrível. Não tinha saído do quarto e do banheiro, mas tudo parecia caro e chique. Ficou tão perturbada ao encontrar Jessie morta, que acabou ficando doente. Ela nem sabia com o que tinha concordado ou por que o rapaz a deixara ficar ali. Não conseguia se lembrar do que ele lhe dissera a respeito do dono daquela cobertura ou por que ele não estava ali, mas pretendia descobrir naquele dia. Agora que conseguia raciocinar, descobriria um modo de acertar as coisas.

Inclinou-se e trancou a porta do banheiro, abriu a torneira da banheira e tirou a camiseta grande que vestia. Os músculos estavam doloridos pela falta de uso. Esticou os braços, olhando surpresa para o corpo, como se ele lhe fosse desconhecido.

Tinha pequenos cortes espalhados pelos braços e pernas, alguns tão profundos que provavelmente deixariam cicatrizes. Hematomas de todas as formas e tamanhos coloriam os membros, e uma mancha grande e amarelada cobria o quadril esquerdo quase completamente. Tocou-a e fez uma careta. Estava sensível e dolorida. Achava que não tinha nenhuma fratura, um milagre, considerando o estado de seu corpo.

Deveria ter ido a um hospital. O que será que aquele cara do estacionamento pensou dela quando a encontrou correndo desesperada?

Não estava correndo. Você caiu, lembra?

Não se lembrava de muita coisa, somente das sensações. Sentiu-se desconectada quando o loiro transou com ela contra a parede; frio quando saiu; horror quando encontrou Jessie morta; medo quando começou a correr porque ouviu uma coisa e pensou que estava sendo perseguida. Será que estava mesmo? Tinha ouvido uma voz, mas não a reconheceu. Pensou que fosse o assassino de Jessie, mas talvez fosse ajuda. Ou outro participante da festa.

Jamais se esqueceria dos olhos sem vida da amiga.

– O que aconteceu com você, Jessie? – sussurrou.

Nem pense nisso, vadia...

Kirsten afundou-se na banheira.

– Ai, ai, ai! – tinha deixado a água um pouco mais para quente que para morna, mas a temperatura não importava, todos os cortes e arranhões de seu corpo gritavam em protesto. Em seguida, as dores agudas diminuíram para uma dor constante e suportável.

Queria acreditar que a morte de Jessie tivesse sido um acidente, mas no fundo sabia que não era. *Alguém* estava escondido perto de seu corpo. Pela mensagem do celular, era claro que alguém queria que Jessie *e ela* estivessem mortas. Mas por quê? O que tinha feito? E se ela procurasse a polícia, o que lhes diria? Não sabia de nada! Nem mesmo por que Jessie estava tão assustada ou por que tinha lhe pedido para vir a Nova York.

Jessie estava envolvida com o Party Girl há muito mais tempo do que Kirsten, mas elas não conversavam a respeito de suas atividades on-line quando se encontravam nas festas secretas de Nova York. Kirsten vinha pensando em se inscrever na Columbia University com Jessie no ano seguinte, já tinha até mesmo enviado o formulário de inscrição sem contar para a mãe. Suas notas, porém, tinham despencado no semestre anterior, e ela achava que não seria aceita.

Talvez abandonar o time de softball tivesse sido um erro. Tinha uma média incrível como batedora e, no ano anterior, tinha sido a terceira melhor lançadora do Estado e a 29ª do país. Ainda tinha duas semanas antes de se dedicar ao final do Ensino Médio.

Olhou para os pés. Como poderia pensar em correr se nem conseguia andar? Como poderia pensar em outras coisas, como faculdade, se sua única amiga de verdade estava morta? E se tivessem descoberto o Party Girl?

Com o coração acelerado, percebeu que nunca tinha pensado no que as pessoas achariam de suas atividades virtuais. Quase não se importava se seus pais descobrissem, mas é claro que não vinha anunciando na escola que ela era "Ashleigh". Talvez bem no fundo de sua mente acreditasse que ninguém a reconheceria, ou que, caso a reconhecessem, poderia dizer: "Uau, essa garota se parece bastante comigo... Não dizem que todos têm um sósia?".

Pela primeira vez desde que ingressara no Party Girl, pensou no futuro. E ele parecia desanimador.

Lavou o cabelo debaixo da torneira da banheira, o que era difícil e desajeitado, mas seria doloroso demais ficar em pé debaixo do chuveiro. Seus braços tremiam quando se ergueu da banheira. Enquanto esteve se preparando fisicamente para os jogos de softball no ano anterior, conseguia fazer agachamento com quarenta quilos. Hoje, não conseguiria levantar nem cinco acima da cabeça.

Refez a bandagem dos pés e colocou um enorme curativo no joelho onde uma crosta tinha saído.

Uma batida na porta a fez gritar, mas conteve-se rapidamente.

– Sou eu, Dennis – uma voz anunciou.

Dennis? Quem era Dennis? Ela não se lembrava do nome do rapaz que a encontrara. Poderia ser Dennis. Devia ser.

– Kirsten? Você está bem?

– Sim – disse com voz rouca. – Só estou terminando de me lavar.

– Estou contente que esteja se sentindo melhor. Trouxe algumas roupas. Vou esperar na cozinha.

Ele se afastou. Kirsten tinha vagas lembranças de um rapaz, não muito mais velho do que ela, carregando-a para dentro de um elevador que cheirava à menta e lavanda. Havia algo estranho nele, mas ela estava se sentindo tão mal que não descobriu o que era. Ele lhe deu água e caldo de galinha, e ela achava que ele até tinha limpado tudo quando ela passou mal.

Por que ele a estava ajudando? Quem era ele?

Tentou dar um passo, mas a dor era grande demais e ela se perguntou se ainda havia pedrinhas e lascas de vidro enfiadas nos cortes. Outra lembrança de Dennis limpando seus pés e retirando um estilhaço longo de vidro a fez se perguntar por que ele não a levara a um hospital. Kirsten jurou nunca mais consumir drogas. Não gostava desses lapsos de memória.

Rastejou de volta pelo quarto e foi para a cama. A pele estava pegajosa, e ela começou a se sentir febril novamente. Queria dormir. Descansou por um minuto, mas logo viu uma sacola de compras da *Abercrombie & Fitch*. Olhou para as roupas incrivelmente caras dentro dela – eram do seu tamanho. Ela tinha dito para ele ou ele simplesmente adivinhara?

Tomar banho e se vestir a exauriu, e ela não queria ir para a cozinha. Não queria que Dennis a visse rastejando, mas, pensando bem, talvez ele já tivesse visto. Tudo o que queria era dormir.

Dennis bateu à porta do quarto.

– Pode entrar – disse ela, com voz rouca.

Dennis parecia muito doce, como se isso fosse possível em rapazes. Ele era poucos centímetros mais alto do que ela, mas tinha ombros bem largos, como se fizesse musculação. Bonitinho, uma criança, o que parecia estranho para alguém com sua estrutura física. Ele fitava-a com seus olhos azuis bem claros pelos óculos de armação de metal.

– Fiz uma sopa.

Dennis não a assustava, mas talvez ela devesse estar com medo.
– Por que não me levou a um hospital?
Ele olhou-a com um ar preocupado e com o rosto tenso.
– Você me disse para não fazer isso.
– Não me lembro disso.
– Ainda está se sentindo mal?
– Não me lembro de muitas coisas. Só de alguns fragmentos. Por que eu não queria ir para o hospital?
– Você disse que alguém queria matá-la e que precisava de um lugar para se esconder.

Kirsten definitivamente não se lembrava de ter dito isso, ainda que se lembrasse vividamente de ter se sentido aterrorizada por achar que alguém estava lhe perseguindo.
– E me trouxe para cá?
– O meu irmão está na Europa.

Ela franziu a testa. Algo estava errado.
– Você disse que seu irmão estava na festa. Não foi? – ou talvez ela estivesse se lembrando de outra conversa.
– Tenho dois irmãos. Charlie está na Europa, e ele me disse que posso ficar aqui sempre que quiser. Eu assisto a uma aula na Columbia – ele disse isso com orgulho e foi seu tom de voz que deixou claro a Kirsten que ele era meio devagar. Não era seriamente retardado, mas também não era normal. – Meu irmão conhece o reitor, e eles disseram que posso participar de uma matéria por semestre. Estou me saindo muito bem.

Ela não sabia por que, mas aquilo fez com que ela se sentisse melhor.
– Muito bem. Então isso aqui ficou só entre você e eu, certo?

Dennis assentiu.
– Quer um pouco de sopa?

— Sim, mas não consigo andar – fez uma careta olhando para os pés. – Está doendo demais.

— Posso trazer a sopa para cá.

— Por que está me ajudando?

A expressão surpresa indicou que ele não tinha entendido a pergunta.

— Quero dizer, eu devia estar um horror aquela noite. Como se eu fosse uma doida ou algo assim.

— Você estava com medo. Charlie sempre diz que devemos ajudar o próximo.

— Acho que eu iria gostar do Charlie.

Dennis sorriu e seus olhos iluminaram-se.

— Eu adoro o Charlie. Ele é muito bom comigo.

— E quanto a seu outro irmão?

Dennis deu de ombros.

— Ele é mal-humorado. Charlie diz que ele é egoísta e que não vai crescer. Mas ele sempre me leva para os jogos de baseball. Eu adoro baseball.

— Eu também.

Dennis sorriu.

— E depois do jogo, se ele estiver sem namorada, posso ir para o apartamento dele para ver filmes, mas não os de terror porque não gosto. Da última vez assistimos *Star Wars*, o meu preferido.

Ele era meigo de verdade. Kirsten sentia-se péssima por envolver esse garoto em seus problemas.

— Obrigada pelas roupas.

— Olhei a etiqueta do seu vestido para ver o tamanho quando... – ele corou num tom bem forte de vermelho e desviou o olhar. – Desculpe – murmurou. – Ele estava rasgado, e você não estava conseguindo falar. Não toquei em você, juro. Só te ajudei a vestir uma das camisas velhas do Charlie.

– Tudo bem. Você cuidou de mim, e eu me sinto muito melhor.
– Posso levar você para casa, se quiser.
Ela balançou a cabeça.
– Uma coisa estranha aconteceu naquele galpão.
– Eu sei. Apareceu no jornal.
– O quê? O que estava escrito no jornal?
– Não li porque parecia assustador, mas vi a foto do galpão. Vou trazer para você, junto com a sopa. Tudo bem tomar sopa no café da manhã? Só são oito horas.
– Obrigada. E água, por favor.

Alguns minutos mais tarde, Dennis apareceu com uma bandeja. Aquilo era quase surreal: uma rosa falsa num vasinho, uma tigela de sopa, bolachas de água e sal, um copo alto de água com gelo e o *New York Post* dobrado. Tudo estava bem arrumadinho.

– O cheiro está ótimo – ainda que estivesse faminta, pensar em comer a deixava nauseada.

Ele ficou extasiado.

– Preciso ir para a minha aula. Começa às nove e não quero chegar atrasado.

– Tudo bem mesmo eu ficar aqui?

Ele concordou com a cabeça.

– Charlie só vai voltar na semana que vem. E ele não se importaria.

Kirsten não tinha tanta certeza disso, mas não queria discordar de Dennis.

– Volto depois da aula – ele sorriu ao acenar antes de partir.

Kirsten abriu o jornal. A manchete no fim da primeira página dizia:

ESTRANGULADOR DE CINDERELAS ATACA NOVAMENTE! P.13

Com as mãos tremendo, Kirsten foi até a página 13.

Quarta vítima encontrada abandonada num galpão do Brooklyn

Brooklyn – Na quarta-feira de manhã, o corpo de uma jovem não identificada foi encontrado por uma empresa de segurança particular num estacionamento coberto por mato de uma fábrica de papel abandonada, perto da baía Gowanus.

O detetive encarregado da NYPD, Victor Panetta, recusou-se a dar informações, afirmando somente que uma jovem entre 18 e 25 anos foi encontrada na madrugada desta quarta-feira e que a investigação seria sua prioridade número um.

Contudo, fontes dentro do departamento de polícia relatam que a cena do crime se assemelha à de três homicídios anteriores. A primeira vítima, a estudante de 19 anos da Columbia University Alanna Andrews, foi encontrada numa simulação de Casa Assombrada em um edifício abandonado, no Harlem, nas primeiras horas de 31 de outubro. Érica Ripley, 21, funcionária do Java Central, supostamente é a segunda vítima do Estrangulador de Cinderelas. Ela foi encontrada em 2 de janeiro no sul do Bronx, num terreno próximo a uma fábrica abandonada. A terceira vítima foi identificada como estudante do terceiro ano da New York University (NYU), Heather Garcia, 20, assassinada em 5 de fevereiro numa festa em Manhattanville. Seu corpo foi encontrado por funcionários da limpeza pública perto de uma lixeira. Todas as quatro vítimas foram encontradas depois de terem participado de festas ilegais "underground" em locais abandonados.

O Estrangulador de Cinderelas sufoca suas vítimas e pega um de seus sapatos. As autoridades se recusam a comentar o que o sapato possa representar, mas a psiquiatra Emile DeFelice disse que o assassino pode ter um fetiche por pés ou usar o sapato num rito sexual bizarro. Alguns especialistas alegam que assassinos em série levam itens pessoais – normalmente lingerie e joias – de suas vítimas como uma espécie de suvenir, a fim de reencenar seus crimes mais tarde.

O FBI criou uma força-tarefa com a NYPD e a Autoridade Portuária, sugerindo que eles, de fato, estão no encalço do assassino serial.

Aqueles ligados à investigação dizem que a força-tarefa não tem nenhuma pista. O FBI enviou um comunicado a todas as universidades para que orientem os estudantes a serem mais cuidadosos quando participarem de raves. *As autoridades estão buscando novas formas de evitar tal tipo de evento. Ativistas da comunidade aconselham cautela ao frequentar essas festas. "Vá com algum conhecido e volte com um conhecido", disse um frequentador assíduo, que pediu para permanecer anônimo. "Divirta-se, mas fique esperto".*

A polícia pede que qualquer um com informações que possam ajudar na investigação ligue para o número da força-tarefa. Uma recompensa de 10 mil dólares foi oferecida pelo FBI por qualquer informação que possa levar à condenação do assassino.

Kirsten empurrou a bandeja. Jessie foi morta por um *assassino serial*?

Garotas como vocês...

Kirsten não sabia o que fazer. Ninguém sabia onde ela estava.

Olhou para a data no jornal. Quinta? Já era *quinta-feira*? Ela tinha passado mal por cinco dias? Tinha de ligar para a mãe, para que ela soubesse que estava bem. Os finais de semana eram uma coisa, mas ela havia saído de casa na sexta-feira e agora a mãe estaria alucinada.

Mas o que poderia fazer? Não poderia ir rastejando pela cidade. Precisava de alguém em quem confiar, mas não tinha ninguém.

A não ser...

Trey a ajudaria, sabia disso. Era seu ex-namorado e ainda estava furioso por causa do vídeo, mas tinham voltado a se falar, e ele lhe disse que, se precisasse de ajuda, era só pedir.

Viu um carregador de celular no quarto, mas nenhum telefone. E se o proprietário só tivesse celular?

Rastejou para fora do quarto e percebeu que não tinha saído de lá desde que chegara. A vista da cidade de Nova York das janelas imensas era de tirar o fôlego. Sentou-se no chão e olhou ao redor.

Tinha pensado que o quarto era bonito, mas a sala de estar era maravilhosa. Carpete fofo cinzento, mobília cinza escura, mesas de vidro e tons de azul e verde em pinturas e em detalhes da decoração. Esse cara, o irmão de Dennis, só podia ser rico.

Ela viu as portas duplas do outro lado da sala e foi até lá, o esforço roubando-lhe toda sua energia. Estava tonta e cansada.

As portas duplas davam para um escritório. Na mesa, havia um computador.

– Obrigada... – sussurrou e rastejou pelo escritório.

Suspendeu-se numa cadeira. Embora não tivesse a senha de Charlie, poderia acessar a conta de convidado e assim conectar-se à internet.

Ela entrou em sua conta do Facebook e estava para mandar uma mensagem para Trey quando percebeu que não sabia onde estava. Precisava vasculhar o escritório de Charlie para encontrar um endereço, qualquer indício, mas mal conseguia enxergar, como se sua visão periférica estivesse toda preta e só conseguisse ver o que estava bem diante dela.

Digitou uma mensagem para Trey e desejou que ela fizesse sentido. Não sabia se tinha forças para voltar para a cama, mas tinha que tentar. Precisava dormir.

Nem pense nisso, vadia...

SETE

Às nove da manhã de quinta-feira, Suzanne encontrou-se com o detetive Panetta na cafeteria de uma esquina próxima à casa da garota desconhecida, identificada aquela manhã como Jéssica Bell.

– Fraco, sem açúcar – disse Panetta ao entregar o café para Suzanne.

Ela não escondeu a surpresa.

– Depois de todos esses anos você ainda se lembra?

Ele sorriu.

– Minha boa memória deixa minha esposa feliz.

Caminharam pela rua West 112, com a catedral de São João, o Divino, ao fundo da rua perpendicular. Era um bairro agradável, limpo, com prédios de várias épocas, muitos abarrotados de estudantes da Columbia University nas proximidades. O vento tinha diminuído, mas vinha chuviscando a manhã toda, com algumas poucas tréguas.

– Viu o *Post*? – perguntou ela.

– Como não ver?

– Eles nos fazem parecer idiotas.

– É difícil ignorar a manchete da primeira página.

Suzanne ressentia-se da mídia porque a imprensa tinha atrapalhado um de seus casos há alguns anos. Deixou de lado a frustração e mudou de assunto.

– Conseguiu identificar a vítima bem rapidamente.

– Ainda ontem à noite – explicou Panetta. – A colega de quarto reportou seu desaparecimento na segunda pela manhã, por isso fizemos uma identificação com a foto, depois pedimos que a universidade enviasse as digitais dela como confirmação. O legista confirmou que Jéssica Bell estava morta há pelo menos 48 horas antes de o corpo ter sido encontrado. Será difícil estabelecer a real hora do óbito.

– E hora aproximada?

– Não mais do que uma semana, mais do que 48 horas. Estão executando alguns testes avançados que podem restringir esse período, mas os resultados não ficam prontos da noite para o dia.

– Por enquanto, isso deve bastar; conseguiremos determinar quando a colega de quarto a viu pela última vez e partiremos daí. É bem provável que ela estivesse na festa e que tenha morrido no sábado à noite – Suzanne tomou um gole de café enquanto caminhava. – Ela não foi a essa festa sozinha.

– Você não tem como saber disso com certeza.

– Os universitários podem ser tolos com suas festas enlouquecidas, as bebidas e as drogas, podem até sair das festas com gente desconhecida. Mas para *ir* às festas? Garotas não vão sozinhas. Alguns rapazes podem ir, mas não as garotas. Ou, no mínimo, marcam de se encontrar com alguém na hora em que chegam.

– Bela observação.

– Por que nenhum de seus amigos disse nada? Ou procurou por ela? Ou foi à polícia e disse: "Olha, fui para uma festa com minha amiga Jéssica e ela desapareceu"? – Panetta abriu a boca para dizer algo, mas Suzanne respondeu à própria pergunta: – Porque seriam apanhados. Invasão de propriedade. Bebedeira e desordem. Vandalismo. Favorecimento de bebida a menores de idade. Posse de drogas. O que quer que tenham feito era ilegal. Um delito leve, provavelmente, mas nós estaríamos no caso mais cedo, falaríamos com pessoas mais rapidamente, encontraríamos uma testemunha e até poderíamos ter uma mínima ideia de quem é esse maldito assassino.

Panetta parou de andar e olhou para os pés dela.

Ela relanceou por cima do ombro.

– O que foi?

– Só estou procurando o caixote sobre o qual você está fazendo seu discurso.

Ela sorriu e meneou a cabeça.

– Ok, eu sei, isso é um assunto delicado para mim – continuaram a andar. – Mas você tem filhos, certo?

– Três filhas.

– O que elas fariam?

– Ligariam para mim.

– Certeza?

Panetta assentiu.

– A minha mais velha nunca se meteu em apuros, mas as outras duas me ligaram diversas vezes ao longo dos anos para que eu fosse buscá-las em festas onde as coisas saíram do controle. Eu lhes disse que era melhor ficarem de castigo do que acabarem mortas, e elas concordaram – suspirou. – A caçula termina o Ensino Médio em junho. Está indecisa entre a Boston University e a de Georgetown.

– Duas excelentes universidades – comentou Suzanne impressionada. – Eu fui para o Boston College.

– Gostou de Boston?

Ela deu de ombros.

– Gosto mais de Manhattan.

Ela tinha odiado Boston, em parte porque se sentiu completamente deslocada lá. Era apenas uma garota conservadora de uma pequena cidade sulista indo para uma grande universidade urbana. Ironicamente, acabou se apaixonando por Nova York depois que o FBI a designara para a cidade após ter terminado o treinamento em Quantico, dez anos atrás. E agora não queria mais sair dali. Até rejeitou uma promoção no ano anterior porque teria de se mudar para Montana. Já fazia bastante frio em Nova York. Ela teria sido uma agente especial supervisora no escritório regional de Helena – um escritório menor, com crimes diferentes e no meio do nada. O aumento no salário não bastava para convencê-la a deixar o trabalho de campo, e sentar-se atrás de uma escrivaninha distribuindo ordens não era seu estilo. Além do mais, tinha crescido numa cidade no meio do nada no sul; não queria trabalhar no meio do nada no norte.

Pararam diante do prédio de sete andares onde Jéssica Bell morava. Houve uma época em que o prédio abrigava apartamentos amplos de um e de dois dormitórios; a maioria deles tinha sido dividida, e o lugar agora era mais um dormitório universitário fora do campus do que um prédio de apartamentos individuais.

A colega de quarto de Jéssica Bell, Lauren Madrid, parecia petrificada ao abrir a porta do apartamento e se deparar com Suzanne e o detetive Panetta. Lauren era jovem, atraente, hispânica de pele clara. Um tantinho magra demais, pensou Suzanne.

– Estão aqui por causa de Jessie.

– Podemos entrar? – perguntou Suzanne.

Lauren abriu a porta um pouco mais e Suzanne entrou. Havia dois cômodos: uma saleta pequena com uma cozinha e o quarto que as duas dividiam. As duas camas ficavam em paredes opostas e podiam ser vistas pelas portas duplas abertas.

Panetta fechou a porta de entrada quando Lauren foi para um sofá gasto e se sentou com as pernas cruzadas.

– Ela está morta mesmo.

– Sim – confirmou Suzanne, sentando-se ao lado dela. – Temos algumas perguntas e, para que possamos capturar o assassino de Jéssica, é crucial que você seja completamente honesta conosco.

Lauren fitou-a atordoada.

– Bem, sim, claro.

– Quando foi a última vez que viu sua colega de quarto?

– Ela estava aqui na sexta-feira de manhã quando fui para a aula. Depois fui pegar o trem para Albany, onde meus pais moram. Só voltei no domingo à noite.

– E Jessie não estava aqui?

– Não, mas, na verdade, nem liguei muito. Ela costuma ficar na casa dos namorados.

– Namorados? No plural?

– Bem, com quem quer que ela estiver saindo no momento. Ela não gostava de se apegar a ninguém. Jéssica era meio selvagem, mas muito, muito legal. Meu pai se esforça para pagar minha mensalidade, e Jéssica assumiu o aluguel de novembro e de dezembro para mim. E nem quis receber meu dinheiro quando tentei devolver em janeiro.

– Jéssica é de família rica? – perguntou Suzanne, embora aquelas acomodações não fossem nada luxuosas.

Lauren deu de ombros.

– Acho que sim. Não sei.

– Ela tinha emprego?

– Não.

– Há quanto tempo conhecia Jéssica?

– Desde agosto. Este é meu primeiro ano, o segundo dela. Ela pôs um anúncio para arranjar uma colega de quarto, e nós nos entendemos.

– Vocês saíam juntas?

– Não muito.

Suzanne não entendia como alguém que anunciava uma vaga para conseguir uma colega de quarto conseguia cobrir o aluguel por dois meses sem querer receber o dinheiro de volta.

Panetta perguntou:

– Conhece os amigos de Jéssica? Ela tem algum namorado? Ou ex-namorado?

– Hum... – Lauren franziu o cenho.

– Ela não tinha amigos? – Suzanne perguntou surpresa.

– Não, é que não conheço bem os amigos dela. Ela não trazia muita gente para cá. Ah, tem o Josh.

– Namorado?

– Na verdade, não, eles são mais do tipo amigos coloridos. Sabe? Eles transavam, mas...

Suzanne interrompeu-a.

– Conheço o significado de amigos coloridos – bem demais até. – E Josh é aluno? Professor?

– Ele está no último ano, acho. Mora no andar de cima, no 710.

Depois de vasculharem o quarto de Jéssica sem encontrar nada útil além de um caderninho de endereços e um laptop – o qual Suzanne confiscou depois de entregar um recibo a Lauren –, eles subiram três andares até o apartamento de Josh Haynes.

– Amigos coloridos – resmungou Panetta. – Não sou nenhum puritano, mas para mim, sexo sem amor e respeito não significa nada.

Talvez, mas nem sempre, pensou Suzanne. E algumas vezes, existia afeição e respeito sem amor. E por que ela não poderia ter um homem com quem despender um pouco de energia sexual? Respondeu à própria pergunta: porque existiam dois pesos e duas medidas, mesmo aos 33 anos de idade. Homens podiam sassaricar por aí; e as mulheres? Talvez nem tanto.

Depois de chegar ao último andar, Panetta bateu à porta de Josh Haynes. Ele atendeu vestindo calça de moletom cinza, sem camiseta.

Eles mostraram os distintivos.

– Estamos aqui por causa de Jéssica Bell – anunciou Panetta.

– Algo errado?

Ele parecia preocupado, mas Suzanne já se deparara com diversos criminosos atores ao longo dos anos. Talvez na prisão eles pudessem trazer à tona seus Shakespeares.

– Quando foi a última vez que viu ou falou com Jéssica? – perguntou Panetta.

– Sábado – Josh enrugou a testa.

Quando ele não acrescentou nenhum detalhe, Suzanne insistiu:

– Tinham um encontro marcado?

– Fomos a uma festa juntos no sábado.

– Onde foi essa festa?

– No Brooklyn. Fui com ela porque ela estava apreensiva em pegar o metrô sozinha à noite, mas não ficamos juntos lá. Ela disse que tinha outros planos.

– Tive a impressão de que você e Jéssica estavam envolvidos – comentou Suzanne.

– Não estávamos namorando nem nada assim.

– A colega de quarto dela disse que vocês dormiam juntos.

– É, bem, às vezes, mas não era nada exclusivo. Só gostávamos de ficar juntos.

– Então vocês foram a essa festa no Brooklyn. Num depósito vazio?

– Estão aqui por causa disso? Do depósito? Foi só uma festa.

– Jéssica está morta – Panetta foi direto.

Josh empalideceu.

– O quê?

– O corpo dela foi encontrado a cinquenta metros da entrada principal do depósito – informou Suzanne.

Ele balançou a cabeça.

— Mas... eu... não... – parou, confuso, e deu um passo para trás.

Suzanne tomou o gesto como um convite e entrou; Josh não os deteve.

A voz de Panetta soou ríspida.

— Foi à festa com sua grande amiga Jéssica, foi embora sem ela e nem se importou em dar uma olhada nela no domingo? Ou na segunda de manhã?

— Não estávamos namorando... Não entendo. Ela não pode estar morta.

— Temos a identidade confirmada – disse Suzanne, fechando a porta atrás de si.

Josh largou-se no sofá. Ele vivia num apartamento amplo de um dormitório, cerca de 16 metros quadrados no canto do prédio, com quatro janelas altas e estreitas dando para a rua. O trabalho de carpintaria devia ser o original do prédio e tinha sido bem mantido pelos inquilinos ou pelo proprietário.

— Eu... só estou... pasmo. Jess...

Panetta disse:

— Não estamos aqui por causa da festa ilegal. Estamos aqui por causa do homicídio.

— Ela foi assassinada? – perguntou Josh, como se isso também fosse uma revelação.

Suzanne confiava em seus instintos e não acreditava que Josh fosse o assassino, ainda que boa parte dos assassinos não parecesse.

— Senhor Haynes, estamos tentando apanhar o assassino de Jéssica. Queremos conversar com qualquer pessoa que possa tê-la visto na festa. Os nossos investigadores dizem que deve ter havido pelo menos quinhentas pessoas no depósito do Sunset Park. Está nos dizendo que isso foi no sábado à noite, certo?

Josh concordou.

— Acho que estava mais para oitocentas no auge – ele corrigiu.

– A que horas você e Jéssica chegaram?
– Um pouco depois da meia-noite.
– Quando foi a última vez em que a viu?
– Logo depois que chegamos. Jess adorava dançar. Era por isso que ela ia a essas festas, por causa das bandas incríveis. As pessoas podem ser elas mesmas. Eu estava cuidado de outras coisas.
– Que seriam?
Ele deu de ombros.
– Coisas.
– Como ficou sabendo da festa? Recebeu um convite? Leu na internet? Estou um pouco enferrujado nessa área.
Suzanne reprimiu um sorriso. Vic Panetta sabia mais do que a média dos detetives de cinquenta anos a respeito de como funcionava o cenário universitário.
Josh foi reticente, e Panetta insistiu com gentileza:
– Entendo que esteja preocupado porque a festa era ilegal, mas posso garantir que, a menos que tenha matado Jéssica Bell ou que esteja encobrindo quem o fez, não vou prendê-lo por nada que tenha feito nessa festa. Sou detetive de homicídios, não de narcóticos. Mas, se não nos ajudar, vou dar seu nome para o detetive encarregado de narcóticos e de gangues, e ele tornará sua vida um inferno.
Josh franziu a testa.
– Estou meio que envolvido na organização de algumas festas. Mas não sou só eu – acrescentou rapidamente.
– Estou ciente disso.
– Temos um site. Só postamos a localização umas duas horas antes. Somente pessoas que conhecemos têm a senha de acesso, e são elas que espalham a notícia em seus círculos. Na maioria das festas, os frequentadores são universitários e trabalhadores que precisam aliviar a tensão. Música ao vivo, umas bebidinhas e drogas, só diversão.

Umas bebidinhas e drogas? Suzanne teve de se conter para não subir no caixote de discursos de novo.

— Então você não conhece todos os que estavam lá?

— Pessoalmente, não, claro que não.

Panetta passou uma folha de papel para ele.

— Estes são os endereços de outras três festas secretas onde jovens foram assassinadas. Alguma dessas eram suas também?

Josh olhou para o papel. Depois deu um suspiro que poderia ser interpretado como de alívio.

— Só a festa do Bronx, na fábrica. O meu grupo só as organiza em depósitos e fábricas.

— Conhece quem organizou essas outras?

— Manhattanville... bem perto da universidade. Ouvi dizer que foi uma festa de fraternidade, não muito grande, talvez umas duzentas pessoas. Acabou cedo. A do Harlem eu não saberia dizer. Mas existe uma pessoa que sabe mais a respeito de festas secretas do que qualquer outra pessoa na cidade: Wade Barnett.

Panetta inclinou-se para trás, o reconhecimento cruzando seu semblante. Suzanne não conhecia o homem.

— Jéssica lhe contou a respeito de alguma ameaça que possa ter recebido? — perguntou Suzanne. — Talvez de um frequentador habitual das festas que tenha prestado atenção demais nela?

— Não. Mas... — ele hesitou.

— Pode falar — insistiu Suzanne.

— Nos últimos tempos, ela parecia nervosa. Não sei por quê, mas ela não me contou nada a respeito.

— Ela poderia ter se confidenciado com a colega de quarto?

— Lauren? — confirmou ele. — Não. Lauren não aprovava as festas e não gostava quando Jess voltava chapada.

— Havia alguém mais em quem Jéssica poderia confiar? Talvez um amigo, um colega de trabalho ou alguém da universidade?

Josh respondeu:

– Ela era bem amiga de uma garota que não era daqui. Ashleigh. Não sei o sobrenome dela, só a vi uma ou duas vezes. Há um mês, talvez mais, ela ficou no apartamento de Jess quando Lauren foi visitar os pais.

– Sabe onde Ashleigh mora? Como podemos localizá-la?

– Não, lamento.

– Ela estava aqui no sábado?

Josh refletiu a respeito.

– Talvez. Jess não disse que ela viria, mas como já falei, ela estava assustada e esquisita.

Panetta disse:

– Talvez tenhamos mais perguntas, portanto precisamos de seus contatos – ele estendeu o bloco de anotações.

Josh escreveu todos os seus dados e acompanhou-os até a porta.

– Vou falar com as pessoas que eu sei que estiveram lá.

– Por que não nos dá os nomes deles? – sugeriu Suzanne.

– Porque eles não vão falar com vocês. Vão negar que estiveram lá e vão se afastar completamente. Quero ajudar, de verdade. Jess e eu éramos bons amigos. Prometo, se eu souber de alguém com alguma informação, mando o contato para vocês, ok?

Suzanne concordou com relutância. Podiam conseguir um mandado para obter os nomes mais tarde se as provas apontassem para essa direção.

Saíram, e ela disse para Panetta:

– Precisamos verificar o passado dele.

– Considere feito.

Ela perguntou:

– Quem é Barnett?

– Há vinte anos, no verão, Douglas Barnett morreu num horrível acidente numa fábrica na periferia da cidade. Cinco homens morreram. A empresa pagou uma indenização enorme para as famílias. O filho mais velho de Barnett é um prodígio das finanças. Transformou alguns milhões em dezenas de milhões ou mais. Ele administra uma fundação e doa dinheiro para a caridade. Wade é o irmão mais novo. Ele sempre aparece na coluna social. É do tipo garotão mimado rico.

– Você o está colocando na lista de suspeitos?

– Por que motivo? Garoto mimado novo rico planejando raves? Isso não faz dele um assassino.

– Não gosta dele?

– Não o conheço.

– Então, vamos nos apresentar.

– A situação pode ficar complicada.

– Está com medinho, é? – brincou ela.

Ele replicou sem emoção.

– Politicamente complicado. Os Barnett têm conexões. É melhor sabermos o que estamos fazendo.

– Nós sabemos.

OITO

Lucy não falou com Sean durante todo o trajeto até Woodbridge. Estava brava com ele e ainda mais brava consigo mesma. Tinha se afundado em tristeza desde que recebera a carta do FBI, e isso não se parecia em nada com ela. E daí que não servia para o FBI? Tinha de aceitar e seguir em frente. Lidar com isso. Crescer.

Mas a raiva suprimia a dor de não ser boa o bastante.

Tinha decisões a tomar, dentre elas se continuaria em D.C. ou se voltaria para San Diego. Se deveria voltar a estudar para obter o diploma de advogada, o que vários professores a tinham encorajado a fazer, ou se deveria seguir os passos de Dillon e ir para a faculdade de medicina e se tornar psiquiatra.

Não tinha se encaixado muito bem na faculdade, motivo pelo qual se concentrou unicamente nos estudos, obtendo ótimos resultados. Não tinha sido uma típica jovem de 18 anos, e não queria voltar para a faculdade aos 25, mesmo que os alunos da pós-graduação tivessem quase a sua idade.

Tinha feito estágio no departamento de polícia do Condado de Arlington por um ano e decidido que não queria ser policial. Estava muito mais interessada nos tipos de crime que o FBI investigava do que em ser uma policial local. Também tinha estagiado no Congresso, mas jamais voltaria para lá. E o necrotério? Aquele tinha sido o mais interessante dos três estágios, mas não desejava trabalhar com mortos pelo resto da vida.

O FBI teria sido perfeito, com a prioridade em sua área de interesse: crimes cibernéticos. Também tinha a graduação em Psicologia Criminal, o que a ajudaria a trabalhar em qualquer das divisões do FBI.

Se tinha se sentido no limbo antes de receber a resposta do FBI, agora se sentia ainda mais desajustada.

Estava pronta para sair da casa do irmão.

Tinha morado com Dillon e a esposa, Kate, por mais de seis anos, desde que se mudara para D.C. para frequentar Georgetown. Nunca tinha morado no campus; naquele primeiro ano, já tinha sido bem difícil simplesmente pôr os pés para fora de casa sozinha. Na semana da formatura do colégio, ela tinha sido estuprada e profundamente humilhada quando seu agressor publicou o ataque ao vivo na internet. Ainda que tivesse se mostrado corajosa perante a família, Lucy demorou muito mais para se livrar da dor do que deixou transparecer. Mudar-se para a casa de Dillon e Kate a poupou de se submeter à vigilância constante da família, e a distância a auxiliou a juntar os cacos de sua vida e de seus sonhos.

Honestamente, não sabia se ainda morava com eles porque, assim que terminasse o treinamento em Quantico, iria para onde quer que o FBI a enviasse, e só então arranjaria um lugar só seu (para que gastar dinheiro com um apartamento agora?), ou porque ainda tinha medo de viver sozinha.

O fato de os pesadelos terem retornado há cinco semanas vinha sendo um fardo para ela. Vinha passando menos tempo com Sean porque não queria que ele soubesse. Já tinha lidado sozinha com esse problema uma vez. Faria isso novamente.

No entanto, tudo estava acontecendo ao mesmo tempo, e era mais fácil ficar brava com Sean por forçá-la a ajudá-lo do que pensar no futuro.

E se fosse verdadeiramente honesta, queria ficar triste. Repassou repetidas vezes em sua mente a entrevista com o FBI, tentando descobrir o que tinha feito de errado. Dirigir-se para o subúrbio da Virgínia com Sean, concentrar-se nos problemas de outra garota em vez dos seus a aborrecia, a distraía de sua autopiedade. Egoísmo? Sim. Se tivesse energia para discutir com Sean, estaria naquele instante em sua cama, tentando dormir, já que o sono desaparecera na noite anterior. No entanto, acreditava que poderia fazer alguma diferença em localizar Kirsten Benton, por isso não tentou se esquivar quando Sean a buscou.

Sean virou na estrada I-95 em direção ao subúrbio de Woodbridge. Com 50 mil moradores, construções planejadas, e parques e escolas estrategicamente localizados, Woodbridge era um local excelente para criar as crianças, mas Lucy conseguia entender como o lugar enlouqueceria qualquer adolescente pela falta do que fazer. Ainda mais uma adolescente que tinha sido obrigada a se mudar para um lugar a mais de 4 mil quilômetros de distância, sendo afastada da família e dos amigos por uma mãe que não conseguia enxergar além da própria dor e do sentimento de ter sido traída.

Perto da casa dos Benton, muitas casas tinham placas de "vende-se" ou "propriedade do banco" no jardim, um sinal claro de que a economia estava empacada. Via-se isso em todo o país, mas mais particularmente nos subúrbios. Sean parou diante de um sobrado com mais de 20 anos de idade, padrão naquela parte da Virgínia.

O bairro era agradável, sem nada de especial, as casas tinham suas árvores despidas, inclusive, pinheiros mais ralos as separavam umas das outras. Tranquilo, mas não fantasmagórico, e agora vazio –

Lucy atribuía isso ao fato de as pessoas estarem trabalhando e não à crise econômica.

Que tipo de lar Kirsten tinha antes de o pai trair a mãe e a mãe sair correndo com ela? O que Kirsten via quando voltava da escola para casa todos os dias? Ou, mais importante ainda, o que ela *não* via? Faltavam quatro meses para a formatura, para um futuro brilhante, universidades à sua espera, e mesmo assim ela buscava algo que não encontrava na família, que não conseguia com os amigos, que a fazia fugir repetidamente...

O estômago de Lucy contraiu-se ao se lembrar que para ela também faltavam quatro meses para a formatura, quando começou a conversar com um rapaz que dizia ter 19 anos, que estudava em Georgetown, e que se apresentara como "Trevor Conrad". Alguém que parecia entendê-la melhor do que seus amigos, melhor do que sua família. O que Lucy só ficou sabendo tarde demais foi que ele tinha pesquisado a seu respeito antes de entrar em contato. Conhecia suas bandas favoritas, seus filmes e livros prediletos. Tudo por causa dos sites que frequentava e dos lugares onde deixava comentários na internet. Ele sabia que ela era a mais jovem de sete irmãos, numa família de policiais e heróis militares. Ele entendeu – mesmo que ela não tivesse dito isso em palavras – que ela queria se afastar de casa por causa da profunda tristeza que assolou a família depois do assassinato de seu sobrinho Justin, quando os dois só tinham sete anos de idade.

Trevor Conrad sabia mais a seu respeito do que qualquer outra pessoa, e ela caiu direitinho em sua armadilha.

Será que Kirsten havia cometido os mesmos erros?

– Lucy, o que foi? Algo errado? – perguntou Sean.

Ela balançou a cabeça ao perceber que estava olhando para o nada enquanto Sean tentava lhe contar algo a respeito de Kirsten e da mãe.

– O que *não está* errado? – rebateu ela, sem conseguir discutir seus sentimentos naquele instante. – Estou pronta, mesmo sabendo que, na verdade, você não precisa de mim aqui.

– Precisamos falar com os amigos de Kirsten e você já trabalhou com adolescentes. Conhece a linguagem deles, por assim dizer – ele sorriu com bom humor.

– E você não? – disse ela. – Estou aqui, então vamos logo com isso.

Ele pegou a mão dela e beijou-a.

– Você não está brava comigo de verdade.

Ela levantou as sobrancelhas.

– Estou, sim – mas não estava, não com Sean. Não mais.

Ele esticou a mão e ergueu a margarida de ametista que estava no pescoço dela.

– Não está, não.

– Não vou descarregar minha raiva numa bela joia só porque quem a deu para mim também forçou a fechadura do meu quarto.

Ele beijou-a.

– Tentarei não fazer isso novamente.

– Vai tentar?

– Não sou muito bom com promessas que não sei se conseguirei manter.

Lucy deduziu que a honestidade era melhor do que falsas promessas, mas ela estimava sua privacidade, e Sean teria de aprender que existiam momentos em que ela queria ficar sozinha.

Caminharam até a porta de entrada. Sean tinha a chave, e ambos entraram.

– Evelyn tinha que trabalhar hoje, mas é melhor assim porque me concentro sem ninguém me fazendo um milhão de perguntas.

– Ela está preocupada.

Sean fechou a porta atrás deles.

– Não estou gostando do fato de Kirsten não ter entrado em contato com ninguém, nem com a mãe, nem com um amigo.

– A menos que algum amigo esteja mantendo segredo.

– Foi isso o que pensei – ele andou pelo corredor que dava na cozinha. – Primeiro vou verificar as contas do celular de Kirsten. Evelyn me disse que as deixaria na mesa da cozinha – ele indicou o andar de cima. – O quarto de Kirsten é o da direita lá em cima. Patrick e eu o vasculhamos ontem, mas não notamos nada de estranho além do que já lhe contei. Mas talvez você consiga ver algo diferente.

– Por que sou uma garota?

– Exatamente – ele beijou-a de novo. – Vou me ajeitar por aqui e verificar os telefonemas.

Sean observou-a subir as escadas. Ele não tinha certeza se ela gostaria do colar porque raramente usava joias. Ficou contente por ela estar com o pingente no pescoço.

Sentou-se à mesa da cozinha e puxou a lista dos amigos de Kirsten e os números de telefone. Comparou-os com o registro das chamadas do celular. Nada parecia estranho. Em seguida, verificou a lista dos números que não batiam com os dos amigos conhecidos de Kirsten.

Havia um número com código de área 917 que aparecia diversas vezes. Sean procurou saber a localização do prefixo. Pertencia a celulares da cidade de Nova York. Quem Kirsten conhecia em Nova York? Sean olhou para a lista de telefonemas feitos na sexta-feira e viu que Kirsten tinha ligado para aquele número pela manhã e que falou com a pessoa por oito minutos.

Sean ligou para o número. A ligação caiu direto na secretária e uma voz eletrônica genérica o orientou a deixar uma mensagem depois do sinal.

Enviou uma mensagem por e-mail para Patrick para que ele fizesse uma busca das ligações do número desconhecido enquanto ele continuava a investigar os demais telefonemas.

A última ligação feita por Kirsten foi à 1h07 da madrugada de domingo para o mesmo número com prefixo 917. Durara apenas um minuto.

Os registros não identificavam se algumas mensagens tinham sido enviadas naquela hora, e não havia como Sean acessar essa informação a não ser que tivesse o aparelho em mãos.

Kirsten tinha feito duas ligações para o prefixo 212 no sábado, além de ligações rápidas para aquele primeiro número. Sean ligou para eles. Um deles era de um restaurante. Perguntou o horário de funcionamento e a localização. Manhattan? Rapidamente inseriu o endereço num mapa e viu que era a apenas três quarteirões da estação de trem Penn Station.

A Amtrak ia da Union Station em D.C. para a Penn Station em Nova York. Se Kirsten tivesse pagado em dinheiro, não haveria como rastreá-la. Foi por isso que ela não pegara o carro quando saiu de casa; ela tinha tomado o trem para Nova York. De Woodbridge, havia serviço tanto de ônibus quanto de trem partindo da Union Station.

Ligou para o segundo número.

– Hotel Clover, Brooklyn.

Brooklyn? Isso não ficava perto da Penn Station.

– Estou procurando por uma hóspede, Kirsten Benton.

– Número do quarto?

– Não sei. Ela pode ter dado entrada na sexta-feira à noite.

– Só um segundo.

Sean ouviu o telefone ser apoiado numa mesa e o barulho da televisão ao fundo. Colocou o nome do hotel no Google para conseguir o endereço. O lugar não parecia tão ruim, ainda que estivesse num local onde Sean jamais ficaria. Será que Kirsten tinha reservado um quarto ou tinha ido visitar alguém?

– Desculpe – o atendente disse ao voltar para a linha. – Não temos nenhum hóspede com esse nome.

– E quanto a Ashleigh Benton?

O atendente suspirou. Um momento depois disse:

– Não. Nada de Benton. Nenhuma Kirsten. Nenhuma Ashleigh. Mais alguma coisa? – perguntou ele.

– Trabalhou na sexta à noite?

– Quem é você?

– Um investigador particular procurando por uma adolescente desaparecida.

– Como é que eu vou saber se você não passa de um maníaco qualquer? Quer informações, venha até aqui com identificação, e aí eu lhe darei. Sei reconhecer malandros, por isso não me venha com histórias – o atendente desligou.

Sean não queria ir para Nova York só para falar com um atendente de um hotel no qual nem tinha certeza de que Kirsten tinha se hospedado.

Lucy gritou do andar de cima:

– Sean!

Ele subiu dois degraus de cada vez e quase a derrubou quando ela apareceu na soleira da porta do quarto.

– Eu não sabia se você tinha me ouvido – ela disse.

– O que foi?

– Kirsten enviou uma mensagem para Trey – ela foi para junto do computador. – E ele respondeu.

O Facebook mostrava a sequência de mensagens. Com isso era possível ver a mensagem original e cada resposta cronologicamente.

Kirsten tinha enviado a mensagem para Trey às 7h58:

Trey,
Nem sei por onde começar. Estive mal. Nem sabia que já era quinta-feira até acordar hoje cedo. Estou melhor, só que não consigo andar no momento.

É uma longa história, mas não tenho como voltar para casa. Perdi meu telefone. Diga à minha mãe que estou bem. Tenho bastante dinheiro, então, tudo bem.

Não sei o que fazer! Estou com muito medo de voltar para casa, mas também com medo de ficar. Que bobagem, não? A mensagem de Jessie estava errada! E quem poderia machucá-la? Acho que eles me conhecem, mas talvez não. Não conte para ninguém onde estou! Por favor, por favor, por favor... Minha cabeça está atordoada e não consigo pensar. Aqui é tudo estranho, e a notícia do jornal não explicou nada. Já sinto saudades dela e talvez seja minha culpa... Não sei de nada. Pode vir me buscar em Nova York quando eu descobrir onde estou? Estou num lugar legal. É bonito e há uma ponte enorme. Desculpe por tudo você estava certo eu fui uma burra sobre tudo e quero jogar softball mas agora não posso eu quero

Muitas das orações estavam incompletas, e a mensagem terminava daquele modo, sem assinatura. Trey tinha respondido às 8h10, pelo celular:

Kirsten, você ainda está aí? O que aconteceu? Vou para Nova York agora! Mande uma mensagem ou me ligue assim que receber esta mensagem. Está na cidade? Qual ponte? Vou levar pelo menos umas cinco horas até chegar aí. Aviso assim que chegar. T.

— Ele vai para Nova York? — Sean estava furioso. — Ele prometeu que me telefonaria caso ela entrasse em contato!

— Estou preocupada com ela — comentou Lucy.

— Por que ela está doente?

— Leia a mensagem atentamente. Há muitas informações aqui, mas ela devia estar com febre ou drogada — Lucy fechou a cara. — Ela fugiu na sexta?

Sean concordou.

— Salvou a mensagem?

— Sim, tirei uma foto da tela e enviei para mim mesma.

— Ela tem uma amiga em Nova York, mas quando telefonei, a mensagem caiu direto na caixa postal. Patrick está investigando isso agora. Ela recebeu uma ligação desse número na sexta-feira de manhã e partiu à tarde. Ela fez diversas ligações para esse mesmo número depois de supostamente ter chegado à cidade.

— Onde ela está ficando? – Lucy perguntou, mais para si mesma.

— Ela ligou para um hotelzinho assim que chegou a Nova York, mas o atendente disse que ela não está registrada, nem com o nome de Kirsten, nem como Ashleigh.

— Você a descreveu?

— Nem tive a oportunidade. Ele desligou na minha cara. Acho que o hotel não tem nem uma estrela.

Lucy disse:

— Viu isso? *Quem poderia machucá-la*? Você precisa falar com a mãe dela para ver se ela tem amigos ou parentes em Nova York.

— Assim que eu falar com Trey – ligou para o garoto, e depois do quarto toque a ligação caiu na caixa postal. – Trey, vi a mensagem que Kirsten mandou para você. Não seja idiota. Ligue para mim.

Sean desligou.

— Podemos mandar uma mensagem para Kirsten? Um cara desconhecido pode assustá-la, mas você...

Lucy concordou.

— Entendi – Lucy entrou na própria conta e enviou uma mensagem para Kirsten com seu contato e um conselho:

Ligue para a polícia assim que puder e diga que precisa ser colocada sob proteção.

NOVE

Suzanne e o detetive Panetta estavam aguardando na sala de espera da Investimentos CJB há vinte minutos, observando os funcionários atarefados. Na sala contígua, o fundo da família Barnett oferecia bolsas de estudo e donativos para jovens universitários e para iniciativas culturais.

Suzanne falou num tom baixo, lendo informações em seu celular:

— Wade Barnett tem 25 anos, trabalha para o irmão, formou-se na NYU há dois anos. Não tem registro na Polícia Federal. O que você tem aí?

— Duas ocorrências por dirigir embriagado. Carteira de motorista suspensa por um ano. Algumas outras coisas. Nada oficial, mas meu chefe disse que ele foi pego algumas vezes. As acusações foram retiradas.

— Quais acusações?

— Apostas ilegais, bebedeira e desordem numa boate quando era menor de idade. Muitos garotos ricos levam um tapinha nas mãos e são mandados de volta para casa. As ocorrências por dirigir embriagado são mais sérias; dessas, ele não se livrou.

— Onde ele mora?

— No Upper East Side.

Suzanne disse:

— Nos negócios, a empresa de investimentos está se saindo bem. Acionei a unidade de Crimes de Colarinho Branco, e parece que a CJB está limpa. O mesmo vale para o fundo de caridade. De acordo com meu analista, a última declaração de impostos mostrou um pouco mais de 14 milhões em bolsas de estudo, com um orçamento operacional de menos de 10%.

— Bom gerenciamento. Não acho que seja Wade Barnett.

— CJ Barnett é o cabeça — Suzanne comentou.

— Vamos com calma, Suzanne — Panetta advertiu. — O negócio de Barnett é bem respeitado.

— Não quero manchar a reputação de ninguém. Só quero a verdade.

Uma moça atraente entrou na sala de espera.

— O senhor Barnett está livre agora. Posso oferecer algo para beber? Água? Café? Uma taça de vinho?

Suzanne balançou a cabeça e Panetta só sorriu. Caminharam até o amplo escritório de canto, que parecia dissonante comparando-o ao resto da empresa que tinham visto. A imensa vista de Manhattan foi o que primeiro impressionou Suzanne, seguindo-se ao espaço abundante da sala, maior do que seu apartamento no East Village. O carpete cinza chumbo era alto e macio; havia obras de arte modernas e locais, e também uma parede inteira dedicada aos Yankees. Ser fã dos Yankees marcava pontos com Panetta; já Suzanne preferia os Mets.

Wade Barnett estava sentado à vontade no sofá, falando ao telefone. Os pés estavam descalços, e ele vestia uma calça de algodão simples bege e uma camisa social com gravata, porém com as mangas enroladas. O cabelo castanho era espesso e bagunçado; ele poderia sair do chuveiro parecendo arrumado. A pose e o estilo sugeriam que ele sabia que era atraente.

— Preciso ir, Jimmy. O jogo dos Knicks de hoje está de pé, não é? Passo para te pegar no bar daqui a uma hora – ele desligou. – Não é baseball, mas dá para passar o tempo até abril – comentou.

Até mesmo o sorriso de boas-vindas de Wade Barnett era atraente, de um modo arrogante e privilegiado.

— Sou a agente especial Suzanne Madeaux, do FBI. Este é o detetive Vic Panetta, da polícia de Nova York. Obrigada por nos receber. Esperamos que possa nos ajudar num caso em que estamos trabalhando.

— Pode falar – ele sentou-se mais ereto e pegou uma bola de baseball da mesa, jogando-a de uma mão para outra. – Sentem-se, por favor. Em que posso ajudar?

Suzanne e Panetta sentaram-se em cadeiras de couro diante de Barnett. Panetta disse:

— Viemos procurá-lo porque ouvimos que você está familiarizado com festas underground na cidade.

Barnett franziu a testa.

— Prefiro não falar sobre isso.

Suzanne sabia que o perderiam caso fossem rígidos demais, por isso disse:

— Não estamos aqui por causa das festas, especificamente. Estamos cuidando de um homicídio. A essa altura, não me importo se você é ou não o responsável por elas. O que me importa é que quatro jovens estão mortas.

Barnett inclinou-se para frente.

— Trata-se do Estrangulador de Cinderelas?

Suzanne fez uma careta ante o apelido, mas concordou.

— Precisamos saber quem organizou essas festas e como os convidados ficaram sabendo delas; se eram festas abertas ou fechadas; se havia uma lista formal de convidados; quem é o encarregado. As famílias delas merecem saber o que aconteceu.

— Eu adoraria ajudar, verdade. Sinto muito por essas garotas. Mas precisam saber que essas festas não são nada formais. Ninguém me liga para organizá-las, não existe lista de convidados. Na verdade, nada de forma escrita. Quando alguém organiza uma festa, o boato se espalha, e as pessoas aparecem.

— Como as pessoas ficam sabendo das festas? – perguntou Suzanne. Embora Josh Haynes tivesse explicado como a informação se espalhava, ela queria ouvir a versão de Barnett.

— Em grande parte pela internet ou por mensagens de texto. Os frequentadores sabem o que fazer, a coisa meio que se autoalimenta, as pessoas levam amigos e por aí vai.

— Existe algum site específico?

— Não, não para todas as festas. Grupos diferentes podem ter seus próprios sites... Sabe, como clubes ou fraternidades, grupos do gênero. Mas não existe um site central para todas as festas da cidade.

— Fomos levados a acreditar que não existe nenhuma festa desse tipo em Nova York que você não sancione.

— Calma lá! Não é bem assim – a expressão de Barnett tornou-se preocupada. – Preciso de um advogado? Meu irmão é muito cuidadoso com esse tipo de coisa. Uma vez entrei em apuros por falar com um tira e não quero problemas de novo.

— E eu quero deter esse psicopata antes que ele mate outra jovem – disse Suzanne. – Pensei que quisesse a mesma coisa. Se o boato de que há um assassino serial atacando em suas festas se espalhar, o número de frequentadores pode despencar.

— Assassino serial? – ele parecia perturbado, mas ela não sabia dizer se aquilo era apenas encenação. – Não posso ajudar mesmo. Não são *minhas* festas. Só fico sabendo sobre a maioria delas. Não todas, obviamente, mas as pessoas me contam coisas. Sabem como é – ele deu de ombros, como se quisesse dizer que aquilo acontecia porque *ele era quem era*.

Suzanne refreou um comentário irritado e, em vez disso, disse:
– Você monitora as festas, por assim dizer.

Ele concordou.

– Quantas existem?

– Por noite? Por semana? Por ano? Depende. Existem muitas estruturas interessantes abandonadas e perfeitamente seguras, deixadas apodrecendo por companhias falidas ou por proprietários ausentes. Tenho comprado as que posso, renovando-as para vender ou alugar depois. Adoro arquitetura antiga, os projetos originais, a história fascinante por trás de alguns desses lugares.

Suzanne fez uma anotação mental de verificar as finanças de Barnett. Ele se expressava bem, mas Panetta disse que era o irmão mais velho CJ que tocava o barco.

– Seria útil se soubéssemos exatamente o alcance das festas. Se quisermos deter o assassino, precisamos saber quando e onde ele pode atacar.

– Existem festas secretas todas as noites, a maioria é relativamente pequena. Existe uma grande variedade de festas: raves, as das fraternidades, as regadas a drogas, as de sexo... Às vezes, uma combinação delas, mas também depende de quem as frequenta. Algumas são para os negros, outras, para os brancos, em outras, a raça não importa. As festas grandes, as que costumam ter mais de duzentas pessoas, normalmente acontecem nos finais de semana. Eu não diria *todo* final de semana, mas bem perto disso. Há um tipo de festa para qualquer pessoa, nem todas se tratam de dança, drogas e bebidas. Existe uma igreja cristã de negros que uma vez por ano faz festas com gospel rock, comida excelente e nada de álcool. Eles não têm dinheiro para alugar um lugar grande o bastante, por isso encontram prédios que atendem às suas necessidades.

Todo final de semana? Eles tinham quatro garotas mortas em quatro meses, mas nenhum padrão específico quanto à localização e às datas – somente o fato de terem sido mortas em sábados à noite e de que o intervalo entre as mortes estava ficando cada vez menor.

Suzanne passou uma lista com as localizações dos corpos e o dia estimado das mortes por cima do tampo de vidro da mesinha de centro.

– Precisamos saber quem organizou estas festas. Acreditamos saber quem organizou as do Bronx e do Brooklyn, mas precisamos de mais informações sobre a da fraternidade e a do Harlem. Alguma ideia?

Barnett olhou para a lista.

– A festa da fraternidade é coisa de universitários, não sei muito a respeito. Seria bom falarem com a Alfa Gama Pi. Não é a maior fraternidade da Columbia, mas eles sabem das coisas.

Suzanne tomou nota, ainda que tivesse quase certeza de que tinha lido no relatório de Panetta que eles já tinham passado por todas as fraternidades e não tinham conseguido nada de útil.

Panetta abriu um arquivo e mostrou as fotografias das jovens mortas. Não eram do necrotério, mas fotos cedidas pelos familiares ou da carteira de motorista.

– Conhece alguma dessas jovens? Talvez as tenha encontrado em alguma festa, em alguma negociação ou na faculdade?

Barnett olhou para as fotos. O rosto dele estava calmo, quase impassível, mas Suzanne notou que ele engoliu em seco diversas vezes.

Ele balançou a cabeça.

– Não – respondeu e pigarreou. – Lamento.

Suzanne seria capaz de apostar sua aposentadoria no fato de que ele conhecia ao menos uma dessas garotas. Talvez todas elas. Talvez estivessem diante do assassino.

Panetta também captou uma vibração estranha. Relanceou na direção dela e acenou de leve com a cabeça. Suzanne concordou. Precisavam de mais informações e só depois o convocariam para um depoimento formal na delegacia.

Suzanne levantou-se e disse:

– Obrigada por sua atenção, senhor Barnett. Se pensar em algo, qualquer coisa, ou se ouvir algo que possa nos ajudar a descobrir o tipo de festa a que esse assassino vem visando, por favor, ligue para mim ou para o detetive Panetta. Já tem os nossos cartões.

Do lado de fora, Suzanne abaixou a voz.

– Tem alguma coisa acontecendo aqui. Ele conhece pelo menos uma das vítimas.

– Com certeza. Ele está surpreso ou por uma delas estar morta ou por termos chegado a ele.

– De qualquer forma, ele precisa ser investigado.

*

Suzanne convenceu Panetta a tomarem um drinque no bar para discutirem o caso. Ele concordou desde que fosse perto do metrô. Em seguida, ligou para a esposa para avisar que atrasaria uma hora. Quando desligou, já havia duas cervejas diante deles.

Brindaram:

– À captura do assassino – Panetta disse.

Suzanne tomou um gole de sua garrafa de Samuel Adams, sua cerveja favorita desde os tempos da faculdade. Panetta bebeu chope Coors light.

– Barnett – disse ela.

– Metido, arrogante. Até ver as fotos.

– Culpado?

– De alguma coisa. Mas homicídio? Ele não me parece do tipo que mataria uma garota com um saco plástico na cabeça.

– Também não parece do tipo que bateria nela até ela ficar irreconhecível. Notou as mãos dele?

Panetta riu.

— Ele faz as unhas.

— Mãos macias. Nenhum sinal de trabalho braçal. Ele está mais para o tipo que empurraria a garota de uma ponte num momento de raiva.

— Verdade? — Panetta a olhou como se ela fosse uma alienígena.

Ela deu de ombros.

— Eu sei, às vezes não dá para saber se alguém é um assassino só pela aparência, mas eu avalio as pessoas pela forma como elas poderiam matar, se tiverem um motivo para tal. Ele não parece ter a personalidade de um assassino serial. Mas vou investigá-lo, olhar os antecedentes com cuidado e pedir um perfil psicológico baseado no que sabemos. Ted Bundy não parecia um assassino serial à primeira vista.

— Acha que ele nos lançou uma isca ao falar da fraternidade? Tentou desviar nossa atenção?

Ela bebericou a cerveja ao refletir.

— Talvez, mas temos de investigar mesmo assim. Você falou com os alunos das fraternidades, não falou?

— Hicks e três policiais falaram com os presidentes de todas as fraternidades da Columbia, e todos eles negaram ter organizado a festa. Mas três das vítimas eram universitárias, duas da Columbia.

— A segunda vítima não era estudante, certo?

— Érica Ripley. Tinha 21 anos e trabalhava numa cafeteria.

— Mesmo assim, três em quatro...

— Festas underground são as prediletas entre os universitários.

— Mas com tantas universidades e faculdades na cidade de Nova York, duas das vítimas eram da Columbia?

— Posso garantir que demos seguimento à investigação com o que tínhamos em mãos — disse Panetta, ligeiramente na defensiva.

— Mas não tínhamos muita coisa. Ninguém se prontificou. Daqueles com quem falamos depois, ou eles diziam estar surpresos pelo fato de as vítimas terem ido à festa, ou alegaram tê-las avisado de que as festas eram perigosas, portanto elas tinham de tomar cuidado. Temos poucas provas concretas.

– Eu não estava duvidando de sua investigação – Suzanne desejou não ter soado tão crítica. – Só estava pensando em voz alta.

Depois de um momento, Panetta disse:

– Concordo, devemos voltar às fraternidades.

– Podemos dividi-las.

– Vou pegar a lista com o Hicks.

– O que aconteceu com a colega de quarto da primeira vítima? – perguntou Suzanne. – Você disse que ela largou a faculdade e voltou para casa?

– Jill Reeves – informou Panetta.

– Você se lembra dela?

– Foi o primeiro depoimento do caso. Ela ficou baqueada. Ela e a vítima eram grandes amigas desde a infância.

Suzanne não estava envolvida na investigação naquela época.

– Eu gostaria de falar com ela, se não se importar. Agora que sabemos mais, talvez ela tenha informações que não pareciam importantes na época.

A primeira vítima, Alanna Andrews, tinha sido assassinada na última semana de outubro. As outras três, depois do ano novo.

Os homicídios destacavam-se pela falta de violência. Não havia estupro, nada de sangue. Todas as vítimas tinham tido relações sexuais antes do assassinato, mas não com os mesmos homens. Teoricamente, era possível que o assassino tivesse usado preservativo e com isso não tivesse deixado nenhum DNA nas vítimas, porém, mesmo com a proteção, deveria haver algum pelo ou outra evidência para fazerem o reconhecimento. Contudo, até terem um suspeito, obter qualquer resultado seria impossível.

– Testaram as vítimas para ver se tinham usado drogas de estupro? – perguntou Suzanne. – Isso poderia explicar a ausência de prova física de abuso.

— Não me lembro. Acho que não, porque não parecia haver algum componente sexual nos crimes. Com o orçamento tão apertado, o laboratório está se mostrando muito cuidadoso com o que solicitamos, mas eles preservam amostras de sangue e tecido para testes futuros. Se elas foram intencionalmente drogadas, isso mudaria alguma coisa?

— Pode mudar o perfil do assassino.

— Você tem um perfil?

— Oficialmente, não — quando ela recebeu o caso, conversou com o pessoal de Quantico, mas eles não tinham informações suficientes para desenvolver um perfil factível. Deveria enviar novas informações e provas físicas para que eles pudessem descobrir algo em termos psicológicos. — Você se importaria se eu telefonasse para o laboratório de Nova York, pedindo para que enviem amostras de tecido e de sangue para Quantico para fazer os testes de drogas?

— Fique à vontade.

Aquilo talvez não levasse a nenhuma informação valiosa, mas valia a pena tentar.

— As garotas, sem dúvida, estavam entorpecidas — Panetta observou. — Foram feitos testes-padrão para álcool e outras substâncias, e elas ou estavam embriagadas ou tinham ingerido algum tipo de droga.

— O mesmo tipo de droga?

— Não, não que eu me lembre. Duas tinham tomado *speed*, uma cocaína mais forte. Ainda havia sinais de cristal nas fossas nasais. Uma delas não só tinha fumado maconha, como também tinha um pouco guardado na bolsa.

— A última vítima não tinha nenhuma bolsa.

— Nem a segunda — observou Panetta. — Ela tinha uma pulseira no tornozelo com cinquenta dólares dentro dela.

— Conheço bem isso. Eu costumava usar isso para ir a shows. Não dá para levar uma bolsa a tiracolo.

Algo unia essas vítimas, além da idade próxima. Duas loiras, uma morena, uma ruiva. As estaturas variavam de 1,60 até 1,70 metro. Três universitárias, uma não. Três caucasianas, uma hispânica. Nenhum ferimento de defesa, o que fazia sentido se elas estavam alcoolizadas e drogadas. Suzanne, porém, suspeitava que houvesse uso de uma droga de estupro, mesmo que o assassino não tivesse estuprado as vítimas. Misturadas ao álcool, essas drogas faziam com que as vítimas ficassem letárgicas ou inconscientes. Seria muito mais fácil colocar o saco plástico em suas cabeças e sufocá-las sem provocar um escândalo.

– Fiquei pensando que o assassino teria de ser forte para sustentar as garotas até que elas morressem, mas ele não teria de ser muito forte se elas estivessem drogadas – disse Suzanne.

– Hum, talvez.

– Não concorda?

– Já vi bêbados que revidaram com bastante força. Talvez as vítimas não tenham conseguido se desvencilhar do assassino, não tenham visto o saco plástico ou o que quer que ele use porque estavam chapadas demais para entender o que estava acontecendo. Mas logo descobririam – Panetta terminou a cerveja. – Pedi ao legista que enviasse amostras dos pulmões para o seu laboratório em Quantico. Ele não consegue identificar que tipo de plástico foi usado para asfixiá-las, e com a sobrecarga de trabalho...

– Não precisa explicar. Vou apressá-los, quem sabe eles não conseguem descobrir algo que nos ajude... – ela não ficaria sentada esperando. Se ela tivesse de sufocar alguém, usaria um saco de lixo normal, algo que não fosse facilmente rastreável. Mas ela era uma policial treinada. Um assassino qualquer, mesmo um sociopata fora do comum, podia não ser tão esperto assim. Só restava ter esperanças. – O fato de que nenhuma das vítimas se debateu dá crédito à teoria de que tomaram ecstasy líquido ou algo semelhante.

— Detesto lhe dizer isso, mas ouvi que nessas festas tanto os garotos quanto as garotas se drogam de livre e espontânea vontade. Talvez as garotas não tenham consumido as drogas sem saber, mas aquilo fizesse parte da experiência da festa.

Suzanne não entendia isso. Gostava de sexo – bastante – e nunca tinha usado drogas ou álcool para relaxar. Gostava de uma cervejinha depois do trabalho, e só.

Ela indicou o copo dele.

— Mais uma?

Panetta balançou a cabeça.

— Obrigado, mas tenho de voltar para casa.

Ele puxou a carteira.

— Esta é por minha conta – Suzanne fez um gesto para o garçom, pedindo a segunda Samuel Adams.

— Obrigado, garota.

— Vou falar com Haynes de novo, e acho que se conversarmos com Barnett quando ele não estiver esperando, podemos fazê-lo falar. Eu gostaria muito de encontrar algo que o faça abrir o bico.

— Se for falar com Barnett, ligue para mim. Não confio nada, nada nele.

— Você acha que ele é o assassino.

— Eu acho que ele é um garotinho rico e mimado que não tem noção de limites. Ele poderia matar, caso fosse provocado. Mas não sei se ele é quem estamos procurando.

Suzanne observou Panetta se afastar, acenando para alguns policiais fora do expediente no balcão do bar.

O garçom colocou a segunda garrafa diante dela e retirou a vazia.

Barnett seria capaz de matar, talvez, mas Suzanne não o considerava esperto o bastante para matar quatro mulheres sem deixar provas nem testemunhas. Se ele matasse, seria um ato de raiva ou de paixão. Caso uma namorada o deixasse, por exemplo. Quando mulheres eram mortas, os policiais investigavam os homens com os quais já tinham se envolvido. Homicídios executados por desconhecidos eram muito mais raros.

Não discordava de Panetta – e depois do terceiro assassinato, quando ela entrou no caso, já acreditava na teoria de que estavam lidando com um assassino serial. Mas isso não significava que o assassino não estivesse envolvido com pelo menos uma das vítimas. Estatisticamente, a maioria dos assassinos seriais conhecia uma ou mais de suas vítimas – quer fosse amigo da pessoa, quer a visse com regularidade.

Como uma colega da faculdade. Ou a moça da cafeteria.

Alanna Andrews foi a primeira vítima. Érica Ripley, a segunda, era a única que não frequentava uma faculdade. Suzanne começaria por elas.

Satisfeita por ter algo com que começar no dia seguinte, concentrou-se na grande tela da televisão do bar.

Sete da noite. Os Knicks estavam jogando no Madison Square Garden. Ela não gostava muito de basquete, podia voltar para casa para revisar suas anotações e planejar os interrogatórios com os conhecidos de Andrews e Ripley. Mas ela vinha revisando os arquivos todas as noites desde que se juntara à força-tarefa, e nada mudara a não ser sua concentração. Precisava de uma folga, relaxar um pouco, só para poder estar descansada no dia seguinte.

Pegou o celular e ligou para seu amigo mais próximo na cidade.

– Mac, sou eu, Suz. Tem planos para hoje?

– Estou terminando meu turno.

– Estou no Uglies com uma Sam Adams assistindo ao jogo dos Knicks.

– Chego em quinze minutos.

Suzanne desligou e tomou um gole de cerveja. Ela também tinha amigos coloridos, e alguns deles eram muito impressionantes.

DEZ

Sean sentou-se à escrivaninha no segundo andar. Lucy estava diante dele, digitando no laptop. A chuva que havia começado quando tinham partido para Woodbridge se transformara num dilúvio quando eles estacionaram em frente à casa. A chuva incessante continuava castigando as janelas.

A estreita casa de três andares tinha quase cem anos e era tanto o escritório quanto a residência de Sean. Ele e Patrick tinham feito boa parte dos reparos em dezembro, quando montaram a filial da RCK na Costa Leste. A sala de estar, no andar de baixo, tinha sido transformada em sala principal da empresa, biblioteca, e escritório de Patrick, e um dia o vestíbulo seria o espaço de um assistente – isto é, quando estivessem bem o suficiente para justificar a contratação de um funcionário administrativo. Nos fundos, separada da área de trabalho por portas duplas, estavam a cozinha e uma sala de estar. Uma varanda fechada conduzia a um jardim dominado por duas árvores antigas.

Sean desejou que elas resistissem à chuva. O vento estava fortíssimo.

No início, unir o negócio às residências parecia a decisão certa a tomar a fim de pouparem dinheiro enquanto a empresa se estabelecia. Sean e Patrick não tinham problemas em morar juntos porque cada um tinha seu espaço. No entanto, isso tinha sido antes de Sean começar a dormir com a irmã de Patrick. Agora, tudo o que Sean mais desejava era ter seu próprio apartamento. Lucy não se sentia à vontade para dormir com ele debaixo do teto do irmão, e Sean certamente não lhe pediria para ficar ali agora que Patrick tinha voltado para a cidade. Pelo menos não até que Patrick superasse seus problemas com o relacionamento deles. Sean não queria fazer nada que arriscasse seu namoro com Lucy.

Queria, porém, ficar com ela na cama, conversando, fazendo amor, vendo-a dormir. Sentia falta da semana maravilhosa que tiveram antes que Patrick retornasse de sua última missão, quando Lucy tinha passado todas as noites em sua cama.

— Que foi? Tem alguma coisa no meu nariz? — perguntou Lucy.

Ele balançou a cabeça.

— Desculpe, só estava pensando.

— Você estava me encarando.

— Eu estava olhando para o nada, e você estava no meio do caminho — ele sorriu e inclinou-se para frente. — Você é muito mais bonita do que o "nada".

— Acho que, de alguma forma, fui elogiada.

O computador emitiu um sinal: ele tinha recebido uma mensagem de Jayne Morgan, a mágica dos computadores da RCK. Ao que tudo levava a crer, ela conseguia arranjar informações do zero.

Sean leu a mensagem e sorriu.

— Jayne conseguiu. Já temos o nome da pessoa cujo prefixo é 917 para quem Kirsten vinha telefonando. Jéssica Bell.

— Alguma ideia de quem ela seja?

— Não, só temos o nome e o endereço.

— Já é alguma coisa. Nova York?

— Correto — depois de Sean apertar algumas teclas, um mapa surgiu na tela. — A três quarteirões da Columbia University.

— Ela é estudante? — perguntou Lucy. — Talvez Kirsten estivesse conversando com ela sobre a universidade.

— Ela só estava interessada nas universidades da Califórnia — informou Sean.

— Como sabe disso?

— A mãe tinha uma cópia de todas as inscrições que ela fez. E eu vi alguns folhetos no quarto dela.

— Conseguiu recuperar os e-mails apagados?

— Ainda não. O programa ainda está rodando, mas quanto mais antigos eles forem, mais difícil será recuperá-los. Vou pesquisar essa tal de Jéssica Bell em sua lista de endereços para ver se descobrimos mais alguma coisa. Talvez Kirsten tenha ido visitá-la em Nova York e tenha ficado doente.

— E Jéssica não teria ligado para a mãe dela? — Lucy balançou a cabeça.

— O relacionamento delas não era dos melhores. Kirsten enviou uma mensagem para Trey, não para a mãe, para avisar que estava bem.

— Ela não estava nada bem.

Sean olhou-a nos olhos.

— Ela bem podia estar drogada quando escreveu aquilo.

— Às oito da manhã?

— Talvez fossem os efeitos da noite anterior.

— Estive analisando a mensagem que ela enviou — disse Lucy. — "Estar mal" pode significar muitas coisas: ressaca, intoxicação alimentar, gripe, mas ela também disse que não conseguia andar.

— Acha que ela quebrou a perna?

— Nesse caso, sua busca nos hospitais não teria resultado em alguma coisa?

— Não se ela se recusou a informar seu nome ou se usou uma identidade falsa.

– Se ela não tivesse dado o nome, não a teriam reconhecido pela foto no panfleto de pessoas desaparecidas?

– Comecei nesse caso ontem de manhã. Há menos de 48 horas. Não acredito que os hospitais tenham pessoas cuidando dos e-mails e dos faxes 24 horas por dia, prontos a distribuir fotos a toda a equipe. Além disso, só tínhamos enviado a foto para um raio de 150 quilômetros antes de eu saber sobre Nova York.

Lucy abaixou o olhar.

– Desculpe, não quis parecer rude – Sean disse. – É só que pela minha experiência, adolescentes desaparecidos têm baixa prioridade. Provavelmente, afixaram a foto dela num quadro de avisos e se alguém a reconhecesse, entraria em contato com o departamento de polícia de Woodbridge ou com a RCK. Mas ela está desaparecida desde sexta, e a última vez em que usou o celular foi no sábado à noite. Vamos deduzir que ela esteja machucada, quebrou a perna ou algo assim. Foi para o hospital. Se ela tivesse tentado usar o convênio, seu nome apareceria no sistema, e já que é menor de idade, eles teriam entrado em contato com a mãe ou com o serviço social.

– Tem razão.

Lucy não disse mais nada, e Sean mentalmente se deu um chute no traseiro. Ela esteve tão derrotada pela manhã, acreditando não ser boa o bastante para o FBI, e lá estava ele acabando com as teorias dela.

Ele esperou por um minuto antes de dizer:

– E se ela não foi a um hospital?

Ou Lucy não o ouviu ou estava ignorando-o.

– Lucy, o que foi?

– Não é importante. Você tem razão, ela devia estar drogada.

– Pare com isso.

Ela encarou-o.

– Com o quê?

— Você está fazendo aquilo de novo. Quero saber o que está pensando.

— Por quê? É só uma ideia que veio do nada. Você devia conversar com a Kate. Posso apostar que ela terá uma teoria mais razoável.

— Se eu quisesse a ajuda de Kate neste caso, eu já a teria chamado, mas, por enquanto, este ainda não é um caso federal, e ela não pode me ajudar.

Lucy estava dilacerada, Sean percebia isso. Ele a tinha cutucado bem onde doía, porque ela não queria se sentir um fracasso. Sean precisava dela no jogo, concentrada em localizar Kirsten, e a única maneira de conseguir isso seria forçando-a a perceber que, sem ela, estariam dois passos atrás na investigação.

— Acho que ela está se escondendo — Lucy disse por fim. — Acho que ela pode estar mal por causa de drogas ou estar gripada, mas está se escondendo. Olhe aqui — ela passou uma folha na qual tinha copiado algumas frases da mensagem de Kirsten, refraseando algumas, mas mantendo-as no contexto, tirando palavras e pensamentos incompreensíveis, reorganizando as ideias principais em dois grupos diferentes:

Fatos pessoais:	*Amiga:*
Estive doente	*O recado dela estava errado*
Não consigo andar	*Quem a machucaria?*
Não tenho como ir para casa	*Eles podem me conhecer*
Perdi o telefone	*Com medo (de ficar ou de ir embora)*
Tenho dinheiro	
Em Nova York (qual ponte?)	*Já sinto saudades dela*
Quero jogar softball, mas não posso	*O jornal não explica*

Sean leu a lista duas vezes e percebeu o que Lucy já tinha percebido.

– A amiga dela está morta.

Ela concordou.

– Pode ser Jéssica Bell?

Sean restringiu a busca nos meios de comunicação.

– Se for ela, sua morte não foi publicada, pelo menos não com seu nome.

– Ou talvez o corpo ainda não tenha sido encontrado. E se Kirsten viu alguma coisa? Ou se foi se encontrar com a amiga e já a encontrou morta? Nem mesmo sabemos por que ela foi para Nova York. A não ser...

Lucy voltou-se para o laptop e começou a digitar rapidamente.

– O que está procurando?

– Só estou verificando uma coisa.

Sean resistiu ao impulso de se levantar e espiar por cima do ombro dela. Em vez disso, continuou a restringir sua busca com os parâmetros de Jéssica Bell, incluindo a Columbia University. Logo confirmou que ela era estudante.

– É isso – disse Lucy. – Olhe aqui – ela virou o computador para que Sean o visse.

Lucy tinha entrado na página de Kirsten no Facebook na qual apareciam todos os seus "amigos".

Jéssica Bell estava entre eles.

– Olhou bem? – perguntou Lucy.

Sean assentiu e esticou-se para clicar sobre a imagem de Jéssica para conseguir ver melhor a garota loira, mas Lucy deu um tapinha na mão dele.

– Espere, tem mais – ela mudou a tela e passou para a página do Party Girl. – Consegue enxergar a rede de amigos dela no fim da tela?

– Sim.

– Agora clique na garota chamada "Jenna".

Sean seguiu as instruções de Lucy, e uma foto maior apareceu.

— É a Jéssica.

— Exato. É por isso que Kirsten foi para Nova York: para se encontrar com Jéssica. E acredito que isso esteja relacionado com as atividades do Party Girl. Não pode ser coincidência.

Sean olhou novamente para a lista de frases-chave de Kirsten feita por Lucy.

— Ela está com medo porque alguma coisa aconteceu com Jéssica, e por isso está se escondendo. Ou talvez esteja se escondendo com Jéssica. Se as duas estiverem em apuros, elas podem achar que é melhor ficarem afastadas por um tempo.

— Ainda mais se estiverem machucadas ou se foram atacadas. Mas, de acordo com a mensagem, parece que é Jéssica quem está desaparecida. Nesse caso, com quem Kirsten está?

— Talvez no apartamento de Jéssica.

— Pode ser. Ela está com medo, mas parece não querer sair. Ela disse que o lugar é bonito e que tem vista para uma ponte. O apartamento de Jéssica fica perto de alguma ponte?

— Há muitas pontes em Nova York — disse Sean. — Mas é para isso que serve o Google Earth — ele apontou o endereço de Jéssica no mapa. — Ela não conseguiria ver nenhuma ponte daquela localização. Portanto, se Kirsten não está no apartamento da Jéssica, quem a está ajudando?

— Talvez outro amigo — Lucy pegou a lista na qual tinha anotado todos os amigos de Kirsten no Facebook e em seu perfil no Party Girl.

— Há muitas pessoas nessa lista, mas podemos começar hoje à noite. Antes de irmos para Nova York.

— Você vai para Nova York?

— *Nós* vamos para Nova York — corrigiu Sean. — Você e eu. É lá que Kirsten está e, a essa altura, Trey já deve ter chegado se não se afogou nessa tempestade.

– Quer mesmo que eu vá?

– Eu não iria sem você – disse ele.

– Vamos voltar ao trabalho – Lucy se espreguiçou e virou o laptop para si.

Sean levantou-se e foi para trás dela. Apoiou as mãos em seus ombros e usou os polegares para relaxar seus músculos.

– Você está muito tensa. Trabalhou demais sem descanso – mudou a posição para massagear com as palmas das mãos e ficou se perguntando quanto daquela tensão se devia à carta do FBI e quanto era por conta do trabalho daquele dia.

– Hummm... – ela gemeu e fechou os olhos, deixando a cabeça pender para trás conforme relaxava, expondo a curva elegante do pescoço. – Não pare.

Lucy não fazia ideia de como ficava sensual naquela posição. Os lábios dela se entreabriram um pouco, e ele engoliu em seco. Queria fazer amor com ela naquele instante, ali, na escrivaninha. Ou no chão. Ou carregá-la para sua cama – pouco se importava onde estivessem.

Inclinou-se e beijou-a de ponta-cabeça. Depois voltou a massagear as costas e os braços.

– Para que isso?

– Senti um impulso de beijá-la. Você deve ter lançado algum feitiço em mim. Estou completamente fascinado, princesa.

– Isso mesmo – ela caçoou. – Por isso, continue a massagear esses músculos, príncipe encantado, e quem sabe, assim, eu lhe concedo outro beijo.

– Muito bem, já que você insiste.

O cabelo dela descia pelas costas em cascatas ondulantes. Os ossos da face eram proeminentes e bem formados; o nariz, longo e estreito; a pele tinha apenas um toque de castanho, uma mistura de sua herança cubana e irlandesa. Ele fitou a margarida repousando na curva do pescoço e ficou surpreso com a intensidade das emoções que o assolaram. Sabia, desde o começo, o quanto Lucy era especial, mas naquele instante, sentiu algo maior: uma necessidade complexa de amá-la e de protegê-la, apoiá-la agora e sempre, de dar-lhe tudo o que pudesse – não coisas materiais, mas seu verdadeiro eu.

Estava longe da perfeição. Era inteligente? Sim, quase um gênio, se alguém considerasse seu Q.I. Às vezes, era até esperto demais e tinha um passado que os mais generosos chamariam, no mínimo, de "interessante". Mas ainda era a mesma pessoa de sempre, alguém com o desejo incontido de acertar os erros, mesmo que para isso tivesse que ultrapassar os limites da lei. Não era nenhum vingador, não chegava nem perto disso, mas não tolerava valentões. Eles deixavam-no furioso, e isso já o fizera enfrentar águas turbulentas mais de uma vez.

Lucy precisava saber tudo a seu respeito, mas não seria possível simplesmente sentar-se com ela e fazer um relato cronológico de sua vida, as coisas boas, as ruins e as ilegais. Seu irmão Duke já o tinha livrado de inúmeras situações problemáticas, mas Duke não sabia de tudo. E mesmo agora, Sean não lamentava sua própria história. Se não tivesse passado a perna naquele professor pedófilo de Stanford, quantas outras garotas não teriam sido molestadas antes que ele fosse apanhado?

Às vezes era preciso fazer a coisa certa mesmo entrando em apuros.

Lucy parecia serena, com uma expressão que Sean quase não via em seu rosto ultimamente. Adorava saber que era capaz de lhe dar essa paz momentânea, que ela conseguia relaxar com ele, que ele a fazia sorrir.

Beijou-a de novo; não conseguia resistir.

– Suas mãos são mágicas – disse ela, obviamente apreciando a massagem.

– Eu sei.

– O ego dos Rogan fala mais alto.

– Sim, senhora – disse virando a cadeira dela para que ela ficasse de frente.

Ela abriu os olhos e levantou uma sobrancelha.

– Já acabou?

– Nem comecei – colocando as mãos nos braços da cadeira, inclinou-se e beijou-a, sugando o lábio inferior para dentro de sua boca. As mãos dela subiram para seu pescoço, entrelaçando os dedos delgados em seus cabelos.

Senti sua falta.

– O quê? – ela murmurou de leve.

Ele tinha falado em voz alta? Era possível. Com relutância, afastou os lábios dos dela.

– Estou com saudades de estar com você. Fiquei mal-acostumado com sua estada aqui. Dez dias. Eu gostava de me deitar entre os lençóis e sentir seu cheiro mesmo depois que você ia para casa, mas até mesmo os Rogan precisam lavar os lençóis.

Era uma piada, pelo menos em parte, mas ela não sorriu.

– O que foi? – ele beijou-a. – Eu disse alguma coisa errada?

Ela balançou a cabeça e trouxe-o para perto de novo. Sean não conseguia interpretá-la como fazia com as outras pessoas, e mesmo assim a complexidade e a profundidade de Lucy o atraíram desde o início.

– Com licença – uma voz disse da soleira.

Lucy deu um salto, ficando com o corpo imediatamente tenso, e Sean ergueu-se, segurando uma das mãos de Lucy entre as suas.

Patrick estava parado na soleira, com uma nuvem negra sobre a cabeça. Lucy percebeu e ficou subitamente envergonhada.

Isso enraiveceu Sean. Não estava bravo com Lucy, mas estava furioso com Patrick por parecer tão empertigado em seu tom de voz, deixando-a tão pouco à vontade. O que ele e Lucy partilhavam devia deixá-la feliz, mas Patrick estava fazendo tudo o que podia para erguer um muro entre eles, mesmo que muito sutil. A conversa do dia anterior tinha revelado a verdade nua e crua, e se Patrick pensava que Sean recuaria, não passava de um idiota.

— Tenho as investigações preliminares a respeito de Trey Danielson e da família dele, e das informações do servidor do site Party Girl.

— Algo interessante? — perguntou Sean.

Lucy tentou puxar a mão, mas ele não a soltou.

— O pai de Danielson é um consultor do alto escalão do Comitê de Apropriações de Moradias. A mãe trabalha na Biblioteca do Congresso. Estão casados há 26 anos. Danielson tem uma irmã mais velha fazendo carreira no Exército, a serviço no Afeganistão. Primeiro-tenente, 24 anos de idade, participou do programa ROTC da Universidade de Virgínia. Nada de extraordinário a respeito deles, mas com a posição do pai, preciso ser cauteloso a fim de não pisar em algum terreno que o FBI já esteja investigando. Até agora não encontrei nada a respeito dos filhos, nenhum deles, pelo menos nos registros oficiais. Trey tem um Ford Ranger 2005 registrado em seu nome. Eu já enviei a placa, o modelo e o ano de fabricação para você.

Patrick continuou:

— No que se refere ao servidor do site, ele é direcionado a diversos servidores, mas consegui rastreá-lo até Nova York. Existe um site duplicado na Europa.

— Nova York? — mais uma ligação. — Conseguiu um endereço?

— Só do provedor, mas isso não significa nada. É só um escritório. Não sei onde estão os servidores, e o site em si está cheio de proteções de privacidade, usando o provedor como contato e endereço.

— É tudo de que precisamos — disse Sean. — Assim que eu souber quem é o servidor, conseguiremos rastrear quem paga as contas.

— Nem pense em invadir o banco de dados deles — disse Patrick.

Sean não gostou nem um pouco do tom dele.

– Não tenho intenção alguma de invadir nenhum lugar. Tenho vários recursos legais para obter as informações de que precisamos, ainda mais porque Lucy e eu iremos para Nova York pela manhã.

Patrick olhou para Lucy, depois disse para Sean:

– Vai levar a minha irmã? Sou eu o seu sócio.

Sean percebeu que lidara mal com a situação, mas Patrick tinha ultrapassado os limites com o comentário da invasão do site.

– Kirsten é uma adolescente que pode precisar de ajuda quando a encontrarmos. Não sabemos o que está acontecendo com ela, mas ela deve confiar mais em Lucy do que num homem desconhecido.

– Parece uma boa ideia – Patrick disse ironicamente.

– Qual o seu problema?

– Pensei que fôssemos sócios igualitários. Mas, se você toma as decisões sozinho, tudo bem. Fico aqui segurando as pontas.

Lucy levantou-se.

– Não é bem assim, Patrick...

– O que não é bem assim?

– Espere um minuto – Sean interferiu. Ele precisava acalmar a situação. – Você quer ir para Nova York, pode ir, mas foi Lucy quem descobriu que Kirsten e Jéssica Bell, a garota do prefixo 917 com quem ela vinha se comunicando nos últimos meses e para quem fez sua última ligação, fazem parte do site Party Girl. Ela entende o funcionamento desse tipo de coisa melhor do que nós dois juntos. E Kirsten está em sérios apuros.

– Então seria bom comunicar a polícia.

– É o que farei, assim que tiver mais do que simples mensagens criptografadas para dar seguimento à investigação. O que a polícia pode fazer?

— Lançar um alerta? Falar com os informantes? Trabalhar no caso?

— No caso de uma adolescente com histórico de fugas? — Sean meneou a cabeça. — Quando eu tiver algo de concreto, falo com eles. Não sou tolo.

— Mesmo?

Lucy interveio.

— Patrick, acho que Kirsten se meteu em alguma coisa da qual não consegue sair sozinha, está confusa e assustada e não tem ninguém a quem procurar. Quando a encontrarmos, teremos as respostas. E conseguiremos a ajuda necessária. Ela só tem 17 anos. Duvido que ela tenha considerado as consequências do que vem fazendo no Party Girl.

— Isso ficou bem claro pelas fotos — replicou ele.

— Acha que por ela ter tomado uma decisão ruim, ela merece o pior? — Sean perguntou.

— Não foi o que eu quis dizer.

— O que quis dizer, então?

Patrick não respondeu, mas parecia dilacerado. No entanto, Sean não teria piedade dele.

— A que horas sairemos amanhã? — Lucy perguntou a Sean.

— Bem cedo. Eu iria de avião, mas, com este tempo, é melhor irmos de carro — ele olhou para Patrick. — A menos que você queira ir.

Patrick balançou a cabeça em negação.

— Pego você às sete horas — Sean disse a Lucy. — É melhor eu te levar para casa agora; está ficando tarde.

Lucy concordou.

— Obrigada, mas eu gostaria que Patrick me levasse — ela olhou para Sean como se escondesse algum segredo, mas ele não sabia o que poderia ser. — Tudo bem, Patrick?

O irmão deu de ombros.

– Vou pegar a chave – e saiu.
– Lucy, o que foi? Eu disse ou fiz alguma coisa...?
Ela interrompeu-o.
– Não, claro que não – deu-lhe um selinho, nada demais, como se temesse que Patrick os surpreendesse novamente. – Quero conversar com meu irmão, e é melhor estarmos só nós dois.

Sean franziu o cenho e segurou suas mãos.
– Por que fica tão tensa quando Patrick está por perto?
– Não fico, não.
– Você age como se ele tivesse nos flagrado fazendo algo errado.
– Não é isso, é que eu me sinto estranha... Ele ainda não superou o fato de estarmos saindo juntos.
– E se ele não superar?
– Ele vai superar.

Ela beijou-o novamente, e dessa vez Sean não a deixou se afastar rapidamente. Segurou-a pela cabeça e beijou-a com tanta intensidade que ela sentiria os efeitos até chegar em casa.
– Nós vamos tirar umas férias – anunciou. – Você, eu e ninguém mais.

Eles vinham planejando sair da cidade depois que ela se recuperasse do ataque sofrido há cinco semanas, mas em seguida Lucy começara a se preparar para a entrevista com o FBI, e ele sabia que ela estaria preocupada demais à espera do resultado para aproveitar o final de semana. Mas agora? Assim que encontrassem Kirsten, ele a levaria para longe.

Ela sorriu.
– Mal posso esperar.

Três ou quatro dias, um tempo para ficarem juntos sem trabalho, sem estresse, sem o irmão superprotetor.

*

Patrick parou perto da entrada de carros, atrás do Lexus de Dillon, mas não desligou o motor. O aquecedor tinha começado a esquentar o interior do carro quando chegaram à casa dos Kincaid.

— Quer conversar? — ele perguntou.

— Qual é o problema? — Lucy perguntou do banco do carona.

— Não há nada errado.

Ela balançou a cabeça.

— Certo. Nada errado. Está claro que você não gosta do meu relacionamento com Sean. Mas ele é seu amigo e sócio. Você confia nele. Gosta dele.

— Nos negócios, sim — Patrick encarou-a. — Mas não para dormir com a minha irmã.

— Ok, pare com isso, você está agindo como um tolo — Lucy estava tentando aliviar a tensão da conversa porque não suportaria se Patrick não aprovasse seu relacionamento. *Isso* também parecia besteira, uma vez que ela nunca pediria a aprovação dele para namorar, mas com Sean era diferente por causa da complexa relação de negócios e de amizade entre eles. — Você deveria ficar feliz por eu estar envolvida com alguém que você gosta e respeita.

— E você deveria respeitar meus sentimentos e confiar em mim.

Lucy não entendia por que Patrick estava sendo tão negativo com relação a Sean, por isso insistiu.

— Patrick, *você* precisa confiar em mim. Tenho 25 anos. Acho que posso escolher os meus namorados sozinha. Sean tem sido maravilhoso comigo. Ele está me ensinando a me divertir, uma coisa da qual sinto falta há muito tempo. Ele me faz *rir*. Se está preocupado com o impacto em seus negócios caso tudo termine, não faça isso. Sou madura o bastante para saber que relacionamentos nem sempre dão certo.

– Por que se importa com o que eu penso, afinal?

– Porque você é meu irmão e eu amo você.

Patrick esfregou os olhos.

– Lucy, desculpe se tenho sido um estraga-prazer. Não quero ser – ele fitou-a com o amor e a gentileza que ela sempre associou ao irmão. – Sua felicidade significa mais do que tudo para mim. Mas conheço Sean. Nos negócios? Francamente, ele é mais inteligente do que deixa transparecer na maioria das vezes, verdadeiramente brilhante, e não só nos computadores. Além disso, ele se importa com as pessoas e nunca desiste. Ele tem muitas qualidades a seu favor. Mas no que se refere às mulheres... – seu tom demonstrava desdém. – Mais de uma vez, ele se mostrou superficial e autoindulgente. Ele tem um passado que, tenho certeza, não mencionou a você, e não acho que você vá gostar muito. Ele não se apega a ninguém. Nem mesmo acredita que consiga se apegar. No curto período em que o conheço, ele teve dúzias de namoradas. Modelos, atrizes e beldades milionárias. A maioria tão indulgente com elas mesmas quanto ele. Ele se cansou delas, porque ele é assim. Você merece alguém que a ame, que fique sempre ao seu lado. Nos momentos bons e nos ruins... Esse tipo de comprometimento. *Você* precisa vir em primeiro lugar na vida dele.

Lucy não estava gostando daquela conversa e quase lamentava tê-la começado, mas pelo menos estava ficando a par da opinião do irmão.

– Entendo o que está dizendo, mas não acredito que conheça Sean tanto quanto pensa.

– Talvez *você* não o conheça.

– Só me deixe seguir meu caminho. Sean não é perfeito, eu também não sou. Mas você precisa ter fé em mim, mesmo que eu cometa um erro. Não importa o que aconteça, eu estarei bem.

Ele deu de ombros.

– Não posso mudar o que sinto. Sei que você ficará bem, você sempre deu a volta por cima. Sempre apoiei suas decisões porque as entendia, mas você precisa ser honesta consigo mesma. Suas decisões no que se refere a homens não têm sido boas, e não vejo mudança alguma agora.

Nada do que Patrick poderia ter lhe dito a atordoaria mais. Ela saiu do carro, debaixo da chuva, e caminhou até a porta da frente sem olhar para trás.

Talvez tivesse entendido errado. Talvez ele estivesse se referindo a seu ex-namorado, Cody, ou àquele relacionamento desastroso na época da faculdade. Não ao que acontecera quando ela tinha 18 anos.

Ela forçou-se a deixar tal pensamento de lado e entrou. Patrick não poderia estar falando do que tinha acontecido com Adam Scott ou do quanto ela tinha sido tola e ingênua.

Dillon e Kate estavam na sala de TV assistindo a um filme. Ela avisou-os de que acionaria o alarme da casa, e em seguida subiu, sem querer falar com ninguém.

Patrick não estava pensando em suas amaldiçoadas conversas on-line com um homem que ela acreditava ser o estudante universitário Trevor Conrad. Ela jamais tinha se libertado da culpa que sentia pela estupidez com que tinha agido na época. Ela acreditava ser tão esperta e estar tão segura. Nada disso era verdade. Talvez fosse sua falta de juízo que a tivesse afastado do FBI.

Não, ele não quis dizer isso. Lucy afastou isso da mente.

Ele se cansou delas, porque ele é assim.

Ela acreditou em Sean quando ele lhe disse que gostava dela porque ela não era como suas antigas namoradas, mas, talvez, tudo fosse apenas uma novidade para ele. Talvez Sean se cansasse dela – por certo ela não era muito divertida, do tipo que larga tudo só para ir para o Havaí. Ele vinha falando sobre viajarem num final de semana praticamente desde que tinham se conhecido – e ela sabia que ele estava ficando irritado por ainda não terem feito isso.

Lucy não sabia por que isso a incomodava tanto. Ela tinha lhe dito que queria que as coisas fossem devagar, um dia de cada vez. Poderia mesmo culpá-lo se ele resolvesse que ela era entediante e séria demais para ele?

Lágrimas queimaram seus olhos como se ele já a tivesse abandonado.

Gostava tanto de Sean... Não conseguiria mudar isso mesmo que quisesse. Estava surpresa pela maneira como tinham se aproximado tão rapidamente. Talvez Patrick tivesse razão quanto a ela recuar um passo emocionalmente.

Se conseguisse.

ONZE

Suzanne dirigiu por quase duas horas para se encontrar com Jill Reeves, a colega de quarto da primeira vítima do Estrangulador de Cinderelas.

Jill, que estava em seu primeiro ano na faculdade, abandonou as aulas após a morte da amiga e voltou a morar em Hamden, Connecticut, perto de Nova Haven. Suzanne leu as anotações que Vic Panetta havia feito quando ele a interrogara, e ainda que não acreditasse que o detetive sênior tivesse deixado algo passar, não faria mal nenhum falar com a garota novamente. Devido à longa jornada que ainda tinha pela frente, primeiramente ligou para a mãe de Jill para confirmar se a filha estaria mesmo em casa.

Telefonou para Panetta enquanto esperava pelo carro no quartel general do FBI.

– Estou saindo daqui a dois minutos para Hamden. Tem certeza de que não quer ir junto?

– Fique à vontade, garota. Estou no meio de outro caso. Devo concluí-lo ainda hoje. Além do mais, tenho uma papelada para me livrar antes de o dia terminar. Se eu tiver notícias do laboratório, aviso.

– Talvez fosse melhor trabalharmos de outra forma para deter os homicídios: "Poupe uma árvore, não mate ninguém".

Ela desligou e abriu caminho em meio ao trânsito de Manhattan. Tinha saído no fim do horário de pico matinal e, assim que deixou a ilha, o trânsito na autoestrada começou a melhorar.

Jill Reeves e Alanna Andrews tinham sido melhores amigas por toda a vida, até tinham ido para Columbia juntas. Dois meses depois de terem se mudado, Alanna fora assassinada, e Jill, arrasada, abandonara a faculdade no meio do semestre e voltara para casa. Suzanne, normalmente desconfiada, perguntou-se se Panetta tinha dado continuidade à investigação com a garota — até o segundo homicídio não havia motivo para acreditar que um assassino serial fosse o responsável pela morte de Alanna.

Na verdade, ele tinha dado prosseguimento — chegou a dirigir até Hamden para o enterro de Alanna e conversou com os parentes, tentando descobrir se alguém da cidade poderia ter se aproveitado da mudança para matá-la. Mas os fatos continuavam os mesmos: Alanna tinha desaparecido de uma festa da qual as duas garotas participaram. Jill tinha se embriagado e voltado para casa com um rapaz, acreditando que Alanna estivesse bem — ou talvez estivesse bêbada demais para se preocupar. Na manhã seguinte, a colega de quarto não apareceu e não respondeu a seus telefonemas, e Jill ligou para a polícia.

No outono daquele ano, Suzanne completaria dez anos de trabalho no FBI. Já tinha visto muitas coisas no esquadrão de Crimes Violentos e sabia que havia casos que nunca eram solucionados. Ela não queria que aquele fosse um deles.

Hamden era uma cidadela tranquila e pacata; pequena, mas ainda maior do que a minúscula cidade da Louisianna na qual Suzanne crescera antes de se mudar para Baton Rouge, já adolescente. Os Reeves moravam numa casa antiga bem conservada e reformada perto do centro. Era até que bonita, mas depois de morar em Nova York por quase dez anos, Suzanne enlouqueceria numa cidadezinha como aquela.

A senhora Reeves atendeu à porta assim que Suzanne bateu.

— Eu te vi estacionar. Jill está na sala de estar.

— Linda a sua casa — Suzanne elogiou.

— Obrigada — a senhora Reeves ficou radiante ao fechar a porta. — Ela está com a nossa família há mais de cem anos. Meu marido e eu temos tentado levá-la de volta à sua glória original.

— Têm sido muito bem-sucedidos.

Jill Reeves estava sentada com as costas eretas num sofá antigo.

— Querida, esta é a agente do FBI da qual eu lhe falei. Suzanne Madden.

— Madeaux — corrigiu Suzanne.

A senhora Reeves franziu o cenho e depois disse:

— Ma*deaux*. Francês?

— Descendente. Sou do sul — sorriu para Jill. — Obrigada por concordar em falar comigo.

A senhora Reeves disse:

— Ainda estamos chocados. Alanna era uma menina tão boa. Não sei o que deu nela para ir a essa festa.

Suzanne olhou para Jill. Ela não disse nada, então Suzanne comentou:

— A maioria dos universitários vai a festas, mesmo que de vez em quando. Faz parte da experiência.

A senhora Reeves sentou-se.

— Mas Jill, não. Ela conhece os perigos.

Certo. Suzanne não conseguiria arrancar nada de Jill com a mãe por perto.

— Senhora Reeves, a senhora se importaria em sair da sala um instante? Preciso falar com Jill em particular.

Ela franziu a testa.

— Mas não seria melhor eu ficar para proteger os direitos dela? De todo modo, ela já me contou tudo.

Até parece.

– Jill não é suspeita e não está em apuros. Só preciso fazer algumas perguntas.

– Então por que não posso ficar? Estou preocupada com ela. Jill não quer voltar para a universidade.

– Mãe – Jill disse com um suspiro exasperado –, apenas saia, sim?

A senhora Reeves contraiu os lábios, levantou-se da cadeira e saiu. Suzanne atravessou a sala e fechou as portas duplas.

– Obrigada por não dizer nada – Jill disse para Suzanne.

– Você mentiu para seus pais, mesmo depois que sua melhor amiga foi assassinada? – Suzanne não passaria a mão na cabeça da jovem. Ela sentou-se na cadeira diante dela.

– Você não entende – respondeu Jill.

– Tente me explicar.

Ela deu de ombros.

– Não é mais importante. É só que... Meus pais são mais velhos. Eles têm bastante idade para serem os *seus* pais – disse ela, como se Suzanne fosse uma anciã. – Eles tinham 40 anos quando me adotaram. Eles não entendem *nada*. Eu poderia lhes dizer que eu iria a uma rave e eles exclamariam: "Ah, mas isso parece muito divertido!" – ela balançou a cabeça.

– Muito bem, vamos deixar uma coisa bem clara entre nós. Não minta para mim. Se eu descobrir que mentiu a respeito de qualquer coisa, vou enviar uma cópia do seu depoimento à polícia para seus pais.

– Não pode fazer isso!

– É um registro público. Posso e farei isso – ela puxou uma cópia do depoimento para reforçar o que dizia. – Vou supor que foi honesta com o detetive Panetta.

A jovem concordou.

– Também não menti para meus pais. Eles simplesmente deduziram que não fui à festa. Não me perguntaram nada, por isso não esclareci nada. Não gosto daquilo tudo, e foi por isso que abandonei a universidade. Estava tudo saindo do controle, e eu não quero mais ser aquela pessoa. Fui aceita numa faculdade pequena da Pensilvânia para ingressar no outono, mas ainda não lhes contei a respeito.

— Por que não?

Ela deu de ombros.

— Eu só não sei mais o que fazer.

— Entendo – até ser recrutada pelo FBI, ainda no Boston College, Suzanne não sabia o que queria fazer da vida. Não tinha nem decidido qual seria sua especialização até cursar o terceiro ano, pois vivia mudando de ideia.

— Desde então não usei mais drogas nem bebi, juro por Deus. Se eu não estivesse tão doida quando Alanna foi assassinada, talvez tivesse notado que ela não estava por perto. Talvez eu a tivesse impedido de sair com o cara errado. Não sei... – lágrimas encheram seus olhos e ela abaixou o olhar para as mãos. – Éramos amigas desde o jardim de infância. Ainda quero ligar para ela todas as noites antes de ir dormir, como costumávamos fazer. Pego o telefone e só depois lembro que ela está morta.

Suzanne esticou-se e apertou a mão dela.

— Se puder me ajudar, talvez eu consiga encontrar o assassino de Alanna e mandá-lo para a prisão. Isso seria justiça. É por isso que sou policial.

Jill concordou.

— Prometo, só vou dizer a verdade. Mas... – ela hesitou.

— Nada de "mas", Jill. A verdade.

Ela concordou mais uma vez.

— Já ouviu a respeito dos outros homicídios?

Jill fez que sim com a cabeça, enxugando uma lágrima perdida no rosto.

– Pelo noticiário. O Estrangulador de Cinderelas. É ele, não?

– Sim. São quatro vítimas até agora. Ele visa aos tipos de festa em que você e Alanna estiveram em 30 de outubro. Não sabemos como ele escolhe as vítimas. Três eram universitárias: Alanna, Heather Garcia, que estava no terceiro ano da NYU, e a vítima mais recente, Jéssica Bell, uma segundo-anista na Columbia. Você conhecia Jéssica Bell?

Jill balançou a cabeça.

– O nome não me é conhecido. Saí de lá depois de poucos meses. E a universidade é bem grande.

– Tudo bem – Suzanne olhou para as próprias anotações e para o relatório de Panetta. – Contou ao detetive Panetta que aquela foi a primeira vez em que foram àquele tipo de festa. Você confirma isso?

Jill parecia encabulada.

– Bem, não, mas não foi isso o que ele perguntou. Ele perguntou se Alanna ou eu tínhamos ido a uma festa underground desde que começamos a frequentar a Columbia. Não menti. Foi a primeira vez que fomos desde que começamos a universidade.

– Mas obviamente você tinha entendido a pergunta.

– Sim. Mas... Eu não queria que ele pensasse que éramos umas vadias ou algo parecido. Mesmo assim... – ela hesitou.

– Você precisa me contar a verdade ou mais garotas vão morrer. Entende isso, não? Quatro homicídios. Isso já está além de qualquer critério estabelecido para um assassino serial. Preciso descobrir como e por que ele procura essas vítimas, porque é isso o que nos levará até ele – ela sabia que, como primeira vítima, Alanna era quem tinha maior probabilidade de estar ligada pessoalmente ao assassino. Assassinos seriais raramente começavam a matar desconhecidos ao acaso. A primeira vítima normalmente tinha um significado pessoal para o assassino.

Mas Jill não precisava saber daquilo, pelo menos não ainda.

— Algo aconteceu naquela noite com Alanna que o fez surtar — disse Suzanne. — Algo que talvez você tenha visto ou ouvido sem perceber a importância. Vamos lá, primeiro: a quantas festas desse tipo você já foi em sua vida?

— Aquela foi a segunda vez, juro. Na primeira nós estávamos no último ano do Ensino Médio. Mas Alanna já tinha ido a várias.

— Aqui em Hamden?

— Não. Tomamos o trem para a cidade. É mais difícil para mim sair nos finais de semana, mas os pais de Alanna não se importavam com o que ela fizesse contanto que as notas fossem boas. Da primeira vez, convenci meus pais de que eu estava em outro lugar e já tinha preparado um monte de desculpas caso eles me procurassem. Alanna tinha me contado o quanto ela se divertia nessas festas e me implorou para que eu fosse junto.

— Essa festa era parecida com a que vocês foram em outubro?

— Eu... — ela abaixou o olhar novamente com o rosto corado. — Eu tinha rompido com o meu namorado quando fui à primeira festa. Eu estava com tanta raiva... Só queria encontrar um cara e transar, como se assim eu estivesse punindo Gary ou algo do tipo. Eu já tinha fumado maconha algumas vezes, mas nunca tinha tomado drogas de verdade... Fiquei tão pilhada. Era como se a minha mente e o meu corpo fossem duas coisas diferentes. As coisas saíram do controle. Eu não quis fazer aquilo de novo, mas depois de um tempo acho que deixei de lado as partes ruins e só me lembrei da música maravilhosa e das coisas divertidas, por isso, quando Alanna me contou sobre a festa na Casa Assombrada, a ideia pareceu boa.

— Como ela ficou sabendo?

— Alanna sabia de todas elas. Ela queria manter boas notas para que os pais não a tirassem da faculdade, por isso estudou bastante pelos dois primeiros meses. Mas, depois das provas de meio de semestre, ela disse que precisava endoidecer um pouco.

– E quanto à festa quando estavam no colégio?

– Alanna foi ficar com uma prima em Nova York por um mês durante o verão anterior a nosso último ano. Ela me contou a respeito, fiquei chocada. Acho que na época eu era um pouco mais resguardada. Alanna era do tipo que lançava moda, sempre a primeira a fazer as coisas.

– Antes de irem, o que ela lhe contou a respeito da festa?

– Só que haveria música ao vivo e muita bebida e dança... – ela hesitou.

– Pode me contar, Jill.

– Ela disse que, quando foi à festa em Nova York, tinha feito sexo com três caras diferentes. Nem sabia os nomes deles. Isso me deixou pasma. Quero dizer, ela perdeu a virgindade bem antes de mim, não sei por que fiquei tão surpresa, mas fiquei. Ela disse que se sentia poderosa.

Suzanne fez uma anotação. Talvez Alanna tivesse outros segredos que não tinha partilhado com Jill. A prima em Nova York poderia saber mais, especialmente se fora lá que esse estilo de vida de Alanna teve início.

– Vamos voltar à festa em outubro, na Casa Assombrada. Alanna ficou sabendo da festa, você foi com ela e, de acordo com seu depoimento, na última vez em que a viu, ela estava dançando, lá pela uma da manhã?

Jill concordou.

– Não sei que horas eram exatamente, mas só chegamos à festa depois das onze. Eu não queria me drogar, mas fiz a besteira de beber algo que não deveria e comecei a me sentir esquisita. Quando encontrei Alanna, disse que não estava me sentindo bem, mas ela respondeu que estava se divertindo e que não queria ir embora. Ela me deu um comprimido. Não sei o que era, mas comecei a me sentir um pouco melhor – Jill fez uma pausa, depois continuou. – O resto da noite ficou um pouco embaralhado. Fiquei com um cara; não sei o nome dele – as lágrimas recomeçaram. – Não consigo acreditar que fiz isso, sexo anônimo, nem sabia quem ele era. Fomos para o apartamento dele e fizemos coisas das quais mal me lembro. Passei mal durante dias, mas Alanna morreu.

– Havia alguém nessas festas que você conhecia? Sabia o nome?

– Não... Quero dizer, eu devia saber os nomes no dia, mas não me lembro mais.

– Que tal alguém que Alanna tenha mencionado por tê-la convidado a essas festas?

Jill balançou a cabeça.

– E a prima dela?

– Whitney.

– Whitney Andrews?

– Não sei, acho que o sobrenome dela é outro. Só a vi umas duas vezes.

Suzanne tomou nota e perguntou:

– E quanto a algum namorado? Você disse ao detetive que Alanna não estava saindo com ninguém. Isso é verdade?

– Ela não tinha nenhum namorado.

– E sabe se alguém demonstrou interesse por ela, mais do que ela desejava?

– Alanna gostava quando os rapazes a paqueravam. Sei que isso a faz parecer uma vadia, e talvez ela até fosse, mas você não a conheceu, e não quero que as pessoas pensem mal dela.

– Não faço mau juízo de Alanna nem de qualquer outra vítima. Meu trabalho é descobrir quem é o assassino e colocá-lo atrás das grades pelo resto da vida. Quem Alanna era ou o que ela fazia não importa para mim a não ser que seja relevante para o caso. Sabe de algum ex-namorado?

– Ela saía com um cara no Ensino Médio, Zach Correli, um ano mais velho do que nós. Ele foi para uma faculdade no Maine. Quando eles terminaram, acho que ela não ficou arrasada, nem ele.

No entanto, isso era algo que Suzanne teria de investigar. Seria fácil de provar se Correli não estava em Nova York quando Alanna foi assassinada.

– Mais uma coisa – disse Suzanne. – Alanna tinha um emprego? Algum lugar onde ela pudesse conhecer alguém que você não conhecia? Talvez um trabalho voluntário, ou emprego de meio período? O detetive Panetta não listou nada a não ser informar que ela era estudante em tempo integral.

– Ela não tinha emprego na faculdade. Eu trabalhava meio período no campus por causa da minha bolsa de estudos. Os pais dela tinham um fundo de estudos para ela. Alanna nunca precisou de dinheiro.

– Última coisa: isso pode ser um pouco difícil, mas eu gostaria de lhe mostrar fotos das outras três vítimas, para descobrir se você as conhecia.

Ela mostrou as fotos uma a uma para Jill. Não houve reconhecimento até ela ver Jéssica Bell.

– Ela não me é estranha. Está morta?

– Morreu no último final de semana.

– Ai, meu Deus...

– Sabe quem ela era?

Jill balançou a cabeça.

– Ela só me parece familiar. Talvez eu tivesse alguma aula com ela ou a tivesse visto em algum lugar.

– Na festa de Halloween talvez?

– Talvez – Jill franziu a testa. – De verdade, eu não sei.

— Tudo bem. Você me ajudou bastante, e agradeço pela franqueza — Suzanne guardou as fotos na pasta, depois segurou as mãos de Jill e apertou-as. — Não viva no passado. Sei que sente muita culpa e arrependimento. Mas garanto que isso vai acabar devorando-a viva se você deixar. Acho que você deveria ir para essa faculdade na Pensilvânia. Alanna não gostaria de vê-la presa num limbo — estendeu um cartão de visitas para ela. — Caso se lembre de alguma coisa ou se quiser só conversar, é só me ligar.

Ela saiu e já que estava em Hamden, resolveu parar na casa dos Andrews, a dois quarteirões da casa de Jill. A princípio, pensou que não houvesse ninguém em casa, mas em seguida uma senhora de uns 70 anos atendeu a porta.

— Pois não?

— Olá, sou a agente especial Suzanne Madeaux, de Nova York. Lamento incomodá-la, mas eu estava na cidade e gostaria de fazer algumas perguntas.

A expressão da senhora se fechou.

— A respeito de Alanna?

— Sim, senhora. Na verdade, a respeito da prima dela, Whitney.

— Whitney — a mulher suspirou. — Ela se meteu em confusão?

— Não, não que eu saiba. Mas me informaram que ela e Alanna eram próximas e ainda não falei com ela a respeito do assassinato. A senhora tem o endereço dela e o número de telefone?

— Sim. Espere aqui, por favor — ela fechou a porta. Alguns minutos mais tarde, voltou com um pedaço de papel escrito com uma caligrafia trêmula. Whitney Morrissey, Brooklyn, e um número. — Não tenho o endereço, mas a mãe dela me disse que ela está morando no Brooklyn. Ela é artista, muito talentosa. Participa de exposições de arte a toda hora. Mas é difícil viver disso.

— Obrigada pela informação.

– Sei o que dizem a respeito da minha neta, mas não é disso que vou me lembrar. Alanna era um doce de menina. Nunca faria mal a ninguém. Nunca. Ela jogava cartas comigo todos os domingos à noite – lágrimas se formaram nos olhos da senhora. – Tenho quatorze netos, e Alanna era a única que sempre se lembrava do meu aniversário – encarou Suzanne. – Você não sabe quem matou a minha neta, sabe?

– Ainda não, senhora, mas descobrir isso é a minha prioridade.

DOZE

Quando Sean e Lucy saíram de Washington às sete da manhã, chovia incessantemente. Conforme seguiam para o norte, a chuva começou a diminuir e, quando já estavam na divisa de Nova Jersey, só chuviscava um pouco com algumas rajadas fortes de vento. Estavam na estrada 495 seguindo para o leste em direção a Manhattan, e Lucy não conseguia deixar de olhar fixamente para o horizonte de arranha-céus.

– Não me diga que nunca esteve em Nova York? – perguntou Sean.

Ela balançou a cabeça, maravilhada.

– Há quanto tempo mora em Washington?

– Seis anos. Mas estive ocupada.

– Eu queria que o tempo estivesse melhor, assim poderíamos ter vindo de avião. A vista é ainda mais impressionante de cima.

Lucy sentia como se já conhecesse Nova York por causa dos filmes e da televisão, mas a vastidão de concreto, e estradas e prédios por toda a cidade... era algo arrebatador. Quanto mais se aproximavam de Manhattan, mais se maravilhava com sua ingenuidade. Sentia-se apreensiva com a multidão.

– São 8 milhões de habitantes, não?

– Na cidade toda, na verdade, acho que já são 8,5 milhões. Em Manhattan há menos de 2 milhões, mas é mais densamente populosa.

– E sabe tudo isso de cabeça?

– Informação inútil – brincou ele.

Ainda que D.C. fosse muito populosa, não havia quilômetros de arranha-céus numa aparentemente infinita cidade de concreto. A arquitetura de Nova York a intrigava: alguns prédios eram simples e sem graça, outros, antigos e ornamentados. Novo e velho, pequeno e grande, todos juntos em algo que deveria ser feio, mas que era surpreendentemente belo.

– Este não é nosso final de semana fora de casa – informou Sean.

Lucy relanceou para ele.

– Sei disso.

– Só quero que isso fique bem claro. Embora seja possível termos de ficar o final de semana inteiro, é uma viagem de trabalho, não de lazer.

Lucy não disse nada porque estavam entrando num túnel. Ela segurou a perna de Sean.

– O que foi?

– Não gosto de túneis.

– Você pega o metrô em D.C. a toda hora.

– Não é a mesma coisa.

Ela não explicou o motivo. Não queria se lembrar da experiência de estar amarrada na parte baixa de um barco, sem saber para onde estava indo, sem estar no controle. Ter sido estuprada foi só a pior parte do trauma sofrido naqueles dois dias. Medos que ela jamais imaginara foram implantados nas horas do violento ataque, crescendo espontaneamente até que ela acreditasse que enlouqueceria antes de morrer. Depois de tanto tempo, enquanto mantinha as emoções sob controle rígido, os medos ficavam dormentes até momentos como aquele, quando ela se via presa num profundo túnel debaixo do rio Hudson.

— Este é o túnel Lincoln — Sean informou, colocando uma mão sobre a mão dela. — É um verdadeiro feito da engenharia. Por este sistema, passam cerca de 120 mil veículos por dia.

— Sei o que está tentando fazer. Ficarei bem — ela engoliu em seco. — Eu preferiria se você mantivesse as duas mãos no volante.

Sean ligou o som e apertou uma das seis teclas. Um CD foi acionado, e Led Zeppelin começou a soar pelos alto-falantes.

— *It's been a long time since I rock and rolled* — Sean começou a cantar com Robert Plant.

Um carro freou de repente diante deles, e Lucy refreou um grito. Sean reduziu a marcha tão rápido que ela nem percebeu ele tirando a mão do volante. Ela pensou tê-lo ouvido xingar, mas a música estava tão alta que não teve certeza.

Três minutos depois, eles saíam do túnel para o trânsito local. Sean manobrava como se tivesse sido um motorista de táxi nova-iorquino em sua vida passada.

No curto período de tempo em que estava envolvida com Sean, Lucy descobriu que era como se o carro fosse uma extensão dele, por isso ela resistiu ao impulso de perguntar se ele sabia para onde estavam indo. Ele tinha personalizado o GPS, no qual confiava cegamente.

Lucy tinha ficado impressionada com a arquitetura conforme se aproximavam, mas agora ela estava simplesmente maravilhada, inclinando a cabeça para trás para enxergar o máximo que conseguia. Levaram quinze minutos para chegar ao Upper West Side, o bairro em que a Columbia University estava localizada. Sean estacionou numa área de descarga ao lado de uma igreja imensa. Lucy ficou encarando-a.

— Ouvi falar deste lugar... Esta é a catedral de São João, o Divino.

– Se fosse domingo, talvez você pudesse assistir à missa.

– Esta igreja é episcopal, não católica, mas ouvi dizer que é maravilhosa. Foi reformada recentemente.

– Que tal se fizermos assim: quando tiver terminado sua conversa com Jéssica, eu a encontro aqui. Espero voltar do Brooklyn antes da hora do rush, mas, se eu não conseguir, este lugar parece grande o suficiente para entretê-la.

Lucy olhou para o volume alarmante de carros ao redor deles.

– Está querendo dizer que agora não é hora do rush?

Sean sorriu e depois a beijou.

– Tome cuidado, Lucy. Não sabemos exatamente o que está acontecendo. Quando descobrir alguma coisa, fale comigo.

Enquanto vinham para Nova York, tinham combinado que Lucy iria para o apartamento de Jéssica falar com ela e, se possível, com os vizinhos. Ela também pretendia mostrar a foto de Kirsten, para perguntar se alguém tinha visto a garota durante o final de semana. Sean iria para o Brooklyn, para checar o hotel Clover, já que Kirsten tinha telefonado para lá no dia em que desaparecera. Os dois estariam atentos a Trey. Sean tinha ampliado a foto dele do livro escolar, disponível no site da escola, para que Lucy soubesse como ele era.

– Pretendo voltar em menos de três horas, mas, se alguma novidade aparecer, vou seguir a investigação e você fica aqui me esperando – disse Sean.

– Ficarei bem. Não sou indefesa.

– Indefesa? Nem pensar... – ele beijou-a. – Só tome cuidado, sim?

– Você também. Mesmo os Rogan não são invencíveis.

Sean levou a mão ao peito numa encenação de desgosto.

– Que boato horrível de se espalhar por aí.

Ela sorriu e pôs a mão na maçaneta.

– Mais uma coisa – ele colocou a mão no bolso e puxou um porta-cartão de couro.

— O que é isto? — ela abriu. Dentro havia cartões de visita da Rogan-Caruso-Kincaid com o logo dourado de uma espada e um escudo no canto. O nome e o número dela estavam impressos no centro. — O quê? Como assim?

— Fiz no computador. Eu ainda tinha algumas folhas em branco da época em que Patrick e eu imprimimos nossos cartões. Pensei que se precisasse dar seu telefone para contato, isso seria mais oficial. Você se surpreenderia com o que as pessoas contam para investigadores particulares.

— Obrigada — ela não sabia o que pensar. Não trabalhava para a RCK, mas ver os cartões foi um lembrete de que não tinha sido aceita pelo FBI e que não tinha identidade real.

— Ei, isso era para ser uma coisa boa, não para te deixar triste.

Ela sorriu.

— Estão lindos, obrigada — ela colocou os cartões na bolsa, que passou atravessada diante do peito. — Três horas, encontro na catedral. Combinado.

Lucy saiu do carro e observou Sean se misturar ao tráfego.

Quando o clima permitia, D.C. era uma cidade para se caminhar, mas Nova York era D.C. multiplicada por mil. Mais pessoas, mais prédios, mais trânsito. Lucy olhou para a tela do telefone e para o mapa que buscou dos três quarteirões das imediações. O apartamento de Jéssica ficava à direita, um quarteirão e meio descendo pela rua 112 West. Lucy desejou ter mais tempo para apreciar sua primeira viagem a Nova York, mas talvez depois que localizassem Kirsten e a levassem de volta para casa, ela e Sean pudessem voltar para um final de semana.

Não tinha nada mais para fazer mesmo.

— Pare com isso — ordenou-se.

Respirou fundo e resolveu não sentir pena de si mesma. Não era agente do FBI quando ajudara a apanhar aqueles pedófilos para o

PMC ou quando analisara casos antigos não solucionados para o departamento de polícia do Condado de Arlington. Podia ajudar Sean e Patrick a encontrar aquela garota agora, porque nada mudara nela.

Era o que continuava a repetir para si mesma porque, bem no fundo, não acreditava nisso.

O prédio de sete andares de Jéssica tinha uma escada de emergência na lateral, como nos filmes, e Lucy passou alguns minutos olhando para cima, imaginando como seria a vista de lá do alto. Por mais que tivesse medo de lugares fechados, não tinha medo de altura.

Descobrir como chegar à cobertura não estava em seus planos imediatos, porém. Suspeitava que, por motivo de segurança, a escada de incêndio só podia ser movida por cima e, mesmo que ela subisse em um dos carros estacionados, não alcançaria a parte inferior da escada.

O prédio tinha uma pequena entrada com caixas de correio e botões de interfone. Não conseguiria subir sem ter uma chave ou sem que um dos moradores lhe permitisse a entrada. Claro que, se Sean estivesse ali, ele provavelmente conseguiria desligar o sistema elétrico, mas Lucy preferia métodos legais. Se Jéssica não estivesse ali, ela poderia entrar por meio de um vizinho.

Ela apertou o número 406, o apartamento de Jéssica. Quando pensou que ninguém responderia e estava quase apertando o botão de outro apartamento, a voz ofegante de uma mulher disse:

– Olá?

– Jéssica?

A garota não disse nada, mas a porta emitiu um sinal, e Lucy entrou e subiu os andares.

Uma morena baixinha estava diante da porta do 406. Aquela não era Jéssica Bell, a menos que Jéssica usasse uma foto completamente diferente no perfil do Party Girl.

— Olá, sou Lauren, colega de quarto de Jéssica — a garota mordeu o lábio. — Lamento que não saiba, mas Jessie morreu.

Lucy deve ter parecido chocada, porque Lauren convidou-a para entrar.

— Aceita água?

— Não, obrigada — agradeceu Lucy. — Meu nome é Lucy Kincaid e...

— Tantas pessoas têm ligado agora que a polícia informou o nome dela. Lamento muito que tenha descoberto dessa forma. Você estava na sala dela?

— Não, não conheci Jéssica pessoalmente — informou Lucy.

Lauren franziu a testa, mas Lucy continuou, entregando um dos cartões da RCK, e disse:

— Estou procurando por uma garota que fugiu de casa, amiga de Jéssica. Eu tinha esperanças que Jéssica soubesse do paradeiro dela.

— Ela fugiu de casa? — Lauren perguntou, cética.

— Sim — Lucy pegou o papel no qual tinha imprimido duas fotos de Kirsten, uma da escola e outra mais glamorosa, do Party Girl, ainda que não fosse muito sensual. — Você a viu na última semana?

— Ashleigh — disse Lauren. — Ela ficou aqui algumas vezes em que eu fui para casa ver meus pais.

A empolgação de estar certa animou Lucy.

— E quanto a este final de semana?

Lauren balançou a cabeça.

— Jéssica foi assassinada pelo Estrangulador de Cinderelas no final de semana passado. Pelo menos é isso o que a polícia pensa. Foi horrível.

— O Estrangulador de Cinderelas?

— Deve ter ouvido, está em todos os jornais há meses. O assassino leva um sapato. É esquisito, e nunca pensei muito nisso, mas Jessie está morta, e tudo parece tão real e muito mais perigoso agora.

— Sou de Washington — Lucy informou, indicando o endereço no cartão. — O que a polícia disse?

— Eles não sabem de nada, pelo menos é o que os jornais dizem. Não há pistas, nada.

Lucy tinha milhares de perguntas a respeito dos homicídios, mas Lauren não era a pessoa certa para quem perguntar.

— Você tem algum jornal que eu possa ler?

— Não, eu li na internet. O *Post* publicou um artigo bem grande sobre os assassinatos ontem.

— Jessie iria se encontrar com Ashleigh no fim de semana?

— Não sei. Não tenho aulas na sexta e normalmente vou para casa ao meio-dia. Não gosto muito dos finais de semana daqui. Jessie gostava mais das festas e desse tipo de coisa. Mas Josh, amigo de Jessie, conhece Ashleigh. Ele me disse que falou com a polícia a respeito de Jessie, porque às vezes eles saíam juntos. Eles não estavam namorando de fato, mas ele ficou tão arrasado que não saiu do apartamento desde quarta-feira. Fiz uma porção de *tamales* para ele. Eu ia levar para ele, mas não estou me sentindo muito bem.

— Posso fazer isso por você — Lucy ofereceu-se. — Preciso falar com ele. Ashleigh pode estar metida em apuros, e preciso de todas as informações possíveis para localizá-la.

— Ela saiu com Jessie no sábado à noite?

— Acreditamos que sim, pelo menos tinham marcado de se encontrar.

— Ai, meu Deus, mas isso tudo é tão horrível.

Lauren entregou o prato de *tamales* para Lucy e indicou como chegar ao apartamento de Josh, no último andar. Lucy subiu as escadas pensando no que poderia ter acontecido no sábado passado. E se Kirsten tivesse visto a amiga morta? A mensagem seria confusa porque ela ainda estava em estado de choque. Ou se tivesse sido drogada, ela poderia não ter entendido direito o que tinha presenciado. Se o assassino a tivesse visto, talvez estivesse atrás dela.

Tinha de falar com Sean, porém antes precisava se informar mais a respeito dos homicídios e falar com o namorado de Jéssica. Parou no corredor diante da porta de Josh e usou o telefone para buscar o artigo mencionado por Lauren. Leu-o atentamente, memorizando os detalhes.

Quatro jovens, duas delas alunas da Columbia, pareciam ter sido assassinadas pelo Estrangulador de Cinderelas, que as sufocava e levava um dos sapatos embora. Não havia menção de violência sexual, mas o jornal também não negava que as vítimas tivessem sido agredidas sexualmente. A polícia costumava esconder detalhes da mídia e do público a fim de impedir a imitação dos assassinatos e para ajudá-los a se certificar de que prenderam o verdadeiro assassino quando tivessem um suspeito. Lucy ficou surpresa por ver que o detalhe do sapato desaparecido tinha sido divulgado. Ela teria mantido essa informação em segredo. Talvez a agressão sexual não tivesse sido revelada por causa da maneira como morreram ou por conta de alguma marca específica encontrada no corpo.

O primeiro assassinato ocorrera em 30 de outubro, há quase quatro meses. Quatro mortes em quatro meses. Assassino serial? O FBI estava envolvido, por meio da agente especial Suzanne Madeaux. Lucy refletiu se deveria ligar para Noah e perguntar se ele conseguiria mais informações sobre o caso. Ou talvez a apresentasse à agente de campo encarregada, para que ela pudesse lhe passar informações a respeito do site Party Girl e da ligação de Jéssica e Kirsten.

Lauren tinha razão, o artigo no *Post* era incrivelmente detalhado; oferecia até uma linha do tempo, com localização de cada crime e as características da vítima. Todas foram mortas em festas underground ou "secretas", em construções abandonadas. Todas as vítimas tinham menos de 22 anos. E todas tinham sido sufocadas.

Lucy precisava de mais informações porque o que tinha sido revelado pela imprensa não bastava para criar um perfil do assassino.

O que estava pensando? Que o escritório do FBI em Nova York era incompetente? Claro que eles tinham todas as informações necessárias para criar um perfil. Por que precisariam dela, quando provavelmente tinham seu próprio especialista no escritório regional? Poderiam falar com o doutor Hans Vigo, o lendário especialista em perfis hoje designado para Quantico. Não precisavam da opinião inexperiente dela, e não havia motivo para que a agente Madeaux partilhasse qualquer informação com ela.

Seu trabalho era localizar Kirsten Benton, e ela partilharia o que sabia a respeito da vida dupla de Jéssica no Party Girl – se é que o FBI já não sabia disso.

Uma coisa de cada vez. Primeiro, entregar o prato de *tamales* para Josh Haynes e descobrir o que ele sabia sobre Kirsten, também conhecida como Ashleigh.

Bateu à porta dele.

Josh demorou alguns minutos para atender. Vestindo calças de pijama e uma camiseta rasgada, ele parecia ter acabado de sair da cama.

– Pois não?

– Lauren pediu que eu trouxesse estes *tamales* para você.

Josh suspirou e abriu mais a porta.

– Ela acha que comida melhora tudo.

Lucy entrou e colocou o prato na bancada. A cozinha não era maior que seu banheiro, ou seja, era minúsculo, somente uma pequena alcova com um fogãozinho estreito, uma geladeira pequena e uma pia. O prato tomava metade do espaço da bancada. O resto do apartamento era agradável. Embora não fosse espaçoso, o teto era alto, e as janelas, estreitas e longas.

– A intenção dela é boa – disse Lucy.

– É – ele olhava para fora da janela.

– Você gostava de Jéssica.

Ele não disse nada.

— Você é amiga da Lauren ou da Jessie?

— Nem de uma, nem de outra. Sou Lucy Kincaid. Estou tentando localizar uma amiga de Jéssica, Ashleigh.

— Por quê?

— Porque ela está desaparecida.

— Deus do céu, isso tudo é muito errado. Acha que alguma coisa aconteceu com ela também?

— Não sei, mas acredito que Ashleigh deve ter ido para uma festa com Jéssica no fim de semana em que ela foi morta.

— *Eu* levei Jess para a festa — ele largou-se numa das duas cadeiras da cozinha. — Ela estava estranha naquela noite. Eu deveria ter ficado com ela. Assim, ela ainda estaria viva.

— Josh, você não tem como saber. Não sabe o que poderia ter acontecido. O que quis dizer em relação a Jessie estar estranha?

— Sei lá, nervosa. Tensa. Pensei que fosse por causa das aulas. Ela tinha uma grade horária puxada. Nunca relaxava. E então me pediu para levá-la para a festa, e eu pensei que fosse um modo de compensar, mas aí ela também estava estranha. Não conversou no metrô, e eu fiquei bravo porque ela não queria me contar o que estava acontecendo. Por que ela não falou comigo? Sou tão cretino assim?

Lucy tocou-o de leve no braço.

— Ela pediu que a levasse para a festa. Isso quer dizer alguma coisa, não acha?

— Então por que ela não me pediu para ficar com ela? Se estava com medo de alguma coisa, por que não quis que eu a protegesse? E, para início de conversa, por que ir à festa?

Uma excelente pergunta. Lucy suspeitava que a resposta estivesse relacionada com o mesmo motivo que levara Kirsten à festa. Talvez Jessie não estivesse com medo só por ela mesma — talvez ela quisesse dizer à Kirsten para tomar cuidado.

— Josh — ela disse, entregando um de seus novos cartões —, aqui está meu número. Se Ashleigh entrar em contato com você, poderia, por favor, ligar para mim? É importante. Se ela estiver com algum problema, nós podemos ajudar. E se ela souber qualquer coisa sobre quem matou Jéssica, podemos protegê-la.

Ele olhou para o cartão.

— Acha que Wade Barnett a matou? — perguntou Josh.

Lucy hesitou. Não queria admitir que nem sabia quem era Wade Barnett, mas, ao mesmo tempo, queria saber por que Josh fez tal pergunta.

Ela respondeu:

— Honestamente, não sei. Não estou investigando o assassinato. Ele conhecia Ashleigh ou Jéssica?

— Acho que Jess o conheceu aqui em uma de minhas festas.

— Uma das festas underground?

— Não, aqui mesmo — ele gesticulou indicando o apartamento. — Tenho cinco vizinhos no andar, e eles não se importam. Meu amigo do outro lado do corredor abre a porta do apartamento dele e tomamos conta do andar. Algumas vezes por ano.

— Ashleigh veio a uma dessas festas?

— Talvez. Não me lembro. Ela sempre desaparecia quando eu estava sóbrio e, na verdade, eu só queria ficar com a Jess. Eu devia ter lhe dito o que eu sentia, só pensei que... Não sei, nós dois estávamos na faculdade e queríamos nos divertir — ele deu de ombros, com os olhos avermelhados.

— A polícia mencionou Wade Barnett como sendo suspeito? — perguntou surpresa.

— Não, fui eu que falei dele para a polícia. Eles me perguntaram a respeito das festas underground e eu disse para irem falar com Wade porque ele sabe tudo a respeito das melhores festas.

— Você o viu na festa em que Jéssica morreu?

– Não – admitiu Josh –, mas havia centenas de pessoas lá.

– Tenho certeza de que a polícia falou com ele, e eles sabem o que estão fazendo. Deixe-os fazer o trabalho deles. Eu preciso fazer o meu. Lembre-se, se tiver notícias a respeito de Ashleigh, ou mesmo se souber dela por meio de alguém, ligue para mim. É importante.

*

Sean não estava completamente tranquilo por ter deixado Lucy sozinha em sua primeira vez em Nova York, mas ela não era descuidada e ele queria que ela reconquistasse a confiança perdida. Ele a tinha deixado a um quarteirão do apartamento de Jéssica, e a catedral seria uma boa distração caso ela terminasse cedo. Mesmo assim, ele queria que sua passagem no Brooklyn terminasse o quanto antes.

O hotelzinho de três andares em forma de U parecia muito melhor na internet. Situado em um bairro isolado, com tinta azul clara descascando em mais lugares do que se podia contar, as portas estragadas, outrora verdes, estavam bem encardidas. A estrutura inteira e o terreno em volta necessitavam de reparos imediatos a não ser por alguns negócios próximos e outros prédios interditados.

Sean estacionou seu GT num lugar onde poderia vê-lo da recepção. O lugar era pequeno, e o atendente no balcão estava atrás de três camadas de vidro.

– A diária custa 64 dólares, ou 300 por uma semana, pagos adiantados.

Sean respondeu:

– Sou investigador particular procurando por uma garota desaparecida.

O atendente olhou para ele com desinteresse. Ele mascava tabaco, os lábios estavam manchados e um pouco da coisa se emaranhava no bigode engordurado.

– E daí?

Sean levantou uma foto de Kirsten.

– Ela ligou para cá na semana passada, na sexta-feira, lá pelas onze da noite.

– Como se eu conseguisse me lembrar de todo mundo que liga.

– Você a reconhece?

Ele deu de ombros, mas Sean o observava atentamente, mesmo parecendo indiferente.

Sean passou uma nota de vinte dólares pelo buraco do vidro.

– E então?

– Ela pagou duas diárias. Em dinheiro.

– Havia alguém com ela?

– Não que eu tenha visto.

– Quando ela fez o check out?

– Ela não fez. Na maioria das vezes, as pessoas só deixam a chave e vão embora. Nem percebi, até a camareira entrar para trocar os lençóis na segunda-feira e encontrar a mala dela.

– Você ligou para ela?

O atendente suspirou e cuspiu um pouco do tabaco num copo.

– Não.

– Onde está a mala dela agora?

– Lá no fundo.

Sean teve de se controlar ante as respostas curtas. O atendente sabia o que ele queria. Sean entregou outra nota de vinte.

– Posso vê-la?

O atendente guardou o dinheiro e atravessou lentamente o cubículo. Inclinou-se e puxou uma maleta preta com rodinhas, do tipo que se via aos montes nos aeroportos. Uma fita rosa brilhante envolvia a alça.

O atendente abriu a porta e entregou a mala para Sean.

— É toda sua, basta assinar um recibo. Vou ficar com o depósito dela, já que ela não devolveu a chave. Ela não estava no quarto. Sabe quanto custa para repor uma fechadura por aqui?

O atendente rabiscou um recibo, e Sean assinou rapidamente.

— Quando foi a última vez em que a viu?

— Ela se registrou na sexta bem à noitinha, mas eu não trabalho nos finais de semana.

— Ela já tinha se hospedado aqui antes?

— Nunca a registrei. Eu teria me lembrado daquela loirinha sexy num piscar de olhos.

Sean encarou o velho pervertido com desgosto, àquela altura já sem conseguir agradecer, e saiu com a maleta de Kirsten.

Ele a pôs no porta-malas e abriu-a. Roupas. Artigos de higiene. Sapatos. O bastante para dois ou três dias. Dentro do zíper da frente havia uma passagem usada da Amtrak, de D.C. para Nova York, além da passagem de volta no domingo às 15h10. Cem dólares em notas de vinte estavam enfiados no mesmo bolsinho.

Ele fechou a maleta e sentou-se atrás do volante.

Se tivesse encontrado a mala, mas não a mensagem de Trey, ele a daria como morta. Mas alguma coisa aconteceu naquele final de semana que a deixara desorientada, e, muito provavelmente, machucada, e agora ela estava se escondendo.

Pegou o celular e viu que Lucy tinha lhe mandado uma mensagem de e-mail.

Jéssica Bell está morta. Ela foi assassinada no final de semana numa festa feita num galpão no Brooklyn. Talvez você possa dar uma olhada, já que está aí. Anexei um artigo de jornal a respeito de quatro mortes idênticas.

Tanto a colega de quarto de Jéssica quanto o namorado dela reconheceram Kirsten como sendo "Ashleigh", e o namorado a viu há algumas semanas. Vou conversar com alguns vizinhos para ter uma ideia de quando foi a última vez que Kirsten esteve aqui. E se as outras três vítimas também fossem do Party Girl? Vou investigar isso antes de me encontrar com você na igreja.

Sean leu o artigo que Lucy tinha encontrado. Em nenhum lugar foi mencionado o site Party Girl e o *alter ego* de Jéssica, "Jenna". Será que a polícia tinha feito a ligação, mas estava mantendo segredo? Lucy era esperta; ela descobriria caso houvesse uma ligação. Se existisse uma, talvez Kirsten tivesse motivos legítimos para se esconder.

Sean compreendia as pessoas, mas entendia melhor os computadores e as redes de sistema. Talvez não conseguisse rastrear os passos de Kirsten depois que ela saíra do hotel Clover, mas seguramente rastrearia seus passos no site Party Girl; ou seja, seus contatos. Assim como Jéssica Bell, provavelmente havia outras pessoas nas quais Kirsten confiava, pessoas que ela procuraria se tivesse algum problema.

Ou, pensou melhor, se *alguém* fosse um problema. Se o Party Girl fosse o elo entre os quatro homicídios, então havia um psicopata visando a garotas do site. Sean teria de entregar essas informações para a polícia, mas primeiro queria verificar o galpão abandonado onde Jéssica fora assassinada. Ele não esperava encontrar nenhuma evidência do desaparecimento de Kirsten, mas isso o ajudaria a saber onde ela esteve e onde a amiga morrera.

Inseriu a localização indicada pelo jornal no GPS. O galpão abandonado, parte de uma cadeia de suprimentos de impressão, ficava a apenas alguns quarteirões do hotel Clover.

TREZE

Suzanne arriscou pegar o horário de pico e dirigiu diretamente de Hamden até o endereço de Whitney Morrissey. A jovem de 24 anos morava no Brooklyn, num armazém convertido em estúdios de artistas e com dois outros negócios no térreo, uma seguradora e uma locadora de imóveis.

Ela apertou o botão do 3A, o apartamento de Whitney, e esperou. Em seguida, apertou mais uma vez. Ela tinha tentado telefonar enquanto dirigia, mas ninguém atendera, e ela não deixara recado.

– Oi – uma voz rouca surgiu pelo interfone.

– Whitney Morrissey?

– Eu mesma.

– Sou a agente especial Suzanne Madeaux, do FBI, e tenho algumas perguntas a respeito de sua prima, Alanna Andrews.

Silêncio profundo. Depois de uns bons trinta segundos, a porta apitou, e Suzanne subiu até o terceiro andar. Whitney estava na porta, vestindo uma camiseta da NYU de tamanho maior que o dela; as pernas estavam nuas. O cabelo loiro espesso caía pelas costas num emaranhado de cachos.

– FBI? – Whitney perguntou.

Suzanne entregou-lhe seu cartão de visitas.

– Tenho perguntas a respeito do mês que sua prima passou aqui.

– Aqui? – Whitney olhou para trás. Suzanne não conseguia ver o que ou para quem ela estava olhando.

– Isso é um problema?

– Estou com um amigo – ela mordeu o lábio.

– Tenho perguntas a respeito da festa em outubro na qual Alanna foi assassinada.

– Podemos falar mais tarde?

– Não, não podemos.

Se a mulher se fizesse de difícil, Suzanne teria de conseguir um mandado, e isso tomava tempo e envolvia muita burocracia.

Suzanne detestava burocracia.

Whitney suspirou e puxou a porta, fechando o apartamento.

– Importa-se se conversarmos no corredor?

Suzanne balançou a cabeça. Whitney seria mais receptiva sem um público.

– A quantas festas underground você levou Alanna quando ela passou o verão aqui com você?

– Duas ou três.

– E ela conheceu alguém?

Whitney olhou para ela como se ela fosse alguma idiota.

– Eram festas grandes. Tenho certeza de que ela conheceu muitas pessoas.

Suzanne não gostou muito daquela garota.

– É melhor eu ser mais clara. Ela conheceu alguém nessas festas que continuou a ver depois?

– Não sei. Ela não me contou nada a respeito de ninguém.

– Você esteve nessa festa de 30 de outubro, no Harlem? Na Casa Assombrada?

Ela hesitou.

— Eu gostaria de enfatizar que esta é uma investigação policial e, se eu descobrir que você mentiu para mim, vou continuar cavando até encontrar a verdade.

Whitney encurvou os lábios.

— Dei um pulo lá, mas saí cedo.

— A que horas?

— Às duas.

Duas da manhã era cedo?

— Você viu Alanna lá?

— Vi. Só por um minuto. Ela estava com um cara.

— Alguém que você conheça?

Ela negou com a cabeça.

— Eu já o vi por aí, mas não sei o nome dele.

— Você esteve na festa do Brooklyn na semana passada?

— Aquela perto das docas? Ouvi falar, mas não fui. Eu tinha uma exposição de arte naquele final de semana e precisava dormir.

Aquilo parecia ser verdade, mas Suzanne tomou nota para verificação posterior.

— Que tipo de exposição?

— Desenho a carvão, na maioria. Algumas aquarelas.

— Você se importaria em me mostrar alguns?

— Por quê? — ela mostrou-se cética.

Suzanne deu de ombros.

— Só curiosidade.

Whitney abriu a porta e afastou-se, mas não falou para Suzanne entrar. Pela abertura, ela viu uma sala grande com janelas do tipo industriais, da construção original. A parede mais distante tinha um quadro complexo em preto e verde e parecia um mosaico do horizonte de Nova York. Ela não conseguia ver mais nada além de uma porta fechada. O lugar tinha cheiro de tinta fresca misturado com maconha. Foi então que Suzanne entendeu por que Whitney não queria que ela entrasse.

Whitney voltou com um caderno e entregou-o para Suzanne, junto com um cartão-postal.

— Era da exposição. Foi no Central Park.

— Agora me lembro – disse Suzanne, surpresa. — Eu estava correndo no parque enquanto eles estavam armando a exposição no sábado de manhã.

Ela passou os olhos no caderno, não muito interessada, só querendo confirmar que Whitney não estava inventando um álibi. Não deixou de notar que a garota tinha talento. A maioria dos desenhos eram retratos, alguns prédios, e cartões-postais de Nova York.

— Você é muito talentosa.

Whitney sorriu encabulada ao pegar o caderno de volta.

— Obrigada. Mas é duro se sustentar com esses desenhos. E a última coisa que quero é me tornar comercial.

— Às vezes você tem de se sustentar fazendo o que não gosta muito para ter tempo e dinheiro para fazer aquilo que ama.

— Exato! — Whitney disse. — Alanna e eu não éramos muito próximas, mas eu gostava dela e me senti péssima com o que aconteceu. Você não tem nenhuma ideia de quem possa ter sido?

Suzanne não respondeu. Em vez disso, perguntou:

— Você é artista e tem um olhar atento para os detalhes. Você se importaria em olhar para três fotos e me dizer se se lembra de ter visto alguma dessas meninas?

— Está falando das outras vítimas?

— Sim.

Whitney concordou, mas mordeu o lábio.

— Viu as fotos delas nos jornais?

— Vi...

Suzanne pegou a pasta e mostrou as fotos uma a uma. Whitney reconheceu-as, Suzanne estava certa disso, mas ela não disse nada de pronto.

— Posso tê-las visto antes, mas não sei nem quando nem onde. Todas as três parecem conhecidas, mas eu não as conhecia, quero dizer, não sabia o nome delas nem nada assim. Lamento.

— Queria pedir um favor — disse Suzanne.

Whitney fitou-a desconfiada.

— O rapaz com quem você viu Alanna na noite em que ela morreu, você conseguiria desenhá-lo?

— Você acha que ele pode tê-la matado?

— Não sei, mas eu gostaria de falar com ele.

Whitney fechou os olhos por um segundo. Em seguida, abriu-os e disse:

— Sim, acho que consigo.

— Ligue para mim assim que tiver terminado o retrato e eu passo para buscá-lo. É importante. Quanto antes o fizer, melhor será.

Suzanne saiu do apartamento de Whitney e telefonou para o escritório assim que virou a esquina. Ficou sabendo que o relatório da autópsia de Jéssica estava em sua mesa e certificou-se de que as amostras de sangue e tecido tinham sido lacradas e enviadas para o laboratório do legista do FBI. Se algo resultasse dos testes, as evidências tinham de ser preservadas ou a corte dispensaria todo o material. Tudo estava caminhando rápido do seu lado, mas naquilo que dependia do laboratório, a velocidade deixava a desejar (ao contrário do que mostravam a televisão e o cinema).

Ela estava falando com o analista-chefe de sua divisão quando Vic Panetta telefonou.

— Falo com você mais tarde — disse a Chris. Passou a falar com Panetta. — Consegui uma pista com uma testemunha. Um cara que a prima da primeira vítima viu com Andrews na noite em que ela foi morta. Estamos trabalhando num retrato falado.

– Ótimo, mas temos outro problema. A empresa de segurança encarregada do armazém no Brooklyn ligou agora relatando um gatuno. Branco, altura de 1,85 a 1,90 metro, cabelo escuro, vestindo jeans e uma jaqueta preta.

– Ainda estou no Brooklyn; vou lá dar uma olhada.

– O segurança, nosso ex-policial Rich Berenz, está no local, mas está longe, apenas vigiando. Ele deterá o suspeito caso ele tente ir embora.

– Ligue para ele e diga que devo chegar em seis minutos.

Ela deu meia-volta e foi direto para o armazém.

Assassinos muitas vezes retornam à cena do crime para reviver os detalhes doentios, e Suzanne esperava que esse fosse o caso.

CATORZE

Lucy foi de apartamento em apartamento no prédio de Jéssica Bell, sem deixar passar nenhum, à procura de informações a respeito de Kirsten. Em mais da metade, não havia ninguém em casa, mas logo ficou claro que, entre os estudantes dali, a maioria conhecera Jéssica e "Ashleigh" em uma animada festa de final de ano no último andar.

Ela não conseguia deixar de pensar em Wade Barnett e em sua ligação tanto com Josh Haynes quanto com as festas underground. Coincidência? A polícia estava investigando, e Lucy confiava neles para fazer o trabalho. Mais tarde, ela cederia qualquer informação que tivesse encontrado, mas acreditava piamente no que dissera ao namorado de Jéssica: a polícia apanharia o assassino; ela precisava se concentrar em localizar Kirsten.

Caminhou por dois quarteirões até uma cafeteria na Broadway e ligou o computador enquanto tomava café. Entrou em seu perfil fictício no Party Girl e repassou todos os amigos de Kirsten para ver se reconhecia as outras três vítimas.

Havia tantas jovens bonitas colocando-se em perigo que Lucy precisou, conscientemente, deixar as emoções de lado para rever cada perfil com imparcialidade. Salvou a foto de cada amiga num arquivo separado, juntamente com o nome de perfil, a fim de rever tudo mais atentamente mais tarde.

Quase que imediatamente encontrou a segunda vítima, Érica Ripley. Ela era uma ruiva bonita de cabelos curtos e olhos verdes que sorria de maneira sedutora na foto, numa pose ao mesmo tempo provocante e tímida.

Lucy salvou o perfil e as informações, e continuou sua busca. Dez minutos mais tarde, encontrou Heather Garcia, uma latina de pele clara que postou em seu perfil o fato de estar estudando para se tornar professora.

Não mais. As duas estavam mortas.

Essas duas vítimas eram amigas tanto de "Ashleigh" quanto de "Jenna".

Lucy duvidava de que a polícia tivesse descoberto aquela conexão. De outra forma, por que teriam mantido os perfis no ar? A menos que estivessem usando-os para atrair o assassino, para que ele não soubesse que a polícia suspeitava como ele visava a suas vítimas.

Ainda assim, ela estava perturbada por ver três das quatro vítimas do Estrangulador de Cinderelas no site Party Girl. Procurou pela primeira vítima, Alanna Andrews, com mais atenção, porém não conseguiu encontrá-la. Talvez seu perfil tivesse sido retirado, ou talvez ela nunca tivesse criado um.

Três das quatro vítimas do Estrangulador de Cinderelas – e Kirsten, que estava se escondendo – fizeram parte do site de sexo on-line. Fotografias e vídeos estavam expostos para qualquer um ver, e os predadores sexuais alimentavam-se das imagens explícitas. Mesmo que as garotas tivessem usado identidades falsas, elas não estavam protegidas. A irmã de Lucy, detetive em San Diego, trabalhara num caso em que um jovem descobrira que a garota por quem estava apaixonado tinha um diário sexual anônimo on-line. Ele a matara, além de ter matado duas outras garotas, antes de ser apanhado.

Lucy entrou no e-mail de Kirsten, porém não havia mais nenhuma mensagem entre ela e Trey; verificou a caixa de mensagens enviadas e as da lixeira. Nada.

Criou uma sequência lógica de acontecimentos e incorporou os perfis do Party Girl, as datas dos quatro assassinatos e os finais de semana em que Kirsten tinha fugido de casa.

Embora a planilha mostrasse uma linha do tempo clara, não havia ligação evidente entre Kirsten e as quatro vítimas. A primeira delas, Alanna Andrews, não tinha um perfil no Party Girl, mas Lucy acrescentou um ponto de interrogação para o caso de ela ter tido um perfil que fora retirado depois de seu assassinato. Kirsten estava em Nova York quando as duas últimas estudantes foram mortas, mas não quando as duas primeiras morreram. Lucy procurou nos e-mails de Kirsten se havia algum das vítimas. Só encontrou Jéssica Bell em sua lista de endereços. Depois de ler algumas passagens, Lucy percebeu que as duas tinham se tornado grandes amigas e que Kirsten vinha pensando em ingressar na Columbia. Também tinham muito em comum: pais que tinham passado por um divórcio complicado e a mudança de escola no meio de um ano letivo eram duas das grandes semelhanças.

Lucy lamentava pelas duas e percebeu a ligação forte entre as garotas. Não havia dúvida de que, se Jéssica estivesse com algum problema, Kirsten largaria tudo para vir a Nova York ajudá-la.

Lucy faria o mesmo por sua família, mas não tinha amigos íntimos. Seus colegas do colégio não souberam o que fazer ante o ataque público sofrido por ela há quase sete anos. Em vez de manterem contato, cada um tinha partido para uma universidade; eles nunca mais telefonaram ou mandaram mensagens. Naquela época, Lucy não pensou muito a respeito porque estava preocupada com o coma de Patrick e com sua própria culpa e dor. Foi só durante seu segundo ano na faculdade que Lucy percebeu o quanto se sentia sozinha.

Àquela altura, ela tinha dificuldades para manter qualquer amizade que não fosse apenas superficial. Seu único namorado dos tempos da faculdade dissera-lhe que ela era emocionalmente fria e distante. Ele estava certo. Ela não conseguia se afeiçoar a ninguém. Não era medrosa, apenas desconfiada.

O que transformava a relação entre ela e Sean em algo extraordinário, intimidante e maravilhoso. Tudo ao mesmo tempo.

Lucy saiu da conta de e-mail de Kirsten e inseriu o nome de Wade Barnett no Google para ver o que aparecia. Ficou surpresa com as centenas de resultados.

Olhando superficialmente as dez primeiras referências, viu que Wade Barnett era um investidor rico de 25 anos. Ele trabalhava para o irmão, CJ Barnett, e tinha se formado na NYU. Os dois eram torcedores fanáticos dos Yankees.

A terceira vítima era estudante na NYU.

Wade Barnett tinha milhares de menções em artigos esportivos e sociais. Ele tinha se especializado em finanças, mas parecia se interessar por arquitetura e mercado imobiliário. Estava encarregado dos investimentos imobiliários da Investimentos CJB e adquiriu diversas construções abandonadas na cidade. Além disso, tinha doado uma quantia significativa para uma sociedade de preservação histórica para que recuperassem os cartões-postais decadentes de Nova York.

A foto de Barnett mostrava um belo rapaz com um sorriso envolvente. Ele, obviamente, sabia lidar com câmeras fotográficas. A polícia tinha falado a respeito dele com Josh Haynes, mas, baseado no que Josh dissera, tinha sido ele quem mencionara o nome de Barnett.

Wade provavelmente conhecera tanto Jéssica quanto Kirsten na festa de Josh. Será que ele também havia conhecido as outras garotas pessoalmente nas festas de Nova York? Se o perfil da primeira vítima tivesse sido apagado do Party Girl, ele poderia ter tido contato com todas elas através do site.

Lucy voltou para seu perfil no Party Girl. Procurou por homens com menos de 30 anos na cidade de Nova York. Mil perfis surgiram – o limite que o site permitia por busca. Foi novamente para o perfil de Kirsten e olhou todos os homens interessados nela. Não viu nenhum dos irmãos Barnett, mas metade dos perfis não continha foto.

Ela achava que estava perto de alguma coisa, mas teria de passar mais tempo pesquisando do que dispunha no momento.

Voltou para o Google e restringiu a busca nas imagens de Barnett. Talvez descobrisse algum apelido ou um endereço de e-mail que pudesse utilizar no Party Girl para localizá-lo.

Não esperava, porém, encontrar uma foto dele com a primeira vítima.

A foto havia sido tirada num jogo eliminatório dos Yankees, no começo de outubro. A legenda dizia:

Wade Barnett, investidor imobiliário, comemorando a vitória dos Yankees com sua atual namorada.

Embora o rosto da jovem aparecesse somente de perfil na foto, não havia dúvidas de que a garota abraçando Wade Barnett fosse Alanna Andrews. A foto tinha sido tirada quatro semanas antes de seu assassinato.

O coração de Lucy acelerou. As peças do quebra-cabeça começavam a se encaixar, e ela se sentia bem perto de uma descoberta importante. Talvez a polícia já soubesse a respeito de Barnett e Andrews. Talvez o estivessem investigando e conferindo seus álibis. Mas até que o assassino fosse publicamente identificado e preso, Lucy temia que Kirsten continuasse se escondendo.

Sean precisava saber da ligação entre o Party Girl e as últimas três vítimas, da ligação de Wade Barnett com a primeira vítima e da possível ligação entre ele, Jéssica Bell e Kirsten. Lucy telefonou para ele, mas a ligação caiu na secretária depois do quinto toque.

– Sean, é Lucy. Descobri uma coisa. Três das vítimas do Estrangulador de Cinderelas participavam do Party Girl. Wade Barnett, que esteve na mesma festa de réveillon que Kirsten e Jéssica, namorou a primeira vítima. Estou enviando uma planilha com tudo o que descobri. Precisamos ligar para o FBI.

*

Sean não tinha como pegar o celular que vibrava porque um segurança idoso o bastante para ser seu avô estava com uma arma apontada em sua direção. O homem parecia ter um dedo trêmulo no gatilho, portanto Sean não pretendia assustá-lo. Ele estava a cinquenta metros de distância; provavelmente não erraria o tiro.

Mantendo as mãos erguidas, Sean disse:

– Senhor, meu nome é Sean Rogan e eu sou um investigador particular.

– Cale a boca, a polícia está a caminho.

– Perfeito – Sean disse.

Droga. Queria falar com a polícia em seus termos, não como um invasor de propriedades. Eles provavelmente o levariam mais a sério e o deixariam a par da situação se os procurasse com seus fatos e teorias.

O guarda não parecia amador. Mas, pelo modo como estreitava o olhar e tremia, percebeu que a visão dele não era das melhores. Sean percebeu que ele estava com medo de estragar tudo.

– Qual o seu nome? – perguntou.

– Fique aí. Não se mexa.

– Não estou me mexendo – respondeu Sean.

Odiava ter uma arma apontada em sua direção. Já tinha levado um tiro uma vez, mas estava usando um colete à prova de balas. Mesmo assim, tinha doído como o diabo, e ele ficou com um he-

matoma que durara umas duas semanas. Seu irmão Duke dissera-
-lhe que ele teve sorte por não ter fraturado uma costela. Sean não
queria comparar a experiência de ser alvejado com e sem colete.

Algumas gotas de chuva começaram a cair, e o vento estava
forte a ponto de fazer com que o mato alto ficasse rente ao chão. O
guarda deu um passo para o lado.

— Não se mexa — repetiu mais alto para ser ouvido acima do
uivo do vento.

— Sou de Washington e estou à procura de uma fugitiva.

— Poupe suas palavras para a polícia.

O charme de Sean não estava conquistando o velhote. E o fato
de estar portando uma arma — algo ilegal na cidade de Nova York
— só o meteria em mais apuros. Ele tinha duas opções quando os
policiais chegassem: comunicar que estava armado ou arriscar ser
revistado, deixando que eles descobrissem. Duke sempre lhe disse
para ser direto ao lidar com a força policial, mas, de acordo com as
experiências de Sean, isso nem sempre acabava bem.

Um sedan branco virou na rua e veio na direção deles. Estava
claro que era da força policial, com as luzes piscantes no teto e uma
antena enorme conectada no porta-malas. Federais? Aquilo estava
cada vez melhor.

Uma loira alta saiu do carro, o cabelo uma bagunça por conta
do vento, apesar de ela o ter prendido. Seus olhos estavam fixos em
Sean quando ela se aproximou do vigia.

— Panetta disse que você só estava observando.

— O detetive disse que era para eu não deixá-lo ir embora.

— Ok, obrigada. Por que não abaixa a arma? — os olhos dela
estavam na arma, mas Sean sabia que se fizesse um movimento
brusco, ela sacaria a dela. Ela tinha um ar de quem conseguia ver
dez coisas ao mesmo tempo e reagir a uma única ameaça de modo
certeiro e sem hesitação.

O vigia ainda franzia o rosto ao abaixar a arma, mas não a guardou. A policial apresentou-se:

– Sou a agente especial Suzanne Madeaux, do FBI. E você, quem é?

– Sean Rogan, investigador particular.

– Rogan?

– Rogan-Caruso-Kincaid. Já ouviu falar de nós?

– Não. Você tem alguma identidade?

– Sim. Posso abaixar as mãos? – ele apontou para o bolso da frente.

Ela permitiu.

– Devagar.

Ele obedeceu e entregou a carteira.

Suzanne aproximou-se e pegou-a, mas recuou enquanto a inspecionava. Relanceou para a placa do GT.

– Placa da Califórnia?

– Abri um escritório em D.C. em dezembro passado. Ainda não tive tempo de transferir o carro.

– O que faz aqui hoje, senhor Rogan?

– Fui contratado para encontrar uma garota que fugiu de casa. No decorrer da investigação, rastreei-a até aqui e a liguei a uma das vítimas do Estrangulador de Cinderelas.

Suzanne contraiu o rosto.

– Ela é uma das vítimas? Conversei com todas as famílias.

– Ela era amiga de Jéssica Bell, a quarta vítima. Na verdade, minha parceira e eu encontramos provas que podem ajudar em sua investigação.

– Onde está sua parceira agora? – Suzanne relanceou ao redor rápida e metodicamente, com a postura alerta.

Sean não pretendia contar à agente federal que Lucy estava falando com os amigos de Jéssica.

– Tentando localizá-la – não era exatamente uma mentira.

– Por que está aqui?

– Kirsten Benton é uma garota de 17 anos que costuma fugir nos finais de semana, mas sempre voltava para casa após alguns dias. Até agora. Comecei a trabalhar no caso na quarta-feira.

– Isso não responde a minha pergunta – a federal replicou. – Por que está na cena do crime?

– Kirsten ligou para o hotel Clover na sexta-feira à noite, pagou duas diárias em dinheiro, mas foi embora deixando a mala e a passagem de volta para casa. Minha parceira descobriu que a amiga de Kirsten, Jéssica, foi assassinada no último sábado, e eu vim até aqui para ver se entendia o que podia estar se passando pela mente de Kirsten. Acho que ela esteve aqui na noite em que Jéssica foi morta. E também acredito que tenha visto alguma coisa – a chuva já caía mais forte e Sean estava praticamente gritando acima do vento. – Tenho muito mais para contar e adoraria lhe dizer aqui mesmo enquanto nos ensopamos, mas não seria melhor irmos tomar um café ou algo assim?

– Que tal assim: você me segue até o quartel general do FBI. Se o que me contou for verdade, pode ir embora – ela guardou a identidade de Sean. – Vou ficar com isso como garantia – olhou fixamente para ele. – Está portando alguma arma?

– Está no coldre, na minha cintura.

O olhar dela estreitou-se e ficou ainda mais sério. Suzanne desarmou-o e disse:

– Poderia ter me informado isso imediatamente. Um ponto, senhor Rogan – ela seguiu para o carro. – Ligue para sua parceira e peça a ela que nos encontre lá.

QUINZE

Kirsten despertou com a discussão de dois homens.

Abriu os olhos, mas sua vista estava embaçada. Quanto mais se esforçava para enxergar, mais sua cabeça doía.

Esconder-se do assassino de Jéssica já não parecia mais tão importante. Ainda estava aterrorizada; mesmo voltando para casa, não estaria segura. Mas queria voltar. Estava se sentindo tão sozinha, tão assustada... Desejou poder se lembrar do que tinha visto e ouvido quando encontrara Jessie morta, mas tudo não passava de um borrão. Toda vez que tentava relembrar aquela noite, seu coração disparava, e ela tinha outro ataque de pânico.

Dennis vinha sendo tão bondoso, meigo e gentil com ela. Ele a tinha encontrado no chão depois que ela enviara a mensagem para Trey, e a levara de volta para o quarto. Deu-lhe sopa e certificou--se de que estivesse tomando suco. Mas ela não estava se sentindo nada melhor. Na verdade, sentia-se cada vez pior.

Estava morrendo.

– Não grite comigo! – ela ouviu Dennis dizer.

A porta do quarto estava apenas entreaberta.

– Mas que droga, Dennis, estamos falando da minha vida! Se eu quiser gritar, vou gritar! Procurei por você em todos os lugares ontem. Você não atende o celular, e depois descubro que esteve aqui o tempo inteiro?

— Charlie disse que eu podia vir quando quisesses.

— Olha aqui, rapaz, minha vida está acabada, e você está na cobertura do Charlie enquanto ele está fodendo todas as mulheres da Europa!

— Charlie não é desse tipo.

O visitante emitiu uma gargalhada.

— Ele engana a todos, mas não passa de um bom americano de sangue quente como todo mundo!

— Por que estava me procurando? – perguntou Dennis. – Pensei que ainda estivesse bravo comigo por eu ter ido embora no sábado.

— E estou, mas temos coisas mais importantes para resolver agora.

Por mais que Kirsten reconhecesse a voz, ela não sabia de onde. Tentou se erguer, mas não conseguiu. Deitou-se e fechou os olhos, concentrando-se em ouvir, embora as vozes parecessem vir de longe. Como de dentro de um túnel. Precisava dormir. Mas dormir era só o que vinha fazendo.

Dennis disse alguma coisa que ela não conseguiu entender, em seguida seu irmão disse:

— É complicado. Acho que tenho tudo sob controle, mas sua ajuda poderia ter me servido. Tudo bem, escute aqui. Isso é importante, Dennis.

— Estou ouvindo! Sou lento, não retardado.

— Dennis, sei que não é retardado. Mas preste atenção, por favor; isto é muito importante.

— Ok – Dennis parecia estar emburrado.

— Se a polícia aparecer e lhe fizer perguntas a meu respeito, qualquer coisa, não importa o quê, faça de conta que não entende. Você não sabe nada sobre minha vida social e nada a respeito de minhas namoradas.

Kirsten choramingou. Sabia quem era o irmão de Dennis.

Wade.

Ela tinha feito sexo virtual com ele e o conhecera pessoalmente na festa de final de ano. Ela o tinha flagrado transando com Jéssica na festa. Jessie gostava mesmo dele.

Ai, Deus... Será que foi Wade quem matou Jéssica? Foi a voz dele que ela ouviu sussurrada?

– Mas por quê? – perguntou Dennis.

– Confie em mim, ok, Dennis? Sempre cuidei de você, agora é sua vez de cuidar de mim. Certo?

– Mas eu não entendo.

– Não precisa entender. Tudo o que precisa saber é *nada*. Se Charlie ficar sabendo disso, ele vai me afastar. Só vai me sobrar aquele montante patético do acordo. Maldição, eu estou fodido!

Dennis disse devagar:

– Isso tem a ver com a garota que foi morta na festa.

Kirsten mordeu o lábio para não chorar e tentou reprimir um acesso de tosse, que escapou fraca.

Por favor, não permita que ele me ouça...

– Não se faça de burro, claro que tem a ver!

– Não me xingue. Não gosto quando me chamam de burro.

– Eu não chamei! Caramba, Dennis, estou pedindo sua ajuda. Eu jamais o chamaria de burro. Você é meu irmãozinho, lembra?

– Desculpe.

– Tudo vai ficar bem. Mesmo. Isso não significa nada. E daí se eu conhecia as vítimas? Conheço muitas pessoas. É só coincidência. Mas sabe como a polícia é. Eles adorariam apanhar um Barnett.

– Você não machucou ninguém?

– Não!

– Mas você estava lá. Me fez esperar no carro por horas...

— E você me largou! O táxi estava demorando demais, e acabei pegando carona com uma vadia. Tive sorte de ela não nos matar. É por isso que preciso que você me acompanhe, para ser meu motorista. Mas eu não estava lá, certo?

— Claro que estava. Eu mesmo o levei.

— Não! Nada disso. Você não me levou para a festa. Ok? Entendeu? Não sei o que está acontecendo, mas alguém está na minha cola. Tudo vai ficar bem, contanto que você não diga nada.

— Você quer que eu minta?

— Quero que se finja de idiota. Só se faça de mais retardado ou algo assim.

Kirsten queria fugir, mas não conseguiria correr, nem andar, muito menos ficar de pé. O que Dennis iria fazer? Mentir pelo irmão? Sua cabeça girava, mesmo ela estando deitada.

Wade disse:

— Denny, desculpe... Eu não quis dizer aquilo — a voz dele era gentil, e ele parecia sincero. Mas queria que Dennis mentisse.

— Tudo bem.

— Não, não está tudo bem. Só estou passando por um momento muito estressante agora.

Dennis disse:

— Não estou gostando nada disso.

— Não machuquei ninguém. Juro que não.

Kirsten não acreditava em Wade. Ele esteve na festa! Foi a voz dele que ela tinha ouvido? Estava tão distante... Ela não sabia ou não se lembrava. Tão distante quanto as vozes pareciam agora. Vindo de um longo e imenso túnel.

— Acredito em você — disse Dennis.

Não, Dennis! Kirsten queria gritar.

Mas não gritou. Não conseguia. Estava entrando num redemoinho, numa profunda escuridão.

Seu peito doía. Estava tossindo?

– Ah, meu Deus, Dennis! O que você fez?

A voz dele estava tão distante...

– Kirsten? O que houve?

Alguém tocou em sua testa. Ela não conseguia falar.

– O que aconteceu? – Wade exigiu saber. – O que fez com ela?

Ele salvou a minha vida!

– Eu a encontrei – explicou Dennis.

– Não, não. Eu a conheço. Precisamos tirá-la daqui! Maldição! Ela está ardendo em febre.

Se Kirsten tivesse forças, riria. Não estava com febre. Seu corpo estava gélido. Tão frio...

– Ela está doente. Estou cuidando dela.

– Doente? Ela está mais do que doente, Dennis. Temos de levá-la ao hospital. Chame a emergência... Não! Não posso. Você não pode.

– O que quer dizer?

– Não percebe? Eles anotariam nosso nome. Se sabem a respeito do meu site, devem saber a respeito dela. Não posso arriscar.

– Não podemos deixá-la em qualquer lugar.

– Temos de fazer isso. E se ela trouxer a polícia para cá?

– Não!

– Merda! Ok, tive uma ideia. Pegue as coisas dela. Tudo. Agora.

Kirsten desmaiou. Não ouviu os planos de Wade. Até onde podia imaginar, ele a mataria.

Não sabia por que, morrer não a assustava tanto quanto pensou que assustaria.

DEZESSEIS

Observar Sean andar de um lado para o outro na sala de interrogatório do FBI era algo exaustivo.

— Se aquela mulher não voltar em cinco minutos — disse ele —, vou embora. Faz mais de uma hora que estamos esperando — franziu o cenho ao consultar o relógio. — Uma hora e vinte minutos.

— Não gosta muito de esperar, não é? — Lucy concluiu.

— Sem meu telefone, meu laptop, sem nem mesmo uma folha de papel?

Ela levou a mão ao coração, insultada.

— E quanto a mim? Estou aqui.

Ele parou de andar e sentou-se diante dela. Segurou-lhe as mãos e beijou-as.

— *Você* é incrível. Você deixou a agente Madeaux completamente besta com sua linha do tempo.

— Foi o que você me disse. *Duas vezes* — mas Lucy estava muito satisfeita por ter descoberto algo importante para a investigação do Estrangulador de Cinderelas. Ela só desejava que isso ajudasse Kirsten de alguma forma. — Espero que ajude.

— Eles não tinham feito a ligação com o Party Girl e não sabiam que Barnett conhecia a primeira vítima.

— Suspeito que Wade Barnett tivesse conhecido todas as vítimas antes de matá-las.

— E está chegando a essa conclusão só porque ele namorou a primeira vítima?

— Tem lógica. E sufocação é um crime íntimo. Ele teria de segurar as vítimas bem próximas, prendê-las de alguma forma. Eu queria tanto ler os relatórios sobre os crimes... A informação no jornal era muito vaga – Lucy recuou um pouco. – Eu deveria dizer que Barnett muito *provavelmente* matou essas mulheres. Sabemos que ele conhecia a primeira vítima, assim como Kirsten.

— Mas seu instinto diz que ele é culpado.

— Eu precisaria ver as provas. Mas, se estivesse no comando desta investigação, eu o chamaria para um interrogatório bem minucioso.

Sean sorriu.

— Eu adoraria vê-la em ação.

Lucy não conseguiu esconder um sorriso, embora ficasse encabulada com a atenção dele. Por isso, apenas disse:

— Interessante eles não terem relatado que as vítimas foram agredidas sexualmente.

A porta abriu-se, e Suzanne Madeaux disse:

— Não podemos provar agressão sexual. O legista acredita que as relações tenham sido consensuais, mas as provas são inconclusivas.

Um policial mais velho com feições italianas e distintivo preso à cintura a seguiu.

— Detetive Vic Panetta – disse Suzanne, apresentando-o. – Sean Rogan, Lucy Kincaid. Lamento tê-los feito esperar. Vic e eu estamos à frente da força-tarefa encarregada desses homicídios e precisei ligar para ele e colocá-lo a par da situação antes de voltar.

Suzanne sentou-se segurando uma pasta de arquivo. O detetive Panetta sentou-se diante dela e apertou as mãos de Sean e Lucy, cumprimentando-os.

— O agente Armstrong se responsabilizou por vocês — informou Suzanne. — No entanto, temos um problema — ela olhou para Lucy. — O site Party Girl não existe.

Lucy sentiu o estômago afundar.

— A conexão deve ter caído. Tenho cópias das páginas de perfis, assim como telas salvas.

— Precisarei ver isso, mas estou lhe dizendo, o site desapareceu. O URL está disponível para compra.

— Isso não é possível — disse Lucy. — Eu estava navegando no site hoje à tarde.

Sean comentou:

— Dá um bom trabalho, mas em um ou dois dias você pode devolver um URL.

Suzanne disse:

— Preciso saber com quem conversaram desde que se envolveram nesse caso. Vocês devem ter dito ou feito alguma coisa que alertou alguém, e eles sumiram com a única prova que temos para ligar as quatro vítimas.

— Um segundo só — disse Sean. — Vocês nem sabiam do Party Girl. Não era uma prova sua até que nós a entregássemos numa bandeja de prata.

— Três vítimas — corrigiu Lucy. — A primeira não estava no site.

— Ela pode ter passado despercebida — Suzanne disse, rejeitando a teoria. — Mas agora não temos como confirmar, porque o site desapareceu. Veja bem, não estou aqui para discutir. Preciso de informações. Tenho um assassino à solta procurando jovens mulheres, e a única pista boa sumiu.

— Não sumiu — Sean disse. — Temos as informações de que precisam. E nada do que Lucy ou eu fizemos causou esse sumiço. São necessárias pelo menos 24 horas para cancelar um URL. A propriedade é rastreável, mas quem quer que seja o dono do Party

Girl deve ter feito isso por meio de uma empresa-fantasma. Minha equipe na Califórnia está trabalhando nisso.

Suzanne esfregou os olhos.

— Senhor Rogan, vou ter de pedir que cancele qualquer investigação nesse site. Isso é domínio nosso agora, e estou enviando tudo para o laboratório de Crimes Cibernéticos em Quantico.

Lucy relanceou para Sean. Ele fitava a mesa, mas escondia um sorriso. Ela não acreditava que fosse importante contar a Suzanne que sua cunhada, Kate Donovan, era uma das pessoas responsáveis pela divisão de Crimes Cibernéticos.

— Senhorita Kincaid — continuou Suzanne —, com quem falou hoje?

— Onde está o meu laptop?

— Por quê?

— Fiz um arquivo com tudo o que descobri desde que Sean me incluiu na investigação, na quarta-feira de manhã, inclusive um relatório de todas as pessoas com quem falei, o que me disseram e as minhas conclusões. Seria mais fácil se eu lhes desse uma cópia em vez de continuar sentada aqui por mais uma hora.

Suzanne não esperava por essa resposta. Lucy não estava se vangloriando de sua disciplina; será que tinha falado ou feito alguma coisa que alertara o assassino? Sean saberia como um URL pode ser devolvido, mas eles estavam trabalhando no caso há três dias. Talvez tivesse sido o perfil falso que criara. Ou a mensagem de e-mail que enviou para Kirsten. E se tivesse atrapalhado uma investigação inteira? Se mais uma jovem morresse porque tinha sido ousada demais ou fizera a pergunta errada ou deixara de perceber algo, Lucy jamais se perdoaria.

Suzanne disse:

— Não gosto de incluir civis numa investigação em progresso. Normalmente, eu nem permitiria que ficassem na sala de conferência, porém o agente Armstrong me assegurou que vocês poderiam ajudar. Mas deixou de me informar, senhorita Kincaid, que está tentando entrar no FBI.

O rosto de Lucy enrubesceu, e ela sentiu o estômago arder. Deveria contar à agente Madeaux que tinha sido rejeitada. Sentia-se enganadora por fingir algo que não era, e ela nem estava mais concorrendo à vaga.

Sean, porém, falou antes dela:

– Lucy tirou nota máxima no teste escrito. A melhor do grupo. Entendo que seu caso seja confidencial. Meu trabalho é encontrar Kirsten Benton. O seu, apanhar um assassino. Nós lhes contamos tudo o que sabíamos, e espero que procurem Kirsten caso sua investigação tome esse caminho.

– Sigam-me – Suzanne disse ao se levantar.

Lucy relanceou para Sean e franziu o cenho. Ele balançou a cabeça quase que imperceptivelmente, e ela desviou o olhar. Lucy não gostava que Suzanne pensasse que ela estava a caminho da Academia do FBI, porque, se a agente federal descobrisse a verdade, ela perderia todo o respeito.

Sua apreensão diminuiu quando entrou na sala de conferências pequena e sem janelas que tinha se tornado o repositório de todas as coisas relacionadas à investigação do Estrangulador de Cinderelas.

Seis pessoas poderiam se sentar à mesa, porém as cadeiras das pontas haviam sido retiradas para que houvesse mais espaço para caminhar ao redor do móvel. A parede da direita tinha um painel magnético com fotos das vítimas e das cenas dos crimes, além de anotações à mão. Lucy viu que sua linha do tempo tinha sido impressa e que alguém tinha feito anotações nas margens.

Suzanne apontou para uma cadeira.

– Fique à vontade – disse e passou o laptop para Lucy.

Sentindo-se como se estivesse num palco, Lucy ligou o computador e acessou o relatório. Suzanne entregou-lhe a ponta de um cabo comprido.

– A impressora é antiga, não é sem fio.

Lucy ligou o cabo e enviou quatro cópias do documento para a impressora. Suzanne pegou as páginas e distribuiu-as.

O detetive Panetta e Suzanne leram em silêncio. Lucy, ansiosa, caminhou até o painel magnético.

Quatro vítimas, uma adolescente desaparecida. Se Wade Barnett fosse o assassino e tivesse feito sexo consensual com elas, por que as matou?

Todas tinham sido assassinadas perto de grandes festas. Isso demonstrou a Lucy que o assassino era audaz, arrogante e confiava no fato de que não seria pego. No entanto, os homicídios por si só eram íntimos. Sem pressa. Quase pacientes.

– Senhorita Kincaid – disse o detetive –, as fotos podem ser difíceis de encarar.

– Trabalhei no necrotério por um ano – explicou. – Já vi coisa pior.

Ela leu o relatório da autópsia. Nele, concluía-se que a arma do crime foi um saco plástico.

– O plástico usado para matar as vítimas foi recuperado nas cenas dos crimes? – Lucy perguntou sem se dar conta de que tinha falado.

Quando ninguém disse nada, Lucy virou-se para uma Suzanne muito irritada. A agente federal não escondia seus sentimentos.

– Estamos tentando esconder informações da imprensa, e não foi de nenhuma ajuda que alguém tenha vazado a informação quanto à ausência de um dos sapatos.

– Não vou falar com a imprensa. Só estou curiosa. Por que o assassino usaria um saco plástico? Seria mais eficiente deixá-lo no corpo, sem nem removê-lo do rosto. O assassino não estava preocupado em ser flagrado. Quando se interrompe a fonte de oxigênio de alguém, são necessários de três a sete minutos para que a pessoa fique inconsciente e mais um ou dois minutos até que ela tenha morte cerebral. Por que não amarrar o plástico ao redor do pescoço da vítima e ir embora? Sair da cena do crime o mais rápido possível? Havia centenas de pessoas na área; alguém poderia ter visto o ataque com muita facilidade. Mesmo assim, o assassino ficou pelo tempo necessário para garantir que elas estivessem mortas e só depois retirou o saco plástico para então ir embora – olhou para o pé descalço de uma das vítimas. – Será que ele guardou o sapato no plástico? Por quê?

Suzanne pigarreou.

– Enviamos uma cópia dos relatórios para Quantico para montarem o perfil do assassino.

– Vocês não têm informações suficientes para criar um perfil viável – contestou Lucy.

– Com todo o respeito, senhorita Kincaid, nossa unidade de Ciência Comportamental sabe o que está fazendo.

– Claro que eles sabem, porém ter certeza de que as vítimas foram molestadas é uma peça crucial nesse quebra-cabeça.

– Talvez o homem não tenha conseguido "atuar" – Panetta disse. – E culpou a garota.

– Esse é um tipo de crime passional, movido pela raiva – disse Lucy. – Se ele quisesse ter relações e não conseguiu terminar, ele muito provavelmente a golpearia primeiro, estrangularia e bateria nela ou a esfaquearia. Estatisticamente, crimes relacionados a sexo acabam em mortes violentas. Isto não é violento. É premeditado: o assassino trouxe o saco plástico e depois o levou embora. Por quê? É como se... – algo escapava a sua compreensão e ela desejou poder ficar mais tempo com os relatórios. – Quem vai a essas festas?

Panetta respondeu:

– Em grande parte, os que têm menos de 30 anos, muitos universitários que querem relaxar aos finais de semana. Adolescentes.

Alguns metaleiros ou apreciadores de gênero semelhante, a maioria envolvida no cenário da música alternativa. Algumas festas são exclusivas para os tipos *yuppies,* aqueles que trabalham na bolsa de valores durante o dia e fazem farra à noite. Em vez de maconha, drogas alucinógenas e cerveja, eles inalam cocaína e bebem gim.

— Wade Barnett tem um histórico por organizar festas — comentou Lucy. — Se for o assassino...

Suzanne interrompeu-a e inclinou-se para frente.

— Epa, é melhor parar por aí. Agora está se precipitando em suas conclusões.

— Ele conhecia a primeira e a quarta vítima. Ele é o suspeito mais provável.

— *Se* Barnett for um suspeito, ele será *meu* suspeito. Da última vez em que verifiquei, eu ainda tinha um distintivo, e você não. Fui clara?

Lucy concordou e voltou-se para o painel novamente. Suzanne estava certa. Ela tinha ultrapassado os limites.

Lucy bateu o indicador num cartão com o nome de Wade Barnett.

— Você já o teve em sua lista de suspeitos, não?

— Nós conversamos com ele. Seu nome tinha surgido durante a investigação. Estamos dando prosseguimento ao que ele nos informou e continuaremos a investigar a partir do que vocês descobriram.

Suzanne levantou-se e espreguiçou-se.

— Está tarde. Agradeço suas ideias. Entraremos em contato se soubermos qualquer coisa a respeito da adolescente desaparecida.

Sean recostou-se na cadeira, sem demonstrar nenhuma intenção de sair.

— Você deveria dar ouvidos ao que Lucy diz. Ela tem especialização em Psicologia Criminal.

Lucy corou. Não queria que Sean forçasse o assunto.

— A agente Madeaux está certa — disse Lucy.

Suzanne suspirou.

— Deixe-me refletir melhor, está bem? Esses últimos dias foram bem cansativos. Se pensarem em mais alguma coisa que possa nos ser útil, é só me telefonar.

— Obrigada — disse Lucy. — Talvez queira pedir ao doutor Vigo que dê uma olhada neste caso. Estou certa de que ele a atenderia, ainda que não seja mais o responsável pelo departamento. Eu... Hum... Acredito que exista uma complexidade incomum aqui.

— Por quê?

Ela deu de ombros.

— Não sei bem, não saberia explicar sem saber mais a respeito de cada vítima e cada cena do crime. Se tiverem dúvidas quanto ao meu relatório, podem me ligar. Ficarei feliz em ajudar.

Sean disse:

— Preciso que me devolvam minha arma.

Suzanne disse:

— Sabe que não é permitido portar armas de fogo na cidade de Nova York. Pretende ir embora amanhã?

— Iremos embora assim que encontrarmos Kirsten.

O silêncio que se seguiu desconsertou Lucy. Nem sempre Sean era bonzinho com a força policial.

Suzanne pegou o telefone e pressionou três botões.

— Quem fala é a agente Madeaux. Poderia, por favor, devolver a pistola do senhor Rogan e acompanhá-lo com a senhorita Kincaid até o automóvel? Obrigada.

*

Assim que Rogan e Kincaid foram embora, Suzanne olhou para o painel tentando visualizar o que Lucy Kincaid tinha visto.

— O que estamos deixando passar? — perguntou a Panetta.

– *Estamos* deixando passar alguma coisa? – rebateu ele. – Lucy Kincaid escreve relatórios maravilhosos e algum dia será uma grande policial, mas ainda é uma recruta do FBI de 25 anos de idade. Ela não tem nenhuma experiência prática em investigações criminais.

– Não sei se isso é verdade. Noah Armstrong, um agente de Washington, disse uma coisa que me fez acreditar que os dois tenham trabalhado juntos no passado. Vou puxar a ficha dela amanhã para ver o que temos.

Vocês não têm informações suficientes para criar um perfil viável.

Foi isso o que Quantico tinha lhe dito no início das investigações. No entanto, agora eles já sabiam mais do que há duas semanas. E ali havia mais do que em outros casos: muito mais detalhes e mistérios envolvidos; o perfil do assassino era difícil de ser traçado com exatidão.

Policiais vinham solucionando crimes há muitos anos, muito antes que os perfis psicológicos criminais tivessem uma divisão oficial no FBI, lá pelos anos 1970. Bons policiais não precisavam de psicólogos para lhes dizer que alguém era um sociopata ou que teve um pai alcoólatra ou que estupro era um crime movido pelo ódio. A maioria dos crimes era solucionada com muito trabalho de campo, lógica e bom-senso.

Suzanne observara Lucy atentamente enquanto ela olhava para o painel. Tinha se perguntado por que ela se mostrou tão interessada no relatório da autópsia. Suzanne tinha lido o relatório de Jéssica Bell, ainda afixado no painel, e nada sobressaiu. Era exatamente como os outros três – a não ser pelo fato de o legista dizer que não poderia determinar com certeza se houve relação sexual imediatamente antes ao homicídio. Ele especulou – não por escrito – que a vítima não tinha feito sexo – consensual ou forçado – na noite em que morreu.

Talvez Panetta tivesse razão ao dizer que o assassino não conseguia ter ereções. Se não houve agressão sexual, será que isso mudava tanto assim o perfil do assassino? Talvez fosse bom aceitar a sugestão de Lucy de falar com o doutor Vigo. O que desrespeitaria o protocolo – seu chefe não gostaria. No decorrer dos anos, porém, ela tinha feito muitas coisas que seu chefe desaprovara.

Suzanne disse a Panetta:

– Está planejando tirar o dia de folga amanhã?

– Bem, amanhã é sábado – suspirou. – Acho que não...

– Precisamos interrogar Wade Barnett. Formalmente dessa vez. Cada uma das vítimas morreu num sábado; essa é a única coisa em comum. Vamos ver se conseguimos mantê-lo sob custódia por uma noite.

– Ele vai acionar o advogado.

– Tudo bem. Ele disse que não conhecia as vítimas, no entanto temos uma testemunha que o liga à Jéssica Bell e uma foto dele com Alanna Andrews. Mentir para um agente federal é crime. Só por isso consigo um mandado.

Panetta balançou a cabeça.

– Sempre achei que havia algo muito errado na possibilidade de mentir para um policial de rua, mas não para agentes federais...

DEZESSETE

Antes da viagem, Sean tinha feito reserva no hotel Park Central, no centro, perto tanto do Central Park quanto da praça Times Square. Lucy estava cansada e não falou durante o trajeto, envolvida com as anotações que lera e tentando descobrir o que havia de tão estranho nas cenas dos crimes. Sean estava ocupado manobrando o carro em meio à multidão de pessoas na região dos teatros.

Ela apreciava a confiança que Sean depositava nela, mas, na verdade, não queria que ele continuasse forçando a barra quanto às suas referências. Isso a deixava pouco à vontade e a lembrava de que sua experiência não bastava para o FBI. Precisava superar aquilo e decidir o que fazer.

Já passava das onze na noite quando se registraram no hotel e entraram no quarto. Ao entrar, Lucy viu a mesa posta com travessas fechadas e uma garrafa de vinho. Ela largou a mala, aproximou-se e levantou a tampa das travessas. Havia sanduíches, queijo e torradas, e uma musse de chocolate conservada numa vasilha com gelo. Sem falar na garrafa de *chardonnay* num balde de gelo.

— Você pediu tudo isso? — ela perguntou.

— Eu sabia que você não iria querer ir para um restaurante depois do dia que tivemos... E já passou da hora do jantar. São só alguns sanduíches e nada demais, pois eu não consigo dormir com fome...

Todas as suas frustrações desapareceram. Sean pensava em tudo mesmo; ela teria pensado em comida só depois de cair na cama. E teria dormido mesmo com o estômago vazio.

— Ei, Lucy, o que foi? Você estava tão calada no carro.

Ela balançou a cabeça e sorriu.

— Eu estava chateada com você. Agora, isso já não parece ter importância.

— É importante porque importou para você. O que eu fiz?

— Nada... É que eu... É só que eu não vou fazer parte do FBI. Você tornou mais difícil explicar isso, portanto, sinto como se estivesse mentindo para a agente Madeaux. Depois de todos os seus elogios a minhas notas e a meu diploma, eu não poderia simplesmente dizer: "Ah, mas, sabe, no fim não me aceitaram".

— Noah não contou para ela...

— Noah não sabe. *Ninguém* sabe, além de você.

Sean pigarreou.

— Eu, hum, tive a intenção de lhe contar antes, mas a hora certa não apareceu e eu me convenci de que poderia esperar até ter algumas respostas.

— Você contou a Noah?

— Não. Falei com Hans Vigo.

Lucy sentou-se num baque na beira da cama, sentindo-se oca novamente, sem conseguir acreditar que Sean tivesse discutido o assunto com Hans.

— Por quê?

Ele sentou-se a seu lado e a fez olhar para ele.

— Porque há algo errado na recusa ao seu pedido de emprego, e Hans é a pessoa mais adequada para descobrir o que aconteceu.

— Eu queria que você não tivesse feito isso. Não quero a ajuda de ninguém. Se eu não conseguir entrar por mérito próprio, não quero ser uma agente.

— Hans não vai fazer você entrar, mas você vai querer apelar da decisão.

— Não me diga o que eu quero!

— Lucy, você precisa saber o que aconteceu.

— Não – respondeu ela baixinho. – Não quero saber.

— Por que não, caramba?

— Porque não vai mudar nada. E só vai confirmar o que eu já sei: que o meu passado nunca vai desaparecer. Não quero que me digam que sou uma pessoa traumatizada ou que sou emocionalmente instável.

— Você não é nenhum dos dois, Lucy – disse Sean com ênfase. – Nunca mais diga isso.

— Não importa se sou ou não. É assim que as pessoas me veem.

— Não, não é assim. Hans disse... – Sean parou de falar.

Lucy olhou-o nos olhos, tentando manter a expressão impassível, mas seu coração estava acelerado. Não gostava que a manipulassem, mesmo que o fizessem pelos motivos certos.

Sean simplesmente disse:

— Você pode ser considerada controversa demais.

— Controversa? – Lucy começou a rir.

— Deixei de perceber alguma coisa?

Ela sorriu e levou uma mão à boca para refrear mais uma gargalhada.

— Acho que nunca me consideraram assim. Desde que recebi a carta, tive certeza de que me consideram inapta, uma verdadeira incapaz, traumatizada...

— Ninguém a vê como uma vítima, Lucy.

Ela prosseguiu:

— Ou que matei meu estuprador sem demonstrar remorso.

Sean franziu o cenho.

— Não estou entendendo.

Ela não explicou.

— Ou talvez eles me considerassem instável por que fiz três estágios completamente diferentes em três anos, mas não tive nenhum emprego de verdade. Por uns cinco minutos, pus a culpa em Kate, porque, se existiu alguém controverso no FBI durante a última década, esse alguém foi a minha cunhada. Mas, Sean, o motivo não importa. Posso encontrar umas cem razões para justificar a decisão da junta entrevistadora. A decisão ainda vale.

— Você deveria apelar da decisão.

— Não pensei que você quisesse tanto que eu fosse agente do FBI.

Sean queria se explicar, mas não sabia como sem parecer bobo ou sentimental.

— Tem razão, não sou um grande fã do FBI, mas existem muitos bons agentes por aí. Na verdade, eu preferiria que viesse trabalhar para mim, já que você é tão boa.

Lucy balançou a cabeça.

— Sean, não vou trabalhar para você e para Patrick.

— Seu nome já está na porta — disse ele, cheio de esperanças.

Ela apenas sorriu, ainda balançando a cabeça.

— Sabia que seria improvável, mas eu tinha de tentar. Mas, sério, você deveria apelar porque é isso o que *você* quer. Você não deveria se conformar com menos do que seus sonhos — continuou Sean.

Lucy lançou os braços ao redor de Sean num raro gesto físico de afeição. Isso o surpreendeu, e eles caíram para trás no colchão. Ela beijou-o.

— Você venceu.

Ele abraçou-a pela cintura.

— Gostei do prêmio.

– Vou reconsiderar essa ideia da apelação. Mas, se Hans retornar sua ligação, eu quero falar com ele. Entendo o que o fez ligar para ele. Você tem uma necessidade incontrolável de consertar as coisas.

– Não suporto injustiça.

– A vida não é justa.

– É por isso que, quando posso fazer alguma coisa, eu *faço*. Nunca tive a intenção de agir pelas suas costas, mas nunca a vi tão derrotada. Fiquei arrasado.

Lucy apoiou a mão no peito de Sean, e seu toque acelerou a pulsação dele. Ele amava tanto aquela mulher, mas ela sairia correndo se ele confessasse isso. Sabia que ela também o amava; só não tinha admitido isso ainda nem para si mesma.

Um dia de cada vez, Sean.

Lucy se daria por inteiro para salvar um inocente. Mas, na busca por justiça, resguardaria algo para si?

Talvez fosse aí que ele entrasse. Quando ela não tivesse nada mais, ela poderia se preencher com ele. Sean queria desesperadamente que Lucy enxergasse que precisava dele, não porque ele era um macho grande e forte e ela era uma fêmea fraca que precisava de um homem – nada disso. Ela precisava dele porque ele poderia ser seu porto seguro; ele precisava dela porque ela lhe dava um propósito, um significado que sua vida nunca tivera antes.

Sean segurou-a pelo rosto.

– Você faz tudo pelos outros e, às vezes, também precisa receber. Tome de mim. Tudo o que precisar, tudo o que quiser é seu.

Ela beijou-o. Não foi um dos beijos hesitantes a que ele se acostumara a receber dela. Ele não precisou coagir a paixão reprimida dela; aquele beijo foi audaz e sedutor. Um beijo de corpo inteiro, o peito dela pressionado ao seu, uma perna entre as suas, as mãos em sua cabeça, em seu rosto, seu toque incendiando-o por inteiro.

Ela ajoelhou-se e ergueu-se, tirando o suéter, e revelando, assim, os seios mal contidos pelo sexy sutiã meia-taça preto.

Ele tirou a camiseta e esticou-se para beijá-la entre os seios. O cheiro dela era picante e floral, e ele respirou na pele dela, sentindo-se inebriar. As mãos subiram pelas costas macias. Ele abriu o fecho do sutiã e abaixou uma alça, fazendo-o deslizar lentamente.

Ela era linda. E toda sua.

Lucy arfou quando o ar frio a atingiu nos seios, mas logo a boca de Sean tomou conta de um, enquanto o outro era envolvido por uma das mãos. Ela fechou os olhos, o corpo reagindo às sensações conflitantes – úmido e seco; macio e áspero; quente e cada vez mais quente.

Sean era passional em tudo o que fazia – desde dirigir até trabalhar e se divertir. Nada era feito pela metade, e isso incluía fazer amor. Sua intensidade e consciência corporal – tanto do corpo dele como do dela – eram excitantes e irresistíveis. Mas também assustadores. Ela nunca tinha sido explorada tão completamente; era como se Sean precisasse memorizar cada célula de seu corpo.

Sean levantou-se da cama, e ela envolveu-o pelo pescoço para não cair no chão. Ele beijou-a, a boca quente e voraz, como se ela fosse seu bote salva-vidas. Virou de posição e deitou-a na cama, as pernas dela pendendo pelo colchão.

– Você é linda.

Ele sorriu e ajoelhou-se no chão. Beijou-lhe a barriga enquanto lentamente descia o zíper do jeans. Depois o rolou pelos quadris, deslizando-o até o chão, plantando beijos aos poucos no exterior da coxa. Beijou-lhe os pés, e Lucy surpreendeu-se com o choque de desejo que sentiu quando ele lambeu seus tornozelos. Era a antecipação de sua boca em ação, das mãos subindo e descendo pelas pernas, sem nunca parar.

Ela não tinha se dado conta, até então, do quanto tinha sentido saudades dele. Tiveram dez dias sozinhos, quase uma lua de mel, e, no mês que se seguira, passaram pouco tempo na companhia um do outro. E mesmo quando estavam juntos, nunca estavam sozinhos. Aquela intimidade era nova para ela, aquela necessidade de contato físico. Ela não sabia que sentia falta daquilo, pois nunca antes desejou tanto um homem como desejava Sean.

Como se estivesse percebendo essa mudança nela, do romance para a paixão, Sean beijou-a no interior das coxas, as pernas afastando-se por vontade própria. As mãos subiram e afagaram as nádegas, massageando-as. Ela não tinha nenhum pensamento claro, só ansiava explorar Sean assim como ele a explorava. As mãos agarraram o edredom quando Sean assoprou a pele que tinha lambido. Quando a língua resvalou seu ponto mais sensível, ela arfou sofregamente. Não conseguia expirar, não conseguia respirar, não conseguia *pensar*.

Ela passou de uma fervura lenta a um borbulhar tão rapidamente que nem teve tempo de refrear o grito quando o orgasmo explodiu.

Sean mordiscou o interior da coxa, mas os beijos estavam ainda mais quentes, as mãos se movendo pelas laterais do corpo conforme ele cobria a barriga, beijando as costelas e os seios, sensual e concentrado. O corpo rígido e trêmulo por se conter pressionava-a, e as mãos chegaram à nuca, os dedos se entrelaçando no cabelo espesso.

Lucy segurou-o pelos ombros para se equilibrar.

– Lucy – sussurrou ele num hálito quente. – Não consigo me cansar de você. Senti sua falta essa semana. Ah, como senti saudades... – beijou a linha do maxilar, depois o pescoço, a língua e a boca reivindicando cada centímetro de pele no caminho até a nuca. Sean beijou um ponto sensível na base do pescoço, enviando uma nova descarga elétrica de desejo por todo seu corpo. E riu de leve.

– Parece bem satisfeito consigo – comentou ela, a voz nada parecida com a de costume.

– E estou. Comigo. Com você. Com a gente – sugou o lóbulo da orelha dela e o mordiscou. Tocou em toda parte, seus dedos talentosos sabendo onde massagear cada músculo com vigor, onde resvalar, onde beijar.

Ela queria explorar Sean, mas a pele dele estava quente e úmida, e ele já tinha tirado as calças. Quando foi que isso tinha acontecido? Não se lembrava. Sentia-se embriagada, mesmo sem ter bebido nem uma gota de vinho.

Ele abaixou-se até o chão e só depois que pegou a carteira foi que ela percebeu o que ele estava fazendo. Nas outras vezes, ela nunca tinha prestado muita atenção quando ele ajustava o preservativo. Ficava um pouco envergonhada; não sabia por que e não queria pensar nisso. Hoje ela se pegou observando, curiosa, e sentindo-se audaz. Esticou-se e segurou as mãos dele enquanto ele colocava a camisinha.

Por que ele estava tremendo? Sean sempre foi muito confiante na cama, tão certo de que a faria feliz, e sempre o fez. Estaria nervoso?

Sean a tinha deixado mais à vontade em relação a sexo do que seus dois outros parceiros anteriores. Ela sentiu-se corajosa ao afastar as mãos dele e terminar ela mesma o serviço. Deslizou os dedos lentamente desde a base do membro trêmulo, tão sólido, mas coberto por uma pele suave e quente.

Surpreendeu-se ao se sentar e beijar a ponta.

– Faça isso novamente e perco todo o controle – disse ele entre dentes cerrados.

Ele empurrou-a para a cama, a boca aberta procurando a dela. Beijou-a como se aquela fosse a última vez. Seu membro a tocou no ponto certo como se tivesse vida própria. Ele penetrou-a rapidamente, e ela arfou ante a invasão súbita. Sean manteve-se imóvel, as mãos segurando as dela, uma gota de suor escorrendo do peito.

Lucy sempre ficou por cima, pois se sentia mais à vontade estando no controle. Ela hesitou, só por uma fração de segundo, mas Sean estava tão sintonizado com o corpo e com as emoções dela que percebeu o que ela estava pensando.

Sussurrou em seu ouvido:

– É só me dizer, Lucy. Sou todo seu, do jeito que quiser.

Ela beijou-o com vontade, a compreensão e a fé que ele sentia por ela eram tão irresistíveis e tão apreciadas.

– Assim. Quero assim... – conseguiu dizer.

Conforme ele começou a se movimentar, lentamente a princípio, a onda maravilhosa com a qual Lucy estava começando a se familiarizar toda vez que estava com Sean foi aumentando cada vez mais rapidamente. Desenvolveram um ritmo que era tanto novo quanto conhecido; ainda se exploravam, mas tinham uma incrível percepção do que acontecia dentro de cada um.

Sean sabia que não conseguiria se conter por muito mais tempo, não agora, tendo Lucy por baixo pela primeira vez. A confiança e a fé que ela depositara nele eram tão poderosas quanto a combustão sexual que corria entre eles. Ela não sabia o que seu toque, seu cheiro, seu corpo faziam com ele. Sean nunca se satisfazia o bastante, nunca quis se fartar. Faria amor com ela todos os dias, e apreciaria toda as vezes. Ela estava ficando mais arrojada; relembrou dos lábios dela em seu membro e não conseguiu mais se conter. Não quis.

– Lucy – arfou em seu pescoço, depois se esticou e fitou o rosto iluminado, os olhos fechados, a boca entreaberta, a pele reluzente do corpo que acompanhava o ritmo crescente. Ele gemeu quando o orgasmo o atingiu, desejando poder ter esperado até que Lucy tivesse terminado, mas ela o tinha devastado completamente. Balançou-se a seu encontro, levando-a ao auge, observando o peito se elevar e as costas se arquearem. As mãos dela o apertaram nas nádegas, de um modo que poderia ser doloroso se não fosse tão gloriosamente bom.

O corpo dela ficou paralisado, e ela emitiu um grito de prazer que a trespassou. Então, simultaneamente, cada um dos músculos relaxou.

Sean deixou-se cair de costas, puxando-a com ele, segurando-a por um longo minuto enquanto ela se regozijava de seu poder feminino.

— Você é incrível — disse ele antes de perceber que as palavras lhe saíam pela boca.

— Você também — retribuiu ela com um sorriso.

Sean beijou-a. E mais uma vez. Seria capaz de fazer amor com ela a noite inteira. E queria fazer isso.

— Precisamos comer. E dormir.

— É mesmo — concordou ela, mas sem fazer menção de se levantar.

Ele beijou-a novamente.

— Fique aqui.

— Não conseguiria me mexer mesmo se quisesse.

Ele sorriu e, com relutância, levantou-se da cama. Foi até o banheiro e fitou seu reflexo no espelho.

— Sean Rogan, você está irrevogavelmente e desesperadamente apaixonado.

Queria dizer isso a ela. Mas não queria assustá-la. Lucy queria ir devagar, um passo de cada vez. Ele saberia ir devagar.

Por enquanto.

Quando terminou no banheiro, voltou para o quarto e flagrou Lucy sentada na ponta da cama, vestindo a sua camiseta e comendo um sanduíche.

— Eu disse para não se mexer.

— Fiquei com fome.

Sean encontrou a cueca no chão e vestiu-a, depois se sentou ao lado de Lucy e apanhou um sanduíche.

– Isso não conta como nosso fim de semana fora – Sean disse, reiterando o que tinha lhe dito na noite anterior.

– Não? – Lucy fingiu ignorância.

– Não. Podemos chamar isso de uma prévia.

Ela tomou um gole de vinho com um sorriso.

– Por mim, tudo bem.

DEZOITO

Wade estava na sala de interrogatórios com o advogado, James Thorpe. Suzanne nunca tinha lidado com Thorpe antes, porém Panetta o conhecia.

– Quinhentos dólares por hora – murmurou antes de entrarem na sala. – Advogado dos ricos e famosos.

– Suponho que não seja fã dele.

– Tão perceptiva para uma agente federal...

Ela revirou os olhos e abriu a porta.

– Senhor Barnett, obrigada por vir aqui logo cedo.

– Não tive escolha – resmungou Wade.

– Sempre existe uma escolha – replicou Suzanne.

– Então, estou de saída.

– Bem, claro que não está detido, contudo posso providenciar isso, já que mentiu para mim na quinta-feira. Sabia que mentir para um agente da força policial federal é considerado crime? Se eu não tivesse me juntado ao detetive Panetta, não teríamos como prendê-lo hoje, porém, como mentiu para mim, *uma agente federal*, consegui um excelente motivo para um mandado de busca em seu apartamento e no escritório.

– Não pode...

Thorpe pousou a mão no braço dele.

– Ouça o que eles têm a dizer.

Suzanne estava se divertindo com o interrogatório. Para ela, essa era a parte predileta do trabalho.

– Obrigada – disse Suzanne, com um tom de voz supersincero.

Barnett estava preocupado. Estava se contorcendo. Ele agia com tanta culpa que ela esperava que ele confessasse ainda de manhã, antes do almoço.

Ela sairia para comemorar. E pediria champanhe.

Panetta disse:

– Senhor Barnett, na quinta-feira nos disse que não reconhecia nenhuma destas mulheres – ele dispôs as fotos diante de Barnett.

Barnett não disse nada. Suzanne pegou a foto do *New York Post* em que ele e Alanna Andrews estavam se beijando no camarote dele no estádio dos Yankees.

– Lembra-se disto?

Nenhuma resposta.

– Senhor Barnett – disse Suzanne –, por favor, responda à pergunta. Lembra-se de ter levado Alanna Andrews para ver esse jogo dos Yankees? Este é o senhor, correto? E a senhorita Andrews.

Mais uma vez, nenhuma resposta. Ele só ficou olhando para as fotos.

Suzanne podia continuar com aquele jogo o dia inteiro.

– Senhor Thorpe – disse ela –, seu cliente pode responder às perguntas agora ou pode responder na Ilha Rikers. A jurisdição se aplica nos dois lados. Em Nova York, não existe pena de morte, mas nos Estados Unidos, sim.

Thorpe inclinou-se e sussurrou no ouvido de Barnett, que ainda demorou um minuto inteiro para responder:

– Sim.

– Sim, estes são o senhor e Alanna Andrews se beijando?

Ele concordou.

— Não foi difícil, foi?

Thorpe interveio:

— Agente Madeaux, com o devido respeito, vá direto ao ponto. Do que está acusando meu cliente?

— Não o acusei de nada a não ser de ter mentido para uma agente federal ao dizer que não conhecia estas mulheres.

Thorpe respondeu:

— Quando o abordou em seu escritório, ele estava em estado de choque. Ele não entendeu sua pergunta.

— Ele não entendeu quando eu perguntei: "Você reconhece estas mulheres?" — Suzanne balançou a cabeça. — Tenho uma testemunha que diz que o senhor conheceu esta moça — ela bateu com o dedo na foto de Jéssica Bell. — Numa festa de réveillon. A menos de um quilômetro de onde esta universitária — apontou para a imagem de Heather Garcia — foi assassinada.

Barnett meneava a cabeça lentamente. Suzanne continuou:

— Tenho provas de que conhecia duas destas vítimas, mas mentiu para mim. Quando fizermos a busca em seu apartamento e em seu escritório, tenho certeza de que encontraremos provas de que o senhor as matou.

— Não. Não, eu não matei ninguém.

— Vou lhe contar minha teoria — disse ela. — Acho que o senhor tem problemas, sexualmente falando.

Barnett riu.

— Não tenho problema nenhum na cama.

— Permita-me terminar. Existia um site que não está mais disponível, mas do qual, felizmente, temos um arquivo. Ele se chamava Party Girl. O senhor o conhece?

Barnett não disse nada, mas já não estava mais rindo.

— Senhor Barnett, responda.

Thorpe e Barnett trocaram umas palavras e depois ele respondeu:

– Não tenho certeza.

– Não tem certeza do quê? Se tem problemas sexuais ou se já entrou no site Party Girl para participar de festas de masturbação coletiva?

Thorpe pigarreou.

– Isso não era necessário.

– Muito pelo contrário – interveio Panetta –, temos quatro jovens mortas e sabemos que seu cliente se associava com duas.

Barnett disse:

– Namorei Alanna por um tempo. Rompemos depois desse jogo dos Yankees.

– Por quê?

– Ela descobriu que eu a estava traindo.

– Com quem?

Ele não disse nada.

– Responda, por favor – redarguiu Suzanne.

Barnett fechou os olhos.

– Com Érica.

Suzanne reprimiu a vontade descomunal de erguer a mão para comemorar com Panetta.

– Érica Ripley? – Suzanne disse o nome da segunda vítima do Estrangulador de Cinderelas.

– Sim – confirmou ele.

Em vez de comemorar, ela mostrou o retrato da escola de Kirsten Benton.

– Conhece esta garota?

Barnett estava tremendo.

– Sim – sussurrou.

– De onde?

– Ela é amiga de Jéssica.

– Onde ela está?

Ele encarou-a parecendo surpreso.

– O que quer dizer?

– Ela veio para Nova York no final de semana passado para ficar com Jéssica Bell. Jéssica está morta; Kirsten está desaparecida.

– Ela me disse que o nome dela era Ashleigh.

Suzanne relanceou para as anotações – as meticulosas anotações de Lucy Kincaid que ela levara para o interrogatório – e lá estava que o nome de Kirsten no Party Girl era Ashleigh. Por que Barnett negaria se soubesse quem ela era de fato? Talvez porque não soubesse – ele só conhecia as garotas pelos nomes falsos do site. No entanto, ele conhecia tanto Jéssica quanto Érica pelos verdadeiros nomes. Suzanne deixou essa discrepância de lado para refletir a respeito mais tarde e perguntou:

– Onde está Kirsten Benton?

– Não sei.

– É melhor descobrir.

Thorpe disse:

– Meu cliente disse que não sabe onde a garota está. A meu ver, vocês estão apenas arriscando um palpite.

– Dificilmente – Suzanne replicou. – Temos provas de que ele conhecia três das vítimas do Estrangulador de Cinderelas – ela bateu a mão na foto de Heather Garcia. – Você conhecia Heather Garcia?

Barnett concordou.

– Dormiu com ela?

Ele hesitou, mas voltou a confirmar.

– Você matou essas mulheres?

– Não. Não. Não. Eu *não matei* ninguém. Juro sobre o túmulo do meu pai, não matei ninguém!

Quando Suzanne e Panetta saíram da sala de interrogatórios quinze minutos mais tarde, Barnett estava sendo citado por mentir a um agente federal – o modo que Suzanne arranjou para que ele não fugisse antes que conseguissem provar sua culpa nos homicídios.

– Bom trabalho – elogiou Panetta.

– Sinto como se devesse levar Lucy Kincaid para comemorar. Não consigo acreditar que deixei passar a ligação entre Alanna Andrews e Wade Barnett.

– O nome dele só apareceu esta semana na investigação – replicou Panetta. – E sou eu quem devia estar me açoitando por conta disso. Você só entrou no caso bem depois do ano-novo.

– Nós o pegamos... É só uma questão de colocar os pingos nos "is".

Seu chefe, o agente especial supervisor Steven Blackford, entrou em seu cubículo.

– Bom trabalho, Suzanne, detetive – Blackford deu a mão a Panetta. – Mas o caso ainda não acabou. Temos um mandado aqui que vocês provavelmente vão querer executar pessoalmente.

Ela sorriu. A vida era boa. Ela tinha detido um assassino.

Na verdade, parecia até pecado divertir-se tanto ao prender um dos bandidos...

DEZENOVE

O telefone de Sean tocou quando ele saiu do chuveiro. Atendeu-o, sem reconhecer o número.

— Rogan.

— Aqui quem fala é Trey Danielson.

Sean secou-se rapidamente enquanto falava:

— Onde diabos você se enfiou? Eu telefonei uma dúzia de vezes e lhe disse para voltar para Woodbridge.

— Recebi os recados, mas você não entende.

— Explique-se.

Sean não estava com disposição para ouvir as desculpas de Trey, mas não podia permitir que o garoto ficasse vagando pelas ruas de Nova York, causando-lhe problemas enquanto ele procurava por Kirsten.

— Eu deveria tê-la impedido no verão passado. Eu sabia o que ela estava fazendo, mas eu estava, acima de tudo, com muita raiva e magoado também, e disse coisas que não deveria ter dito. Dei as costas para ela, e agora ela está encrencada...

Sean interrompeu. Forçando a voz a um tom mais calmo, disse:

— Entendo o que está tentando dizer, Trey, mas pense que você é a única pessoa que Kirsten procurou desde que desapareceu. Ela confia em você. Estou em Nova York agora e não vou embora até encontrá-la.

– Nem eu.

– Trey, estão acontecendo muitas coisas que você não sabe. Não posso permitir que você interfira.

– Mas eu encontrei uma coisa. É por isso que estou telefonando.

Sean vestiu os jeans e saiu do banheiro.

– O que encontrou?

– O celular dela.

Sean interceptou o olhar de Lucy e pronunciou "Trey" com os lábios.

– Encontrou o celular de Kirsten. Como?

– Um cara me ligou. Ele disse que tentou chamar todos os números na discagem direta. Eu estava no número três.

Sean não sabia o que pensar.

– Qual o nome dele?

– Ryan.

– Ryan do quê?

– Não sei.

– Quero o endereço dele.

– Estou dentro dessa, Sean. Preciso encontrá-la.

– Passe-me o endereço.

– Encontro você lá.

– Você não sabe quem ele é ou se ele sabe alguma coisa sobre o desaparecimento dela.

– Liguei para você, não liguei? Admito, estou nervoso, está bem? A mensagem dela me assustou. Não se parecia com ela! Mas, se eu tiver de falar com o Ryan, eu vou.

Sean bateu na mesa do quarto do hotel com a palma aberta.

– Estou a caminho – disse entre os dentes. – Onde?

– Estou numa cafeteria perto do apartamento dele. Na 3ª avenida com a rua 61.

– Não se mexa. Estarei aí em menos de trinta minutos.

Sean desligou e disse para Lucy:

— Alguém encontrou o celular de Kirsten e ligou para Trey porque ele estava na discagem rápida.

Terminou de se vestir e perguntou:

— Quer vir comigo?

Ela negou com a cabeça.

— Enquanto você estava no banho, Suzanne telefonou e disse que prendeu Wade Barnett e que iria executar um mandado de busca. Ele admitiu conhecer Kirsten pelo nome do Party Girl, mas negou ter conhecimento do site.

— Ele está mentindo.

— É possível. Agora ele admite ter conhecido as quatro vítimas do Estrangulador de Cinderelas, mas negou tê-las matado e disse que não vê Kirsten há dois meses.

Sean pressentiu que a mente de Lucy estava em outro lugar.

— O que está incomodando você? Sua cabeça está longe.

— Quero saber mais coisas sobre ele. Li todos aqueles artigos dos jornais ontem, a respeito do passado dele e de seus esforços para preservar alguns edifícios históricos...

— Lucy, alguns bandidos não são 100% malvados. Isso não significa que ele não seja o assassino.

Ela franziu a testa e contraiu os lábios.

— Sei disso. E se ele estava usando o Party Girl para conseguir sexo virtual ou real, isso faz dele um cretino. E ele pode ser o assassino. Mas, sei lá, não sei se ele se encaixa no perfil.

— Espere um segundo, você disse a Suzanne ontem que não havia informações suficientes para determinar um perfil.

— Não havia porque eles não sabiam se havia motivação sexual ou não.

— Por que isso faria diferença?

— No relatório da autópsia de Jéssica Bell está escrito que ela não teve relações sexuais algumas horas, ou até mais, antes de sua morte.

– Talvez ele tenha sido interrompido.

– Nenhuma das garotas teve as roupas rasgadas nem havia outra indicação de que lutaram contra um ataque.

– Como sabe disso?

– Estava lá escrito no painel.

– Não percebi.

– Estou acostumada a ler relatórios policiais...

– Bem – disse Sean, bancando o advogado do diabo –, Wade conhecia as vítimas. Talvez elas não tivessem pensado que estavam em perigo.

– Mas *por quê*? Talvez seja isso o que vem me incomodando. Todas fizeram sexo com ele, pelo menos virtualmente...

– Talvez elas concordassem quando o sexo era on-line, mas quando se tornou físico, ele surtou.

– Talvez.

– Desculpe. Não quis interromper você.

– Tudo bem. Só estou pensando em voz alta mesmo. Você precisa se encontrar com Trey. Vou ligar para o Hans, quem sabe ele não percebe em que ponto minha linha de raciocínio está errada.

Sean deu um passo à frente e beijou-a.

– Lucy, não pressuponha que esteja errada.

– Não sei no que estou pensando, mas Suzanne agora tem certeza de que Wade é culpado – no dia anterior, Lucy também tinha. No entanto, quanto mais pensava a respeito do método utilizado nos homicídios, mais sentia como se tivesse chegado a uma conclusão precipitada.

– Pensei que as pessoas fossem inocentes até que se provasse o contrário.

– Isso serve nas cortes. Os policiais não prendem ninguém a menos que acreditem na culpabilidade. Ela deve estar certa.

Sean beijou-a novamente.

– Confie em seus instintos, Lucy. Converse com Hans. Mande um alô meu. Assim que eu souber de alguma coisa a respeito do rapaz que encontrou o celular de Kirsten, eu aviso.

Lucy telefonou para Hans, mas a ligação caiu na secretária eletrônica. Ela e Sean tinham ido à academia do hotel logo cedo, por isso ela não podia correr novamente. Não queria ficar o dia inteiro ali. Talvez devesse ter ido com Sean.

Todavia, algo a incomodava a respeito daqueles homicídios.

– Esse caso não é seu – murmurou para si mesma.

E Suzanne Madeaux parecia ser esperta. Lucy gostava dela, pois a fazia se lembrar de sua cunhada, Kate. Franca, confiante, inteligente. Talvez um pouco arisca, como uma moleca que não aceitou muito bem ter se transformado numa bela mulher ao crescer. Quando Suzanne ligou antes, convidou Lucy e Sean para jantar e comemorar a captura de Wade Barnett. Talvez eles fossem, mas Lucy não tinha vontade de comemorar nada até que Kirsten fosse localizada. Ou enquanto ainda existissem dúvidas.

Seu celular tocou, e ela viu que era um número particular com prefixo 202.

– Alô – disse.

– Lucy, aqui é Hans Vigo.

– Obrigada por retornar a ligação tão prontamente.

– Claro. O que posso fazer por você?

– Estou em Nova York com Sean...

– Noah me contou a respeito da adolescente fugitiva que vocês estão procurando.

– Que bom – achou estranho o fato de ele e Noah comentarem o caso, pois nem mesmo trabalhavam no mesmo escritório, mas não disse nada. E agora que falava com Hans, não sabia muito bem como abordar suas preocupações. – Existe uma investigação relacionada, sobre o Estrangulador de Cinderelas, que sufocou quatro moças, e eu sugeri à agente encarregada de contatá-lo diretamente para conseguir um perfil.

– Claro, mas a equipe da unidade de Ciência Comportamental é mais do que capaz de resolver isso. Garanto o trabalho deles – Hans foi um dos primeiros agentes envolvidos nessa unidade.

– Bem, não conheço ninguém mais além de você – disse Lucy. – Desculpe, sei que é muito ocupado.

– Se pensou em mim, você tem um motivo. O que foi?

– É possível que nem seja mais importante. A agente Madeaux prendeu um suspeito hoje de manhã e já conseguiu um mandado de busca.

– E mesmo assim você me procurou.

Lucy estava sentada à mesa do quarto de hotel e fitava as anotações da última semana sem, de fato, vê-las. Como podia estar duvidando de uma agente inteligente e experiente como Suzanne? Wade Barnett tinha mentido para a polícia sobre conhecer aquelas mulheres. Alguém tinha dado um sumiço no site Party Girl – e, de acordo com Suzanne, eles tinham falado com Barnett na quinta pela manhã. Sean disse que eram necessárias pelo menos 24 horas se Barnett não estivesse hospedando o site ele mesmo.

– Esqueça.

– É sempre muito bom falar com você, Lucy.

Ele ia desligar. Então, Lucy disse de uma vez:

– Sean disse que conversou com você a respeito de minha entrevista. Ainda não contei para minha família.

Hans respondeu:

– Nem eu, Lucy.

– Eu nunca lhe pediria que averiguasse o caso. Sei por que não fui bem.

– Sabe?

– Você disse a Sean que eu podia ser controversa. Não acho que seja isso. Acho que... – ela hesitou antes de continuar: – Eu queria aquilo *demais*.

– O que quer dizer com isso?

– Venho pensando em tudo desde que recebi a carta. Uma das perguntas que me fizeram foi por que nunca me assentei numa carreira. Sei que o FBI se tornou uma espécie de segunda carreira; poucas pessoas são recrutadas nas universidades hoje em dia, a menos que tenha uma habilidade em particular. Mas eu disse que sempre quis trabalhar para a agência, que tudo o que fiz antes foi uma espécie de treino: o necrotério, o trabalho no departamento de polícia. Mas a entrevistadora comentou que eu não tinha paixão por nada.

Lucy continuou, suas palavras jorrando:

– Continuei falando porque temi que me considerassem fria demais ou endurecida ou algo assim. Fiquei falando de minhas paixões: deter os predadores sexuais e trabalhar para a divisão de Crimes Cibernéticos e tudo o mais e o quanto eu queria proteger os inocentes, e acabei falando demais. Ou eles pensaram que eu estava tentando manipulá-los ou que sou muito radical.

– Lucy, não analise demais...

Ela interrompeu:

– O resto da entrevista correu tão bem! Nada mais se sobressaiu. A não ser... se não foi por eu querer a posição com tanta determinação a ponto de entrar em pânico, então só pode ser por causa da outra coisa.

– Adam Scott.

Ela confirmou.

– Matei um homem desarmado.

– Houve circunstâncias atenuantes.

– Atirei seis vezes nele. E faria isso de novo. Esses dois fatos estão no meu arquivo pessoal, e não há nada que eu possa fazer para mudar isso.

Hans não disse nada.

Lucy continuou:

– Não posso culpar ninguém por acreditar que eu possa terminar exatamente como Fran Buckley.

Fran, uma agente do FBI aposentada, tinha sido sua mentora no PMC, o grupo de direitos às vítimas em que Lucy trabalhara como voluntária por três anos. As atividades ilegais de Fran fecharam as portas do PMC e causaram uma infinidade de problemas ao FBI, e isso, Lucy tinha certeza, ainda os incomodava.

– A agência gosta de acreditar que sempre faz as decisões de contratação corretas – Hans disse. – Contudo, em qualquer negócio, governamental ou particular, existem sempre maçãs podres. Eu mesmo tive uma. Ela trabalhou comigo e não vi o quanto era psicótica. Ninguém percebeu até ela atirar na parceira, abandonando-a à morte. Você pode estar certa, em suas duas teorias. Não sei. Disse a Sean que investigaria discretamente seu processo de seleção, mas, se quiser que eu não faça isso, é o que farei. Faço o que me pedir, mas ainda espero que apele da decisão.

– Ainda não decidi. Eu não iria apelar, mas...

– Você ainda quer esse emprego?

– Sim.

– Terá de lutar por ele. Você é mais do que capaz.

– Obrigada.

– Agora diga, por que, de fato, me telefonou?

Lucy respondeu:

– É a maneira como essas garotas foram mortas. Ou o assassino não fez sexo com as vítimas ou foi algo consensual. A última vítima não fez sexo antes de morrer. Não havia traços de trauma físico, nenhum ferimento defensivo, e todas foram sufocadas com algum tipo de saco plástico que foi removido e levado embora pelo assassino. Os corpos não foram retirados depois da morte; o assassino as asfixiou e as deixou no mesmo lugar. Nenhum sinal de abuso póstumo. O assassino levou um sapato, e daí o apelido Estrangulador de Cinderelas.

— O assassino amarrou o plástico ou o segurou?

Lucy relembrou o relatório da autópsia que havia lido.

— Não havia marcas de atadura nem nada que indicasse o uso de corda ou de fita adesiva segurando o plástico no lugar. Havia alguns hematomas, mas não de estrangulamento. Não vi as fotos dos hematomas, mas o legista disse que eram "inconsistentes com estrangulamento".

— Hematomas deixados pelo modo como o assassino segurou o plástico.

— As vítimas não foram amarradas, mas estavam drogadas. E por estarem em raves, muito provavelmente as drogas foram consumidas espontaneamente por elas. Todas elas saíram das festas e ninguém se apresentou dizendo ter visto alguém em apuros. Não há muitas testemunhas, apesar de a minha adolescente desaparecida possivelmente ter visto a última vítima ser morta. Ela escreveu algo relacionado a isso em uma mensagem distorcida que enviou a seu ex-namorado.

— Mas você disse que o FBI fez uma prisão?

— Sim. Wade Barnett. Não o conheço, e talvez se o conhecesse todas essas dúvidas não ficassem pairando...

— Eles tiveram bons motivos para a prisão?

— Ele mentiu a respeito de conhecer as vítimas; mentiu a respeito de ter tido relacionamento físico ou virtual com elas. Depois admitiu, mas, claro, negou tê-las matado.

— Ao que tudo indica, as relações sexuais foram consensuais?

— Sim, ao que parece. Claro que existem muitos casos em que o assassino tem um relacionamento e, com raiva ou porque a vítima o interrompe, ele a persegue e a mata. Mas quatro vezes?

E também há a questão do método. O assassino é frio. Ele ou ela põe o saco plástico sobre as cabeças das vítimas, que por estarem drogadas não têm condições de lutar, e depois as espera morrer. Espera de cinco a sete minutos até que a vítima morra. É muito tempo para se ver alguém morrendo. Mais: não existem ferimentos feitos antes da morte que indiquem que as vítimas estivessem no chão *enquanto* morriam. Procurei por cortes de vidro ou pedras que pudessem indicar que as vítimas tivessem lutado numa posição horizontal. Mas se o assassino não usou uma corda para segurar o saco...

– Ele usou as mãos.

– Exato. Para segurar o saco firme no lugar.

– O que sugere que as vítimas estavam de pé e que o assassino as segurou enquanto morriam. Esse é um método muito íntimo de matar.

– Foi o que eu disse! – exclamou Lucy, animada por Hans enxergar o crime da forma como ela enxergava.

– O que poderia, de certa forma, ser considerado um crime sexual, mesmo que o assassino não tenha tentado um relacionamento íntimo.

– Eu não tinha pensado nisso.

– Percebeu o que disse antes?

– Que eu não tinha pensado nisso como sendo um crime sexual?

– Não. Antes você disse *ele* ou *ela* ao se referir ao assassino.

– Não percebi. Levando-se em conta os perfis das vítimas e o aspecto íntimo dos crimes, é claro que o assassino deve ser um homem.

– Acho que já sei o que vem te incomodando a respeito desses homicídios – disse Hans. – É o fato de as vítimas terem sido sufocadas. A sufocação é, tradicionalmente, um método mais feminino de matar. Junto com envenenamento, é mais comum entre assassinas do que entre assassinos.

– Wade Barnett é um bom suspeito – disse Lucy, ponderando os comentários de Hans. Ela não tinha pensado na possibilidade de uma assassina, mas por quê? No entanto, o método empregado tinha chamado sua atenção e essa ideia não desgrudava de sua mente.

— Existe alguma prova física ligando-o às vítimas?

— Não que eu saiba. Contudo, as investigações ainda não terminaram. O FBI tem o mandado de busca, e mentir sobre conhecer as vítimas é um grande indicador.

— As pessoas mentem por uma infinidade de motivos.

Lucy perguntou:

— Acha mesmo que uma mulher poderia segurá-las por sete minutos até que elas tivessem morrido? Depois, retirar o saco friamente, deixar o corpo cair no chão, tirar um sapato e se afastar?

— Sim — respondeu Hans sem hesitação. — As assassinas podem ser tão frias e impiedosas quanto seus pares do sexo masculino. Havia hematomas no torso?

— Não sei. Só vi um relatório de autópsia.

— Se considerar que as vítimas estavam, de certo modo, intoxicadas por causa das drogas, mesmo que as tivessem consumido espontaneamente, isso com certeza as tornou mais cooperativas. Depois, foram sufocadas, sem nenhum componente sexual; isso faz com que uma assassina seja mais provável. Eu não desconsideraria o suspeito atual, evidentemente, mas hesitaria em apresentar o caso à Promotoria sem evidências físicas concretas que o ligasse aos homicídios.

— Suzanne Madeaux é inteligente — Lucy disse. — Eu não deveria ter dito nada.

— Mas isso não saiu de sua cabeça. Estou contente que tenha telefonado. Quanto tempo vai ficar em Nova York?

— Não sei. Sean disse que até localizarmos Kirsten. E talvez quando isso acontecer, ela seja a testemunha ocular de que precisamos para indiciar Wade Barnett.

Ou apontar a investigação para uma direção completamente diferente.

VINTE

Suzanne e Vic Panetta dividiram o mandado de busca; ela ficou com a residência, e ele, com o escritório.

Barnett vivia num arranha-céu bem protegido na altura da rua 90 perto da avenida Central Park West. O edifício, com vista para o parque nos últimos andares, estava ladeado por casas antigas de quatro andares; algumas ainda eram residências exclusivas, outras, divididas em apartamentos. Suzanne preferia seu pequeno apartamento no bairro Lower East Side à opulência do edifício de Barnett, mas admitia cobiçar uma das casinhas de tijolos aparentes.

Algo impossível de se obter com o salário do governo.

Ela mostrou seu distintivo e o mandado para o porteiro, que chamou o gerente encarregado. Dez minutos mais tarde, permitiram-lhe a entrada no apartamento de cinco cômodos no 19º andar.

Ele era uma versão em ampla escala do escritório dele. Carpetes cinza chumbo, mobília de couro branco, toneladas de aço e vidro, pôsteres dos Yankees – emoldurados e assinados –, uma eclética versão de arte nas paredes desde esboços realistas a carvão até pinturas coloridas que não pareciam representar nada específico. Porém, o que chamou a atenção de Suzanne foram as fotos emolduradas de depósitos abandonados. Ela reconheceu a reprodução do depósito em que Jéssica Bell fora morta.

— Por onde quer que comecemos? — Andie Swann, da Equipe de Investigação Forense, perguntou.

— Fotografe tudo, depois responsabilize alguém pelo computador e qualquer outro eletrônico. Nosso mandado cobre tudo neste apartamento, qualquer depósito existente e também o carro dele. E pode, por favor, pedir que alguém remova essas fotografias?

— Dos prédios?

— Sim. Quero saber quem as fotografou, quando e a localização de cada uma delas.

De pronto, ela não tinha visto fotos das três primeiras cenas de crimes, mas isso não significava que elas não estivessem por ali. Virou-se, então, para o gerente.

— O senhor Barnett possui algum veículo guardado neste local? E algum depósito?

— Ele tem uma vaga na garagem subterrânea, a de número 103. Também temos depósitos, porém ele não aluga nenhum.

Ela disse para Andie:

— Mande alguém para a garagem para verificar a situação do carro e providencie seu transporte.

O gerente informou:

— Mas ele nunca o dirige. É um clássico.

— Para que serve um carro se você não o dirige?

— Imagino que ele o dirija algumas vezes, mas faz meses que não vejo a vaga vazia. O carro não tem capô.

— Quer dizer que ele é conversível?

— Não, ele não tem mesmo o capô. O senhor Barnett o comprou num leilão, e o capô estava danificado. Ele somente o dirige em dias claros e se for para fora da cidade.

Suzanne olhou para Andie, que acenou. Ela verificaria.

– Impressões digitais, fibras e vestígios – Suzanne lhe disse quando ela já saía.

– O senhor Barnett é um bom morador – informou o gerente. – Nunca tivemos problemas com ele. Nenhuma queixa.

– É bom saber – disse ela num tom de dispensa. – É bem-vindo para ficar e observar, porém peço que fique no corredor. Deixe a minha equipe fazer o trabalho.

– Não, podem ir em frente; só me informem quando estiverem de saída para que eu possa trancar.

– Colocarei o lacre da polícia na porta – disse ela.

Suzanne vestiu as luvas de látex e andou pelo apartamento. Uma grande sala de estar, uma saleta de jantar separada, a cozinha, que era maior que todo seu apartamento de um dormitório. E a vista do Central Park era bem bonita. Mas a melhor coisa a respeito daquele apartamento era a claridade – muitas janelas, muito espaço aberto. Bem grande para um homem solteiro. Devia ter, pelo menos, uns 185 metros quadrados. Talvez mais ainda. Para um apartamento nova-iorquino com vista, aquilo era raro e dispendioso.

Suzanne andou lentamente pelo apartamento, absorvendo o ambiente, imaginando Wade Barnett vivendo ali. Assassinos apresentavam-se em todos os formatos, tamanhos e classes sociais. Psicopatas não eram pobres nem ricos, brancos ou negros, homens ou mulheres. Suzanne acreditava que, com a motivação certa, todo ser humano era capaz de matar. Contudo, enquanto a maioria só matava ante um risco imediato, psicopatas matavam por prazer. Quer fosse um membro de uma gangue sem respeito algum pela vida humana ou um assassino serial com uma visão doentia e distorcida das mulheres, eles podiam vir de qualquer cenário socioeconômico.

Ela não permitiria que Wade Barnett se safasse desses homicídios só porque era rico.

Enquanto Andie estava na garagem e sua equipe trabalhava diligentemente no apartamento, Suzanne foi para o escritório de Barnett, que estava mais abarrotado do que o resto da casa. O técnico em computadores já tinha arregaçado as mangas, e ela concentrou-se no conteúdo da escrivaninha. Já estavam investigando as finanças de Barnett, mas, por ele receber dinheiro de um fundo, a questão era capciosa. Ela deixaria os detalhes para os contadores e os advogados.

Nada chamou a sua atenção. Baseball, arquitetura e história da cidade. As prateleiras dele estavam cheias de livros sobre esses três únicos assuntos, com algumas poucas exceções. Ele tinha três bolas de baseball dos Yankees, autografadas pelos jogadores que acertaram um *home run**. Estavam expostas debaixo de luzes, atrás de vidros. Um prêmio concedido por uma sociedade de preservação local estava destacado na parede, perto de uma foto do antigo prefeito entregando uma placa para um Wade Barnett mais jovem.

À primeira vista, Barnett parecia ser um bom rapaz. Arrogante, mas há muito tempo defensor das ideias em que acreditava. O que transformaria um rapaz assim num assassino serial?

Andie Swann entrou no escritório.

— O carro está limpo. Não há como ele ter dirigido até o Brooklyn no sábado, não com aquele tempo. O interior está imaculado, nenhum dano provocado pela chuva, nada que indique que ele o usou recentemente. Pedi ao segurança que prepare um relatório contando as vezes em que o carro saiu da garagem desde 1º

---

* No baseball, um *home run* é uma rebatida na qual o rebatedor é capaz de circular todas as bases, terminando na casa inicial e marcando um ponto. Grandes rebatedores de *home runs* são normalmente os jogadores mais populares entre os torcedores e também os mais bem pagos dos times. (N.T.)

de outubro até agora, e um da minha equipe está passando aspirador para ver se há algum vestígio, mas não espero encontrar nada.

Andie perguntou ao técnico do computador:

– Quando vai terminar por aqui?

– Recentemente, ele apagou todos os históricos e um monte de arquivos, mas é apenas um trabalho superficial. Posso recuperar tudo no laboratório. Preciso de trinta minutos para catalogar, arquivar e encaixotar tudo.

Suzanne esperava que o computador revelasse mais provas porque não havia como aceitarem outras acusações mais sérias baseando-se somente no fato de ele ter mentido sobre conhecer as vítimas. Amostras de DNA e os sapatos levados seriam as evidências ideais. Mesmo que ela conseguisse provas de que ele foi às quatro festas e de que conhecia as quatro vítimas, ela não convenceria a promotoria a aceitar o caso a menos que houvesse provas materiais unindo-o a pelo menos um dos homicídios.

Uma das pessoas da equipe de Andie entrou no escritório.

– Encontramos esta carta na gaveta do criado-mudo do quarto principal – disse ele a Suzanne e Andie. A carta estava lacrada num saco plástico etiquetado.

O técnico continuou:

– Havia uma pilha de folhas escritas. Também lacramos tudo por causa das impressões digitais. Talvez consigamos algo com isso. Isso estava no fundo da pilha e com a folha dobrada.

– Obrigada – agradeceu Suzanne ao pegar a carta sem data.

Ela tinha uma dobra inclinada e só estava parcialmente escrita. Suzanne fazia isso com frequência quando costumava escrever para a avó de 89 anos, que se recusava a adquirir um computador – afinal, a velhinha poderia escrever uma palavra errada ou não contar alguma coisa. Ela escrevia para a avó no primeiro ano de faculdade e recebia as cartas de volta uma semana depois, com os erros corrigidos.

Querida Alanna,

Sou um idiota. Meu irmão diz que não reconheço algo bom quando o tenho, e ele tem razão. Você era a única coisa boa para mim, e eu estraguei tudo.

Eu adoraria prometer que não estragaria tudo de novo, mas sei que farei isso. E você não merece. Posso dizer que não consigo me controlar, mas nós dois sabemos que isso não é verdade. Sou egoísta demais para me comprometer com qualquer coisa.

~~Mas dói quando a vejo, por isso tento evitar~~

A última frase, incompleta, havia sido rabiscada, mas Suzanne pôde lê-la com facilidade.

— Quem é que escreve cartas hoje em dia? — Andie perguntou.

Suzanne não queria admitir que achava aquilo meigo — não a parte em que Barnett obviamente se desculpava com Alanna por algo imperdoável que tinha feito antes de matá-la –, mas nos dias de hoje, uma mensagem escrita parecia mais sincera do que telefonar ou mandar um e-mail.

Outro técnico apareceu à porta.

— Suzanne, tem um garoto aqui que diz que é irmão de Barnett.

O rapaz — pouco mais velho que um adolescente — estava parado à entrada mordendo a unha do polegar. O cabelo era um tanto longo demais na parte da frente, cobrindo parcialmente os olhos, mas de resto parecia um rapaz bem cuidado.

— Senhor Barnett? — Suzanne perguntou ao se aproximar.

Ele pareceu assustado, quase tímido, depois concordou.

— Dennis Barnett.

— Prazer em conhecê-lo, Dennis. Você mora aqui com seu irmão?

Ele negou balançando a cabeça.

— Moro em Staten Island com minha mãe. Mas às vezes fico com meu irmão. Meu outro irmão, Charlie.

– Charlie? Seria CJ Barnett?

Dennis concordou.

– Ele diz que CJ é seu nome nos negócios, mas que ainda posso chamá-lo de Charlie – ao conversar com Dennis, Suzanne percebeu que ele era levemente retardado, mas não parecia incapacitado. – Wade está em apuros?

– Sim, ele está. Lamento ter de lhe dizer isso – ela mostrou o distintivo e a identificação. – Sou Suzanne Madeaux, agente especial do FBI.

Ele olhou ao redor.

– Onde está Wade?

– Lamento, Dennis, mas ele está preso no momento.

Os olhos de Dennis arregalaram-se.

– P-por quê?

– Bem, isso é um pouco complicado – Suzanne não queria aborrecer o garoto, sentia pena dele. Por isso, optou por fornecer uma versão atenuada da verdade. – Ele mentiu para mim, e é crime mentir para uma agente federal. Sabia disso?

Ele negou com a cabeça.

– Perguntei a Wade se ele reconhecia algumas moças. Mostrei-lhe as fotos delas. Ele disse que não as conhecia, mas depois descobri que, na verdade, ele as conhecia muito bem.

– Wade conhece muitas garotas.

– Ele namora bastante?

– Namora, sim. Ele gosta de fazer sexo.

– Com a mesma mulher ou com mulheres diferentes?

– Diferentes. Às vezes, ele tem uma namorada, mas aí ele faz tudo errado.

– Foi isso o que ele lhe disse?

– Não. Foi o Charlie. Porque Wade não consegue ser *monagamo*.

– Quer dizer *monógamo*? Isso é, ser fiel a uma só pessoa?

Dennis sorriu.

— Isso mesmo. Monógamo.

— Conhece alguma namorada dele?

Ele deu de ombros.

— Algumas.

— Como Alanna?

Ele sorriu.

— Eu gostava da Alanna.

— Ela era legal?

Ele disse baixinho:

— Algumas das namoradas do Wade são ruins comigo. Sei que não sou muito esperto. Minha mãe diz que esse foi o modo como Deus me fez e que sou perfeito assim, mas mães sempre dizem esse tipo de coisa. Eu não penso rápido como as outras pessoas. Wade não gostava quando as namoradas me tratavam mal, dizendo que sou burro demais para entender.

— Mas Alanna não fazia isso.

— Não, nunca! Ela até ficou brava com Wade uma vez que eu, sem querer, derrubei uma estátua logo ali – ele apontou para uma mesa na sala de jantar – e ela se quebrou em milhões de pedacinhos e ele gritou comigo. Eu chorei, disse que sentia muito, e Alanna me ajudou a pegar cada um dos caquinhos. E depois Wade se desculpou. Ele nunca se desculpa se não for para valer, por isso acreditei nele.

Suzanne estava tendo dificuldade para colocar esse Wade Barnett descrito pelo irmão no papel de assassino. A maioria dos assassinos, porém, não era de cretinos puramente malignos o tempo todo. Talvez Wade tivesse se colocado nos holofotes da investigação por querer ser detido. Talvez matar a ex-namorada tivesse sido um acidente, e ele matara as outras... Por quê? Ou talvez ela simplesmente estivesse equivocada a respeito dos motivos, e o cara fosse um psicótico que era bom para o irmão caçula.

– Por que Wade e Alanna romperam?

Dennis revirou os olhos.

– Porque ele é um grande idiota.

Suzanne aguçou os ouvidos.

– Por que diz isso?

– Porque foi isso o que Wade disse. Ele disse que era um grande idiota e que Alanna não o perdoaria.

– Ele lhe contou o motivo?

– Acho que foi por que ele dormiu com outra garota, mas não tenho certeza.

Suzanne precisava de uma longa conversa com seu suspeito.

– Se eu lhe mostrar algumas fotos, você pode me contar se as reconhece?

Ele concordou, depois se conteve.

– Por quê?

– Estou tentando... – quase disse que tentava ajudar o irmão dele, mas não poderia fazer isso com o garoto. Caso ele acreditasse nela, e depois descobrisse que ela tinha mentido para poder condenar o irmão, ele ficaria arrasado. Por isso, tentou uma abordagem mais direta. – Dennis, você é adulto, por isso vou tratá-lo com honestidade, está bem?

Ele disse que sim com um balanço da cabeça.

– Quatro moças que seu irmão conhecia estão mortas. Foi sobre isso que ele mentiu para nós. Ele disse que não as conhecia, mas logo descobrimos que conhecia sim. Isso é parte do meu trabalho, descobrir quando as pessoas mentem. Acredito que seu irmão tenha mentido porque fez mal a essas moças.

O lábio de Dennis começou a tremer.

– Wade não faria isso.

– Sabe, estive andando por aqui e pensei que Wade pode ser um rapaz muito bom. Ele gosta dos Yankees. Também gosto de baseball.

— Ele *ama* os Yankees.

Suzanne sorriu.

— E ele tem esses prêmios por preservar propriedades históricas, obviamente ele se importa muito com a cidade. Entendo por que você gosta tanto dele. Também deve admirá-lo bastante.

Dennis deu um meio levantar de ombros, meio aceno de concordância.

— Ele é um bom irmão?

— Sim. Ele não gostava quando mamãe o fazia tomar conta de mim o tempo todo, mesmo quando eu já tinha crescido um pouco. Ele dizia que eu era burro. Mas não gostava quando outras pessoas me chamavam de burro.

Por ter irmãos e irmãs, ela entendia muito bem isso.

Suzanne mudou a direção do interrogatório.

— Você esteve em alguma dessas festas underground às quais seu irmão gosta de ir?

— Não gosto delas.

— Mas já foi.

— Uma vez. Era muito barulhento. Meus ouvidos doeram, e eu detestei. Agora eu fico no carro.

Os instintos de Suzanne vibraram em seu íntimo.

— Por que você vai?

— Wade perdeu a carteira de habilitação por dirigir embriagado. Tenho de dirigir por ele.

— Então você estava na festa no Brooklyn no sábado passado?

— Eu... – ele parou de falar e franziu a testa. Recomeçou a morder a unha e não olhou mais para Suzanne. – Está me deixando confuso.

— É uma pergunta fácil – disse ela. – Você é um garoto inteligente, acho que sabe o que estou perguntando.

— Não. Não – ele não olhava para ela.

Suzanne não sabia se aquilo era fingimento ou um gesto de autopreservação. Dennis não queria pensar no irmão como sendo um assassino frio, por isso se fechou quando percebeu a direção das perguntas dela.

De qualquer forma, ela estava próxima de alguma coisa e faria com que Dennis lhe contasse a verdade. Era apenas uma questão de tempo e de paciência. E ela tinha todo o tempo do mundo.

Até James Thorpe entrar no apartamento um minuto mais tarde e por um fim em suas perguntas para Dennis Barnett.

VINTE E UM

Ryan morava num prédio marrom simples e judiado pelos anos, com pelo menos cem unidades, perto da avenida Columbia, na altura das ruas 50 e pouco. Enquanto a região do Upper West perto da Columbia era uma mistura interessante de antigo e novo, aquela parte era um misto de escritórios dos anos 1950 e uma confusão de residências.

Sean gostava de Nova York, gostava de passear por ali, mas ver tantas pessoas andando juntas o fez pensar que estava com saudade da Califórnia e do espaço que desfrutava lá.

– Fique calado – disse ele a Trey quando apertaram o interfone do apartamento de Ryan.

– Mas...

Sean fitou-o com severidade. Trey fechou a cara, mas não respondeu.

– Oi – disse uma voz pelo interfone.

– Você me ligou a respeito de um celular.

– Pode subir.

A porta apitou, e Sean liderou o caminho até o apartamento no terceiro andar. O corredor era tão estreito que ele e Trey tinham de andar em fila indiana. O prédio inteiro cheirava a comida velha por causa da má ventilação, mas não era um cortiço.

Quando Ryan abriu a porta, ele pareceu apreensivo ao ver Sean e Trey. Ryan era de estatura média, magro, porém arrumado o suficiente para que o considerassem atraente.

Sean entregou-lhe seu cartão.

– O celular que você encontrou pertence a uma adolescente desaparecida. Preciso fazer algumas perguntas.

– É investigador particular? – Ryan perguntou, parecendo cético.

– Fui contratado pelos pais dela para encontrá-la. Sei que ela deve ter ido a uma festa no Sunset Park. Podemos entrar?

Sean aproveitou-se do minuto de hesitação de Ryan para entrar. Trey estava logo atrás.

O lugar parecia com qualquer apartamento típico de um estudante universitário: uma cama no canto que se transformava em sofá, uma televisão grande demais que tomava conta do lugar, um par de cadeiras, uma escrivaninha com computador, livros e papéis e uma mesa meio assimétrica. Roupas sujas amontoadas num canto. Dois pôsteres grudados nas paredes de cor bege – um mostrava uma Lamborghini com uma loira nua no capô, o outro, uma comemoração da vitória dos Steelers de Pittsburgh na 43ª edição do Super Bowl.

– Acabei de encontrar o aparelho – Ryan estava perto da porta aberta, pronto para sair correndo caso estivesse em apuros.

Sean viu o celular de Kirsten perto do computador e pegou-o. Havia uma rachadura na tela, mas não tinha como saber se era antiga ou recente. Ele estava ligado, mas só havia uma barra de bateria.

– Só encontrou o celular agora? Não consegui nenhum sinal de GPS, mas ele ainda mostra uma barra de bateria.

– Quero dizer, eu o encontrei no sábado, mas me esqueci dele. Eu estava bem chapado, nem sabia que estava com ele no bolso. Mas hoje fui lavar a roupa e o encontrei. Estava sem carga, mas tenho um carregador antigo que se encaixava e... Bem, gostei da garota que o deixou cair, pensei que poderia devolvê-lo depois.

Trey deu um passo à frente e abriu a boca para falar, mas Sean o interrompeu, mostrando a foto de Kirsten.

– É essa a garota que derrubou o celular?

Ryan sorriu.

– Ela mesma. Ashleigh. Ela é demais – depois pareceu ficar nervoso e disse para Trey: – Você não é irmão dela, é?

– Namorado – Trey respondeu.

– Duvido – bufou Ryan.

Sean interveio:

– Trey, quer dar uma saída?

– Não – resmungou ele. E para Ryan perguntou: – O que diabos aconteceu no sábado?

– Ela está desaparecida mesmo?

– Está.

– Estávamos numa rave. Setecentas pessoas, talvez mais. Eu a perdi de vista.

– Quando encontrou o telefone? Sei que ela o usou no sábado bem tarde.

– Hum, eu... Nós estávamos dançando. Tivemos um pouco de ação, depois ela disse que tinha de ir encontrar uma amiga, mas que logo voltaria. Ela saiu, e eu vi o telefone no chão.

Sean manteve a expressão neutra, mas sabia o que Ryan queria dizer com aqueles eufemismos. Sentiu vontade de enfiar juízo na cabeça do rapaz, mas isso não os aproximaria da localização de Kirsten.

– Como sabia que era dela?

– Eu o vi com ela. Ela disse que voltaria. Mas, quando não voltou, guardei o celular no bolso e fui pegar outro drinque. Esqueci completamente disso até encontrar o aparelho hoje e lembrar como ela... – ele se interrompeu e relanceou para Trey.

Trey explodiu:

— E não foi atrás dela? Não ficou preocupado que alguma coisa pudesse ter acontecido?

— Ei! A festa era enorme. Pensei que ela tivesse se amarrado em outra pessoa. Estava vestida para isso, se quer saber.

Trey avançou um passo ameaçadoramente, e Sean teve de colocar a mão sobre o peito dele para impedi-lo fisicamente. Ryan recuou, deixando claro que não queria briga. Definitivamente, ele não era do tipo que se prontificava para defender alguma namorada. Trey, por sua vez, era, e Sean precisava controlar a situação.

Sean mostrou a foto de Wade Barnett para Ryan.

— Você o conhece?

— Claro. É o Wade.

— Ele estava na festa?

— Estava, sim. Ele sabe se divertir.

— Sabe a que horas ele chegou? Quando saiu?

Ryan balançou a cabeça e apoiou-se na maçaneta da porta.

— Não faço ideia de quando ele chegou, mas ele fez o maior escândalo quando a festa estava terminando e o carona dele tinha ido embora.

— Ele ligou para algum táxi? Sabe como ele foi para casa?

— Ele foi embora com uma garota, mas não parecia muito feliz com isso.

— Posso ficar com seu carregador? Você disse que ele era velho.

— Sabe, é que...

Sean pôs uma nota de vinte dólares na escrivaninha e pegou o carregador.

— Obrigado pela ajuda — saiu, com Trey em seus calcanhares.

Antes mesmo de Ryan fechar a porta, Trey disse:

— Acredita nesse cara? Kirsten jamais sairia com um fracassado como esse.

— Pelo menos, ele pensou em devolver o telefone. Isso vai ajudar.

— Ele nem sabia o nome dela! — Trey disse, balançando a cabeça.

— E você tem de deixar isso de lado. Ele é uma testemunha; não diga nada a ele que ele já não saiba, entendeu?

Sean já estava rolando as mensagens que tinham sido enviadas entre sábado e domingo antes de a bateria acabar — eram da mãe dela, de Trey e de alguns amigos da escola — e olhou para as enviadas durante a festa.

À 1h13, uma mensagem de Jessie apareceu:

Deixa de ser piranha e me encontra lá fora. Agora, Ash.

Vinte minutos antes da última mensagem de Jessie, ela tinha enviado outra:

Por favor, K, preciso falar com vc. Tô congelando...

E oito minutos antes disso, às 12h42, Jessie tinha escrito:

Tô vendo vc com esse cara. Precisamos conversar. Tô preocupada. Lá fora em 10 min.

Sean franziu o cenho. Havia outras mensagens entre Jessie e Kirsten, mas a bateria estava acabando. Ele viu que havia 19 mensagens de voz, mas não sabia se a bateria aguentaria até que conseguisse recuperar todas. Voltaria para o hotel, carregaria o aparelho e baixaria tudo. Ouviria as mensagens de voz enquanto Lucy juntaria as mensagens de texto por ordem cronológica.

— O que dizia? — Trey perguntou.

— Estou tentando criar uma linha do tempo antes de ela perder o telefone. Preciso baixar as mensagens de texto e recuperar as mensagens de voz. Vá para casa, Trey.

– Não.

Sean parou de andar.

– Agradeço ter telefonado para mim. Você fez a coisa certa, e agora tenho informações que podem me levar até o esconderijo dela. Mas isso vai requerer tempo e concentração, e não posso ficar me preocupando se você vai se meter em encrenca ou não.

– Eu não vou!

– Não me diga que não pensou em voltar para conversar com aquele cara.

– Não – negou, desviando o olhar.

– Trey, você tem 18 anos, e pode fazer o que bem quiser, mas estou lhe dizendo para ficar fora dessa história.

Trey encarou-o.

– Você não vai me dar ouvidos, vai? Quais são seus planos? Como vai encontrá-la? Você não sabe nada da vida de Kirsten como Ashleigh, e seria bom nem pensar em voltar ao apartamento do Ryan.

– Eu tenho de fazer alguma coisa!

Sean entendia o adolescente apaixonado. Se fosse ele, já teria se metido em alguma encrenca ao procurar a ex-namorada desaparecida.

– Você tem uma foto de Kirsten?

– A mesma que você tem, mas num tamanho menor.

– Perfeito. Faça uma lista de todos os hospitais e clínicas em Manhattan e no Brooklyn. Mostre a foto dela para diversos funcionários; veja se alguém a reconhece.

– A polícia já mandou a foto dela para os hospitais.

– Sim, já fizeram isso. Mas esses lugares ficam lotados; as pessoas podem não ter percebido. E na mensagem dela, ela disse que não conseguia andar. Ela pode ter quebrado a perna ou torcido o tornozelo, o que significa que pode ter ido a uma clínica para dar uma verificada nisso.

– Existem centenas desses lugares; eu levaria uma semana inteira para ir a todos eles.

– Comece pelo Brooklyn, perto do Sunset Park. A festa foi lá. E avance a partir disso.

– Ela disse que conseguia ver uma ponte – lembrou Trey.

Garoto esperto.

– Boa. Localize as clínicas próximas a pontes a partir do Brooklyn. Ela também disse que estava num lugar bonito, portanto o bairro só pode ser mais nobre.

Trey concordou.

– Ok. Posso fazer isso. Acha mesmo que isso pode ajudar a localizá-la?

– Sim, isso nos abre mais um caminho – Sean abriu a carteira e entregou boa parte de seus cartões de visita. – Distribua-os. As pessoas podem me telefonar caso se lembrem de alguma coisa depois que você for embora, entendeu?

– Entendido.

Sean esperou na frente do prédio de Ryan para ter certeza de que Trey não daria a volta no quarteirão para retornar ao apartamento. Chegou a pensar em subir novamente – não porque acreditasse que Ryan soubesse muito mais, porém o rapaz precisava de uma lição sobre como tratar uma mulher. Trey não tinha entendido o que significava "um pouco de ação" numa rave, mas Sean tinha captado muito bem o que Ryan quis dizer. Será que foi ele quem a drogou? E faria isso novamente com outra garota?

Sean atravessou a rua e subiu novamente até o apartamento de Ryan. Não interfonou; o aparelho era padrão, e Sean conseguiu passar por ele sem problemas.

Ryan estava de saída com um cesto de roupa suja.

– Oi – disse ele nervoso.

Sean pegou o cesto e jogou-o no chão. Aproximou-se tanto de Ryan que ele recuou até a parede.

– Não gosto de você – disse Sean. – Você usa as mulheres sem nem pensar duas vezes.

– E-eu n-não – gaguejou Ryan. – E-ela q-quis, j-juro.

– Você a drogou?

– Não!

– Sei que ela estava dopada com alguma substância.

– Todos estavam. As bebidas são batizadas. Foi uma festa muito louca, mas juro, eu não dei nada para ela. Eu não faria isso! P-p-por favor, acredite em mim.

Ryan tentou se desvencilhar, e Sean apoiou o antebraço no peito do rapaz magricelo, segurando-o com firmeza.

– Talvez você não tenha dado nada a ela, mas por certo tirou vantagem.

– S-sinto muito!

– Tenho muitos amigos. Vou falar de você por aí. Se você aparecer numa rave novamente e tirar vantagem de alguma garota, eu vou saber, e não vai sobrar nem um pedacinho seu para você se aproveitar de novo.

Sean virou-se e afastou-se, certo de que o rapaz tinha acreditado em tudo o que ele dissera.

VINTE E DOIS

O humor de Suzanne estava fantástico depois do interrogatório de Wade Barnett pela manhã, da busca realizada pelos mandados, e do almoço tardio com Vic Panetta para compararem anotações. Ela tinha o computador da casa de Barnett, com arquivos apagados que seu esquadrão de Crimes Cibernéticos parecia confiante em poder recuperar; e no escritório de Barnett, Panetta havia encontrado uma caneca de café com uma foto de Wade e Alanna Andrews sorrindo dentro de um coração.

A única dúvida que vinha à mente era o motivo que fez Barnett destruir os arquivos de seu computador pessoal, mas manter a caneca que provava seu relacionamento com a primeira vítima ou o pedido de desculpas escrito pela metade. Também não tinham encontrado os sapatos das vítimas em nenhum dos dois lugares.

Panetta voltou para o escritório do FBI com Suzanne depois de terem almoçado numa lanchonete e disse:

— Temos um suspeito viável; só precisamos encerrar o caso.

— Estaremos processando-o por perjúrio na segunda-feira de manhã — Suzanne disse a Panetta. — Ele vai sair pagando fiança, a menos que consigamos encontrar provas concretas para poder acusá-lo dos quatro homicídios nas próximas 36 horas.

— Ao que parece, vou perder o jantar com a família hoje.

— Sinto muito – Suzanne disse, sem sentimento. Trabalho até tarde e aos finais de semana fazia parte da natureza do trabalho e todo tira sabia disso.

— Hora do trabalho braçal. Vou enviar Hicks e uma equipe para começar a interrogar colegas de trabalho, amigos e família.

— Você fica com o lado dos Barnett, eu trabalho com os amigos das vítimas. Exceto Thorpe, o advogado de Barnett, que nos impediu de falar com Dennis, o irmão de 19 anos.

— Por quê?

— Ele alega que o rapaz é mentalmente incapacitado. Não acredito nisso. Ele é lento, mas não é severamente incapaz. E veja só: ele me disse que tem levado o irmão de carro para essas festas desde que Wade perdeu a carteira de habilitação por dirigir embriagado.

— Ele levou Wade para essas festas em questão?

— Eu estava conseguindo que ele falasse comigo quando o advogado chegou. Posso conseguir uma ordem judicial para interrogá-lo. Provavelmente precisarei de um psiquiatra na sala para testemunhar que ele não estará sob pressão e que é capaz de responder às perguntas. Dennis Barnett é a nossa melhor testemunha, mas ele não quer complicar a vida do irmão.

— Não acha que eles poderiam estar trabalhando juntos? – Panetta perguntou.

— Conversei com Dennis por quase vinte minutos. Não acredito que ele seja capaz de mentir. Não chegou a me responder à pergunta sobre a festa no Sunset Park, só me perguntou se o irmão estava encrencado. Se o caçula estiver envolvido, não vamos demorar para fazê-lo falar. Contudo, o advogado de Barnett o levou para casa, e agora a mãe está toda assustada, e eu tenho de encontrar um modo de trazê-lo de volta para cá sem arriscar que seu testemunho seja jogado na lata do lixo. Porém, o mais importante é que Wade Barnett está preso e não vai sair pelo menos até segunda de manhã.

Panetta seguiu para a delegacia de polícia, e Suzanne entrou no complexo da Polícia Federal. A única coisa que a atraíra na promoção que lhe ofereceram em Montana foi o fato de o escritório em Helena ser tão pequeno que as pessoas se conheciam pelo nome, desde o agente especial encarregado até o empregado responsável pela limpeza. Ali, ela podia se considerar sortuda se encontrasse um rosto familiar no caminho até sua equipe.

Ela tinha sido designada para a unidade de Crimes Violentos depois do ataque de 11 de setembro, mas depois que o terrorismo mundial se infiltrou em solo americano com força, as prioridades passaram a ser o Contraterrorismo e a Contrainteligência. Quando começou em seu posto, havia mais de duzentos agentes na divisão de Crimes Violentos de Nova York, excluindo os cinco escritórios de campo locais. Ela viu quase todos os seus colegas serem transferidos para outros departamentos, até que restassem somente 32 dedicados à Crime Violentos no quartel-general, mais um punhado na equipe de apoio. Ela brincou com Mac, seu amigo policial, dizendo que, ou ela era muito ruim em seu trabalho, por isso ninguém mais a queria, ou era boa demais, e por isso não ousavam tirá-la daquela divisão.

Suas mensagens de voz e e-mail avolumavam-se num dia típico de trabalho, e ainda mais agora que fazia parte daquela força-tarefa do caso do Estrangulador de Cinderelas. Rapidamente, priorizou essas mensagens, respondeu a alguns e-mails que precisavam de respostas imediatas, e depois se concentrou em contatar os amigos das vítimas. Preferia falar pessoalmente, pois a linguagem corporal revelava mais do que as palavras. No entanto, não tinha como justificar outra viagem até Nova Haven para conversar com a colega de quarto de Alanna Andrews, mas Alanna parecia ser a garota com quem Wade Barnett tinha namorado publicamente. Poderia falar com a prima novamente – Whitney Morrissey possivelmente tinha visto uma testemunha, ou o assassino, com a prima naquela noite. Será que já tinha terminado o retrato? Suzanne fez uma anotação para averiguar isso. Se ela fosse uma testemunha ocular, isso contaria muito para a promotoria.

Dividiu as demais pessoas na cidade em uma lista daqueles com quem queria conversar pessoalmente – como os colegas de trabalho de Érica Ripley na cafeteria – e daqueles com quem se sentia à vontade para falar por telefone, como a colega de quarto de Jéssica Bell. Pretendia conversar pessoalmente com Josh Haynes novamente. Foi ele quem primeiro mencionou o nome de Wade Barnett – mas só em relação às festas, não referente ao relacionamento dele com Jéssica Bell. Será que ele sabia? Lucy Kincaid achou que ele estava arrasado com a morte de Jéssica; seria possível que estivesse apaixonado? Um caso em que "os amigos coloridos" tivessem se aproximado demais? Se ele soubesse que Wade tinha ido para a cama com ela, teria coragem de matá-la?

Isso não explicava as três primeiras vítimas. Porém, de acordo com Lucy, Wade tinha conhecido Jéssica numa das festas de Josh Haynes.

O resto do fim de semana prometia ser tão agitado quanto aquela manhã, mas Suzanne se sentia revigorada. Aquela era a parte do seu trabalho de que ela mais gostava: conseguir a montanha de provas que condenaria um assassino. Ela pretendia entregar um caso selado a vácuo para a promotoria o mais rápido possível.

Primeiro, telefonou para a colega de quarto de Alanna Andrews, Jill Reeves, satisfeita por ter conseguido seu número de celular. Assim não precisaria se livrar da mãe superprotetora.

– Olá, Jill. Aqui é a agente especial Suzanne Madeaux, de Nova York. Posso lhe fazer mais algumas perguntas?

– Claro.

— Durante nossas investigações, procuramos saber sobre os antigos relacionamentos das vítimas, para checar se havia alguma ligação. Você nos disse que Alanna não tinha namorado nem ninguém que a estivesse incomodando na época em que foi morta, correto?

— Sim.

— E quanto a algum namorado antigo?

— Eu disse ao detetive que nenhum ex-namorado dela ficou bravo quando romperam nem nada assim.

— Você tinha conhecimento do relacionamento de Alanna com Wade Barnett?

— Sim, mas por quê? Não acha que foi ele quem a matou, acha? Wade Barnett? — ela pareceu descrente.

— Quando eles começaram a se ver?

— Não sei ao certo — disse ela, devagar. — Isso é importante?

— Sim.

— Bem, acho que eles se conheceram naquele verão em que Alanna ficou com a prima. Alanna era muito reservada com esse assunto, acho que por ele ser mais velho.

Suzanne fez as contas. Alanna teria 17 anos, Barnett, 23.

Jill prosseguiu:

— Soube que eles estavam num relacionamento sério assim que nos mudamos para Nova York, mais ou menos uma semana antes de as aulas começarem. Por uns dois meses, eles foram inseparáveis.

— Sabe por que eles romperam?

— Não.

— Você era a melhor amiga dela.

— Ela não queria falar sobre isso.

— Uma testemunha me disse que ele a traiu.

— Traiu como?

— Fez sexo com outra mulher?

— Isso não a incomodaria.

Suzanne não acreditou nisso.

— O namorado rico, bonito e mais velho a traiu e isso não a incomodaria?

— Eles tinham uma espécie de relação aberta.

— É melhor explicar isso.

— Bem, uma relação aberta é quando...

— Conheço o significado de relação aberta. Por que você disse "uma espécie de"?

— Nas festas que costumavam ir, as pessoas fazem sexo com desconhecidos. Era uma coisa que Alanna e Wade faziam como uma espécie de jogo erótico. Era como se os dois estivessem viciados nisso, mas ainda se amavam. Mas eles tinham um acordo de que o relacionamento só seria aberto nas raves.

— Portanto, se ele fizesse sexo fora de uma rave, isso seria traição.

— É. Mas Alanna nunca me disse por que exatamente eles tinham terminado. Acho que ela estava magoada, por qualquer que fosse o motivo. Foi nesse período que ela me convenceu a ir à Casa Assombrada. E foi então que... — a garganta de Jill contraiu-se. — Mas Wade mandou uma carta para ela se desculpando por ter agido como um cretino.

— Você leu a carta?

— Não, só algumas linhas.

— Você está com ela? Ou ficou nas coisas de Alanna?

— Ela a rasgou. Ah! Ela disse alguma coisa quando jogou fora os pedaços. Disse que podia tolerar muitas coisas, mas não mentiras.

— Isso ajuda muito, obrigada.

Suzanne finalizou a ligação, depois falou com a colega de quarto de Jéssica Bell. Lauren tinha ouvido Jéssica mencionar Wade Barnett, mas nunca o vira e não sabia se Jéssica tinha se envolvido com ele.

Tentou falar com a prima de Alanna, Whitney Morrissey, mas a ligação caiu na secretária eletrônica. Suzanne deixou um recado, dando-lhe o número de seu celular, já que planejava ir a campo, e consultou as horas. Já passava das quatro da tarde e ainda tinha uma centena de coisas a fazer. Viu que tinha uma mensagem de texto de Sean Rogan no celular. Droga, ele tinha telefonado enquanto ela almoçava, e ela tinha prometido retornar a ligação. Isso já fazia duas horas.

Vamos ao escritório encontrar você.

Ela ligou para o número dele.
– Rogan.
– Sou eu, Suzanne Madeaux. Desculpe, mas estou de saída. Eu deveria ter retornado sua ligação. Tenho entrevistas a tarde inteira; pode me contar por...

Ele a interrompeu:
– Lucy e eu estaremos aí em dez minutos. Você vai querer ver o que descobrimos.

A irritação assolou-a, mas ela tentou se manter sob controle.
– Sean, agradeço a ajuda, mas a não ser que seja diretamente relacionado com o Estrangulador de Cinderelas, terá de esperar.
– Está relacionado. Vejo você em poucos minutos.

Ele desligou. Suzanne olhou para o aparelho e depois o bateu com força na base.
– Se você quebrar mais um telefone, o departamento vai descontar um aparelho do seu salário – a secretária da divisão disse ao se aproximar da escrivaninha dela.
– Seria justo – ela replicou.
– Você tem uma ligação de Washington na linha quatro. Pareceu importante.
– Obrigada. Ah, ligue para a segurança e peça para que acompanhem Sean Rogan e Lucy Kincaid quando eles chegarem. Ao

que tudo indica, eles têm informações que não podem passar pelo telefone – seu aparelho tocou e ela pegou o fone de novo, olhando-o atentamente para verificar se ele não estava rachado. – Agente Madeaux, Crimes Violentos.

– Agente Madeaux, aqui é o diretor-assistente Hans Vigo, de Washington, D.C. Espero que não a tenha pegado num momento inoportuno.

Suzanne disse automaticamente:

– Não, claro que não.

Enquanto isso, sua mente vasculhava os diversos motivos pelos quais um diretor-assistente estaria telefonando para ela, e por que o nome Hans Vigo lhe parecia conhecido. Ela tinha provas no laboratório não só referente àquele caso atual, mas diversos outros; tinha um caso que iria para julgamento em três semanas e estava esperando pela confirmação de um especialista em testemunhas; e também podia ser por que... *Hans Vigo*. O especialista em perfis. Lucy Kincaid tinha mencionado o nome dele no dia anterior.

Tudo isso passou por sua mente em menos de cinco segundos.

Vigo disse:

– Estive lendo a respeito de sua investigação quanto ao assassino serial e quis oferecer assistência caso necessite.

– Hum, que ótimo, obrigada – estava frustrada pela ligação, mas logo se recuperou. – Temos um suspeito sob custódia, e estou certa de que a unidade de Ciência Comportamental pode lidar com o perfil psicológico caso ele seja necessário no julgamento.

– Claro, temos uma equipe espetacular em Quantico. Eles me informaram que você solicitou um perfil há algumas semanas.

– Sim, porém não tínhamos muitas provas na ocasião.

– Lee me contou que não havia informações suficientes para um bom perfil, mas, se agora você tem informações adicionais, por favor, mande-as.

— Doutor Vigo, posso lhe perguntar qual seu interesse nesse caso?

— Recebi um telefonema hoje de manhã, e ele se mostrou incomum a ponto de me interessar.

Suzanne passou de irritada a furiosa, mas tentou esconder isso de sua voz.

— Esse telefonema teria sido de Lucy Kincaid?

Ela provavelmente não conseguiu esconder a raiva, porque o tom de Vigo se transformou, ligeiramente, de amigável a formal.

— A senhorita Kincaid me telefonou a respeito de outro assunto e me disse que estava em Nova York.

Suzanne ficou curiosa com o nível de relacionamentos dessa moça que queria ser agente.

— E falaram a respeito do meu caso? Com todo o respeito, doutor Vigo, tenho dez anos de experiência trabalhando em casos exatamente como este e tenho uma das taxas mais altas de resolução de casos do FBI – ela não queria estar na defensiva, mas estava. Recuou um pouco e acrescentou: — Agradeço suas opiniões, e a senhorita Kincaid me parece uma moça muito inteligente, mas, se eu partir em dez direções diversas de uma só vez, jamais conseguirei solucionar este caso de maneira lógica.

— Concordo – disse ele. — Avaliei alguns de seus casos, e sua abordagem metódica em relação aos assassinos seriais é surpreendente. Por certo, prefiro um método mais direto de investigação. Nove entre dez vezes fica-se bem perto de onde se precisa estar para solucionar um caso.

— Obrigada, senhor – ela não precisou esperar muito para ouvir o "mas" que se seguiria; mesmo ele não tendo usado esta palavra.

— A Navalha de Ockham, especificamente o Princípio da Parcimônia, sugere que a explicação mais simples é a que frequentemente está correta. Na análise criminal, temos visto inúmeras provas disso, e é por isso que primeiramente investigamos o marido, se a esposa é assassinada, um parente do sexo masculino, se uma criança é molestada, por exemplo. A Ciência Comportamental e seus perfis funcionam porque temos uma longa história de crime e castigo neste país – Vigo explicou. – Podemos olhar para o que aconteceu no passado e os motivos e, aliado a nosso conhecimento da psicologia humana, determinar, com incrível acuidade, o tipo mais provável de vítima ou de assassino em crimes violentos, especialmente nos homicídios seriais. Em alguns casos – Vigo continuou –, o assassino desafia a sabedoria convencional. Concentramo-nos no óbvio por causa do nosso treinamento, e o óbvio normalmente está certo. Quando uma mulher é violentada, procuramos por agressores do sexo masculino. Quando quatro moças são assassinadas em festas, procuramos por um criminoso do sexo masculino que conheça todas elas.

Suzanne respondeu lentamente.

– Está sugerindo que estou errada a respeito do meu principal suspeito?

– Não, claro que não. Obviamente, Wade Barnett teve os meios e a oportunidade, e por ter conhecido as quatro mulheres, provavelmente teve motivo, mesmo que isso não esteja claro sem mais provas ou sem uma confissão. Apenas sugiro que enquanto forma seu caso contra ele, também continue com a suposição de que ele seja inocente.

Suzanne não sabia bem o que dizer.

– Doutor Vigo, meu método jamais foi questionado pela direção. Talvez o senhor prefira conversar com meu supervisor.

– Peço desculpas, agente Madeaux, não tive a intenção de ser crítico. E, às vezes, sou um pouco rude; eu deveria ter levado em consideração o fato de nunca termos trabalhado juntos. Telefonar assim, de repente, pode fazer com que pense que estou tentando assumir o caso. Ainda estou me acostumando a meu título... títulos me deixam nervoso.

— Acredita que eu esteja com o suspeito errado? – perguntou franca.

— Sim – disse ele com honestidade.

Suzanne ficou de mau humor.

— Vou lhe enviar tudo o que tenho, doutor Vigo.

— Obrigado, agente Madeaux.

— Acredito que sou eu quem deve agradecer.

— Já errei antes.

Ele não parecia acreditar que estivesse errado.

— Não vou liberá-lo – ela não acreditava que estivesse errada a respeito de Wade Barnett, mas uma coisa que Vigo disse a deixara perturbada.

Procuramos por um criminoso do sexo masculino que conheça todas elas.

Criminoso. Não havia nada no passado de Wade Barnett que demonstrasse violência contra mulheres. Nenhuma acusação de abuso ou estupro, nenhum caso encerrado. Ele era conhecido por ser mulherengo, por estar com uma mulher diferente a cada ocasião. E Suzanne não conseguia esquecer a caneca com a foto dele e de Alanna Andrews, que Barnett mantinha na gaveta.

Por outro lado, por que ele não tinha se prontificado? Ele deveria saber que a garota por quem estivera apaixonado estava morta.

— Claro que não – disse Hans. – Mantenha-o onde ele está. Ele pode ser o culpado.

— Mas o senhor não acredita nisso.

— Agradeço ter atendido minha ligação, Suzanne. Se alguma coisa me chamar a atenção quando eu receber os relatórios, volto a ligar.

Ela informou seu celular e desligou.

Suzanne não sabia o que pensar daquela conversa, e não teve tempo para refletir porque o segurança anunciou que Rogan e Kincaid estavam lá, e perguntou para onde deveria levá-los.

Seu ego queria mandar o segurança prendê-los, mas em vez disso, disse:

– Sala de reuniões 22C.

VINTE E TRÊS

Assim que entrou na sala de reuniões, Lucy percebeu que alguma coisa tinha acontecido e mudado o comportamento de Suzanne. Ela estava fria e distante, e Lucy se perguntou qual seria o motivo. Seria por que Sean não tinha pedido permissão para irem até lá? Lucy não considerava isso um motivo bom o bastante, levando-se em consideração que, quando ligaram mais cedo, Suzanne prometera retornar a ligação em trinta minutos.

Ainda assim, aquele era um caso complexo, ela estava ocupada, e se Lucy sabia alguma coisa sobre policiais depois de ter vivido por anos em uma casa cheia deles, era que eles não gostavam de receber ordens.

Por isso Lucy começou a conversa dizendo:

– Pedimos desculpas por aparecer assim de repente, mas acreditamos ter informações que podem ajudar.

Suzanne concordou com a cabeça.

– Sem problemas. Sou toda sua.

Seu tom amigável contradizia a tensão física. Sean também notou; houve uma leve mudança na postura dele que Lucy acreditava que Suzanne não havia percebido. De repente, Lucy se sentiu no meio de uma batalha silenciosa.

Sean disse:

– Um aluno do Hunter College encontrou o celular de Kirsten Benton durante a festa no galpão abandonado. Ele tinha se esquecido disso e só o encontrou hoje cedo. Eu recuperei o aparelho e conversei com o garoto a respeito de Kirsten. Durante nossa conversa, perguntei se ele sabia quem era Wade Barnett. Ele disse que sabia e confirmou que ele estava na festa do galpão no Sunset Park na noite em que Jéssica morreu. Ele foi embora por volta das três da manhã com uma mulher desconhecida.

Suzanne assentiu.

– Estou vendo que interrogou uma testemunha a respeito do meu principal suspeito num caso de homicídio.

O estômago de Lucy contorceu-se.

Sean replicou:

– Você poderia concluir isso, porém foi necessário na minha busca pela adolescente desaparecida. – ele entregou uma cópia das mensagens de texto realizadas nas 36 horas anteriores ao tempo estimado da morte de Jéssica. – Baixei as mensagens de texto e as coloquei em ordem cronológica juntamente com outros detalhes, incluindo telefonemas que ela fez. Leia as duas últimas páginas.

Suzanne pegou a papelada, passou os olhos sobre as páginas abertas, depois leu o que Sean havia indicado.

SÁBADO

Hora	De	Para	Mensagem
10h26	Kirsten	Jéssica	Tá aí?
10h45	Jéssica	Kirsten	Tá em NY?
10h46	Kirsten	Jéssica	Tô, pq não me ligou de volta?
10h46	Jéssica	Kirsten	Tava ocupada. Vc podia ter vindo.
10h47	Kirsten	Jéssica	Sua colega de quarto me odeia.
10h47	Jéssica	Kirsten	Haha ela só tem inveja pq vc tem peito e ela não.

10h49	Kirsten	Jéssica	Posso ir agora?
10h50	Jéssica	Kirsten	Não tô em casa, desculpe. Depois te dou a chave. Mal posso esperar p vc se mudar. 4h tá bom.
10h50	Kirsten	Jéssica	Liga pra mim!!!
10h51	Jéssica	Kirsten	1 min.
11h09	Telefonema de 12 minutos entre Kirsten e Jéssica.		
21h43	Jéssica	Kirsten	Vc vai estar lá?
21h46	Kirsten	Jéssica	Sim, tem certeza?
21h47	Jéssica	Kirsten	Temos de saber.
21h51	Kirsten	Jéssica	Não se atrase, Jess!
21h52	Jéssica	Kirsten	Não vou. Te vejo na esquina
23h47	Kirsten	Jéssica	Ok cheguei. Tá lotado.
23h55	Telefonema de 1 minuto de Kirsten para Jéssica. Possível correio de voz.		
23h59	Jéssica	Kirsten	Tô atrasada. 30 min.
00h02	Kirsten	Jéssica	Ok. 30.
00h35	Kirsten	Jéssica	Tô congelando vou entrar. Vc tá me assustando. Avise qdo chegar.
00h42	Jéssica	Kirsten	Tô vendo vc com esse cara. Precisamos conversar. Tô preocupada. Lá fora em 10 min.
00h44	Kirsten	Jéssica	O q foi?
00h50	Jéssica	Kirsten	Por favor, K. Preciso falar com vc. Tô congelando...
01h13	Jéssica	Kirsten	Deixa de ser piranha e me encontra lá fora. Agora, Ash.

Suzanne franziu a testa.

— Isto está correto?

— Você notou a mudança de tom na mensagem.

— É óbvio.

Sean concordou.

— Outra pessoa enviou a última mensagem para Kirsten. E essa pessoa a conhecia pelo seu apelido no Party Girl.

Lucy disse:

– Sabemos que ela usava esse nome toda vez que vinha para Nova York; tanto Josh Haynes quanto Lauren Madrid a conheciam somente como Ashleigh. Mas Jéssica sabia o nome verdadeiro dela.

– Talvez as duas estivessem desempenhando seus papéis? – disse Suzanne, porém seu tom indicava que ela não acreditava nisso.

– Acho que está claro que isso lhe dá uma boa janela para estimar a hora do óbito – Sean concluiu.

Suzanne não disse nada, mas fez algumas anotações no papel.

Lucy disse:

– Na mensagem de Kirsten para o ex-namorado na quinta-feira, ela mencionou alguma coisa sobre a mensagem estar errada, e acredito que, mesmo estando drogada, ela notou que Jéssica a chamou de "Ash", o que normalmente não aparecia na forma abreviada com que escreviam.

– Obrigada – agradeceu Suzanne. – É só isso?

Lucy concordou, mas estava ansiosa. Acreditava que ela e Suzanne tinham se entendido bem no dia anterior e pela manhã ela tinha mencionado de irem jantar todos juntos.

– Lamentamos tomar seu tempo. Obviamente está ocupada, por isso se precisar cancelar o jantar para continuar as investigações, sem problemas.

Suzanne pareceu confusa por um segundo, mas logo disse:

– Veja bem, agradeço sua ajuda de ontem. Estamos trabalhando em dois casos distintos que por acaso se sobrepõem. Não posso impedi-los de continuar procurando por Kirsten Benton, mas, ao que tudo indica, vocês têm grande influência, já que fizeram com que o chefão fique em cima de mim.

– Não sei do que está falando – Sean disse.

Suzanne encarou Lucy.

– Ela sabe.

Tudo ficou claro para Lucy.

— Você telefonou para Hans, e ele lhe disse que discuti o caso com ele. Eu não estava duvidando da...

— Eu não liguei para Washington. Quando prendi Barnett hoje de manhã, conseguir o perfil de um assassino que eu já tinha prendido era a última coisa que me passava pela cabeça. Mas agora vou ter de fazer isso. Temos dúzias de testemunhas potenciais para interrogar, mas, quando um diretor-assistente do Q.G. nacional telefona e pede alguma coisa, por mais educado que seja esse pedido, tenho de perder tempo fazendo o que me pedem.

— Lamento muito. Eu não sabia que Hans ligaria.

— Hans? Certo. Vocês se tratam pelo primeiro nome... Você poderia ter me dito que tinha conexões.

— Qualquer conexão que eu possa ter não importa. Não tentei passar a perna em você. Nem sou agente.

— Pois é, mas você age como se fosse. Eu adoraria ter a ajuda de vocês, porque está na cara que sabem o que estão fazendo. Mas fui pega de surpresa hoje e voltei a me sentir uma novata.

— Por favor, Suzanne, acredite em mim. Eu não sabia que Hans pretendia telefonar para você. Eu queria que ele não tivesse feito isso.

Suzanne emitiu um longo suspiro.

— Estou contente que ele o tenha feito — disse ela, apesar de não parecer nem um pouco satisfeita. — Não penso que esteja errada a respeito de Wade Barnett, mas... Não estou 100% certa de que ele seja o assassino. Tenho 36 horas para acusá-lo formalmente, porque ele se apresentará ao juiz na segunda-feira e, se ele for culpado, tenho de convencer a promotoria a mantê-lo sob custódia. Nenhum juiz vai mantê-lo preso somente por mentir para mim. Poderíamos insistir e obter uma condenação, mas ele não vai cumprir pena por conta disso. Se ele for culpado, não o quero livre nas ruas. Mas, se ele não for, preciso encontrar o assassino antes que ele mate novamente.

Sean disse:

– Já trabalhei como consultor civil no passado. Tenho autorização, é só você contatar Washington.

Suzanne considerou a oferta. Falou para Lucy:

– Sabe o que o doutor Vigo precisa para fazer um perfil?

– Perfeitamente – Lucy concordou.

– Preciso dar um telefonema. Fiquem aqui. – Suzanne afastou-se.

Sean virou-se para Lucy.

– Você não me contou que conversou com Hans a respeito desse caso.

– Havia uma coisa me incomodando, e Hans sabia exatamente o que era depois que lhe expliquei tudo.

– E o que era?

– Que sufocação é um modo de matar caracteristicamente feminino.

– E o que, exatamente, isso significa? Que o assassino é uma mulher?

– Talvez sim. Talvez não. Hans concordou que, por mais que os homicídios tenham sido íntimos, eles não foram sexuais. Não houve nenhuma violência.

– Nenhuma violência? – questionou Sean.

– Nenhuma violência *excessiva*. As vítimas estavam fracas, obedientes. O assassino as segurou enquanto morriam. E isso também é outro indicador.

– Por quê?

– Porque quem quer que tenha matado essas mulheres assistiu à morte delas. Sufocação não é algo rápido.

– Que merda, quanto sadismo.

Suzanne retornou com uma morena de cabelos encaracolados de cerca de 30 anos.

– Esta é Andie Swann, a melhor da nossa equipe de provas.

Andie revirou os olhos.

— Pago Suzanne para que me elogie.

— Com o quê? Cerveja? — Suzanne riu e jogou dois distintivos para Sean e Lucy. Nenhuma foto, mas seus nomes estavam escritos nos cartões. — Agora, se precisarem ir ao banheiro, não precisam ser acompanhados por seguranças. Contudo, Andie vai ser a babá de vocês porque sou responsável por estes arquivos. Ela é muito inteligente e tem sido minha coordenadora de provas desde o começo desta força-tarefa, por isso façam bom uso dela.

Lucy perguntou.

— O que quer que façamos?

— Sabe do que o doutor Vigo precisa. Providencie isso para ele.

Sean não se mostrou muito feliz.

— Quer que tratemos da papelada?

— Que vocês criaram.

Lucy ficou radiante.

— Estou feliz em poder ajudar.

Sean relanceou para ela e franziu a testa. Ela o ignorou. Sean gostava mais de ação, mas Lucy adorava vasculhar relatórios a fim de encontrar as pepitas de ouro que montavam os quebra-cabeças.

Suzanne disse:

— Isso não é um castigo. O doutor Vigo me pediu para fazer isso, e estou confiando que vocês saibam o que estão fazendo. De outra forma, quem vai se dar mal serei eu.

— Prometo, você vai se sair bem — Lucy hesitou, depois disse: — Sean pode lhe ser mais útil fora deste prédio.

— Tudo bem — disse Sean. — Eu posso ajudar.

— Não, você vai me atrapalhar. Sei o que estou fazendo.

Suzanne replicou:

— Não preciso de um parceiro.

Sean sorriu.

– Você conseguiu um – ele piscou para Lucy e disse um "obrigado" mudo.

Depois que Suzanne e Sean saíram, Andie perguntou:

– Você é parente do doutor Dillon Kincaid?

– Ele é meu irmão.

– Trabalhei com ele há alguns anos quando eu fazia parte do escritório de L.A. Ele deve ser o melhor psiquiatra forense com quem trabalhei.

– Ele é bom.

– Diga que mandei um oi. Ele ainda está em San Diego?

– Washington. Ele está casado agora, com uma agente, e tem um consultório para consultas particulares, mas basicamente trabalha para o departamento prisional – Lucy aproximou-se da lousa. – Este é o relatório da autópsia de Jéssica Bell. Precisarei dos quatro. Sabe onde eles estão?

– Claro. Suzanne pode parecer desorganizada, mas é lógica, se souber como ela pensa.

– E você sabe.

– Faz sete anos que estou aqui, e, se eu fosse assassinada, gostaria que fosse ela quem investigasse o crime.

*

Sean deu um pouco de espaço à Suzanne. Mesmo que ela tivesse aceitado sua assistência – e até parecia apreciar e querer sua ajuda –, ela estava irritada pelo caso estar saindo de seu controle. Sean entendia essa sensação.

Ela estacionou perto da cafeteria onde Érica Ripley trabalhava e terminou uma conversa ao telefone:

– Se puder esperar mais uma hora, estarei lá – desligou. – Era a prima da primeira vítima. Ela trabalha numa galeria de arte perto do Central Park.

— Érica Ripley foi a segunda vítima, certo?

Suzanne concordou.

— A única que não frequentava uma universidade.

— Mas ela estava no site Party Girl — Sean relembrou.

Suzanne lançou-lhe um olhar afiado.

— Certo, o site que não consigo acessar.

— Estou trabalhando nisso.

— Como?

— Meu sócio, Patrick Kincaid, costumava trabalhar na divisão de Crimes Cibernéticos da polícia de San Diego antes que esses crimes se tornassem tão comuns. Ele está reconstruindo o site a partir do cache do meu computador em D.C. e pelo Google, que normalmente retém informações em cache por somente 72 horas. Mas, se você sabe o que está fazendo, é possível recuperar dados ainda mais antigos. Talvez não consigamos recuperar tudo, mas deverá bastar para os tribunais.

— Não sei... A defesa pode argumentar que os dados foram manipulados quando o resultado foi reconstruído.

— Patrick é um perito testemunhal. Autorização é o que não lhe falta; não estou preocupado com a defesa.

— Kincaid, é?

— Ele é irmão de Lucy.

— Ela tem *mesmo* bons contatos. Você também. Verifiquei seus antecedentes. Você tem certa autoridade.

— Tenho. Fui contratado por agências federais para invadir seus sistemas de segurança. Eu invado; meu irmão Duke tapa os buracos.

Suzanne estava obviamente surpresa.

— Por que está procurando uma adolescente desaparecida?

— É uma longa história. Mas Kirsten é uma prima minha.

— Por que não me disse?

— Ela é uma prima distante. Não a vejo desde que era pequena, mas Duke é muito leal à família, mesmo com quem não nos relacionamos muito. O pai de Kirsten telefonou, nós nos prontificamos.

– Mas você não quer?

– É claro que quero. Não é o que a RCK faz normalmente, por isso estou um pouco enferrujado.

– Você quase me enganou.

Suzanne aproximou-se do balcão e falou com o gerente, depois gesticulou para que Sean se sentasse nos fundos.

– O gerente vai nos mandar as duas pessoas mais próximas à Érica.

Menos de um minuto depois, uma moça pequena, com cabelo curto e tingido de ruivo, e um rapaz magro, os dois nos seus 20 e poucos anos, aproximaram-se.

Suzanne relanceou para as plaquinhas com seus nomes no uniforme.

– Jordan, Ken, obrigada. Lamento pela amiga de vocês.

Jordan balançou a cabeça, séria.

– É tudo tão horrível.

– Ainda sinto saudades dela – disse Ken. – Érica estava sempre tão feliz.

Jordan concordou.

– Nosso gerente nos disse que precisa falar com a gente.

– Só tenho algumas perguntas. Vocês disseram ao detetive Panetta que Érica não tinha um namorado fixo.

– Correto.

– E quanto a ex-namorados?

Os dois entreolharam-se e deram de ombros. Jordan disse:

– Érica não era de namorar. Isto é, ela saía com uns caras, mas nada sério.

Suzanne mostrou uma foto de Wade Barnett.

– Reconhecem este homem?

– Não – disse Jordan.

Ken olhou mais atentamente para a foto.

— Acho que sim. Ele veio um dia perto da hora de fechar para ver a Érica. Ela ficou surpresa em vê-lo, mas contente também. Perguntei a respeito, e ela disse que tinha ficado com ele uma noite na semana anterior e que ele queria sair com ela de novo.

Jordan acrescentou:

— A atitude de Érica em relação a sexo era casual. Ela era bem gordinha, mas perdeu peso e estava em ótima forma, malhava todos os dias. Era um tipo de obsessão, sabe? — ela virou-se para Ken em busca de confirmação.

— Todos os dias — disse ele. — Acho que ela gostava das atenções que recebia.

Suzanne mostrou fotos das outras vítimas. Eles não as reconheceram.

Sean perguntou:

— Nos dias que antecederam a morte dela, Érica parecia preocupada em estar sendo observada? Talvez sendo seguida?

Ken balançou a cabeça, mas Jordan disse:

— Sim, ela estava. Não falou nada, mas por dois anos ela andou de metrô daqui até o Brooklyn. E de repente ela começou a me pedir para ir com ela até a estação. No começo, disse que só queria conversar comigo, mas depois eu lhe perguntei se ela estava preocupada com alguma coisa. Ela disse que achava que havia alguém a seguindo, mas não falou muito sério, sabe? Como se achasse que estava sendo tola.

Suzanne concluiu o interrogatório e eles saíram.

— Temos tempo para passar no prédio de Jéssica.

No caminho, Suzanne recebeu uma ligação. Ela não falou muita coisa, mas Sean percebeu imediatamente que ela estava furiosa com alguma coisa.

— Avise Panetta — disse ela antes de desligar.

— Más notícias?

– A maldita imprensa revelou que Wade Barnett é o suspeito. Ninguém sabia! – ela relanceou para Sean.

– Não fui eu.

Ela balançou a cabeça.

– Aposto um milhão de dólares como foi o gerente do prédio onde Barnett mora. Maldito intrometido. Isso só complica a situação. Para mim, o inferno é algo parecido com isso: estar cercada por um mar de microfones e câmeras bem na minha cara, apontando lápis amarelos pontudos como se fossem espadas e todos eles fazendo perguntas aos berros para mim.

Nem Josh nem Lauren estavam em casa, por isso Suzanne dirigiu até a parte norte do Central Park, descendo pelo leste até o destino seguinte: uma lanchonete especializada em sobremesas artísticas. Ela explicou:

– Whitney Morrissey é prima da primeira vítima. De acordo com a melhor amiga de Alanna Andrews, foi Whitney quem primeiro a levou a essas festas underground quando ela tinha 17 anos.

Suzanne aproximou-se de uma moça loira de pernas compridas com cabelos encaracolados tão volumosos que poderiam cobrir a cabeça de três mulheres, vestida impecavelmente num terninho azul, combinando com a cor de seus olhos.

– Obrigada por nos esperar – disse ela para a moça atraente. – Este é Sean Rogan; ele é um investigador particular que está ajudando no caso.

Whitney acenou e lançou-lhe um meio sorriso. Para Sean, ela parecia preocupada, mas ela já estava esperando há algum tempo.

– Você trabalha em uma galeria? – perguntou quando ele e Suzanne se acomodaram.

– No Museu de Arte Contemporânea do outro lado da rua. Faço tours nos finais de semana, a menos que eu tenha alguma exposição de arte.

Suzanne disse:

— Venho reexaminando o passado de cada uma das vítimas, especificamente os homens com quem estiveram envolvidas nas semanas ou meses que antecederam os homicídios. Sabe se sua prima vinha saindo com alguém especificamente?

Whitney balançou a cabeça.

— Vocês deveriam conversar com a amiga dela, Jill. Alanna e eu não éramos tão próximas.

— Mas ela ficou com você metade de um verão.

— E eu gostava dela, mas tenho 24 anos, ela, 19. Não tínhamos muito em comum.

— Além das raves? – Suzanne questionou.

— Fomos juntas a algumas delas.

— Sabe se sua prima esteve envolvida amorosamente com um investidor imobiliário chamado Wade Barnett?

Whitney ficou evidentemente surpresa.

— Você o conhece? – Suzanne perguntou.

— Claro. Os Barnett são grandes benfeitores das artes. Eles concedem inúmeras doações a artistas todos os anos. Eu ficaria surpresa se Alanna estivesse saindo com um Barnett.

Suzanne disse:

— Tenho provas de que eles estiveram envolvidos; eu só estava tentando definir quando e por que se separaram.

— Eu não saberia dizer – disse ela. – Mas... Acho que fui eu quem os apresentou. Isso foi há muito tempo. Provavelmente na primeira festa em que levei Alanna. Mas eu não sabia que eles tinham mantido contato.

— Isso já ajuda – Suzanne disse. – Confirma o que já sabemos.

— Fiz aquele esboço que você me pediu – informou Whitney. Ela colocou a mão dentro de uma bolsa larga e puxou uma pasta que entregou a Suzanne. – Terminei-o ontem à noite, mas venho dando uns retoques durante minhas folgas. Não está perfeito, mas chegou bem perto.

Suzanne abriu a pasta, e Sean inclinou-se para dar uma olhada. Whitney era talentosa. O desenho à lápis era tão bom quanto qualquer um feito por um esboçador do FBI.

– Você poderia fazer carreira com isso – Sean disse-lhe.

– Obrigada – agradeceu Whitney.

O homem visto com Alanna na noite em que ela morreu era um jovem branco atraente com aproximadamente a mesma idade que as vítimas.

– Suponho que não saiba a cor dos olhos dele?

Ela balançou a cabeça.

– Ele tinha cabelo castanho claro. Fiz o sombreamento para aproximar a densidade do cabelo. Nem escuro, nem claro demais.

Havia algo de familiar naquele desenho, mas Whitney não tinha feito o desenho de frente. O rosto do homem estava ligeiramente de lado, como se fosse beijar alguém.

Aquele, definitivamente, não era Wade Barnett.

Evidentemente, também não o inocentava.

– Esse cara matou a minha prima? – perguntou Whitney.

– Não sei – disse Suzanne. – Tudo o que sei foi o que você me contou: que você os viu juntos na noite em que ela morreu. Ninguém se apresentou em nenhuma dessas festas para relatar ter visto alguma coisa, e esse é nosso maior problema. Aposto como, se eu pudesse falar com seis pessoas que estiveram lá, eu poderia descobrir o que houve com Alanna. As pessoas observam coisas que não necessariamente percebem que são importantes. Mas... Isso foi há quatro meses. As lembranças desaparecem – ela inclinou-se para frente. – A festa do sábado passado no Sunset Park... Você esteve lá?

– Já disse que não.

– Sabe de alguém que esteve?

Ela deu de ombros.

— Pode ser, não sei. Vou perguntar por aí para ver se encontro alguém disposto a falar com você.

— Agradeço por isso.

Sean seguiu Suzanne para fora.

— Não consigo acreditar que essa mulher levou quatro meses para se apresentar com um esboço — comentou Sean. — E que você não a repreendeu por isso.

Suzanne caminhou rapidamente até o carro.

— O que posso fazer? Ninguém falou com ela depois do homicídio, ninguém sabia que tinha de perguntar se ela tinha visto alguma coisa.

— Mas ela estava na mesma festa em que a prima foi assassinada e mesmo assim não se apresentou voluntariamente para a polícia.

— Posso lhe contar sobre todos os casos em que trabalhei nos quais ninguém se apresentou para cooperar porque as pessoas achavam que se meteriam em apuros por crimes de menor importância. A festa era ilegal, havia drogas ilícitas, algumas pessoas acreditam que seriam acusadas. Homicídio é mais relevante que invasão de propriedade, mas algumas pessoas sabem ser bem egoístas. Só pensam na própria situação.

Isso podia ser verdade em muitas situações, mas Sean sentia um grande desdém por tamanho egoísmo. Ele mesmo já tinha sido castigado algumas vezes ao admitir ter infringido a lei para expor um crime maior.

— Para onde agora? — perguntou ele.

— De volta ao escritório. Está na hora de encerrar o expediente.

VINTE E QUATRO

O prédio de tijolos aparentes de três andares destacava-se no amplo espaço cimentado; estava silenciosamente protegido pelos equipamentos de construção que a jovem de 21 anos, Sierra Hinkle, duvidava que ainda funcionassem. Ela estava no andar de cima, onde cada uma das janelas tinha sido quebrada, deixando espaços vazios ante a baía Upper, que se estendia diante dela como um fosso negro. A chuva que ameaçara cair durante todo o dia agora descia do céu como uma cortina de água. Ela estava diante de um dos buracos, seu cabelo longo e encaracolado todo úmido pelo tempo e pelo próprio suor depois de horas dançando.

Segurando a parede como apoio, ela olhou para baixo. Parecia tão longe. Morreria se caísse? Três andares? Não, mas poderia fraturar alguma coisa. Sierra estava tão chapada que nem sentiria, e então poderia morrer de frio. Alguém a veria cair? Encontrariam seu corpo ou ela flutuaria baía afora? Alguém se importaria?

A música ensurdecedora do andar de baixo sacudia o prédio; não havia mais ninguém nos outros andares a não ser as quatrocentas pessoas do térreo. Ela riu ante o pensamento ilógico, mas era verdade. Ao norte, só havia um grande espaço vazio; ao sul, mais espaço vazio que depois chegava à estrada que levava ao estaleiro da baía Gowanus. Pelo menos, era o que ela *pensava*. Não tinha ido à festa sozinha.

Sierra gostava da paz dali do terceiro andar, embora estivesse bem mais frio sem a multidão de corpos frenéticos se movendo ao ritmo da música. Ela tinha quase desmaiado por conta do calor e do suor e do cheiro de cachorro molhado das pessoas que entravam fugindo da chuva. Nem guarda-chuvas adiantariam. Enquanto no andar de baixo as paredes sem janelas protegiam os dançarinos da chuva, ali em cima o vento a empurrava para dentro das janelas sem vidro.

Ela gargalhou, tonta, mas ainda conseguindo pensar. Não se lembrava do que havia consumido. Cocaína e algumas pílulas... Algo que a fez ver cores e o arco-íris e fazia o tempo passar mais devagar. E uma bebida deliciosa que alguém lhe oferecera, mesmo sabendo que não deveria beber nada que não fosse água engarrafada.

No terceiro andar, as pessoas tinham um pouco de privacidade. Ali, podiam fazer o que quisessem. Sierra riu de novo. Privacidade num espaço grande e aberto com outras quarenta pessoas espalhadas? Um cara e uma garota transavam no centro, como se estivessem num palco, e eram observados por algumas pessoas. Num canto, um grupo de sete pessoas estava sentado em círculo, passando um cachimbo. Do outro lado, um grupo dançava nu, de olhos fechados, movendo-se ao som da música de dois andares abaixo. Ela observou-os e pensou em se juntar a eles. Nua e livre.

Ela queria fugir.

Embaixo, onde só havia loucura, ela transou com dois caras. Nunca tinha feito isso antes, não dois numa mesma noite. Gostou da sensação física aumentada pelas drogas que tinha consumido, da liberdade de ser quem não era. Mas, no fundo da mente, na parte isolada que fingia não existir, ela se repreendeu por seu comportamento desajuizado.

Você está deixando que ele a magoe quando faz coisas desse tipo.

E ela mentiu para essa voz interior, dizendo que embora seu padrasto a tivesse ferido e roubado sua inocência, *ela* estava no controle agora. Podia transar com quem e quando quisesse. Ele já não tinha poder sobre ela.

Por que, então, ela sempre pensava nele quando ia a festas? Ele ainda tinha tanto controle sobre ela que, apesar de ter fugido, vivia para puni-lo? Não era ela quem estava sendo castigada?

Autodesprezo fluía em suas veias.

Eu te odeio, eu te odeio, eu te odeio!

Talvez devesse pular.

Esticou os braços para fora, deixando a chuva açoitar sua pele. A sensação foi maravilhosa. De repente, uma necessidade de se sentir limpa tomou conta dela. Sierra não queria pular, não queria morrer; queria que a chuva a limpasse, deixando-a completa e inteira e viva novamente.

Sierra desceu da beira da janela e saiu correndo. Desceu dois andares, esbarrando nas pessoas, mas ninguém se importou, nem ela. Saiu correndo pela porta dos fundos, na direção do espaço aberto que dava para a baía que tinha visto do alto da janela. A chuva a deixou ensopada antes de ela ter avançado dez metros.

Ela gargalhou e rodopiou. Não sabia quanto tempo ficou dançando sozinha, encharcada, mas alegre. Tudo o que ela sabia era que *aquilo* era liberdade verdadeira: ficar ali parada na chuva, no meio do nada, a escuridão a seu redor, nenhum som além da água açoitando a terra batida.

Tropeçou, equilibrou-se, depois parou e olhou ao redor. Já não ouvia mais a música; as luzes estavam distantes. E ela estava congelando.

Quanto tempo havia ficado parada debaixo da chuva? Seu cabelo estava grudado na cabeça, e ela tremia tão violentamente que seus dentes tremiam.

A visão estava embaçada, mas ela olhou na direção das luzes até o prédio ficar em foco. Uau! Tinha percorrido uma bela distância. Abraçando-se, voltou, desejando que Becca não tivesse ido embora. Ela não faria isso, faria? Fazê-la voltar andando sozinha até o metrô?

Agora já ouvia. A festa ainda corria solta. Estava um pouco mais sóbria, com dor de cabeça e um gosto terrível na boca. Estava faminta. Esperava encontrar Becca para voltar para o apartamento delas, mas queria antes parar numa lanchonete 24 horas.

Passou por uma escavadeira que tinha sido dilapidada, ficando apenas com a carcaça de metal. A música estava mais alta; estava perto agora. Que tolice a sua correr para fora, sozinha, na chuva! Que tipo de drogas tinha tomado? A boca estava tão seca que ela desejou tomar uma garrafa inteira de água. Parou de andar e inclinou a cabeça para trás, com a boca aberta para matar a sede.

Sierra sentiu algo na testa e levantou a mão, imaginando que fosse um passarinho. Mas isso seria impossível num tempo como aquele. E então a chuva parou, porque não a sentiu mais escorrendo pela boca. Havia algo sobre seu rosto, e ela percebeu, em pânico, que um saco plástico cobria sua cabeça.

Tropeçou para trás, tentando segurar o saco que estava ao redor do pescoço. Esbarrou em alguém e abriu a boca para gritar. Permaneceu em silêncio; já não tinha ar. Com as mãos agitadas, tentou segurar o plástico, mas ele estava escorregadio e molhado, ela não conseguia agarrar com firmeza. Arranhou-se, depois pensou: *rasgue o plástico!*

Agarrou-o, mas não conseguiu rasgá-lo. Seus olhos estavam abertos, porém ela não enxergava nada. Já estava morta? No escuro, sem ar, ela se esticou para trás e tocou numa capa de chuva; tentou puxá-la, mas seus dedos não se agarravam a nada. Estava com frio e calor ao mesmo tempo, não conseguia respirar.

Havia alguém atrás dela! Tocando nela. Prendendo-a. Segurando o plástico sobre sua cabeça.

Você vai morrer.

Seu peito ardia enquanto o coração disparava, rápido, cada vez mais rápido, gastando o resto de oxigênio que ainda tinha. O gás carbônico que seu corpo criava não conseguia ser expulso e a envenenava. Seu sangue queimava. Pouco antes sentia tanto frio; agora estava ardente.

Em seu desespero, teve um pensamento claro. *Finja-se de morta.* Contra todos os seus instintos, dobrou os joelhos e relaxou o corpo.

– Bela tentativa, mas conheço este jogo – uma voz rouca sussurrou em seu ouvido, abafada pelo plástico.

O saco ficou mais apertado em seu pescoço. Sierra debateu-se, a adrenalina pulsando mesmo quando começou a perder a consciência. Tentou se virar, enfrentar seu agressor, empurrá-lo, qualquer coisa que afrouxasse o plástico. Seu pescoço esfregava-se dolorosamente contra a beira do saco, porém aquilo não era nada se comparado à dor em seu peito conforme o gás carbônico preenchia seus pulmões e tomava conta de seu sistema circulatório. Ela virou-se um pouco, lutando pela vida, sabendo que aquela era sua última chance. Empurrou, chutou e atingiu alguma coisa enquanto caía, os braços esticados na esperança de que alguém a salvasse. Agarrou uma coisa e puxou; seu agressor resmungou.

– Vadia maldita!

Uma dor aguda atingiu sua cabeça quando ela bateu no chão. Depois, ficou entorpecida, e logo não sentiu mais nada.

Só depois de dois minutos, o agressor puxou o saco plástico, tirou um dos sapatos de Sierra, e lentamente foi embora.

VINTE E CINCO

Sean ouviu o grito de Lucy ao mesmo tempo em que alguma coisa o atingiu no peito. Despertando instantaneamente, esticou-se para pegar a pistola na mesinha de cabeceira, mas logo percebeu que não havia nenhum invasor.

Lucy estava se debatendo a seu lado, as mãos agitadas diante do corpo, os olhos apertados. Ela o atingiu novamente e ele acendeu a luz do quarto. Mesmo com o coração disparado, ele disse calmamente:

– Lucy... Lucy, acorde.

Nunca lhe disseram para não acordar alguém no meio de um pesadelo? Ele não sabia ao certo, mas não poderia permitir que ela continuasse naquele estado aterrorizado. Suor cobria seu rosto, mas a pele estava fria. Todos os músculos estavam rijos; ela estava simplesmente em pânico.

– Lucy! Sou eu, Sean! Está tudo bem – ele falou diretamente na frente dela, na esperança de que ela o ouvisse em meio a seu tormento. Ele precisava, desesperadamente, tirá-la daquele pesadelo.

De repente, ela deu um salto e saiu da cama. Ficou de costas para a parede, os olhos desvairados, obviamente sem se lembrar de onde estava.

Ele também saiu da cama e ficou diante dela, querendo segurá-la, mas temendo que se a tocasse, ela gritasse.

– Lucy, sou eu, Sean. Você está a salvo.

No início, ela não o enxergou. O medo em seu olhar era real; era como se ela estivesse enfrentando um agressor. Mas, logo em seguida, seus olhos se arregalaram ao reconhecê-lo, e seus lábios estremeceram. Lançou os braços ao redor de seu pescoço, deixando as lágrimas rolarem enquanto o corpo todo tremia com os soluços.

Ele suspendeu-a e levou-a até o sofá do outro lado da suíte. Sentou-se com ela no colo, enquanto ela o agarrava.

– Não me solte. Não me solte – repetiu ela.

– Nunca – ele embalou-a até que o corpo começasse a relaxar. O coração dela batia tão forte que ele acreditou poder ouvi-lo. Ou talvez fosse o seu? Beijou-a no alto da cabeça. – Estou bem aqui, Lucy. Você está segura. Está a salvo – repetiu ele, mais para si mesmo do que para ela.

A respiração dela foi se acalmando enquanto ele a abraçava. Sean não sabia por quanto tempo a segurou nos braços, amparando-a, acariciando-lhe os cabelos, ainda úmidos pelo ataque de pânico, afagando-lhe as costas, sem pensar. Ele não poderia pensar em mais nada. Só queria tocar em Lucy. Todos os nervos de seu corpo estavam tensos com a raiva que sentiu por presenciar o terror no semblante dela naquele momento, entre o pesadelo e o despertar.

Acreditou que ela tivesse voltado a dormir, mas quando mudou de posição, ela suspirou e acariciou seu peito com o nariz, erguendo os joelhos. Ele beijou-a na testa e percebeu que ela estava com frio. Começou a se levantar, mas ela disse:

– Não vá.

– Não vou à parte alguma. Você está congelando, só quero aquecê-la.

Sean levou-a para a cama, depois se deitou ao lado dela, puxando as cobertas. Esticou o braço e apagou a luz, desejando poder abraçá-la até que a pulsação voltasse ao normal, até que ela caísse num sono profundo, sem sonhos, em seus braços. Ele a abraçaria pelo resto da noite, protegendo-a de seus medos. O coração dele ainda estava acelerado.

– Sinto muito – desculpou-se ela.

– Você não tem de se desculpar por nada – Sean continuou a tocá-la, como que para se certificar de que ela estava segura. O rosto dela estava aninhado em seu pescoço, e ele beijou-a na testa. – Há quanto tempo?

Ela não respondeu, e ele pensou que ela não responderia.

– Lucy?

– Eles desapareceram há muito tempo. Mas nas últimas semanas... – a voz dela sumiu.

Sean refreou um xingamento que Lucy não precisava ouvir naquele instante. Há cinco semanas, o passado a confrontara quando seu estuprador fora encontrado alvejado a poucos quilômetros de sua casa. Por que ele não enxergou sua dor nem mesmo depois?

– Não acontece toda noite – acrescentou ela.

– Uma vez já é demais – ele beijou-a na testa novamente e ajustou-a na curva de seu braço. O corpo dela encurvou-se ao encontro do seu. Os pés dela estavam frios, por isso ele puxou um deles e aninhou-o entre seus tornozelos para aquecê-lo.

Sean queria dormir na cama de Lucy todas as noites. Queria protegê-la dos perigos reais e imaginários e das lembranças. Queria abraçá-la, fazer amor com ela ou simplesmente ouvir a respiração cadenciada de um sono pacífico. Queria fazê-la sorrir e ouvir seu riso todos os dias de sua vida. Queria mostrar a Lucy o quanto a amava. Detestava a ideia de voltar para Washington, sabendo que iriam para suas respectivas casas.

– Às vezes – sussurrou ela – eu me sinto tão vazia. Como se não houvesse nada dentro de mim, e eu estivesse completamente só.

– Ah, doçura, você não está – encontrou os lábios dela e beijou-os. – Você nunca vai estar sozinha. Estou aqui – beijou-a de novo. – Eu te amo, Lucy. E não vou à parte alguma.

Eu te amo.

A respiração de Lucy ficou suspensa quando ela tentou dizer a Sean que também o amava. Mas não conseguia dizer as palavras. Queria muito, porém o medo a deteve – medo de perder Sean, de se perder. Medo de nunca ser normal, mesmo fingindo que tudo estava bem. Os pesadelos, seu passado, seu futuro – ou o que restava dele. Queria amar Sean, queria ficar ali com ele, esquecer que qualquer outra coisa existia, esquecer a dor e a tristeza, tão profundas que ela chegou a acreditar que se partiria em milhões de pedacinhos, e que ninguém seria capaz de ajudá-la. Não queria que Sean sofresse com esse fardo. Não seria justo.

Ela estava oscilando diante de um precipício. Sua aparência fria era apenas fachada: uma encenação, uma casca dura que tinha erguido não só para evitar que a dor entrasse, mas também para impedir que suas emoções se revelassem. Às vezes ela se sentia vazia, incapaz de amar ou de odiar, capaz somente de existir. E às vezes o medo profundo, o ódio, o arrependimento e a infindável tristeza flutuavam na superfície de seu âmago, ameaçando ferver até ela querer gritar. Como poderia cultivar a habilidade de amar alguém, de ter esperanças no futuro, quando nem sabia se tinha amor para dar?

Ela não conseguia falar, mas conseguia entregar a Sean um pedacinho seu, demonstrando que precisava dele.

Lucy sentiu o rosto áspero, segurou-o entre as mãos e beijou-o. Beijou-o até sentir-se tão aquecida por dentro quanto estava por fora, envolvida em seus braços. A temperatura de Sean era sempre mais elevada; ele conseguia usar bermuda no meio do inverno e ainda assim estar aquecido. Beijou-o até os últimos vestígios do pesadelo que a atormentava há semanas desaparecerem nos recônditos de sua mente. Beijou-o como se estivesse morrendo e ele fosse sua única esperança de continuar vivendo. E talvez ele fosse. Talvez ele a impedisse de se despedaçar.

A linha entre o comprometimento e a obsessão era bem tênue; um caminho estreito separava a sanidade da demência. Tanto pessoal quanto profissionalmente, Lucy trilhava esse caminho todos os dias, como uma acrobata numa corda bamba, sem rede de segurança. Ela sabia que poderia se perder em seu passado assim como poderia se perder no futuro. Só chegava perto de se sentir uma pessoa normal e completa quando buscava a justiça e estava concentrada em ajudar o próximo.

Exceto agora. Exceto com Sean.

Com as mãos sobre seu peito nu, ela empurrou-o de costas, rolando para cima dele, sem despregar os lábios. Os bíceps flexionaram-se a seu redor quando ela o montou. Lucy sentiu um gemido se formar dentro do peito dele. Ela não tinha palavras nem pensamentos, somente uma profunda e extrema necessidade física.

Nunca antes tinha sido tão ousada, tão urgente no ato do amor. As mãos de Sean estavam em suas costas, segurando-a firme, como se temesse soltá-la e deixar aquele desejo pungente escapar. Ela jogou a camiseta e a calcinha para longe e abaixou a cueca boxer de Sean, sem interromper qualquer contato por mais de uma fração de segundo. Ela precisava das mãos, dos braços, do corpo inteiro dele a seu redor, dentro dela, preenchendo seu vazio, completando-a onde somente ele conseguiria.

Arfou ao controlar a penetração, mas escorregou suave e firmemente, sem hesitar. Interrompeu o beijo ao arquear as costas, uma camada de suor cobrindo seu corpo e o dele. Ficou parada por um momento, saboreando o instante de prazer tão natural, tão real, tão primitivo. Uma onda de calor percorreu-a, e ela empurrou as cobertas, impaciente.

Sean trouxe-a de volta para junto do peito, os lábios sobre os dela, os corpos movendo-se em harmonia, pulando da primeira marcha para um ritmo acelerado. Lucy arfava cada vez que ele ia fundo, as mãos trazendo-a para perto ao mesmo tempo em que ele se enterrava nela. O ato de amor dele foi completamente sincronizado, como se fizessem aquilo todas as noites há vários anos, embora tudo aquilo ainda fosse novo, desconhecido quase, um exercício de exploração.

Sean disse algo que Lucy não conseguiu ouvir, com o sangue correndo acelerado, enquanto todos os músculos de seu corpo ficavam tensos simultaneamente, e então relaxavam, numa corrente de excitação tão surpreendente que a fez exclamar o nome de Sean numa voz rouca que em nada se parecia com a sua.

Sean a penetrou uma última vez e a segurou firme, seus corpos quentes e saciados. Ele não a soltou quando terminaram, as mãos subindo das nádegas pelas costas até os cabelos. Agarrou um punhado e puxou-os para que ela o fitasse, beijando-a de novo, tão apaixonadamente quanto antes.

– Lucy – murmurou ele ao encontro de sua boca.

Lucy sentia-se tão lânguida e relaxada que não conseguia nem pensar, nem se mover. Sean pressentiu essa mudança e ajustou as posições para que ela voltasse para a curva de seu ombro, mas com a cabeça inclinada, para que pudesse beijá-la. Ela suspirou de contentamento, sentindo-se como uma gata preguiçosa se espreguiçando no calor do sol.

– Você está sorrindo – comentou ele.

– Estou – como uma gata preguiçosa, estava saciada e cansada. Mergulhou num abençoado sono sem sonhos.

VINTE E SEIS

A tempestade que despencava durante metade da noite já não passava de um chuvisco incessante às sete da manhã daquele domingo. Suzanne tinha vestido meias grossas e botas de chuva; seus pés eram a única parte seca de seu corpo.

A quinta vítima do Estrangulador de Cinderelas tinha sido encontrada do lado de fora de um depósito abandonado em Red Hook, onde, mais uma vez, uma festa underground acontecera durante toda a noite. Jéssica Bell tinha morrido a um pulo dali, no Sunset Park, há apenas uma semana.

Uma vez que seu principal suspeito estava detido na Ilha Rikers, Suzanne queria acreditar que Sierra Hinkle tivesse sido morta por um imitador. Contudo, ela ficou acordada boa parte da noite lendo o relatório que Lucy Kincaid tinha preparado para Hans Vigo e agora acreditava ter errado.

Suzanne quase esperou encontrar o nome, o endereço e o número de telefone do assassino no final da detalhada análise de Lucy, mas obviamente eles não estavam lá. E por mais que Lucy tivesse evitado determinar o perfil psicológico do assassino, Suzanne sabia ler nas entrelinhas. Lucy com certeza já tinha o perfil dele bem traçado em sua mente; só não o incluíra na análise talvez em deferência ao diretor-assistente, ou porque não quisesse se arriscar.

Lucy tinha providenciado estatísticas bastante informativas sobre homicídios semelhantes, mas elas não eram conclusivas. Ela pegara a metódica linha do tempo de Suzanne e incluíra informações das vítimas disponíveis no Party Girl, dados que Suzanne não tinha antes de sexta-feira, além de ter incorporado a garota desaparecida, Kirsten Benton, como uma testemunha potencial.

Lucy tinha visto uma coisa nos relatórios de autópsia que Suzanne não havia notado, e a discrepância impediu que Suzanne dormisse por mais de uma hora. Isso porque ela só conseguia pensar que, se tivesse notado a diferença assim que assumiu o caso, ela poderia ter entendido sua significância a tempo de salvar as vidas de Jéssica Bell e de Sierra Hinkle.

Os pulmões da vítima número um tinham traços de um pó preto ultrafino que foi enviado ao laboratório da NYPD. Não há nenhum relatório anexado ao da autópsia ou anexado a outra documentação. As outras três vítimas não tinham tal substância nos pulmões. De acordo com o legista, a substância havia sido introduzida recentemente nos pulmões da vítima e possivelmente se tratava dos restos de algum objeto carregado no saco plástico utilizado para asfixiar a garota. As outras três muito provavelmente foram asfixiadas com plásticos não utilizados anteriormente – ou seja, levados especificamente com esse propósito. Isso sugere que o homicídio da primeira foi espontâneo – o assassino ou assassina usou um plástico que tinha em seu poder na cena do crime. Já os outros crimes foram premeditados.

Suzanne se lembrava de ter lido a respeito do pó preto, mas deduzira que o laboratório não tinha conseguido identificá-lo, ou estivesse sobrecarregado de trabalho, ou *qualquer outra coisa*. Por não perceber a sutil diferença nos relatórios de autópsia, não solicitou tal relatório nem solicitou que Quantico assumisse tal teste.

Ela tinha anotado as diversas semelhanças entre os homicídios: localização isolada, idade das vítimas, nível de intoxicação e recente atividade sexual. Ela não tinha notado que a primeira vítima provavelmente tinha sido assassinada de maneira espontânea e que as demais tinham sido sistematicamente perseguidas e assassinadas.

Por quê?

Foi por isso que Suzanne ligou para Rogan e pediu que ele levasse Lucy até a cena do último crime. Lucy podia ter evitado mencionar seu perfil psicológico na análise feita para Hans Vigo, mas Suzanne a obrigaria a partilhar sua teoria porque, se não conseguissem apanhar o assassino nos próximos seis dias, Suzanne temia que quando o domingo seguinte chegasse, ela estivesse diante de mais uma jovem assassinada no meio de mais uma área deserta próxima a um prédio abandonado. E existiam tantos prédios abandonados nos cinco distritos de Nova York que não havia como a polícia nem o FBI vigiarem cada um deles.

Ela estava deixando passar alguma coisa, mas não conseguia enxergar o que era.

Vic Panetta parecia tão cansado quanto ela.

– O grupo que encontrou o corpo está aguardando dentro do prédio – informou ele ao se aproximar.

– Onde o corpo foi encontrado? – perguntou ela.

Ele apontou para um abrigo temporário laranja.

– Embora ela tenha sido encontrada rapidamente, estamos estimando menos de uma hora depois de ter sido morta, a tempestade limpou toda a área. Existe um aparente ferimento na cabeça, como se ela a tivesse batido na escavadeira ao lado da qual morreu ou numa pedra no chão. Os policiais que atenderam o chamado rapidamente cobriram o corpo e a equipe de Cenas de Crimes armou uma barraca maior. Também temos diversas testemunhas potenciais. Por causa do tempo, só havia cerca de metade do número de pessoas nesta rave em comparação com a última, e ainda assim havia muita gente por aqui quando a polícia chegou. Temos trinta nomes, impressões digitais e números de telefone para investigar, mas os deixamos ir embora.

– Impressões digitais?

– Fizemos com que todos assinassem uma lista e cada um recebeu uma caneta diferente, que foi ensacada e etiquetada.

– Bem pensado... Mas uma caneta não é muito estreita para se fazer uma boa análise das impressões?

Panetta mostrou um exemplar. A caneta era larga, de um plástico liso, como as encontradas em lojas de suvenir. Aquelas eram azul-escuras, com o logo da polícia de Nova York em branco.

Suzanne sorriu.

– E quem encontrou o corpo?

– Eles estão lá dentro. Três pessoas. A garota é colega de quarto da vítima, identificada como Sierra Hinkle, de 21 anos. Seu nome é Becca Johansen. Ela e Sierra trabalhavam como garçonetes no Brooklyn, a três estações de metrô daqui. Um rapaz disse que passou boa parte da noite com Becca; o outro ficou porque disse que tinha estado com a vítima antes. O meu palpite? Eles transaram, e ele está preocupado que seu DNA esteja nela e não quer ser acusado de tê-la matado.

– Ele disse isso?

– Deduzi pelo modo estranho como se comportava.

– Vic – disse Suzanne num tom de voz baixo –, pedi a Lucy Kincaid que venha para repassar a cena do crime comigo.

– Por mim, tudo bem. Algum motivo específico?

Ela entregou-lhe uma cópia da análise feita por Lucy.

– Ela juntou as informações necessárias para o perfil do FBI. Li tudo à noite e encaminhei logo cedo.

— Parece óbvio que Wade Barnett não é nosso assassino – disse Panetta. – A menos que ela tenha identificado a probabilidade de um comparsa. O que não estou excluindo.

— Nenhum comparsa. Lucy não chegou a nenhuma conclusão, mas eu sim. O mais importante é que ela se referiu insistentemente ao assassino como "ele ou ela".

— Uma assassina?

— Não seria impossível. Ela citou estatísticas de homicídios por sufocamento, e muito mais mulheres do que homens escolhem esse método.

— É, pode ser... Em homicídios misericordiosos e de crianças, talvez. Mas aquilo foi violento – ele apontou para a tenda laranja.

— É apenas algo que devemos considerar como uma possibilidade.

— Primeiro, eu investigaria o irmão caçula de Barnett.

Suzanne mostrou-se surpresa.

— Por quê?

— Você mesma disse que Dennis levava Wade para as festas. Ele ficava no carro. Teria como ver se alguém se distanciava da festa. Aproveitava-se da oportunidade para matá-las, voltava para o carro e esperava pelo irmão.

— Por quê?

— Não sei. Talvez essa seja uma boa pergunta para o perito em perfis ou para a senhorita Kincaid.

Suzanne imaginou Dennis Barnett como sendo o assassino. Não aceitava. A verdade era que ela tinha se envolvido emocionalmente ao entrevistá-lo. Gostara dele, pensou que ele estivesse sendo sincero. Quando morava em Eunice, teve um vizinho de porta – isto é, se você considerar um hectare de distância como sendo vizinho de porta – mentalmente deficiente. Bobby tinha a sua idade e era caçoado e humilhado por ser devagar; as outras crianças chamavam-no de Forrest Gump. Por isso, Suzanne comprara o filme usando todas as suas economias, e o assistira com Bobby. Então, ela disse-lhe que Forrest Gump era um herói, que tinha conhecido três presidentes americanos e que tinha sido um grande corredor.

Bobby nunca saiu daquela cidadezinha e trabalhava limpando mesas numa lanchonete. Ainda devia ser humilhado, mas Suzanne nunca voltara lá.

Dennis a fazia se lembrar de Bobby. Não queria que ele fosse culpado, mas não podia desconsiderar a possibilidade.

Ela viu Sean Rogan chegando em seu GT preto.

– São eles – disse para Panetta. – Ligue para seus rapazes e peça a eles que deem passagem, sim?

Panetta pegou o rádio e liberou a entrada deles.

Suzanne observou os dois se aproximarem. Sean tinha o braço ao redor de Lucy. Parecia um gesto casual e ao mesmo tempo protetor. Ela imaginara que houvesse algo entre eles, mas agora isso era evidente.

Lucy estava pálida e não tinha se maquiado, o cabelo ondulado estava solto, ajeitado atrás das orelhas, fazendo-a parecer ainda mais jovem do que na noite anterior. Sean segurava um guarda-chuva grande.

Sean viu Suzanne e lançou um olhar que a surpreendeu – ele estava bravo.

Ela encontrou-os na metade do caminho.

– Obrigada por virem.

– Você telefonou às seis da manhã.

– Assim que fui avisada. Lamento tê-los acordado.

– Eu estava acordado – disse Sean.

– Tudo bem – apaziguou Lucy. – Verdade. Obrigada por nos incluir.

– Fiquei acordada até tarde lendo seu relatório – disse Suzanne. – Mas você não concluiu o perfil psicológico.

— Não sou especialista. Pensei que quisesse apenas que eu juntasse as provas e as declarações para enviar para Hans.

— Sim, mas acho que eu estava esperando uma conclusão. Tenho o cara errado na prisão. Deixei alguma coisa passar e preciso descobrir o que é antes que mais alguém morra.

— Foi o mesmo *modus operandi*?

— Ao que parece — Suzanne disse, liberando o caminho até a tenda. — Ainda não vi o corpo, o legista acabou de chegar. 21 anos, garçonete aqui no Brooklyn, não está ligada à Columbia nem como funcionária, nem como aluna. Tampouco sua colega de quarto, que foi quem encontrou o corpo.

Lucy seguiu Suzanne, ouvindo os detalhes a respeito do caso. Ela já suspeitava o motivo pelo qual Sierra Hinkle tinha sido assassinada, só não sabia quem era o assassino. Mas manteria suas opiniões guardadas, porque precisava de fatos. Tudo o que tinha era apenas uma teoria.

— Quem sabia que você tinha prendido Wade Barnett? — perguntou.

— Todo mundo — Suzanne disse, sarcástica. — O *Post* publicou um pouco antes que tínhamos um suspeito em custódia, e no noticiário das seis saiu a notícia de que o FBI tinha prendido Wade Barnett. Nossa declaração de que Barnett não tinha sido preso por homicídio não significou nada para a imprensa, que encontrou a mesma foto de Barnett e Alanna Andrews que você havia encontrado. Se tivessem demonstrado tanto interesse na garota morta, talvez tivéssemos encontrado a ligação antes, mas não se importaram quando ela morreu. Não até que um investidor imobiliário rico e poderoso fosse preso.

Suzanne era destemida. Lucy tinha notado isso no dia anterior, mas as características estavam evidentes naquele dia. Suzanne a fazia se lembrar de seu irmão, Connor, antigo policial com um temperamento tão irascível que o metera em apuros muitas vezes. Foi preciso ele se casar para se acalmar um pouco.

Suzanne entrou na tenda.

– O que tem para mim? – perguntou ao legista.

Lucy e Sean estavam entrando quando o legista exclamou:

– Só dois de cada vez! Este lugar já está bem lotado.

Sean apertou o ombro dela.

– Tudo bem?

Ela concordou.

– Obrigada.

– Estarei bem aqui fora.

Seguindo Suzanne, Lucy ficou de lado, avaliando a área ao redor. Havia uma escavadeira do lado de fora, distante uns duzentos metros de onde a vítima tinha morrido. O chão, de concreto, lama e ervas daninhas, estava molhado. Diversas garrafas de cerveja e de uísque quebradas estavam perto da vítima, mas elas pareciam estar lá há mais tempo do que o corpo da garota.

O legista disse:

– A rigidez acabou de começar, e já verifiquei a temperatura. Considerando a temperatura ambiente de ontem à noite e de hoje, consigo definir com bastante certeza que ela morreu entre uma e três da madrugada.

O detetive Panetta estava do lado de fora da tenda com Sean.

– A colega de quarto dela disse que a viu pela última vez à 1h30.

– Isso nos dá um intervalo de noventa minutos – Suzanne concluiu.

Lucy observou o legista terminar a inspeção visual. Ela notou que a garota tinha um corte na cabeça. Do lado direito dela, havia uma pedra denteada com um arranhão de dez centímetros na superfície.

– Suzanne – disse ela –, acho que ela bateu a cabeça naquela pedra. O arranhão parece do mesmo tamanho que o corte na cabeça dela.

O legista encarou-a. Ele era mais velho, baixo e magro, com cabelo grisalho e óculos espessos na ponta do nariz.

— Já notei isso. Ainda não permiti a entrada dos peritos. Quem é você?

Lucy engoliu em seco, sem graça. Foi Suzanne quem respondeu:
— Ela está comigo.

— *Trainee*? — resmungou ele.

— Mais ou menos isso — respondeu ela.

Sierra Hinkle era morena e usava um vestido de malha tão curto que, quando a garota caíra, ele subira, expondo as nádegas e a calcinha fio dental. Lucy queria cobri-la desesperadamente, mas sabia muito bem que o legista precisava examiná-la antes de mover o corpo. Pelo menos a tenda dava um pouco de privacidade a Sierra, impedindo a visão dos curiosos.

Lucy olhou para os pés da vítima. Ela usava um sapato prateado. Era brilhante, mas sem salto. Avaliou sua altura — ela era alta, devia ter quase 1,80 metro. Bem mais alta do que as outras vítimas.

Havia outra diferença-chave: o pescoço dela estava inchado e vermelho.

— Suzanne — disse ela, baixinho, pois não queria que o legista ouvisse seu comentário. — Observe o pescoço dela.

Suzanne olhou.

— Tem razão. Foi cortado — Suzanne não foi tão discreta quanto Lucy estava tentando ser.

O legista ralhou com Lucy:
— Quer fazer meu trabalho?

Lucy mudou de tática com o legista. Ela queria mesmo ver uma coisa no corpo da garota.

— Na verdade, trabalhei no necrotério de D.C. no ano passado — relanceou para Suzanne e pediu baixinho: — Luvas?

Suzanne pegou um par extra de luvas de látex no bolso de trás das calças. Lucy vestiu-as e agachou-se diante do legista.

– Tem alguma ideia divergente quanto à hora do óbito? – ele perguntou.

– Não, acho que você está certo.

– Não sentiu o corpo.

Ele estava lançando um desafio. A maioria dos policiais não gostava de tocar nos cadáveres. Lucy não era como a maioria. Pressionou as mãos no estômago da vítima.

– Os órgãos ainda estão moles, flexíveis – tirou as mãos.

O legista tinha uma melhor noção da hora do óbito por ter usado um termômetro retal e calculado a partir daí. Mas o fato de que a rigidez cadavérica tinha acabado de começar – um processo que só se inicia cerca de três horas após a morte – oferecia-lhe uma boa estimativa da hora em que ela morrera. Ainda mais importante do que isso era o fato de que a lividez completa – quando o sangue se concentra na parte mais baixa do corpo, normalmente de cinco a seis horas após o óbito – ainda não tinha sido atingida. Na verdade, parecia ter acabado de começar, Lucy estimou.

– Está pronto para virar o corpo? – ela perguntou ao legista, fitando-o direto nos olhos.

– Quer fazer isso?

– Não exatamente, mas posso fazer. Precisamos de um lençol plástico aqui.

Suzanne entregou-lhe uma lona dobrada. Lucy estendeu-a ao lado do corpo. O legista escondeu um sorriso debaixo do bigode espesso.

Lucy disse:

– Eu puxo, você empurra.

O legista concordou e, juntos, eles viraram o corpo da posição de lado, na qual ela estava, para ficar de barriga para baixo. Lucy discretamente abaixou o vestido, cobrindo-lhe as nádegas.

— A palidez começou, mas certamente ainda não está completa.

— O que confirma a hora da morte.

— Eu não estava questionando seu parecer — ela disse. — O que eu queria ver era o pescoço. Pode pegar a lona e puxar para debaixo do corpo dela? Isso a segurará.

O legista esticou-se para puxar a ponta dobrada debaixo do corpo, mas parou.

— Fotógrafo! — exclamou.

Um segundo depois, um investigador da NYPD entrou.

Lucy olhou para o que o legista tinha encontrado. Um botão verde grande. Ainda havia fios nos buracos do botão, como se ele tivesse sido arrancado.

O fotógrafo tirou diversas fotos. O legista apanhou o objeto com pinças e colocou-o num saquinho plástico de provas.

Lucy perguntou:

— Acha que conseguirão impressões digitais no botão?

— Provavelmente não, mas vale a pena tentar — disse o legista. A atitude dele tinha mudado completamente, e Lucy escondeu seu sorriso. — Pode não ser do assassino.

O legista terminou de puxar o plástico debaixo do corpo, depois a rolou de volta para sua posição original.

— Por que quer ver o pescoço dela?

— Ela é mais alta do que as outras vítimas. Acho que o assassino era mais baixo do que ela.

Suzanne perguntou:

— Como sabe disso?

— Os relatórios das autópsias das outras vítimas afirmam que os hematomas seguiam uma linha relativamente reta no pescoço. Estes cortes estão com angulação descendente, do queixo para os ombros, como se o assassino tivesse colocado o plástico sobre a cabeça dela e puxado em sua direção. Também acredito que ela tenha se debatido mais do que as outras vítimas. Seu ferimento é diferente do das outras.

Suzanne perguntou:

– Ei, essas unhas são reais ou postiças?

– Postiças – responderam Lucy e o legista ao mesmo tempo.

– Quatro foram quebradas – o legista acrescentou.

– As do indicador e as do dedo médio – disse Lucy.

O legista protegeu as mãos da vítima com plásticos.

– Há fiapos e possivelmente vestígios de tecido nas mãos. Não quero retirá-los aqui. Poderemos perder provas. Vou catalogá-las no necrotério.

Suzanne disse:

– Não preciso lhe dizer que temos pressa.

– Não, agente especial Madeaux, não precisa me dizer isso.

Lucy levantou-se.

– Obrigada por me deixar ajudar.

– Você é federal? – o legista perguntou com desgosto.

– Não.

– Você não é da NYPD.

– Não.

– Quer um emprego?

Ela sorriu.

– Talvez.

– É só me avisar.

Lucy saiu debaixo da tenda. Suzanne seguiu-a.

– Carl Brewer é um cretino. Ele não gosta de ninguém, a não ser de você, pelo visto.

– Ele me lembra alguém que conheço – disse Lucy. – Só é preciso apreciar as habilidades dele e se mostrar inteligente ao mesmo tempo.

Suzanne balançou a cabeça e liderou o caminho até o prédio abandonado.

— Vamos falar com a colega de quarto da vítima e com duas outras testemunhas potenciais – ela passou por cima de uma garrafa quebrada. – O assassino se descuidou. Ele nunca tinha deixado evidências antes.

— Ela nunca deveria ter ido atrás de uma garota mais alta do que ela – disse Lucy.

— Ela? – Suzanne e Panetta disseram simultaneamente. E Suzanne acrescentou: – Seu relatório não apontou para um homem ou para uma mulher.

Lucy franziu o cenho.

— Tem a ver com o motivo.

— Que motivo? – Suzanne perguntou.

— Não quero dizer agora.

Suzanne parou de andar.

— Não me importo com o que você quer ou não, vamos ouvir sua teoria.

— Ainda estou trabalhando nela.

— Trabalhe mais rápido.

Suzanne ficou parada olhando para ela. Lucy fitou Sean.

— Não acho que seja uma boa ideia. Seria descuido de minha parte formar uma teoria sem informações suficientes.

Sean interferiu:

— Ela daria alguma direção aos policiais, mas não excluiria as outras possibilidades.

Lucy queria o apoio de Sean, mas não foi o que ele fez.

— Lucy – disse ele –, conte a Suzanne o que me contou no carro.

— Sim, conte-me – disse Suzanne.

— Acredito que esta garota tenha sido morta porque vocês prenderam Wade Barnett, e o assassino não quer que ele fique na prisão. A única forma de provar que ele não é o Estrangulador de Cinderelas é matando novamente. Acredito que esta vítima tenha sido escolhida aleatoriamente, porque estava do lado de fora, sozinha.

– Ou ela saiu com o assassino.

– Pode ser – disse Lucy, apesar de não concordar muito. A chance de ser visto era maior.

– Esta é uma das garotas do Party Girl? – Suzanne perguntou.

Sean respondeu:

– Não sabemos, mas, com sua permissão, enviarei uma foto dela para meu sócio em Washington. Ele está quase terminando de refazer o site e poderá procurar por ela.

– Farei com que enviem a foto dela para ele.

Suzanne voltou a andar.

– Portanto a pergunta é: Wade Barnett tem um cúmplice? Se tem, quem é? Se não tem, por que o assassino o quer fora da prisão?

– Sabemos que Wade fez sexo com pelo menos três das vítimas – Lucy começou. Estava para contar o resto de sua teoria, aquela que ainda não tinha concluído, arriscando-se a estar errada. Mas o detetive Panetta a interrompeu.

– Dennis Barnett.

Elas viraram-se para encará-lo. Suzanne ficou séria, e Lucy perguntou:

– O irmão caçula?

– De acordo com o relatório de Suzanne, ele quer proteger o irmão mais velho. Ele informou que havia sido o motorista de Wade Barnett durante os últimos seis meses desde que ele perdera a habilitação por dirigir alcoolizado. Dennis ficava no estacionamento enquanto o irmão se divertia nas festas e fazia sexo com quem quer que aparecesse pela frente. Talvez isso o incomodasse. Ou talvez ele não fique excitado, ou tenha ciúme do irmãozão, ou simplesmente seja um sociopata. Por isso, mata uma garota desgarrada.

– Não sei, não – disse Suzanne, devagar. – Dennis me disse que Alanna Andrews era gentil com ele e que ela o defendia quando Wade se frustrava com ele.

— Talvez o caçula a quisesse para si – sugeriu Panetta – e ela o tenha repelido. A primeira vítima normalmente é a que afeta mais o assassino, não é verdade?

O detetive olhou para Lucy. Ela concordou e disse:

— A primeira vítima normalmente tem um significado pessoal para o assassino.

Suzanne franziu a testa.

— Dennis tem 1,75 de altura de acordo com a habilitação dele – ela virou-se para Lucy. – O que acha?

Lucy não queria estar no centro do palco. Não sabia o que pensar – sua teoria seria jogada no lixo caso Dennis Barnett fosse o Estrangulador de Cinderelas. Ela ficara pensando na noite passada, e pareceu ter confirmado que o assassino era uma ex-namorada de Wade Barnett quando outra vítima morrera. Alguém a quem ele tivesse traído, muito provavelmente com a primeira vítima, Alanna Andrews. Achava que a morte dela havia sido espontânea porque a assassina tinha acabado de saber sobre o caso.

Ela tinha esperanças de acompanhar Suzanne num interrogatório com Wade Barnett e fazer perguntas a respeito das ex-namoradas, mais especificamente as que tinham um histórico de violência. Uma garota que quebrasse coisas quando ficava brava. Alguém impulsivo. Alguém que não esperasse o rompimento da relação e que tivesse deixado isso claro por meio da raiva, e não de lágrimas.

Ela queria confirmar sua teoria de que Wade Barnett também tinha dormido com Heather Garcia, a terceira vítima, e mais importante, Lucy queria saber se ele se relacionara com Kirsten Benton. Nesse caso, isso significava que Kirsten corria um perigo ainda maior.

Mas o irmão caçula? Um que já tinha declarado não só que estivera nas cenas dos crimes como também que estava sozinho nessas ocasiões? Um irmão caçula que poderia ter dificuldades para encontrar mulheres para sair por causa de seu ligeiro retardo mental?

Suzanne disse:

– Dennis Barnett está inscrito na Columbia University. Ele só faz uma matéria, mas faz um ano e meio que frequenta a universidade.

– Duas das vítimas eram da Columbia. Érica Ripley trabalhava não muito longe dali, também em Manhattan – disse Panetta.

– É lógico – disse Lucy, porque era mesmo.

Mas ela não achava que estivesse certo. Ela mordeu o lábio. Sean disse:

– E quanto à sua outra teoria?

Suzanne disse:

– Neste instante, tenho de trazer Dennis Barnett para ser interrogado. Preciso de um psicólogo, uma vez que o advogado dele mencionou o fato de eu primeiro ter conversado com ele sem conhecimento total de seu estado emocional e mental.

– Sou psicóloga – informou Lucy.

– Preciso de um psicólogo criminalista – disse Suzanne.

Panetta ofereceu:

– Posso chamar o terapeuta que o departamento usa.

Sean informou:

– Lucy é psicóloga criminalista, a menos que não aceitem o diploma da Georgetown.

Suzanne esfregou os olhos.

– Você já conhece o caso – comentou. – Pode fazer isso?

– Claro – confirmou Lucy.

– Vamos, então.

Sean pediu a Suzanne:

– Lucy pode ir com você? Tenho algumas coisas para verificar no caso da adolescente desaparecida.

– Claro. Eu a levarei de volta ao hotel assim que terminarmos.

Lucy perguntou baixinho para Sean:

– Aconteceu alguma coisa?

– Trey ficou me ligando. Ele está no Brooklyn. Eu disse que iria encontrá-lo. Tudo bem para você?

Ela fez que sim com a cabeça.

Ele inclinou-se e beijou-a de leve, depois sussurrou no ouvido dela:

– Você não acredita que Dennis Barnett seja o assassino, acredita?

– Não sei.

Ele fitou-a. Parecia desapontado.

– Confio em seus instintos, Lucy. Você também precisa confiar neles.

Sean afastou-se, e Lucy desejou ter mais fé nela, assim como Sean tinha.

VINTE E SETE

Trey tinha pagado por um quarto em um hotel no Brooklyn meia estrela mais luxuoso do que o hotel Clover, onde Kirsten tinha se hospedado. Sean ligou para ele assim que estacionou.

– Cheguei.

– Estou descendo.

– Qual o seu quar... – Trey já tinha desligado.

Enquanto esperava por ele, Sean enviou uma mensagem para Patrick a respeito do Party Girl e da vítima mais recente. Patrick respondeu:

O site está 90% reconstruído. Eu o coloquei na intranet da RCK para que você possa acessar.

Sean sorriu. Patrick era tão metódico quanto Lucy. Ele não poderia ter escolhido um sócio melhor do que Patrick e uma mulher para se apaixonar melhor do que Lucy.

Ele queria que ela tivesse contado sua teoria a Suzanne, mesmo que ela ainda não estivesse completamente formulada. Ela tinha enfrentado o legista porque tinha experiência com cadáveres. E depois que Suzanne a fez preparar o relatório para Hans Vigo, Sean acreditava que a confiança dela tivesse retornado. Ela podia não ter os anos de experiência de Hans, mas tinha um bom instinto. Um dia, seria ela a pessoa a se procurar para a obtenção de perfis psicológicos dentro do FBI. Sean tinha certeza disso – se ela apelasse da equivocada decisão da junta entrevistadora.

No entanto, ele não podia deixar de se perguntar se a noite anterior, em que ela ficou analisando os quatro casos de homicídio, tinha contribuído para seu horrível pesadelo. Ou ela lhe dissera a verdade, e os pesadelos tinham mesmo recomeçado depois que um de seus estupradores havia sido morto, acionando o ataque à sua vida cuidadosamente reconstruída?

Mudou de posição no assento do motorista, ansioso, à espera de Trey. Sean pensava no pesadelo, na confissão de Lucy de se sentir sozinha e vazia, em sua declaração de amor... Ele amava-a, não havia nenhuma dúvida disso em sua mente. Lucy também o amava; ela só não sabia ainda. Quando fizeram amor, ela tinha demonstrado seus verdadeiros sentimentos. A intensidade e a urgência dela tinham-no intoxicado. No último segundo, ele se lembrou de que não tinha colocado o preservativo e achava ter dito alguma coisa para ela, mas logo em seguida deixou de lado qualquer pensamento a respeito de proteção. Ela deixara-o louco, e ele não quis se segurar.

Tantos problemas poderiam surgir em consequência de uma relação sem camisinha... Uma gravidez estava no topo da lista. Ele sempre acreditou que isso fosse responsabilidade sua – Duke martelara isso em sua cabeça desde que descobrira que Sean já tinha relações sexuais no Ensino Médio.

Sean completaria 30 anos naquele ano. Lucy tinha 25. Certamente, tinham idade o bastante para começarem uma família, mas Sean não estava pronto e duvidava que Lucy também estivesse. Para ele, o problema era a questão da dinâmica familiar. Ele não tivera uma família unida como Lucy. Temia não ser um bom pai.

Mas casamento? Nunca tinha considerado essa opção até conhecê-la; com ela, ele se casaria num piscar de olhos.

No entanto, ele queria que ela se casasse com ele porque o amava – faltava ainda que ela conseguisse expressar em palavras, não só com gestos –, não porque estava grávida. Não porque ela acreditava que era o certo a fazer, como se fosse uma obrigação.

Eles tinham de conversar sobre aquele vacilo. Ele não poderia ignorar. Com certeza, ela também tinha notado. Conhecendo Lucy, Sean sabia que ela se convenceria não só de que não se casaria por estar grávida, mas que não *poderia* fazer isso – mesmo sabendo que ele a amava de verdade. Ela pensaria em alguma desculpa lógica, mas o amor não era lógico. O amor estava além da razão, e não havia como Lucy criar uma criança sozinha, mesmo com o apoio da família. De alguma forma, ele encontraria um modo de ser um bom pai.

Na verdade, a probabilidade de ela engravidar com uma escorregadela era mínima. Dali por diante, ele seria extremamente atento, não deixaria se levar pelo momento novamente. Naquela hora, ele sabia o que estava acontecendo, mas não quis deter Lucy com medo de dissipar a arrasadora paixão física e emocional que se passava entre eles.

Uma batida à janela sobressaltou-o, e Sean relanceou. Trey espiou para dentro, e Sean destrancou a porta. O ar frio que entrou com ele clareou seus pensamentos, e ele concentrou-se 100% no presente.

– Encontrei Kirsten – anunciou Trey.

– Onde? – Sean deu partida no carro.

– Hospital Católico de Manhattan.

Sean colocou a informação no GPS.

– Manhattan?

– Comecei pelo Brooklyn, como você sugeriu. Ontem fui de hospital em hospital, e só cobri uma fração da minha lista. Quando começou a chover, passei a telefonar. Eu já tinha meu discurso decorado, por isso consegui terminar a lista. Havia duas mulheres desconhecidas nos hospitais do Brooklyn que batiam com a descrição de Kirsten. Fui aos dois lugares, mas nenhuma das duas era ela. Por isso, hoje de manhã, comecei a investigar em Manhattan. Há tantos hospitais e clínicas que comecei pelos públicos, pois imaginei que alguém sem plano de saúde e sem identidade iria a um desses lugares. O HCM está com ela. Sei disso. Falei com a enfermeira-chefe, que foi superatenciosa, e lhe contei que Kirsten tem uma pinta oval no alto da coxa direita – Trey pigarreou. – Dá para ver quando ela está de biquíni.

– E a enfermeira confirmou?

– Sim. Não quis telefonar para a senhora Benton, não até ter certeza absoluta.

– Fez bem – Sean franziu a testa. Ele deveria ter ligado para os hospitais. Acreditou que, entre o boletim policial e o memorando da RCK, qualquer hospital teria entrado em contato. Será que a teriam encontrado antes? Teriam conversado com ela, descoberto se ela vira quem tinha matado a amiga Jessie antes que Sierra Hinkle morresse?

Trey continuou falando:

– Ela foi encontrada inconsciente numa igreja na sexta-feira à noite.

– Numa igreja?

– O padre estava fechando a igreja à meia-noite quando a viu deitada num dos bancos. Foi ele quem a levou para o HCM. Eles não quiseram me contar mais nada pelo telefone, só me confirmaram a descrição dela.

– Evelyn me deu uma procuração, portanto posso descobrir mais coisas a respeito da condição de Kirsten no hospital – Sean informou.

Levaram menos de dez minutos no tráfego leve de domingo para chegarem ao HCM depois que Sean atravessou a ponte do Brooklyn. A sala de emergência estava quase cheia, por isso Sean foi para a entrada principal.

– Com quem você falou? – perguntou a Trey.

– Com uma enfermeira, Jeanne McMahon.

Sean pediu para falar com a enfermeira, e alguns minutos mais tarde, uma senhora de idade, vestida num jaleco vermelho vivo com um estetoscópio verde pendurado no pescoço, saiu do elevador. Ela parecia um Papai Noel.

– Você telefonou para se informar a respeito da pobre moça loira?

– Sim. Sou Trey Danielson.

– Sean Rogan – disse Sean ao entregar seu cartão de visitas junto com a autorização de Evelyn e uma foto de Kirsten. – É ela?

Jeanne assentiu.

– Parece com ela. A moça não recobrou a consciência desde que deu entrada – Jeanne conduziu-os para um dos elevadores. – Nós a mantivemos na UTI. Ela está muito mal, coitada.

– Preciso confirmar que é mesmo Kirsten, para depois ligar para a mãe e para a polícia.

– Para a polícia? Ela não fez nada de errado, fez?

– Ela pode ter presenciado um crime. Acreditamos que ela esteja se escondendo.

– Se estava se escondendo, alguém a ajudou.

– Por que pensa assim?

– Ela não conseguiria andar. Seus pés estavam seriamente machucados e infectados. Fizemos tudo o que podíamos para abaixar a febre dela. Parece ter se estabilizado, porém ela não tem reagido aos antibióticos. O médico vai verificar o estado dela em breve e é quase certo que mude a medicação. Ela precisa ser operada, mas seu corpo está frágil demais para suportar.

— Sabe como ela foi parar na igreja?

— Não faço ideia, mas padre Frisco está muito preocupado. Ele vem visitá-la diversas vezes ao dia desde que a trouxe para cá. Ele entra e sai da igreja à noite e acredita que ela deve ter sido deixada quando ele saiu para jantar por volta das oito horas, mas só a encontrou quase à meia-noite, quando foi verificar os bancos.

Jeanne conduziu-os para fora do elevador, guiando-os pelos corredores.

— Na verdade, o padre veio visitá-la logo depois que Trey telefonou. Eu lhe disse que alguém procurava pela garota, e ele encontrou alguém para cobrir as missas para poder conversar com você.

Eles entraram na sala de espera da UTI.

— Preciso pedir que vistam máscaras antes de entrarem na UTI. Depois que confirmarem que ela é a garota desaparecida, só um de vocês pode ficar com ela.

Trey relanceou para Sean, de olhos arregalados. Sean assentiu. Trey poderia ficar. Ele teria de ligar para Evelyn e depois verificar o registro de Kirsten e seus itens pessoais para ver se havia alguma pista de onde ela tinha ficado desde o seu desaparecimento no sábado à noite.

A loira deitada estava muito magra e muito doente, a pele quase transparente, o cabelo opaco, porém limpo. Ela tinha um tubo de soro na veia e monitores registrando os batimentos cardíacos e a temperatura do corpo.

— Kirsten — disse Trey, emocionado.

— É ela — Sean confirmou para a enfermeira.

Padre Frisco estava sentado num canto rezando o rosário. Ele era mais jovem do que Sean imaginara — bem próximo da idade de Duke, perto dos 40. Era possível que ele tivesse uma visão estereotipada dos padres católicos como idosos, de cabelos grisalhos, de origem irlandesa ou mexicana. Padre Frisco era um italiano alto de cabelos escuros.

– O que aconteceu com ela? – Trey exigiu saber. – Por que ela está tão magra?

– Shh! – a enfermeira repreendeu.

Sean disse:

– Fique com ela. Eu descobrirei as respostas.

O padre levantou-se e cumprimentou Trey com um aperto de mão, segurando-a enquanto falava:

– Converse com ela. Ela não está reagindo, mas talvez uma voz conhecida a traga de volta.

Com lágrimas nos olhos, Trey se sentou e, hesitando, segurou a mão dela.

Sean voltou com Jeanne para a estação das enfermeiras, com o padre logo atrás deles.

– Padre, Jeanne nos explicou como encontrou Kirsten. Por que acredita que ela não andou por conta própria?

– Os pés dela estavam enfaixados, e as bandagens estavam limpas. Mesmo que tivesse caminhado uma pequena distância, elas teriam se sujado.

– E quando inspecionamos os ferimentos, determinamos que ela não teria conseguido andar – acrescentou Jeanne. – O tendão do pé direito foi cortado, mas começou a cicatrizar de maneira errada. Caminhar daquele modo teria sido impossível. Podemos operá-la para corrigir o que há de pior, mas primeiro temos de estabilizá-la e combater a infecção.

– Enviamos avisos para todos os hospitais na quarta-feira – disse Sean. – A senhora viu?

– Afixamos os avisos recentes e mantemos os antigos num livro. Mas há tantos em todo o país... Quando acolhemos uma desconhecida, repassamos o livro, mas este foi um final de semana muito cheio. Em algum momento, nós a teríamos identificado. E a administração preencheu um relatório policial na sexta-feira quando demos sua entrada. Essas coisas, porém, levam tempo para passar pelo sistema.

– Sabe o que feriu os pés dela?

Jeanne assentiu.

– Alguém limpou os pés dela, mas não bem o bastante. Havia pedaços de areia nos cortes profundos que tinham começado a cicatrizar, mas por causa da infecção, eles não cicatrizaram como deveriam. Também encontramos um fragmento de vidro colorido, possivelmente de uma garrafa de cerveja, debaixo da pele dela.

– Alguém limpou os pés e fez bandagens?

– Diariamente, eu diria. As bandagens estavam limpas, somente com um pouco de pus e sangue. Fizemos exames de sangue e obtivemos resultados estranhos, por isso enviamos fios de cabelo para um laboratório de fora.

– Fios de cabelo?

– Principalmente para verificar drogas ilegais e alguns tipos de veneno que podem não estar em seu sistema circulatório, mas que permanecem nos cabelos mesmo depois de vários meses.

– Quando acredita que os ferimentos tenham ocorrido?

Jeanne consultou o prontuário dela.

– O médico disse que os ferimentos tinham de cinco a sete dias quando ela deu entrada na sexta-feira.

Ou seja, os ferimentos foram feitos no dia em que Jéssica tinha sido assassinada. Sean virou-se para o padre.

– Existem câmeras de segurança na igreja?

Ele negou com a cabeça.

– Sabe por que ela foi levada para sua igreja e não para qualquer outra? – perguntou Sean.

– Está sugerindo que talvez isso seja obra de um dos meus paroquianos? – pelo tom aborrecido do padre, ficou claro que ele também tinha considerado tal possibilidade. – Por que não a levaram para um hospital?

– Por motivos de segurança – disse Sean. – Quem quer que a tenha levado para a igreja não queria ser visto com ela.

Alguém que tinha muito a perder. A pessoa também se importava bastante com ela para deixá-la no interior da igreja a fim de que conseguisse ajuda. E por ter sido deixada numa igreja católica, ou era alguém que morava nas proximidades ou era alguém católico. Sean mudou de assunto:

– Como ela estava vestida? Posso ver seus objetos pessoais?

Padre Frisco informou:

– Ela estava vestida com roupas novas e quentes, e estava com uma coberta.

Jeanne disse:

– A camiseta ainda tinha a etiqueta; pensei que talvez ela tivesse roubado a peça, mas depois vi aquela etiqueta de devolução que algumas lojas afixam.

Isso poderia revelar a Sean onde ela havia comprado as roupas, ou se outra pessoa as comprara por ela.

– Preciso ver as roupas, a coberta, tudo o que estava com ela.

– Vou pegar – Jeanne saiu andando pelo corredor.

O padre falou um pouco mais, depois disse:

– As pessoas que a deixaram não queriam que ela morresse.

– Acredito que, quem quer que tenha sido, tentou ajudá-la, porém suas condições pioraram e a pessoa entrou em pânico.

– Quem?

Sean tinha uma ideia, porém precisava pesquisar mais antes de ligar para Suzanne Madeaux.

Mas primeiro, tinha outra ligação importante a fazer.

– Com licença, padre, mas preciso informar a mãe de Kirsten que encontramos a filha dela.

VINTE E OITO

Lucy preparou Suzanne e o detetive Panetta para o interrogatório. Primeiro, ela convenceu Suzanne a interrogar Dennis Barnett na delegacia da NYPD; a atmosfera barulhenta, cheia de uniformes e armas inspirava autoridade e Lucy acreditava que Dennis seria extraordinariamente obediente perante a autoridade.

Em seguida, ela preveniu os policiais para que não o conduzissem nem o intimidassem de nenhum modo.

– Qualquer advogado de defesa competente vai fazer a possível confissão voar pelos ares.

Panetta disse:

– O Q.I. dele não é tão baixo a ponto de qualificar deficiência mental e, mesmo que fosse, a promotoria ainda assim o processaria. Há precedentes suficientes.

– O Q.I. é baixo o bastante para que o conselho argumente que sua obediência à autoridade o levou a dizer o que vocês queriam ouvir.

– Quantos interrogatórios a senhorita já conduziu, senhorita Kincaid? – perguntou Panetta.

Lucy não tinha como responder. O detetive tinha razão; ela não era policial. Sua experiência não a tinha preparado para aquilo; no que tinha pensado ao concordar em atuar como psicóloga? Era graduada, e só. Não tinha outra experiência além do que a vida lhe dera.

Suzanne disse:

– Não vamos intimidar ninguém. Mas quero pegá-lo, e não pode haver dúvidas. Como conseguiremos que ele confesse?

Lucy disse:

– Ele quer agradar, por isso tem de convencê-lo de que somente a verdade absoluta a deixará satisfeita.

– Como sabe disso? – ela perguntou.

– Li o depoimento que ele deu quando conversou com você no apartamento do irmão. Ele quer ser bom e fazer a coisa certa, mas, por conta do relacionamento com os irmãos, acredito que vai reagir melhor ao detetive – ela relanceou para Panetta e deparou-se com uma expressão de descrença. Endireitou a coluna e prosseguiu: – Durante a vida toda ele se espelhou em CJ e Wade. Ele repete o que eles dizem, como se pode ver no depoimento. A desaprovação de CJ em relação ao estilo de vida de Wade ficou clara, ainda que Dennis não sinta o mesmo. Para ele, Wade é tanto um censor quanto um defensor. Wade quer que Dennis seja normal porque quer um irmão, por isso o leva a festas, shows e outros lugares. Mas Dennis é devagar e desajeitado, e Wade se frustra. Dennis fará qualquer coisa para agradar Wade, e Wade dirá qualquer coisa para proteger Dennis. Se Wade for inocente e acreditar que Dennis é culpado, ele confessará.

– Mesmo sendo inocente? – Panetta sacudiu a cabeça. – Só no cinema. Consigo fazer com que as pessoas confessem qualquer coisa para obter atenção, mas nunca vi ninguém confessar para proteger outra pessoa. A menos que se sintam ameaçados.

– Ele *está* ameaçado – Lucy contrapôs. – Se Dennis for preso por homicídio, a culpa o corroerá. Wade se culpará por não ver o que acontecia, por não impedir.

— Ou Wade também irá preso, se fizeram tudo juntos – Suzanne disse. – E possivelmente irão juntos para o corredor da morte.

— Ele se considerará um fracasso por não ter conseguido criar o irmão.

— Ele só é cinco anos mais velho.

— A mãe deles abdicou da responsabilidade de criar Dennis para CJ e Wade. CJ assumiu o papel de pai: sendo um gênio das finanças, transformou o dinheiro da indenização numa fortuna, e Wade assumiu o papel de mãe, sendo o amigo de brincadeiras.

Lucy os estava perdendo. Não era boa naquilo; sempre tivera Hans ou Dillon com quem trocar ideias antes.

— Li todos os depoimentos e declarações, e todos os artigos que pude encontrar a respeito dos irmãos. Ficou claro que, quando o pai morreu naquele acidente de trabalho, CJ se tornou a figura paterna... ele tinha 14 anos. E ele pressionou Wade para que crescesse também, motivo que explica por que Wade é maduro, de certa forma... Ele tem esse negócio de preservação histórica, filantropia, responsabilidade cívica, mas ainda assim é extremamente infantil. Ele dorme com qualquer mulher, é obcecado por baseball e tem ciúme de Dennis.

— Por quê?

— Porque Dennis pode ser uma eterna criança. Por causa da morte do pai e da desaprovação do irmão mais velho, Wade foi forçado a amadurecer antes de estar pronto.

— Então Dennis é o culpado? – perguntou Suzanne. – Ou eles formam uma equipe?

— Se Dennis for culpado, ele confessará. Ele dirá a verdade, quer Wade esteja envolvido, quer apenas saiba. Ele tem medo de ficar encrencado. Não tenho como saber com certeza sem ver Dennis junto com a mãe, mas, em sua breve declaração e pelo fato de ele não ter solicitado a presença dela ou ter querido que ela estivesse com ele, acho que ele não tem um relacionamento forte com ela, o que reforça minha teoria de que os irmãos o criaram. Posso apenas especular os motivos, mas, sinceramente, não tenho como saber sem entrevistar a mãe ou vê-los juntos.

Hicks enfiou a cabeça dentro da sala de interrogatórios.

– Barnett e o advogado estão aqui.

– Coloque-os na sala ao lado – orientou Panetta.

Hicks entregou um arquivo a Panetta.

– Isto chegou do laboratório ontem à noite. O FBI ligou para descobrir onde isto estava – ele lançou um olhar para Suzanne.

– Não pedi nenhum relatório ao laboratório – disse Suzanne.

Lucy pigarreou.

– Eu pedi. É sobre o resíduo nos pulmões da primeira vítima. O relatório não estava anexado à autópsia, e eu não sabia se tinha sido extraviado ou se eles ainda não o tinham feito.

Hicks disse:

– Fizeram o teste ontem, colocaram-no no topo da lista de prioridades – ele piscou. – Deve ter sido por causa da sua voz sensual.

– Acompanhe o suspeito – Panetta ordenou e pegou o relatório, dando uma olhada – o pó preto é 98% carvão ultrafino e 2% goma.

– Goma? – perguntou Lucy. – Será que ela aspirou goma de mascar enquanto era sufocada?

Panetta entregou-lhe o relatório. Ela leu mas não compreendeu; só entendeu que não se tratava de goma de mascar.

– Como você bem observou – Suzanne disse –, o primeiro homicídio foi espontâneo. Você esteve numa cena do crime hoje cedo; aqueles prédios abandonados não são nada limpos. O assassino pode ter usado qualquer coisa que estivesse à mão.

– Talvez nosso suspeito tivesse um saco de carvão para fazer um churrasquinho depois de matá-la – comentou Panetta.

Lucy juntou os relatórios. Panetta não estava falando sério. Ela acreditava que aquele relatório fosse importante simplesmente por fugir à regra, mas precisava refletir a respeito, e naquele instante Panetta e Suzanne estavam se coçando para ir falar com Dennis Barnett.

– Na sua primeira conversa com ele, Suzanne, ele mencionou que as namoradas de Wade eram más com ele – disse Lucy. – Descubra o quanto elas eram más. O que faziam, como isso o fazia se sentir, quais eram as suas reações. Ele chegou a se defender? Como? Wade sempre ficou do lado dele? Você também vai ter de perguntar a respeito da mãe deles, da sua infância.

– Então ele tem problemas com a mamãezinha... – disse Panetta, obviamente irritado.

– Todos temos problemas com a mamãezinha – rebateu Lucy. – Eu não disse que isso era motivo para matar.

Eles saíram da pequena sala de conferência e foram para a porta ao lado. Um espelho de um lado deixava ver Dennis Barnett com seu advogado. Dennis estava com os olhos arregalados, obviamente curioso. O advogado era mais velho e estava de terno. E não parecia satisfeito.

Lucy concentrou-se em Dennis. Ele era musculoso. Tinha ombros largos, olhos azuis e um modo de olhar infantil. Estava inquieto.

Quando se virou para olhar para trás, para a parede branca, Lucy sentiu uma onda de reconhecimento. Impediu que Panetta abrisse a porta.

O detetive fitou-a, irritado. Ele não tinha gostado de sua avaliação, era da velha escola e todo aquele blá-blá-blá psicológico não acrescentava nada à sua abordagem de investigação.

– Suzanne, onde está o esboço daquela testemunha? – sem esperar pela resposta, Lucy vasculhou as pastas de arquivos até encontrar uma cópia. – É ele! Olhem o perfil.

Suzanne olhou para o desenho e depois para Dennis Barnett.

– Não percebi de cara, mas acho que você está certa.

Panetta aproximou-se e franziu o cenho.

– Também não tinha notado, mas é o mesmo perfil. Só que o desenho parece um tanto exagerado em tudo.

Lucy concordou.

– No desenho ele parece mal, mas, aqui sentado, parece inofensivo.

– Isto foi feito a partir de uma lembrança antiga – comentou Suzanne. – A menos que a testemunha se apresente para um reconhecimento e o identifique, não creio que poderemos usar isto.

Até então, Lucy não tinha acreditado que Dennis Barnett fosse o culpado. Ela tinha certeza de que o assassino era obcecado por Wade Barnett, quer fosse uma antiga namorada ou alguém que o conhecia bem, como uma secretária.

Estava errada. Sobre quantas outras coisas ela também estava equivocada? Por que estava ali, para início de conversa?

Enviou uma mensagem para Sean:

Eu estava errada. O homem do desenho que a testemunha viu com Alanna Andrews na noite em que ela foi morta é Dennis Barnett.

*

Sean acreditou que invadir a cobertura de Charles Barnett no Brooklyn Heights fosse um desafio. Era um prédio seguro, com travas de última geração, porteiro e câmera de segurança. Mas era apenas um edifício – Sean nunca antes fora derrotado por um prédio nem por um sistema de computação.

Precisou de menos de dez minutos para decidir a melhor abordagem para burlar o sistema de segurança do prédio de doze andares, e de mais um minuto para desativar a trava eletrônica que levava para a garagem subterrânea.

Sorriu ao conduzir seu GT para dentro da estrutura e estacionar na 12A, a vaga vazia de Charles Barnett. Ele estava na Europa, Wade Barnett ainda estava na Ilha Rikers, e o FBI estava interrogando Dennis Barnett. O apartamento devia estar vazio.

Já no andar superior, Sean destrancou a porta do apartamento e entrou sorrateiramente, fechando a porta sem fazer barulho atrás de si. Tinha deixado a pistola no carro – se por acaso houvesse alguém morando no apartamento de Barnett, ele poderia se livrar de ser preso por invasão de domicílio, o que não aconteceria se estivesse armado. Ainda assim, se seu palpite estivesse certo, o apartamento estaria vazio.

Aguçou os ouvidos, tentando verificar se havia alguém, mas o apartamento estava silencioso. O lugar estava limpo, mas não imaculado. Havia alguns copos na bancada da cozinha, as cadeiras estavam bagunçadas e não arrumadas na mesa, e as almofadas do sofá não estavam alinhadas. Mas isso não significava nada necessariamente.

Mesmo com a chuva incessante, Sean conseguiu ver a ponte Brooklyn pelas janelas panorâmicas.

Havia três quartos. Um era pequeno e parecia não ter sido usado. No segundo, a cama tinha sido arrumada às pressas, a camiseira estava cheia de moedas e de notas amassadas. Sean deu uma olhada nos itens e encontrou uma nota fiscal da *Abercrombie & Fitch* no valor de 310,70 dólares. O cartão de crédito estava no nome de Dennis Barnett.

Ele tinha trazido a etiqueta da camiseta de Kirsten consigo. Ela também era da *Abercrombie & Fitch*, e ele comparou o número da peça com a nota fiscal.

Os números batiam.

Dennis tinha comprado duas calças, um agasalho, duas camisetas e quatro calcinhas. Sean vasculhou o quarto, mas não encontrou nenhuma outra peça da nota fiscal.

Em seguida, passou para o quarto principal e entendeu que fora ali que Kirsten havia ficado por cinco dias.

A cama tinha lençóis limpos e estava bem-feita, mas havia roupas de cama manchadas de sangue no cesto de roupa suja. Bandagens sujas de sangue estavam no lixo do banheiro, e o estoque de uma farmácia local estava espalhado na mesinha de cabeceira: gaze, esparadrapo, antibiótico de uso tópico e analgésicos.

Sean foi ao escritório e ligou o computador. Investigou o histórico de navegação e viu que Kirsten definitivamente tinha enviado a mensagem para Trey daquele computador, na quinta-feira de manhã.

Ele olhou através da janela e começou a juntar as peças do quebra-cabeça. Dennis Barnett ficara cuidando de Kirsten naquele apartamento. Por que não a levara para um hospital quando ficou claro que ela estava muito doente? Será que ela o tinha convencido de que havia alguém tentando matá-la? Ou ela foi piorando gradualmente, deixando-o sem opções?

Wade Barnett sabia? E se soubesse, por que não fora à polícia ou ao hospital? O que ele estava tentando esconder?

Sean não tinha todas as respostas, mas se Dennis Barnett tinha se esforçado tanto, trazendo Kirsten para sua casa depois da festa, cuidando dela e depois deixando-a na igreja quando já não conseguia ajudá-la, ele não conseguia imaginá-lo matando outras cinco moças.

Enviou uma mensagem para Lucy, detalhando as descobertas, permitindo que ela chegasse às próprias conclusões.

Viu a mensagem dela quanto ao homem no esboço ser Dennis Barnett. O que a artista tinha dito? Que vira alguém com Alanna na noite em que ela morreu. Dennis Barnett já havia admitido ser o motorista de Wade nessas festas; isso não significava que ele tivesse matado Alanna.

Sean recostou-se na cadeira, analisando o computador de Charles Barnett. Entrou no servidor protegido da RCK para acessar o site Party Girl, que Patrick tinha reconstruído. Patrick tinha dado um passo a mais: tinha criado um índice de conteúdo, incluindo todos os usuários registrados.

Sean verificou a lista de usuários à procura de um nome que pudesse ser de Wade Barnett. A maioria das pessoas usava algo que fosse familiar, algo que fizesse parte de sua personalidade. Ele clicou em alguns nomes promissores, mas nenhum deles era Wade Barnett.

Encontrou o que vinha procurando quase no fim da lista em ordem alfabética.

YankeeFã00

Clicou sobre o nome e sorriu. Por mais que não houvesse uma foto de Wade Barnett, havia dois indicadores importantes: ele tinha escrito que era um preservacionista de 25 anos de Nova York; e entre suas amigas estavam Érica Ripley, Heather Garcia, Jéssica Bell e Kirsten Benton. Todas tinham nomes falsos, mas usavam suas fotos de verdade.

Enviou as informações para Lucy e Suzanne, saiu do site da RCK e apagou o histórico dessa entrada no computador, deixando todo o resto intacto. Depois foi embora.

Já no carro, ligou para o agente do FBI, Noah Armstrong. Ele e Noah não concordavam em tudo, mas Noah tinha garantido que Sean era de confiança a Suzanne Madeaux.

E agora ele precisava de alguém com autoridade para permitir sua entrada na Ilha Rikers.

VINTE E NOVE

Depois de quinze minutos de perguntas relativamente tranquilas, Dennis Barnett estava começando a ficar confuso e agitado. Lucy não acreditava que fosse por culpa. No início, Dennis tinha se mostrado ansioso em ajudar, mas ele não entendia por que as perguntas eram a seu respeito.

Suzanne perguntou pela terceira vez:

– E como se sentiu quando a namorada de Wade o chamou de estúpido?

Dennis franziu o cenho.

– Sou devagar, não estúpido. E já me perguntou isso.

– Estou tentando entender seus sentimentos.

– Não está, não. Está tentando fazer eu me sentir mal.

Panetta disse:

– Por que haveríamos de querer que se sentisse mal? A menos que tenha feito alguma coisa que o faça se sentir mal!

Dennis olhou para o advogado.

– Você disse que viríamos para cá para ajudar Wade.

– *Estamos* aqui para ajudar Wade – confirmou o advogado. – Você só precisa dizer a verdade para estes policiais.

Os instintos de Lucy ficaram em alerta. O advogado devia saber que Dennis era suspeito; será que não lhe contara? Ou será que Dennis não tinha entendido?

Suzanne notou a mesma coisa e disse:

— Dennis, outra moça foi morta ontem à noite.

Ele fez uma careta.

— Eu gostaria de lhe mostrar a foto dela. Ajudaria bastante saber se você a conhecia ou se já a viu em algum lugar.

Ele concordou.

Suzanne mostrou-lhe a foto da carteira de motorista de Sierra Hinkle. Lucy observou sua expressão atentamente. Estava completamente neutra, a não ser pela testa, enrugada de concentração.

— Não a conheço.

Então Suzanne lhe mostrou a foto de Jéssica Bell.

Ele olhou e começou a morder a unha do polegar.

— Se eu a vi, isso vai complicar a situação de Wade?

— Se você mentir, Wade estará em apuros — Lucy disse. Ela tinha ficado calada durante todo o interrogatório, mas sentiu a mudança no comportamento de Dennis.

O advogado interrompeu:

— Não estou entendendo esta linha de interrogatório.

Suzanne disse:

— E eu não estou entendendo para quem você está trabalhando, se é para o Dennis ou para outra pessoa.

Lucy concentrou-se em Dennis e disse:

— Dennis, você sabe por que Wade está preso?

— Porque ela — Dennis olhou para Suzanne com uma expressão de raiva infantil — acredita que ele feriu Alanna.

— Na verdade — Lucy corrigiu — não sabemos quem feriu Alanna — ela sentiu o olhar de Panetta sobre si. Ele não estava nem um pouco satisfeito. – Wade está preso porque mentiu para a agente Madeaux. Sabe que mentir para o FBI é crime?

Ele assentiu.

– Ela me disse.

– É verdade. Se você mentir e conseguirmos provar que mentiu, então você também irá para a cadeia. Dennis, gosto de você. Não quero que seja preso.

– Não quero ir para a cadeia – ele olhou para a foto de Jéssica. – Essa é Jenna.

– Jenna? – Suzanne repetiu. – Como a conhece?

– Às vezes fico com Wade. Ela falava com ele pelo computador.

– Falava? – insistiu Suzanne.

Dennis corou e sussurrou:

– Ela estava pelada. Wade não me viu entrar. Depois ficou bravo e gritou comigo.

Panetta mudou a direção das perguntas e disse:

– Você ficou bravo com Jenna?

– Não, eu...

– Porque eu ficaria – disse Panetta.

Lucy queria calar o detetive. Dennis estava ficando agitado de novo, mas porque estava com vergonha e não porque a tivesse matado.

– Não fiquei bravo com ninguém. Wade me disse para bater na porta dali por diante, e eu disse que a porta estava aberta, e daí ele só desligou o computador. Isso faz muito tempo. Foi no verão passado.

Suzanne colocou as fotos de Érica Ripley e de Heather Garcia diante de Dennis.

– E quanto a estas duas? Você as reconhece?

Ele apontou para Heather.

– Não a conheço. Mas esta é Érica. Ela trabalha na cafeteria Java Central. Ela foi a uma festa com a gente uma vez, mas... – ele franziu o cenho, refletindo.

— Qual festa?

— Estava muito quente. Foi no final de semana no Dia do Trabalho, e eu queria ir para Martha's Vineyard com Charlie, mas Wade quis que eu o levasse a uma festa. Ele tinha acabado de perder a carteira de motorista porque tinha bebido. Ele disse que só confiava em mim. Por isso fomos. Ele me fez entrar porque estava quente demais para esperar no carro. Eu não gostei *nem um pouco*. Era tão barulhento que fiquei com dor de cabeça. E Wade ficou bebendo, ele fica bobo quando bebe.

— Quem diz isso? — Lucy perguntou.

— Charlie. É por isso que Wade ficou sem a carteira. Charlie disse: "Bem feito, você fica bobo quando bebe".

— Qual foi a bobeira que Wade fez naquela noite? — Suzanne perguntou.

— Muitas. Ele queria que eu fizesse sexo com uma garota que nunca vi antes, e eu não quis. Alanna ficou furiosa com ele por causa disso. Depois ele magoou Alanna porque levou Érica para a festa. Ela disse: "Não me importo se você transar por aí, só não traga nada para casa".

Lucy se perguntou se Dennis tinha memória fotográfica ou ao menos uma memória auditiva aguçada.

Suzanne disse:

— Antes você tinha me dito que Wade e Alanna tinham rompido. Mas eles foram a um jogo dos Yankees depois dessa festa.

— Eles terminaram, mas Wade pediu desculpas e lhe deu os ingressos. Ela disse: "Esta é sua última chance". Charlie disse que aquilo nunca daria certo porque eles tinham um relacionamento aberto.

— Você sabe o que isso significa? — Lucy perguntou.

— É quando você tem uma namorada, mas ainda assim transa com outras garotas.

— E depois do jogo dos Yankees? — Suzanne perguntou.

— Não sei o que aconteceu. Mas Wade ficou muito triste e disse que tinha estragado tudo de novo.

Panetta perguntou:

— Você ficou bravo com Alanna?

Dennis negou.

— Ela era legal comigo.

— E Érica era legal com você? — Lucy perguntou.

Dennis deu de ombros.

— Às vezes.

— E quanto à Jéssica?

— Quem?

Suzanne tocou na foto dela.

— O nome dela é Jéssica.

Ele balançou a cabeça, negando.

— O nome dela é *Jenna*.

— Ela só fazia de conta que o nome dela era Jenna.

A expressão dele iluminou-se.

— Ah, entendi.

Lucy relanceou para o telefone, depois abriu a mensagem de Sean:

Encontrei Kirsten. Ela está no hospital, está com uma infecção. Dennis cuidou dela no apartamento do irmão Charlie em Brooklyn Heights. Tenho provas. Mais detalhes num segundo.

Lucy abriu os arquivos e pegou a foto de Kirsten.

— Conhece esta garota?

Os lábios dele tremeram.

— O que aconteceu?

— Pode me dizer?

Ele pareceu em pânico.

— Você só está me mostrando foto de garotas mortas! Ela morreu?

— Não – disse Lucy. Suzanne estreitou o olhar em sua direção, ordenando-a a recuar. Lucy engoliu em seco. Ela tinha certeza de que seus instintos estavam certos, que Dennis não tinha matado aquelas garotas nem Wade o tinha feito. – Ela está bem. Está no hospital.

Ele respirou com mais facilidade.

— Ok, bom. Wade me disse que... – ele parou de falar e olhou para as mãos cruzadas sobre a mesa.

Suzanne fez pressão.

— Você precisa dizer a verdade.

Ele debateu-se por alguns segundos:

— Se eu contar a verdade, prometa que não ficará brava com Wade e que ele não vai mais ficar na cadeia.

Suzanne disse:

— Se Wade não matou essas garotas, prometo que ele não ficará preso.

Lucy sabia que Suzanne não podia prometer tal coisa. Wade já estava em apuros por comprometer uma investigação e por tentar destruir provas.

Dennis acreditou nela.

— Certo. Encontrei Kirsten no fim de semana passado, e ela estava com muito medo e machucada; eu quis levá-la a um médico, mas ela estava chorando e pediu para eu não fazer isso. Wade me disse que eu não deveria tê-la mantido no apartamento de Charlie porque ela estava muito doente. Depois, ela já não acordava mais. Wade pensou que eu a tivesse machucado, mas eu disse que não, e ele acreditou em mim, mas disse que a situação não estava boa porque ele a conhecia.

— Wade conhece Kirsten? – Suzanne perguntou.

— Ele disse que sim. Ele disse que uma coisa estranha estava acontecendo e que ele ia descobrir o que era, mas ele me disse...

Lembra que prometeu que ele não vai se encrencar... – ele ficou olhando para Suzanne em busca de uma resposta.

– Sim.

Ele continuou:

– Ele me disse que conhecia todas as moças que foram mortas pelo Estrangulador de Cinderelas. Ele estava com muito medo.

– Porque ele as matou e não queria ir preso? – perguntou Panetta?

– Não! – Dennis bateu a mão na mesa em sua primeira demonstração física de raiva. – Não, não, não! Ele não matou ninguém.

Suzanne disse:

– Wade está preso porque ele me disse que não conhecia essas quatro garotas que foram mortas. Ele as conhecia, teve relações sexuais com elas e mentiu a respeito... A situação está bem ruim.

– Mas ele não fez isso! Eu sei.

– Você matou essas garotas? – Panetta exigiu saber.

Os olhos de Dennis arregalaram-se e ele balançou a cabeça.

Suzanne sugeriu:

– Talvez você tenha se aborrecido porque Wade passava mais tempo com elas do que com você.

Ele continuou negar com a cabeça.

– Ele o envergonhou na festa – disse Panetta. – Disse-lhe para fazer sexo com alguém de quem você não gostava. Essas garotas riram de você? Ou elas queriam Wade, mas não queriam você? Você amava Alanna? É por isso que você a matou? Porque ela amava seu irmão, que não a merecia?

Dennis estava chorando.

– Eu não matei Alanna. Não matei. Não matei! – abaixou a cabeça. – Quero ver Wade. Por favor.

O advogado falou:

– Esta conversa termina aqui.

– Mais uma pergunta – disse Lucy. Esticou a mão e tocou-o no braço. Ele estava tremendo, mas olhou para ela quando ela disse seu nome de maneira suave. – Dennis. Você tem boa memória. Quero que relembre o momento em que encontrou Kirsten correndo.

Ele fungou.

– Ela não estava correndo. Ela tinha caído. Foi aí que saí do carro e a peguei no colo.

– O que ela lhe disse?

– Ela disse: "Não a deixe me pegar".

*

Noah tinha se superado.

Sean chegou à Ilha Rikers pouco antes das duas da tarde do domingo, pisando fundo o caminho inteiro a fim de chegar a tempo do horário-limite para dar entrada como visitante, pois nem mesmo Noah Armstrong conseguiria deixar de lado as regras do Departamento Correcional. Após a revista e o recebimento do crachá de visitante, Sean foi abordado por um homem de terno.

– Senhor Rogan, sou o agente especial Steven Plunkett, o contato do FBI na Rikers.

Sean apertou a mão estendida e seguiu-o por uma série de corredores. Em várias ramificações, tiveram que esperar os vigias abrirem as trancas para que pudessem passar.

Sean supunha que deveria ter falado com Suzanne Madeaux, mas ela estava no meio do interrogatório de Dennis Barnett, e ele estava mais preocupado com a segurança de Kirsten Benton. Se a assassina descobrisse que Kirsten estava no hospital, ela corria perigo.

Lucy não tinha botado fé em sua própria análise, mas Sean não duvidava dela. Lucy acreditava que o assassino era uma mulher.

E Sean suspeitava que Wade Barnett soubesse quem ela era.

Plunkett mencionou a Sean todas as regras sobre a interação com os prisioneiros, mas Sean só estava prestando meia atenção. Quando chegaram a uma sala reservada – do tipo em que os advogados se encontram com os clientes –, Sean já tinha um plano formado. E não se surpreendeu quando Plunkett permaneceu na sala.

Wade Barnett não sorriu quando Sean entrou.

– Quem é você? – exigiu saber.

– Sean Rogan, investigador particular. Kirsten Benton é minha prima.

Houve um reconhecimento parcial no olhar de Barnett.

– Você a conhece como sendo Ashleigh.

Barnett fechou os olhos.

– Eu não sabia que Dennis estava com ela.

– Acredito em você.

Barnett fitou-o.

– Por quê? Ninguém acreditou numa palavra do que eu disse.

– É isso o que acontece quando se mente para policiais. Se eles descobrem, eles não acreditam em mais nada do que você diz – Sean tinha alguma experiência no assunto. – Vou lhe dizer o que estou pensando. Você me corrige. Preciso de respostas e preciso delas agora, porque Kirsten corre perigo.

Ele pareceu surpreso.

– Mas...

– Sim, um padre a encontrou e a levou ao hospital, e eu vasculhei o apartamento de seu irmão e sei que ela foi bem cuidada. O problema é que ela está com uma infecção séria e continua inconsciente.

– Eu a levei assim que soube, acredite em mim...

– Você não a levou a um hospital, mas vou deixar isso passar. Acho que, quando o FBI e a NYPD foram falar com você a respeito das quatro mulheres com quem fez sexo, você entrou em pânico. Você sabia que Alanna tinha sido assassinada. Mas não acredito que tenha pensado nas outras. A imprensa não fez muito alarde a respeito do homicídio de Érica Ripley, e só foi depois do ano-novo que a imprensa nomeou o assassino como o Estrangulador de Cinderelas.

Sean prosseguiu:

– Era você quem administrava o Party Girl através de uma empresa estrangeira que hospedava o site para você. Quando a polícia falou com você na quinta-feira de manhã, você finalmente ligou um assassinato ao outro. Mas não só porque tinha transado com as quatro mulheres. Foi porque acreditou que seria responsabilizado pelas mortes, já que todas elas eram membros do Party Girl. Você pensou que alguém estava usando o site para escolher as vítimas. Por isso, pagou para que o retirassem do ar. Felizmente, meu sócio e eu somos mais inteligentes do que você, recuperamos as informações em cache e reconstruímos a coisa toda.

Sean observou Wade demonstrar toda a sua surpresa. E continuou:

– Na quinta à noite, você deve ter pensado que conhecia pessoalmente essas vítimas. Havia 161 perfis de mulheres no Party Girl. Qual a probabilidade de que quatro das que viviam em Nova York acabassem mortas? Qual a probabilidade de você ter dormido com todas as quatro?

Sean inclinou-se para frente.

– Foi aí que você foi procurar seu irmão Dennis. Não sei se você acreditou que ele as tivesse matado, ou...

– Fique longe do meu irmão – disse Wade. – Ele jamais faria mal a alguém.

– É o que a minha namorada diz. Mas a polícia o está interrogando neste instante. Quer saber por quê?

– Dennis jamais sobreviveria na prisão. Como puderam fazer isso? Ele não matou ninguém!

– E nem você. Uma quinta vítima apareceu ontem à noite.

O corpo inteiro de Wade tremia.

– O quê?

– Sierra Hinkle. E meu sócio já verificou. Ela não estava no Party Girl nem mesmo com um nome falso. Você a conhecia?

– Não.

– Ela era garçonete no Brooklyn.

– Eu não a conhecia.

Sean pegou a foto de Sierra Hinkle do bolso e mostrou-a para Barnett, só para ter certeza.

– Nunca a vi antes.

– Quer saber por que ela foi morta?

– Você vai me contar de qualquer modo.

– Porque você está na prisão. Não é isso o que sua ex-namorada queria.

– Você ficou louco. Alanna está morta.

– Ela não foi sua única namorada. Pense bem. Uma mulher com quem tinha saído e que não levou numa boa quando você terminou. Alguém que entrou e saiu repetidas vezes de sua vida, provavelmente por muitos anos – Sean lembrou o que Lucy tinha dito a respeito da relação entre Dennis e Wade e em como Wade protegia o irmão menor. – Ela não gostava de Dennis, devia maltratá-lo, mas nunca perto de você, porque sabia que você não toleraria. Dennis não gostava dela.

– Dennis gostou de todas as minhas namoradas – Wade disse, porém ficou pensando.

Sean tentou uma tática diferente.

– Você perdeu a sua carteira de habilitação, mas estamos em Nova York. Por que Dennis tinha de levá-lo para as festas?

– Moro no Upper East Side. Não dá para ir andando para a maioria dessas festas. Não pego o metrô e não gostaria de ir andando até o Brooklyn. E não dá para confiar nos taxistas.

Sean hesitou.

– Dennis levou você a todas essas festas? Ele estava na Casa Assombrada quando Alanna foi morta?

Wade refletiu a respeito.

– Não. Ele não estava. Foi na véspera do Halloween, e Dennis se assusta com facilidade.

Sean sabia exatamente quem era o Estrangulador de Cinderelas.

*

Lucy fitava a cópia do retrato que mostrava um Dennis Barnett bravo e que supostamente estivera com Alanna na noite em que foi morta. Suzanne e Panetta tinham forçado a barra, mas ele nunca ficara parecido com o desenho, mau daquele jeito. Mas era *ele*, sem sombra de dúvida.

Suzanne disse:

– Não sei o que pensar.

– Ele pode estar mentindo. Temos de insistir neste último homicídio – sugeriu Panetta. – Ele pode ter matado Hinkle para libertar o irmão. Fez do mesmo modo porque assistiu ao irmão matando as outras quatro garotas.

– Não – disse Lucy. – Dennis não matou ninguém.

Panetta esfregou a nuca.

– Senhorita Kincaid, agradeço sua ajuda, mas todas as evidências apontam para que Wade Barnett e Dennis Barnett estivessem trabalhando juntos.

Suzanne disse:

– É o que parece, mas só existe um modo de termos certeza. Temos de falar com Kirsten Benton.

– Ela ainda está inconsciente – informou Lucy.

– O que o médico disse a respeito de seu prognóstico?

– Vão mudar a medicação, e eles estão otimistas.

Panetta disse:

– Podemos manter os dois presos até conseguirmos falar com ela.

– Não temos motivos para manter Dennis sob custódia – ponderou Suzanne.

– Temos uma testemunha.

– Teremos de trazê-la para identificação.

Lucy não prestava muita atenção à conversa.

– Suzanne, você tem o desenho original?

– Está na sala de evidências no FBI.

– Foi feito à lápis?

– Hum, carvão é lápis, certo?

– Foi encontrado carvão nos pulmões da primeira vítima. Carvão e goma – Lucy pegou o celular e fez uma busca rápida. Suzanne levantou-se da cadeira e começou a andar de um lado para o outro, com as mãos esfregando a nuca. – Goma é um componente dos lápis a carvão usados em desenhos.

– É isso – disse Suzanne. – A ligação pessoal. Não enxerguei antes, mas faz todo o sentido. É a última peça do quebra-cabeça.

– O quê? – perguntou Panetta.

– O desenho... a artista se chama Whitney Morrissey. Ela esteve na festa da Casa Assombrada, no Halloween. Ela é prima de Alanna Andrews.

– Espere um segundo – Panetta disse. – Está sugerindo que uma mulher matou essas moças?

Lucy concordou.

– Isso se encaixa com tudo o que eu disse antes.

– Mas o que disse também se encaixa com Dennis Barnett.

– Sim, mas ele não tinha ciúmes das namoradas de Wade. Ele gostava de Alanna, em particular, e salvou Kirsten. Vá lá perguntar a respeito de Whitney.

Suzanne entrou na sala de espera e viu Dennis Barnett encolhido num canto, aterrorizado. Ela pediu ao guarda que o liberasse.

Ele aproximou-se dela e disse:

— Não gosto daqui.

— Tenho mais uma pergunta. Você conhece Whitney Morrissey?

Dennis enrugou o nariz.

— Sim.

— Como?

— Ela é uma das namoradas de Wade. Ela não gosta de mim.

— Seu irmão ainda está saindo com ela?

— Não. Wade a ouviu dizendo coisas ruins a meu respeito. E terminou com ela. Depois ele conheceu Alanna e ficou feliz.

— Whitney fez alguma coisa para Wade? Alguma ameaça?

Dennis balançou a cabeça.

— Ela disse que se mataria. Mas não se matou. Ela ligava para ele o tempo todo. Ele mudou de número. Aí ela foi para o apartamento do Charlie no aniversário do Wade, em setembro, e deixou Charlie tão bravo que ele retirou a doação que a CJB vinha dando para ela.

— Uma doação?

— Pela arte. Charlie diz que temos muito dinheiro e que precisamos doar muito. Não me lembro de nosso pai porque eu era pequeno quando ele morreu, mas ele amava as artes, por isso Charlie dá dinheiro para os artistas — Dennis relanceou para a sala de espera. — Por favor, não me mande de volta para lá.

— Você não vai precisar voltar. Vou pedir que um policial o acompanhe até sua casa. Dennis, não importa o que aconteça, não saia de lá até eu avisar você, está bem?

Ele fez uma cruz sobre o coração com o dedo indicador.

— Prometo.

TRINTA

– Diga a seu namorado para ficar longe de mim – disse Suzanne para Lucy enquanto estacionava diante do prédio de Whitney Morrissey.

Suzanne desejou estrangular Sean por ter ido falar com Wade Barnett, mas, para isso, teria de entrar numa batalha com o Escritório Central de Washington e com seu contato na Ilha Rikers. Não importava que seu suspeito não fosse o culpado – Sean tinha interferido numa investigação federal de homicídio e ainda caminhava em águas quentes no que se referia a ela.

– Ele está no hospital com Kirsten e a mãe dela – explicou Lucy.

– Diga-me que você não sabia o que ele estava aprontando – resmungou Suzanne.

– Eu não sabia.

– Mando chamar você assim que verificarmos o apartamento.

Suzanne encontrou Panetta do lado de fora do prédio. Ele disse:

– Ou ela não está em casa, ou não está atendendo a porta. Coloquei homens em cada saída.

– Estou pronta.

Dois policiais da NYPD seguiram Suzanne e Panetta pelas escadas até o loft de Whitney Morrissey. Suzanne bateu à porta.

– Whitney, sou Suzanne Madeaux, do FBI. Lembra-se de mim? Precisamos conversar – aguardou um pouco. – Whitney, abra a porta.

Não havia nenhum som vindo do apartamento, mas agiram com cautela. Panetta fez um sinal para o policial com a chave mestra, que tinham pego com a administração do prédio. Uma primeira fechadura abriu, mas não a segunda.

– Ela tinha de complicar a situação – resmungou Panetta antes de chamar o chaveiro que aguardava embaixo.

Cinco minutos mais tarde, estavam no interior do apartamento de Whitney.

Os policiais vasculharam o apartamento de dois cômodos e rapidamente se certificaram de que Whitney não estava lá.

A sala de estar era exatamente como Suzanne se lembrava: iluminada, arejada, com obras de arte por todos os lados. Vestiu as luvas e andou pelo cômodo, não vendo nada que lhe parecesse estranho. O trabalho artístico de Whitney era verdadeiramente excepcional. Parou diante de um imenso desenho a carvão incrivelmente detalhado de uma cena de rua: uma fileira de casas de tijolos aparentes numa rua de três vias, pessoas passeando, um vendedor de cachorro-quente em uma das esquinas.

O que teria provocado a obsessão dela por Wade Barnett, transformando-a de simples perseguidora a assassina? Foi o fato de ele ser promíscuo? Ou por seu irmão ter retirado a doação? Ou por Barnett estar dormindo com sua prima, Alanna?

– Suzanne – Panetta gesticulou para que ela entrasse no quarto.

Ela parou na soleira. Ficou sem fala. Nunca tinha visto nada parecido antes – nenhum nível de obsessão se comparava àquilo.

Uma parede estava coberta por cortiça na qual estavam afixados centenas de desenhos. O tema dos desenhos era o mais perturbador: uma imagem atrás da outra de Wade Barnett e de Whitney Morrissey.

A grande maioria dos desenhos era sobre Wade. Alguns só do rosto; outros quase se pareciam com fotografias, mostrando Wade sentado num café, observado através da vitrine do outro lado da rua. Ou Wade torcendo no estádio dos Yankees. Ou Wade numa festa. Também havia outras pessoas nos desenhos, porém não estavam nítidas se comparadas a Wade, que parecia ter uma luz interior.

E também havia os desenhos de Wade com Whitney, a maioria de conteúdo erótico. Suzanne teria admirado o nível de detalhamento se o cenário todo não fosse tão perturbador.

O rosto dele estava em todos os lados, em todos os tamanhos. Em cada parede e superfície. Suzanne olhou ao redor e notou algo pintado no teto. Aproximou-se da cama e olhou para cima. Whitney tinha pintado um retrato de Wade Barnett bem acima da cama.

Chamar Whitney Morrissey de doente seria apenas uma versão atenuada e incompleta da verdade.

— Precisamos chamar a Equipe de Investigação Forense — disse Suzanne. — Eles estão esperando do lado de fora.

— Seria bom chamar também a senhorita Kincaid — sugeriu Panetta, olhando para a mesa de desenho inclinada de Whitney. Ele tinha acendido uma luminária que clareou o que havia sobre a superfície.

Um caderno de desenhos estava aberto na primeira página: era uma imagem conhecida, não só porque se tratava de Wade, mas por ser de Wade e Alanna no jogo dos Yankees. A mesma foto que tinha sido publicada no jornal — a não ser por uma diferença gritante.

As feições de Alanna tinham sido exageradas a ponto de se tornarem monstruosas. Os olhos estavam maiores e deslocados; o nariz afilado tinha sido desenhado ainda mais pontudo com um gancho no fim; e a mão que estava apoiada no ombro de Wade tinha verrugas e pelos. O cabelo, que estava solto ao vento, agora tinha serpentes nas pontas, todas prontas para atacar Wade. Cada um dos detalhes era ao mesmo tempo perfeito e grotescamente distorcido.

— Tem mais — disse Panetta, virando a página. Era Érica Ripley, atrás do balcão onde trabalhava, falando com Wade. De sua boca descia um líquido escuro, que escorria pelo balcão.

Suzanne tinha visto muitas tragédias nos dez anos em que trabalhava como agente do FBI. Tinha até visto um cadáver quando criança, algo que teve um efeito permanente sobre ela. Mas, de alguma forma, a arte retorcida de Whitney Morrissey perturbava-a num nível muito mais profundo. Sangue, violência, homicídio — Suzanne compreendia o lado negro básico da natureza humana. Mas a mente perniciosa de uma assassina obsessiva que usava seu talento para distorcer a realidade em algo tão perverso, digno de um filme de terror? Suzanne ficou abalada como em poucas vezes ficara.

Suzanne e Panetta saíram do quarto de Whitney, e ela já começou a respirar melhor. Chamou Andie, a líder da EIF.

— Estamos prontos para sua equipe. E para Lucy Kincaid.

*

Sean conversou bastante com o policial da NYPD antes de sentir confiança em deixar Kirsten sob a sua proteção.

Evelyn e Trey faziam turnos ao lado da garota. Ela tinha reagido à ação dos novos antibióticos e despertara pela primeira vez desde sua internação, logo depois da chegada de Evelyn. Agora os médicos estavam marcando a cirurgia para reparar os danos sofridos nos pés e para remover o resto de vidro e de pedras encravadas debaixo da pele. Kirsten seria transferida para um quarto particular ainda naquela noite.

Sean entrou no quarto e informou a Evelyn que estava de saída, mas que o guarda ficaria na porta até que Whitney Morrissey fosse presa.

Evelyn levantou-se, com lágrimas nos olhos, e o abraçou.

– Obrigada, Sean.

– Você tem de agradecer a Trey. Foi ele que foi de hospital em hospital até encontrá-la.

– Estou tão feliz por reencontrá-la. Vou levá-la de volta para a Califórnia. Um recomeço. Vou para a faculdade. Tentarei refazer a vida para que Kirsten também tenha a dela.

– Fico feliz por isso.

Sean estava saindo quando, do corredor, viu Trey sentado numa cadeira de plástico, com a cabeça apoiada nas mãos. Sentou-se ao lado dele e pousou uma mão em seu ombro.

– Você está cansado. Talvez devesse voltar para o hotel e dormir um pouco.

Ele balançou a cabeça.

– Só não sei o que fazer agora. Eu a amo. Não quero voltar ao que era antes.

– As coisas nunca mais serão como eram – Sean não era de dar conselhos; até conhecer Lucy, nunca tinha passado dos estágios superficiais de um relacionamento. Mas, se tinha aprendido alguma coisa nas seis semanas em que ele e Lucy estavam juntos, era que tinha se tornado uma pessoa melhor. Precisava de Lucy e faria o que fosse necessário para fazê-la feliz. – Todos cometemos erros, mas o que importa é o que você é por dentro. E você é um bom homem, Trey.

Evelyn saiu do quarto e gesticulou para Trey.

– Ela acordou de novo e quer ver você.

Trey esfregou os olhos úmidos e sorriu.

– Obrigado, Sean – disse, seguindo Evelyn até o quarto.

Sean desejou estar mais tranquilo com a boa notícia de que Kirsten estava viva e sobreviveria a tudo aquilo, mas ele sabia que ela ainda teria um longo e árduo caminho pela frente. Fisicamente, ela se recuperaria. Mas os danos psicológicos e emocionais de suas atividades on-line, além da experiência de ter encontrado a amiga morta e de ter sido perseguida por uma assassina serial... Isso levaria muito mais tempo para desaparecer.

Kirsten, porém, *estava* segura, e Sean alegrava-se com isso.

Saiu do hospital e dirigiu até o apartamento de Whitney Morrissey no Brooklyn, onde a polícia executava o mandado de busca. Lucy tinha lhe enviado uma mensagem há trinta minutos informando que Whitney estava desaparecida, mas que havia ampla evidência de sua culpa.

Ele parou atrás de um carro de polícia e estacionou. Foi parado por um patrulheiro ao tentar prosseguir pela calçada e acenou para Suzanne, que estava parada diante da entrada do prédio. Ela fingiu ignorá-lo.

Sean sabia que ela estava furiosa por ele ter ido falar com Wade Barnett, mas tinham ganhado tempo obtendo as informações, e ele não tinha atrapalhado as investigações. Contudo, resolveu não mencionar isso com ela, pois isso provavelmente a irritaria ainda mais.

Ele não viu Lucy.

– Guarda, estão esperando por mim – informou.

O policial não arredou pé.

– Claro.

– Agente Madeaux e detetive Panetta.

O policial relanceou por sobre o ombro.

– Estão ocupados. Você pode esperar.

Felizmente, tinha parado de chover, mas estava bastante frio e tudo estava molhado.

Ele afastou-se alguns metros e ligou para o celular de Suzanne. Viu quando ela pegou o aparelho, bem diante dele do outro lado da rua e, em seguida, guardou-o no bolso.

Ele desligou e ligou novamente. Na terceira tentativa, ela atendeu, pregando os olhos nele.

– Sinto muito – disse ele.

– Não sente, não.

– Ok, não sinto. Mas me deixe passar mesmo assim.

– Não sei como Lucy te aguenta. Você é irritante demais.

– Além de ser charmoso, bonito e de dirigir um carro maneiro. Ele a viu sorrir, mas ela logo disfarçou.

– Você me deve um favor enorme por não denunciá-lo por má conduta.

– A burocracia da papelada não valeria a pena.

Ela desligou. Por um instante, ele pensou que ela não o deixaria mesmo passar, porém, em seguida, um detetive se aproximou.

– Mad Dog disse que você pode entrar se vestir luvas; não toque em nada e fique fora do caminho.

– Mad Dog? – Sean pegou as luvas de látex que o detetive lhe estendia.

O detetive sorriu.

– Ela é uma figura. Procure pelo nome dela no Google quando chegar em casa.

Sean subiu as escadas até o apartamento no terceiro andar. Encontrou Lucy com Andie Swann, a chefe da EIF. Elas estavam catalogando desenhos.

Lucy tinha lhe informado por e-mail sobre o templo em homenagem a Wade Barnett no quarto de Whitney, mas ele não estava preparado para um volume tão grande de desenhos, ou para a pintura no teto.

– Uma Michelangelo psicótica? – comentou.

Lucy olhou sobre o ombro. Ela estava em seu modo profissional e distante. Seu rosto estava impassível e sério, os olhos escuros, inteligentes, observadores. Ele já a tinha visto daquela maneira antes.

Ela fechava-se para emoções tão completamente que quase parecia um androide. Ele não gostava, mesmo sabendo que aquilo era apenas para sua autopreservação. Preferia a Lucy que tinha feito amor com ele, de coração aberto e completamente apaixonada da noite anterior.

Foi uma revelação súbita, como se Deus o tivesse atingido na cabeça com a força de um raio. Lucy precisava dele para salvá-la de si mesma. Ela queria aquela vida de combater os bandidos e salvar os inocentes, e era boa nisso. Sean jamais desejaria que ela se afastasse disso. Entretanto, a violência, a intensidade do trabalho, a desumanidade dos psicopatas que ela compreendia de um modo que nem mesmo Hans Vigo conseguia, tudo aquilo mataria sua alma até que ela não mais conseguisse se despir dessa couraça robótica que erguia quando trabalhava. Ele já vira essas camadas se erguendo em frações de segundos e levava horas – às vezes até dias – para que elas se abaixassem.

De algumas maneiras, Lucy se parecia bastante com o irmão mais velho dele. Sean mal conhecia Kane. Tinha sido soldado a vida inteira e depois se transformara em mercenário na América do Sul há quinze anos. Ele era duro, frio, calculista. Sean não se lembrava de tê-lo visto sorrindo ou relaxado. Estava sempre alerta, sempre atento. Tinha tomado para si e para sua equipe a missão de resgatar americanos sequestrados fora do país; ele combatia o tráfico humano nas trincheiras, muitas vezes com tanta violência quanto aqueles que compravam e vendiam seres humanos. Se Kane ainda tinha algum traço de humanidade, Sean nunca tinha visto, a não ser pela causa pela qual lutava.

Lucy tinha essa mesma capacidade: fechar-se tão completamente, abafar as emoções a fim de fazer um trabalho que poucas pessoas queriam e ainda menos pessoas faziam bem. Como Kane, ela era uma mercenária, mas em vez de fazer aquilo por dinheiro ou causas políticas, ela o fazia por justiça. Ela não tinha de estar no quarto obsceno de uma assassina ajudando o FBI a catalogar provas que conduziriam à captura de Whitney Morrissey. Mas estava ali porque podia ajudar. Ela queria justiça para as vítimas na mesma medida em que queria que Morrissey fosse detida simplesmente porque era o certo a se fazer, e também tinha as habilidades necessárias para conseguir o que queria. E talvez, bem no fundo, tivesse de fazer aquilo para dar um propósito a seu passado e a seu futuro.

Sean tinha de lhe dar uma muralha de proteção para que ela pudesse abaixar o escudo e ser verdadeiramente feliz, genuinamente livre, quando não estivesse trabalhando. Ela precisava se sentir segura e amada todos os dias, todas as noites, para poder trabalhar nesses casos difíceis sem perder a empatia ou a humanidade.

Aproximou-se por trás, tocou-a de leve no braço e beijou-lhe o cabelo. Relanceou para o caderno de desenhos que ela e Andy examinavam. Numa página, Wade Barnett estava nu, sendo puxado por bruxas feias, cheias de verrugas no rosto e bolhas nas costas.

– Ora, ora, e cá estava eu pensando que Whitney o amava de uma maneira um tanto psicótica...

Lucy relanceou para ele.

– Veja o rosto delas.

Ele olhou, sentindo repulsa pelo realismo das imagens e depois entendeu o que Lucy estava querendo dizer.

– Essa é Jéssica. E Kirsten. E Alanna... Quem são as outras? Há nove mulheres.

– Quando mostrarmos isto para Wade Barnett, ele confirmará se teve relações sexuais ou virtuais com essas mulheres pelo Party Girl.

– Há quanto tempo ela o perseguia? – perguntou Sean.

Andie respondeu:

– A primeira anotação no diário marca dois anos e meio atrás.

— Whitney se transferiu de uma faculdade pequena em Connecticut para a NYU – disse Lucy. – No primeiro dia no campus, ela esbarrou em Wade saindo da sala do conselheiro. A bolsa dela caiu, e ele a ajudou a recolher tudo. Ela desenvolveu uma fixação por ele.

— Por que ele agiu como um cavalheiro?

— Preciso me aprofundar no diário dela – disse Lucy –, mas, pelo que li, ela se informou de tudo a respeito dele e da família. Não sei quando começaram a sair exatamente, mas deve ter sido meses, até mais de um ano, depois desse encontro inicial. Duvido que Wade se lembre.

— Por que ela começou a matar agora?

— Antes de Alanna, Whitney não conhecia as namoradas de Wade pessoalmente – Lucy explicou, entrando em seu estado psicoanalítico tão suavemente que assustou Sean. – Antes de Wade começar a dormir com Whitney, ela considerava as outras mulheres suas competidoras. Ela podia ser a mais bonita, a mais talentosa, a mais gentil, não tão grudenta, a mais atenciosa... O que quer que acreditasse que fosse a necessidade de Wade. Wade era promíscuo; não se relacionava seriamente com as mulheres com quem dormia.

Sean começou a se sentir pouco à vontade, mas não acreditava que Lucy tivesse notado. Esperava que não tivesse. Antes de conhecê-la, ele se parecia bastante com Wade. Não em relação às festas desvairadas, às drogas ou ao sexo virtual, mas Sean costumava ter namoradas diferentes em poucos meses. Terminava os namoros com tranquilidade; na verdade era o mestre dos foras sem drama. Não queria atentar para esse fato, mas Patrick, o irmão de Lucy, tinha razão quanto à sua falta de comprometimento.

Lucy continuou:

— Mas, depois que Wade se envolveu com Whitney, tudo mudou. Agora era responsabilidade dela fazê-lo feliz. Estou certa de que Wade concordará com a minha avaliação: Whitney era a namorada perfeita no início. Perfeita *demais*. Ela fazia tudo o que ele quisesse mas, por ser insegura, precisava de constantes garantias de que ele queria estar com ela. Por não confiar nele, ela o seguia. Ela deve ter provocado pelo menos um escândalo sobre Wade e outra mulher e deve ter sido nessa época que ele percebeu que ela era obcecada. *Ele* não a teria chamado de obcecada. Teria dito que ela era grudenta ou exigente, mas algum escândalo público deve tê-lo motivado a romper.

– E mesmo assim ela continuou o seguindo?

– Sim. Não acredito que houvesse muitos dias em que Whitney não tivesse pelo menos um vislumbre de Wade. A certa altura, aposto que, quando ele estava embriagado, deve ter dormido com ela de novo, dando-lhe esperanças, convencendo-a de que a amava verdadeiramente, que todas as outras mulheres na vida dele eram o problema. Eram as mulheres sem identidade que impediam Wade de se comprometer com ela.

– Mas Alanna era prima dela – Andie comentou.

– E esse foi o fator que a pressionou. Suspeito que Whitney soubesse da existência do site Party Girl. Ela o perseguia. Fazendo isso, ela pode ter vasculhado computador dele, lido seus e-mails, devia até mesmo saber a senha da secretária eletrônica e a verificava com regularidade. Mas as mulheres com que Wade fazia sexo virtual não eram reais.

– Porque estavam na internet – ponderou Sean.

– Correto. Elas podiam ser qualquer uma. Whitney podia criar fantasias a respeito de quem elas eram, mas elas não representavam uma ameaça direta.

– Não entendo como ela ficou sabendo da identidade real das garotas do Party Girl – disse Andie.

– Se ela tinha as senhas – Lucy disse –, teria sido muito fácil entrar no perfil dele e ver todas as mensagens que ele tinha trocado com as garotas.

— Mas quando o virtual se tornou físico? — Andie perguntou.

— Teremos de perguntar a Wade. Talvez ele tenha sugerido a uma ou mais dessas garotas que viessem visitá-lo em Nova York. Sabemos, por análise dos padrões dos predadores sexuais, que eles primeiramente lidam com as vítimas pela internet. Mas, a certa altura, as fotos e os vídeos já não os satisfazem, e eles ampliam a atuação. Wade não é um estuprador. Não vejo nada na psique dele que indique que ele seja um predador, mas o padrão de atuação é o mesmo. Wade já não se satisfazia com sexo virtual, por isso perguntou se elas queriam encontrá-lo pessoalmente. A não ser por Kirsten, que tinha 17 anos, todas as outras eram seus pares, garotas com idade para frequentar a faculdade. Ninguém saía perdendo.

Pelo modo como Lucy falou, Sean sabia que ela não acreditava que os joguinhos sexuais praticados por Wade e as garotas não ferissem ninguém.

— Todavia, acrescente a isso uma perseguidora psicopata fixada em Wade e, de repente, todas as mulheres que dormiram com ele estão em perigo. Por um tempo, Whitney se convenceu de que Wade recobraria o juízo. Ela disse para si mesma que essas garotas eram cruéis com ele. Que eram feias. Que não o satisfaziam sexualmente. Qualquer coisa em que precisasse acreditar para justificar por que ele estava com as outras em vez de estar com ela. Whitney teria fingido que elas eram outras pessoas, fingido que eram até mesmo ela, porque não as conhecia pessoalmente.

Lucy folheou diversas páginas do caderno de desenhos e parou em uma que era obviamente Alanna Andrews. Para Sean, ficou claro que Lucy sabia exatamente onde estava o desenho, que ela devia se lembrar exatamente de todas as imagens das páginas, e ele ficou se perguntando há quanto tempo ela estava trabalhando ali.

— Alanna matou essa fantasia de Whitney. Alanna era sua prima. Whitney a levou a festas, a levou para passear em Nova York, e aposto como Alanna conheceu Wade por intermédio de Whitney. Alanna era a fantasia de Wade. Era tão aventureira sexualmente quanto ele, mas também era um doce de pessoa. Ela gostava de fato de seu irmão deficiente. Enfrentava Wade quando ele saía da linha. Ele a amava, a seu modo, mas não estava disposto a abrir mão do estilo de vida que levava. Alanna era jovem, os dois eram, e nenhum deles percebeu que as festas que gostavam de frequentar eram o problema entre eles. Wade não via diferença entre dormir com qualquer uma e participar das orgias das raves, e Alanna não queria partilhá-lo. Suspeito que estivessem tentando um modo de reatar. De acordo com Dennis, eles brigavam e faziam as pazes. Whitney não podia permitir que isso acontecesse. Sua própria prima roubava-lhe Wade. Sua própria carne e seu sangue... Alanna se encaixava na família Barnett, mas Whitney não. O irmão mais velho, Charles, deixou isso bem claro ao suspender a bolsa que ela recebia, provando-lhe que ela não era boa o bastante. Mas Alanna era? Como ela ousava roubar o lugar de Whitney como a princesa do castelo?

Lucy falava com rispidez, como se soubesse exatamente o que Whitney pensava. A voz voltou ao seu tom neutro e bem modulado de analista.

– Não acredito que Whitney tivesse planejado matar Alanna. Ela a viu na festa e as duas brigaram. Verbalmente, pois não havia ferimentos sérios no corpo da vítima. Whitney estava com seu portfólio, por isso, tinha um saco com resíduos de carvão. Não sei por que ela carregava o portfólio. Talvez estivesse voltando de uma exposição ou fosse desenhar na festa – Lucy franziu o cenho, pensando. Virou para o fim do caderno de desenhos. As imagens pareciam bem mais sombrias.

Sean comentou:

— Nesse, parece que Wade está submerso — esticou a mão e foi para a página anterior.

Estava claro que se tratava de Wade e de Whitney nus numa cama. Duas taças de vinho derramadas nas mãos e os olhos abertos, mas sem vida, sem detalhes.

— Acho que ela pretendia matar Wade naquela noite — ponderou Lucy. — Homicídio-suicídio, embora ela fosse se convencer de que seria um duplo suicídio, que ele pretendia morrer com ela.

Andie pigarreou.

— Por que ela não matou Wade? Por que matou a prima?

— Quando ela confrontou Alanna, teve esperanças. Se a matasse, Wade não teria mais Alanna para amar. Em sua mente distorcida, Whitney acreditou que se tirasse de cena a mulher com quem Wade se relacionava, ele voltaria para ela — olhou para Sean. — Ele contou se dormiu com Whitney *depois* que Alanna foi assassinada?

Sean meneou a cabeça.

— Não perguntei.

— Terei de analisar o diário mais atentamente porque, em se tratando de psicóticos como Whitney, não se pode confiar em tudo o que escrevem — disse Lucy. — São mentirosos patológicos. Precisamos de fatos, provas verdadeiras e falsas, em seguida precisamos enviar o diário para um especialista em caligrafia que possa discernir a verdade da ficção. Mas acredito que depois que Whitney matou Alanna e ninguém suspeitou dela, ela procurou Wade e os dois se relacionaram sexualmente. Talvez ele estivesse embriagado, talvez ela tivesse se mostrado convincente, não sei. Mas ele deve ter percebido que havia cometido um erro, disse-lhe isso, portanto ela matou Érica Ripley depois. Esse foi premeditado. Ela deve tê-la seguido por diversas semanas, determinou a hora certa e a sufocou.

— Mas então Wade não dormiu com ela de novo — concluiu Andie.

– Correto. Aposto como ele ficou sabendo da morte de Érica mais tarde, talvez depois de várias semanas. Ele pode ter ficado triste, mas não tão triste como no caso de Alanna. E ignorou Whitney. Dizem que a linha divisória entre amor e ódio é muito tênue. Ela começou a odiá-lo, e também odiar a si mesma. As outras, Heather e Jéssica, ela matou por ódio e culpa. Ela culpava todas as mulheres que se relacionavam sexualmente com Wade tanto pessoalmente quanto virtualmente, e precisava destruí-las. E por causa da vida promíscua dele, ela podia ir às festas e ver exatamente com quem ele se relacionava.

Andie suspirou exasperada.

– Que maluca. Como é que essas pessoas funcionam? Ela parece uma lunática que deveria ter sido capturada bem antes.

– Os psicopatas não costumam ser loucos de olhos arregalados que conseguimos distinguir no meio da rua. Está tudo na cabeça deles, no modo como o cérebro está conectado, ou desconectado – explicou Lucy. – Quando investigarmos a fundo o passado de Whitney, suspeito que encontraremos diversos momentos de comportamento instável, especialmente nos anos que antecederam a adolescência. Ela possivelmente foi cleptomaníaca. Deve ter sido presa por roubo, tanto de coisas baratas, como doces, até artigos caros, como joias. Ela aprendeu a controlar seu comportamento impulsivo com os desenhos, mas nunca superou isso. Se ela quer alguma coisa, ela toma. Ela quis Wade, e conseguiu tê-lo por um tempo. Mas não conseguiu mantê-lo como mantém *as coisas*, por isso se afundou em sua psicose.

Sean disse:

– Wade nega conhecer a última vítima, Sierra Hinkle, e não a encontrei no Party Girl.

– Ela foi uma escolha aleatória. Quando Wade foi preso, Whitney não podia permitir que ele fosse mandado para a prisão, pois não conseguiria mais vê-lo. Ela matou a primeira mulher que saiu da festa sozinha. Esperou perto da escavadeira até alguém aparecer – Lucy voltou-se para Andie. – Já mandou o diário para análise?

– Não, está bem aqui.

Andie entregou-lhe um diário com capa de couro dentro de um saco plástico. Lucy pegou-o e deu uma folheada, parando na metade. O problema não parecia ser o que estava escrito, mas o volume de coisas escritas, linha após linha de letra pequena e perfeitamente inclinada, que parecia se aglutinar depois de um tempo.

– Apenas leia uma página – disse ela para Sean. – Acho que você a entenderá.

– Jamais entenderei pessoas assim – respondeu Sean, antes de pegar o diário das mãos de Lucy.

Terça-feira, 17 de agosto. Wade saiu do apartamento às 8h36 hoje. Estava vestindo uma camisa branca. Almoçou no Hooligan's. O irmão metido estava lá, se achando tão nobre e rico e agindo como se fosse um maldito rei. Wade foi para o jogo dos Yankees com o irmão retardado. Quarta-feira, 18 de agosto. Wade foi para o aeroporto com o irmão retardado. Vou sentir tantas saudades que chorei a noite inteira. Duas semanas! Não sei para onde ele vai, mas vou descobrir. Como ele pode me deixar assim por duas semanas? Quinta-feira, 19 de agosto. Liguei para o escritório de Wade, mas a vadia não quis me dizer aonde ele foi. Ainda tenho a chave do apartamento dele. Entrei e senti o cheiro dele. Tirei as roupas e me deitei nua na cama dele. Afundei o rosto no travesseiro dele e me lembrei das vezes em que transamos como coelhos no cio. Ele disse que eu era a melhor. Ninguém o excita como eu. Como ele pôde se afastar de mim? Fui até o computador dele e encontrei a agenda. Ele levou seu animalzinho de estimação para Vancouver, no Canadá! Não posso ir, não tenho passaporte, por que ele fez isso comigo? Não consigo viver sem ele. Vou me matar. Aí ele vai lamentar. Sexta-feira, 20 de agosto. Encontrei os vídeos de outras garotas no computador de Wade. Alanna não o satisfaz como eu, senão ele não estaria olhando essas garotas gozando naqueles masturbadores de borracha. Vou reconquistá-lo.

— Ela tem escrito nesse diário todos os dias pelos últimos dois anos — Lucy comentou.

— Ela ameaçou se matar — observou Sean.

— Vire na última página.

Ele virou. A última anotação de Whitney era do dia anterior.

Não tem mais jeito. Ele nunca vai me amar como eu o amo. Preciso por um fim nesse horror.

— Acha que ela se matou?

— Ainda não. Ela não vai se matar até que Wade esteja morto.

Suzanne entrou no quarto.

— O que disse?

Todos se voltaram para Suzanne.

— Wade está correndo perigo — disse Lucy. — Está nas entrelinhas do diário. Ela fez diversos desenhos no caderno mostrando-o sofrendo ou morto. Ela é uma assassina-suicida.

— Eu só queria que ela se matasse de uma vez para nos livrar dessa dor de cabeça — murmurou Suzanne.

— Você não está falando sério — comentou Lucy.

Sean não tinha tanta certeza disso, mas não disse nada.

Lucy acrescentou:

— Ela matou Sierra Hinkle para tirar Wade da prisão e convencê-lo a fugir com ela. Se ele se negar, ela o matará.

Suzanne disse:

— Ele ainda está na Ilha Rikers e só vai sair amanhã depois do indiciamento.

— Rikers deve ser o lugar mais seguro para ele agora — disse Lucy.

— Duvido que eu consiga convencer Wade ou seu advogado a mantê-lo na prisão. Mas posso colocá-lo sob proteção. Vou colocar alguém no apartamento dele e vamos acompanhá-lo de Rikers para a casa amanhã. Vou pedir a ele que fique quietinho até encontrarmos Whitney — Suzanne olhou ao redor do quarto, com uma expressão séria no rosto, e disse: — Já estão terminando?

Andie respondeu:

— Em trinta minutos.

— Encontraram os sapatos desaparecidos?

— Não, mas encontramos uma capa de chuva com um botão arrancado.

Lucy disse:

— Ela levou os sapatos consigo.

— Por quê?

— Para mostrar a Wade antes de matá-lo.

Sean perguntou:

— Para início de conversa, por que ela os tirou?

— Não sei — respondeu Lucy. — Foi algo impulsivo, não faz sentido... Eles são grandes, difíceis de esconder e a ligam diretamente às vítimas. A Equipe de Investigação Forense vai facilmente identificá-los como os sapatos das vítimas.

— Talvez ela tivesse planejado armar para alguém — sugeriu Suzanne.

— Pode ser — Lucy franziu a testa. — Mas não conscientemente, porque o homicídio de Alanna foi impulsivo e não planejado.

— Quando eu a interrogar, vou perguntar — Suzanne disse com absoluta convicção. — Quanto mais rápido terminarmos aqui, mais rápido a encontraremos antes que ela mate mais alguém.

*

Suzanne ficou parada do lado de fora, congelando. Ela queria esquecer que tinha visto os desenhos distorcidos do apartamento de Whitney Morrissey. Que tolice...

Alguns casos jamais eram esquecidos. E aquele não a tinha incomodado até aquela noite. Foi a loucura exposta no andar de cima que a incomodou. A insanidade e a obsessão de uma mulher que desenhava sem parar, uma vez depois da outra, o rosto do mesmo homem. Que usou seu talento para distorcer os desenhos das mulheres que matou. O diário da obsessão que especialistas como Lucy Kincaid passariam horas analisando e dissecando.

Como foi que Lucy conseguiu ficar *quatro horas* naquele apartamento? Depois de quatro minutos, Suzanne estava pronta para vomitar.

Ela não precisava saber por que Whitney Morrissey era psicopata. Não se importava. Não precisava ver os resultados de sua mente doentia. Não queria. Era estranho: se Suzanne tivesse entrado no apartamento de Whitney e tivesse se deparado com um corpo dilacerado, teria lidado muito melhor com a situação.

Sean Rogan saiu do prédio e veio em sua direção. Maldição, não podia ficar sozinha por dois minutos para se recuperar?

– Elas já estão descendo.

– Bem, parabéns por ter encontrado a garota desaparecida. Vai para casa agora?

– Amanhã de manhã. A não ser que precisem de Lucy.

Ela balançou a cabeça.

– A menos que possa olhar na bola de cristal dela para me dizer onde está Whitney Morrissey, ela já fez demais. E nem foi paga por isso.

– É por isso que você faz o que faz? Por dinheiro?

Suzanne bufou.

— Até parece. Por dinheiro...

Estavam a diversos metros da entrada do prédio de Whitney. Lucy ajudava Andie a carregar as caixas para a van, verificando arquivos e certificando-se de que tivessem lacrado tudo para preservar as provas. Aquele seria um complexo caso legal, mas assim que encontrassem Whitney, o papel de Suzanne terminaria até o julgamento.

— Como ela consegue? — Suzanne perguntou a Sean.

— Ela tem a mim — Sean estendeu a mão, e Suzanne a aceitou. Mas Sean a puxou para um abraço. — Cuide-se, Mad Dog.

Ele recuou um passo, sorrindo.

— Quem lhe contou? Hicks!

Sean piscou e foi andando na direção de Lucy. Passou o braço ao redor dos ombros dela e beijou-a na testa.

Suzanne sentiu uma onda de inveja. Não porque Lucy tivesse Sean, mas porque ela, Suzanne, não tinha ninguém.

Virou-se e, piscando para afastar as lágrimas, ligou para seu amigo policial, Mac.

— Oi, quer sair para comer alguma coisa?

— Já é meia-noite. Começo meu turno às oito.

— Desculpe, acabei de sair.

— Amanhã, tudo bem?

— Claro.

Desligou e olhou de novo para Sean e Lucy. Ele atravessou a rua com ela até o carro, e abriu a porta do passageiro para ela entrar. Depois, deu a volta até o lado do motorista e afastou-se dirigindo.

Iria sentir falta deles.

TRINTA E UM

O indiciamento de Wade Barnett na segunda-feira pela manhã só durou dez minutos. Ele foi solto com uma confissão, e o advogado concordou com todos os termos: se Barnett cooperasse com as autoridades locais e federais na captura e na acusação de Whitney Morrissey, todas as queixas sobre ele seriam retiradas.

Suzanne levou Wade até o apartamento dele. Depois do indiciamento, ela lhe contou o que tinham encontrado no quarto de Whitney, e não se surpreendeu por ele fazer mais perguntas.

– Há quanto tempo ela vem me perseguindo? – ele perguntou.

– Ainda estamos processando as evidências. Mais de dois anos...

– Anos? – ele fechou a cara. – Faz pouco mais de um ano que comecei a sair com Whitney, perto do Dia de Ação de Graças. Antes disso, eu só a conhecia de vista. Ela estava atrás de mim *antes* disso?

– É o que parece.

Sentado no assento do passageiro, Wade olhava para frente.

– A culpa é minha – disse baixinho.

– Não, não é. Não pegue tão pesado consigo mesmo.

Na verdade, era Suzanne quem se culpava. Não tinha dormido a noite inteira, pensando no que poderia ter feito de maneira diferente. Ficou tão concentrada em encontrar um assassino do sexo masculino que nem considerou outra alternativa.

Teria de viver com isso.

Wade disse:

— Eu sabia que Whitney não batia bem, mas não pensei que ela fosse perigosa. Ignorei o comportamento dela, arranjei desculpas... Só não imaginei que ela pudesse machucar alguém. Sou um idiota.

Suzanne não o contradisse.

— Talvez você seja, mas também tem um irmão que o admira e que acredita que você é especial.

Lágrimas avolumaram-se nos olhos de Wade.

— Não consigo acreditar que ele teve de passar por isso.

— Se eu fosse você, eu demitiria aquele advogado. Ele não foi um bom defensor dos direitos do seu irmão.

— Minha mãe o contratou.

— Bem, só estou dizendo que ele aconselhou mal Dennis, e por mais que tudo tenha dado certo, eu não meteria aquele cretino nas minhas coisas – ela fez uma pausa. – Sem trocadilho.

— Como está Ashleigh... Quero dizer, Kirsten? – perguntou Wade.

— Ela vai ficar bem. Está viva – Suzanne relanceou para Wade quando pararam num farol. – Você me disse que não fez sexo com ela. Mentiu só porque ela é menor de idade?

— Não menti, nunca fizemos nada. Mas... Tivemos um lance on-line. Você sabe...

Ele não tinha de soletrar. Ao que tudo levava a crer, Whitney Morrissey considerava qualquer mulher uma ameaça a seu mundo fantasioso com Wade Barnett – as mulheres com quem ele tivera relações físicas e com quem fizera sexo virtual. A profundidade de sua obsessão beirava a insanidade, porém Suzanne não a consideraria louca, não importando o que pensasse a respeito do comportamento da assassina. Whitney sabia exatamente o que estava fazendo quando matou aquelas cinco mulheres – e teria de responder por esses crimes.

Ela virou na Central Park West na direção do apartamento de Wade.

– Extraoficialmente, Wade... Eu gostaria de saber o que deu em você para começar o site Party Girl.

– Eu tinha acabado de terminar a faculdade, fui para a Inglaterra durante o verão e encontrei um amigo que tinha se formado um ano antes. Charlie tem o controle dos fundos da família. Sempre me ressenti por viver de mesada, e Charlie era mão fechada. Pareceu um modo legítimo de fazer dinheiro sozinho... Tipo um Facebook para universitários cheios de tesão. Vendemos anúncios, juntamos um dinheirinho – ele balançou a cabeça. – Não achei que houvesse nada de errado nisso.

– Sou a última pessoa a julgar alguém, mas deixe-me sugerir que fique longe das negociações de sexo on-line. Você pode perder o controle rápido demais.

– Eu simplesmente não pensei nisso.

– A maioria das pessoas não o faz, por isso pense duas vezes antes da próxima, ok? Você não é o mesmo homem de dois anos atrás.

– Não sou nem mesmo o homem que era na semana passada.

*

Enquanto Sean pagava a conta do hotel na segunda-feira de manhã, Lucy se sentou à frente da escrivaninha e ligou para Hans Vigo para contar os detalhes da investigação de Whitney Morrissey. Ela contou o que encontraram no apartamento da moça e concluiu:

– A obsessão dela pertence a um patamar diferente. Talvez você já tenha visto tal patologia, mas aquilo foi uma novidade para mim.

— É bem extrema. O caminho que ela tomou... Ela vai atrás de Wade Barnett, você tem ciência disso, não?

— Sim. A agente Madeaux colocou um policial no apartamento dele.

— Que bom. Ele precisa ser protegido. Você poderia sugerir a agente Madeaux que esconda os policiais para que Whitney não pense que ele está sendo vigiado.

— Uma isca?

— Não sugeri que ele fique desprotegido, mas se Whitney não notar os policiais, ela ficará mais descuidada e pode ser mais fácil apanhá-la.

— Ou pode colocar outras pessoas inocentes em risco — lembrou Lucy.

— Há sempre essa possibilidade, mas com Wade fora da prisão, a prioridade dela será entrar em contato com ele. Ela foi descuidada com Sierra Hinkle e vai ficar cada vez mais relapsa e mais perigosa até ser detida.

— Como ela foi descuidada com relação a última vítima? Foi o mesmo *modus operandi*, nenhuma testemunha.

— Pelo que me contou antes, a última vítima foi encontrada pouco depois de ser morta, enquanto as demais vítimas foram encontradas horas ou dias mais tarde. Além disso, há o fato de ela ter deixado provas concretas na cena do crime, o que não tinha acontecido antes. Um botão e fios de uma capa de chuva, certo?

— Foi o que pareceu — disse Lucy. — Encontramos uma capa de chuva sem um botão no apartamento dela.

— Whitney vai ficar extremamente frustrada porque os planos dela foram descobertos — Hans comentou.

— Suzanne também mandou alguém ficar com Dennis Barnett, o irmão mais novo.

— Muito bom. Não sei se ela irá atrás do irmão caçula, mas se pensar que com isso conseguirá chegar até Wade, ela pode tentar.

– Como poderíamos ter evitado tudo isso? – ela perguntou a Hans.

– Não entendi sua pergunta.

– No começo, o que poderia ter sido feito diferente depois do primeiro homicídio, para que as outras quatro mulheres não tivessem de morrer?

– Esse seu jogo é muito destrutivo, Lucy – ponderou Hans. – Acredito que o principal problema tenha sido a cena do crime. Drogas, bebidas alcoólicas, invasão de propriedade, áreas remotas. Muito fácil para alguém chegar sem ser notado. E por causa da localização, uma área externa na maioria dos casos, há o problema de contaminação das evidências. Cenários difíceis de processar. Para ser honesto, acredito que o primeiro homicídio tinha sido mal investigado desde o início. Não estou culpando a polícia local, mas o fato de Barnett ter namorado a primeira vítima deveria ter sido descoberto antes.

– Com isso a polícia o teria investigado antes. Ele teria sido um suspeito – e Lucy percebeu o que Hans queria dizer. – E estaria ciente e teria levado Whitney mais a sério.

– Mas volto a dizer, nenhum de nós estava lá, e se estivéssemos, só teríamos as declarações das testemunhas para nos basear. Se ninguém tivesse mencionado o ex-namorado de Alanna, não haveria nada para a polícia dar prosseguimento. Segredos podem ser perigosos... – Hans continuou: – Vai voltar para casa agora?

– Vamos embora às dez. Evitamos o trânsito da manhã em Nova York e não pegamos o da tarde em Washington – ela olhou pela janela através da qual, se ficasse em pé, veria o Central Park. O barulho do trânsito era reconfortador, muito melhor do que o silêncio total. Ela sentiria saudades de Nova York.

– Fiz alguns telefonemas, Lucy.

Ela não perguntou o motivo.

– E? – será que queria mesmo saber?

— Uma pessoa na junta de entrevistadores foi enfática para que você não fosse contratada. As outras duas votaram por sua aprovação. Mas a questão é que a decisão tem de ser unânime.

— Sabe quem é essa pessoa?

— Sim. Você não mudará a opinião dela. Ela deveria ter se recusado a fazer parte daquela entrevista.

Só havia uma mulher entre os entrevistadores.

— Eu não conhecia nenhum dos agentes.

— Não, mas um deles trabalhou com Fran Buckley e ainda é amigo dela. Há algumas pessoas na agência que não gostam do fato de você ter ajudado uma antiga agente do FBI a parar na prisão. Uma dessas pessoas estava na junta de entrevistadores.

Lucy estava pasma. Até esperava ser rejeitada pelo que acontecera com Adam Scott, pelo fato de tê-lo matado quando ele estava desarmado. Mas fora sua participação — mínima — na detenção de Fran Buckley que tinha minado suas chances?

— Lucy, espero que você apele dessa decisão. Se o fizer, terá uma nova junta. E eu prometo, ela será imparcial.

Será que ela queria? Ainda era aquilo o que ela queria?

— Hans, não confiei nos meus instintos no caso do Estrangulador de Cinderelas. Meus instintos me diziam que o assassino era uma mulher, mas, quando entreguei a minha análise, Dennis Barnett também se encaixava no perfil. Ele foi arrastado para um interrogatório e passou por maus bocados. Se ao menos eu tivesse fincado o pé...

— Nada teria mudado. Dennis Barnett se encaixava no perfil. Até você se sentar diante de um suspeito, até entrar fundo em sua psique, você nunca vai saber quem é capaz de cometer um homicídio e em quais circunstâncias — Hans fez uma pausa, depois acrescentou. — Li seu relatório. Você disse tudo o que deveria, mas não fez uma conclusão. Seu perfil estava lá, mas não o delineou. Por quê?

– Por que não sou uma especialista. Nem mesmo sou agente do FBI.

– Mas pode ser. Os dois. A decisão é sua, Lucy. Quer tanto isso que seria capaz de lutar para conseguir?

– Quando eu estava no quarto de Whitney – disse Lucy –, recuei um passo mentalmente. Não consigo explicar de outro modo. Foi como se a minha personalidade não estivesse presente, somente a de Whitney. Olhei para o mundo através dos olhos dela. Em seus desenhos, tudo era perfeito. Na verdade, perfeito demais. Por isso, quando ela distorcia os rostos, era tão lindo quanto horrível – Lucy disse baixinho: – Suzanne e os outros não tiveram a mesma reação que eu. Não há muitos como nós, há?

– Não, Lucy, não há. Estou contente em saber que você consegue se dissociar da cena. Não é uma coisa fácil de fazer.

– Nem mesmo me esforcei. Só... aconteceu. Vou apelar da decisão do FBI. E se eu não entrar, tudo bem. Já coloquei isso sob a perspectiva certa.

– Estou contente. E parabéns pelo caso. Vejo você quando voltar para Washington.

Lucy desligou e caminhou até a janela. O céu estava mais claro, já se podia ver um pouco de azul. Ela se sentia aliviada com sua decisão.

O celular de Lucy tocou.

– Não tenho muito tempo – disse Suzanne sem cumprimentá-la –, mas queria que você soubesse que a polícia de Nova York foi até a casa de Dennis Barnett e que está tudo bem em Staten Island. Eles passam pela casa de hora em hora. Wade está seguro. Vamos encontrar a vadia.

– Que bom – disse Lucy.

– Volte para uma visita um dia desses. Eu lhe mostro a cidade.

– Vou adorar. Avise-me quando conseguir prender Whitney.

– Pode deixar – Suzanne desligou.

Sean voltou para o quarto trazendo café para Lucy. Ela sorriu.

– Você não precisava me trazer café.

Ele beijou-a.

– Precisava, sim. Quem era? – ele deu uma golada na própria bebida.

– Suzanne. O que é isso? – Lucy apontou para o copo dele. Sean não gostava de café.

– Chocolate quente. Está pronta?

– Sim. Também falei com Hans. Decidi apelar.

– Eu sabia que você faria isso.

– Sabia?

Sean fez que sim.

– Lucy...

– É melhor irmos agora ou vamos ficar presos no trânsito quando chegarmos ao anel viário.

– Eu sei, mas preciso de cinco minutos.

O tom sério dele deixou-a ansiosa.

– O que foi?

– Sábado à noite...

Ela se deixou cair no sofá. O que tinha feito de errado? Talvez ele estivesse arrependido do "eu te amo" que deixou escapar. Ela devia se sentir aliviada mas, em vez disso, sentia-se gelada.

– Tudo bem – disse. – Eu entendo.

Ele sentou-se ao lado dela.

– O que acha que entende?

– Às vezes, no calor do momento, dizemos coisas que não sentimos de verdade, e isso não vai mudar nada – mas mudaria. Mudaria tudo. Porque ela não poderia mais confiar nele.

– Pode parar – disse Sean. Ele apoiou o copo de chocolate quente e tirou o café das mãos dela, colocando-o na mesa de vidro. Apertou-lhe as mãos e disse: – Eu te amo. Não estamos no auge da paixão e ainda consigo afirmar enfaticamente que te amo.

Borboletinhas farfalharam no estômago de Lucy. Ela abriu a boca para dizer que também o amava, mas nada saiu.

Ele beijou-a.

– Ssshhh – apoiou a testa na dela. – Estou me referindo ao preservativo. Ou a ausência dele. Não tenho desculpas. Nunca esqueci antes, nem com você nem com ninguém. E não estou pronto para ser pai. Não sei se um dia serei um bom pai, mas, se você estiver grávida, não espere que eu saia correndo. Entendeu? Porque eu te amo e posso aceitar esse desafio e...

Lucy segurou as lágrimas, apertando os olhos, e virou o rosto.

– O que foi? Eu disse alguma coisa errada? Lucy...

– Não posso ficar grávida. Não posso ter filhos.

Sean não esperava por essa resposta. Não sabia o que dizer.

– Depois do ataque há sete anos, tive danos internos. Fui submetida a uma cirurgia. O médico não conseguiu salvar meu útero.

Ela viveu com essa verdade por anos, mas nunca pensara a respeito. Aos 18 anos, ter um filho era uma coisa tão distante e irreal que isso não a afetara, não com todo o resto que tinha de lidar na época. E depois, sentira tanta raiva e mágoa que não conseguia conceber a ideia de ter uma família num mundo tão violento e brutal.

Mas agora, pela primeira vez, sentiu uma onda de perda. Não estava pronta para começar uma família, mas mesmo assim, nunca teria essa oportunidade no futuro.

– Eu sinto muito – ela disse.

Sean virou o rosto dela para ele.

– Não me diga que sente muito – ele beijou-a com tamanha intensidade, segurando-a pelo queixo, que sua mão tremia. – Não – a voz dele se partiu. – Eu te amo. E isso nunca vai mudar – beijou-a de novo.

Lucy segurou-se em Sean. Com ele, não só se sentia segura o bastante para lidar com tudo, como sabia que ficaria bem no final. Ele era uma rocha que não cedia e que lhe dava exatamente o que ela precisava antes mesmo de ela saber que precisava de alguma coisa. No apartamento de Whitney, ele fora uma força impassível. Ele não a mimou nem tentou protegê-la das verdades cruéis dos desenhos e do diário de Whitney. Ele entendeu, sem que ela precisasse lhe dizer, que qualquer emoção pessoal a teria desarmado, por isso a deixou fazer o que tinha de fazer. E depois de tudo, ainda estava lá, pronto para ouvir e só segurar sua mão.

— Você é incrível, Sean Rogan.

— Foi o que me disseram algumas vezes — ele beijou-a de novo, levantando-a para um abraço apertado. — Você também é incrível, Lucy Kincaid.

— Foi o que me disseram — ela disse com um sorriso.

Ficaram parados no meio do quarto do hotel, abraçados, sem quererem se soltar. Lucy sentiu uma paz que não conseguia descrever, mas que nem precisava.

Vários minutos mais tarde, ela beijou-o.

— Acho melhor irmos.

Pegaram as malas e saíram do quarto. No elevador a caminho da entrada, Lucy disse:

— Existe algum caminho que passe por cima do rio em vez de passar por baixo?

— Já programei meu GPS.

— Obrigada.

— A rota passa pelo meio de Staten Island.

— Ok.

— Ontem você estava aborrecida por causa de Dennis Barnett.

— O interrogatório foi muito difícil para ele, e ele não teve ninguém para apoiá-lo depois. E agora Wade saiu da prisão, mas Dennis não pode ir visitá-lo. E Whitney Morrissey ainda está solta por aí.

— Quer dar uma passada lá? Ver se ele está bem?

— Suzanne mandou a polícia para lá. Ele está bem.

– Quer parar lá?
– Temos tempo?
– Nós faremos com que dê tempo.

*

Wade tentou se concentrar numa entrevista da ESPN com o treinador dos Yankees a respeito da temporada que estava para começar, mas nem mesmo o baseball o distraía de Whitney e de todas as mulheres que ela havia matado.

Ele não se importava com o que a agente do FBI lhe dissera; ele se culpava. Tinha sido egoísta e cego sobre quem ela era de verdade. Pensando no comportamento dela agora, todos os sinais estiveram lá o tempo todo.

Ele fora um tolo por dormir com ela depois da morte de Alanna. Ele fazia idiotices quando bebia.

Seu celular tocou. Quase o atendeu, mas a agente Hansen balançou a cabeça e pegou o telefone da mão dele.

– Residência de Wade Barnett – um momento depois, ela entregou o aparelho. – Ele diz que é seu irmão Dennis.

Wade sorriu e pegou o telefone.

– Denny, oi. Estou feliz que tenha retornado minha ligação.

– Whitney está aqui e feriu mamãe – sussurrou Dennis. – Ela quer que você venha para cá sozinho.

Outra voz intrometeu-se.

– Venha sozinho, sem a polícia, ou seu irmão retardado morre.

Dennis choramingou no telefone.

Wade relanceou discretamente para a agente Hansen. Ela estava admirando a vista pela janela. Será que prestava atenção na sua conversa?

– Claro – respondeu, alegre. – Posso fazer isso.

Whitney ficou radiante.

— Eu sabia que você viria. Eu te amo tanto, Wade. O amor que sinto chega a doer. Venha depressa.

A linha ficou muda.

Wade olhou ao redor do apartamento no 12º andar. Como poderia sair sem que a agente notasse? A única solução era a saída de incêndio, mas conseguiria sair sem atrair nenhuma atenção?

Teve uma ideia.

— Ok, Denny — disse para o telefone mudo. — Vou falar com o FBI e tenho certeza de que o deixarão me visitar. Ligo de volta depois. Também te amo — abaixou o telefone. — Agente Hansen, acha que meu irmão pode vir jantar comigo hoje?

Ela respondeu:

— Não vejo por que não, mas preciso verificar com Suzanne quando ela telefonar.

— Perfeito. Importa-se se eu ligar o som?

— Nem um pouco.

TRINTA E DOIS

Sean entrou em Todt Hill, o bairro exclusivo de Staten Island em que Dennis morava com a mãe. Lucy não esperava encontrar casas tranquilas misturadas às arvores e suaves colinas assim tão perto dos edifícios enormes de Manhattan e do vasto desenvolvimento do Brooklyn. Gostou de lá.

– Obrigada por não ter pegado o túnel.

– Mas é, de fato, um feito incrível da engenharia.

– Só é aterrorizante. Você não tem medo de nada?

– *Medo*? – repetiu ele em zombaria.

– Escolhi mal a palavra. Sabe a que me refiro.

– Da prisão. Não gostei da sensação das portas se fechando atrás de mim em Rikers, e olha que eu estava livre para ir embora quando quisesse.

– A maioria das pessoas normais tem medo da prisão.

Ele parou diante de uma casa de vários andares, cercada por árvores, no fim de um loteamento bem perto de uma rotatória, numa rua sem saída. Fitou-a. Embora seu tom fosse leve, seus sentimentos não eram:

– O único medo que tenho é de perder você, minha princesa.

Lucy sentiu o coração dar um salto. Inclinou-se e beijou-o.

— Você não vai me perder.

Saíram do carro e seguiram pelo caminho de pedras que levava a uma elaborada escada curva. A entrada principal ficava no segundo andar, sendo o primeiro uma garagem com capacidade para cinco carros. Sean tocou a campainha.

Lucy perguntou:

— Kirsten quer ver Dennis?

— Depois da cirurgia. Ela acredita que ele salvou sua vida... Talvez ele tenha salvado mesmo.

— Que bom. Contar isso a Dennis pode ajudá-lo a deixar essa confusão toda para trás.

Lucy viu um movimento do outro lado da porta de vidro chanfrada.

— Vi alguém no átrio, uma sombra através do vidro.

Sean tocou a campainha de novo, assumindo uma posição ligeiramente protetora com um passo à frente de Lucy.

Ainda assim, nenhuma resposta.

— Talvez seja um cachorro — ponderou Lucy. — Um cachorro bem grande.

— Que não late? Deve ter sido a mãe.

— Por que ela não atenderia a porta?

— A polícia pode tê-los orientado a permanecer dentro de casa, sem atender à porta, por motivo de segurança — refletiu Sean. — Vou dar uma olhada no terreno.

— Vou ligar para o Dennis — disse Lucy.

Desceram as escadas, e Lucy ficou parada perto da garagem enquanto Sean dava a volta na casa. Ela ligou para Dennis, mas, no quinto toque, a ligação caiu na secretária eletrônica.

— Olá, Dennis, sou Lucy Kincaid, lembra de mim? Sou amiga de Kirsten. Eu só queria saber se está tudo bem em casa. Por favor, retorne minha ligação, está bem? — informou o número e desligou.

Ficou olhando para a casa, começando a ficar apreensiva.

Sean retornou.

– Temos problemas. Whitney Morrissey está aqui.

– Você a viu?

– Não, mas ela deixou sua marca registrada. Na parede de um dos quartos há um desenho em tamanho real de Wade Barnett.

– Vou ligar para Suzanne – disse ela.

– Vamos voltar para o carro. Tive uma ideia.

Entraram no carro, e Sean deu a volta na rotatória, passando diante da casa dos Barnett. Se Whitney estivesse espiando, ela os veria indo embora.

Lucy telefonou para Suzanne.

– Olá, Lucy, o que foi? Estou um pouco ocupada.

– Há algo errado na casa de Dennis Barnett. Sean e eu estamos aqui, ninguém está atendendo a porta, e Sean viu um dos desenhos característicos de Whitney pela janela.

– Merda! – Suzanne falou com alguém perto dela. – Deve ter sido por isso que Wade fugiu pela escada de incêndio. Vou ligar para a polícia local porque não tenho como chegar aí em menos de trinta minutos.

– Diga a eles para ficarem longe da casa. A polícia não pode ser vista. Se Whitney estiver dentro da casa...

– Eu sei. Dois, talvez três possíveis reféns. Você e Sean fiquem de olho na casa, mas não se envolvam.

– Quando Wade saiu?

– Uns quinze ou vinte minutos atrás. Ele não levou o carro, portanto deve ter ido de táxi.

Lucy desligou.

– Ela disse para não nos envolvermos. Wade desapareceu.

– Se Whitney estiver lá dentro, ela vai matar Dennis assim que Wade aparecer.

– Se é que já não o matou.

Sean virou o carro e estacionou a duas casas da dos Barnett, na curva da rotatória, fora do campo de visão.

— Vamos cortar caminho pelo jardim do vizinho e entrar na propriedade dos Barnett pelos fundos – disse Sean. – Você dá a volta até o outro lado da garagem; não será vista de dentro da casa, mas conseguirá ver quando Wade chegar. Mantenha-o afastado da casa. Vou encontrar um modo de entrar e controlar a situação.

Lucy não gostou da ideia.

— Tome cuidado, Sean. Whitney é instável e não se importará em matar alguém novamente.

— Estou mais preocupado com você. Ela parece odiar mais as mulheres do que os homens.

Lucy pensou a respeito.

— As mulheres são as adversárias dela, mas Dennis também é porque rouba a atenção de Wade.

— Nosso objetivo é manter a casa segura até a chegada da polícia – ele tirou a pistola do porta-malas do carro e uma bolsinha de ferramentas. – Se eu conseguir, vou tirar Dennis e a mãe de dentro da casa – beijou-a de leve e entregou-lhe uma pequena calibre 22 em um coldre de tornozelo. – Caso precise.

Ela verificou a munição e a trava de segurança, depois a amarrou no tornozelo, mas como não conseguiria tirá-la debaixo dos jeans com facilidade, acomodou-a nas costas.

— Quando chegarmos em casa, vou arrumar coldres que caibam em você – informou Sean.

— Eu tenho uma arma.

— Que não trouxe.

— Eu estava obedecendo à lei. Nada de armas na cidade.

— Diga isso aos criminosos.

Eles atravessaram o jardim do vizinho até os fundos da propriedade dos Barnett. Sean gesticulou para que Lucy seguisse por um caminho escondido por cercas bem aparadas, que a conduziria ao lado oposto da garagem.

Lucy levou menos de um minuto para se posicionar. Quando olhou para trás, já não via Sean em nenhum lugar e ficou se perguntando como ele tinha conseguido desaparecer tão rapidamente.

Perto de onde Lucy estava escondida havia uma porta lateral na casa. Ela verificou a maçaneta, mas estava trancada. Moveu-se para o outro lado para poder observar a estrada e a porta ao mesmo tempo.

Há quanto tempo tinha falado com Suzanne? Consultou o telefone. Só quatro minutos?

Um carro da polícia de Nova York passou devagar diante da casa. Lucy ficou imóvel, sem saber se o policial conseguiria vê-la. O carro deu a volta na rotatória, depois subiu a rua novamente.

Se Whitney estivesse olhando, suspeitaria que os policiais tivessem ido até lá por sua causa? Será que isso exporia os Barnett a um perigo maior?

Um táxi parou diante da casa um minuto depois. Wade Barnett saltou do veículo e deu passadas largas pelo caminho de entrada.

– Wade – Lucy virou-se para ele assim que ele passou diante do esconderijo.

Ele se sobressaltou.

– Quem é você?

– Lucy Kincaid. A agente Madeaux está a caminho.

– Não! Diga a ela para recuar – Wade esfregava as mãos repetidamente nas calças. As têmporas dele estavam cobertas de suor.

– Não dê a Whitney o que ela quer. Ela é perigosa e suicida. Ela vai matar sua família e depois você, e só depois se matará.

Ele balançou a cabeça.

– Ela vai matar Dennis se eu não entrar.

– Espere a polícia se posicionar. Eles têm negociadores de reféns que sabem como lidar com essas situações.

— Ninguém pode negociar com aquela maluca!

— Psiu! — Lucy relanceou ao redor. — Por favor, confie em mim.

— Ele é meu irmão. Depende de mim.

— Sean está tentando entrar.

— Sean Rogan? Você está com ele?

Ela concordou.

— Ele sabe o que está fazendo. Confie nele.

Wade estava dividido.

A porta se abriu atrás de Lucy. Ela tentou pegar a pistola, mas não sacou ao ver Dennis. A cabeça dele sangrava, e ele estava tremendo.

— V-vocês t-têm de entr-rar agora — disse ele. — P-por f-favor — os olhos dele desviaram para a esquerda. Lucy viu a mão de uma mulher segurando-o pelo ombro.

Wade passou por Lucy e foi para perto do irmão. Whitney espiou por sobre o ombro de Dennis, apontando a arma para o pescoço dele.

— Você trouxe uma de suas namoradas? — perguntou Whitney, olhando furiosamente para Lucy.

— Não, eu não sei quem ela é...

Os olhos de Whitney encheram-se de lágrimas, e ela puxou Dennis de volta para o interior da casa. Atrás dela, havia um corredor largo e comprido, uma lavanderia ao fundo e uma escadaria à direita.

— Está me traindo! De novo!

— Não, não estou — disse Wade. Ele ergueu as mãos. — Está tudo acabado entre nós há muito tempo.

Não! Lucy queria gritar. Quando começasse a conversar com Whitney, Wade precisava seguir o roteiro estabelecido por ela. Com isso, ganhariam tempo.

— Não está acabado! — exclamou Whitney, e Dennis soltou um grito quando ela cravou as unhas no ombro dele.

– Finja! – ordenou Lucy para Wade entre dentes, desejando que ele entendesse.

– Onde você apanhou essa vagabundazinha? Na cadeia? Ou ela é policial? Já transou com uma policial uma vez, você me contou.

– Não sou policial – disse Lucy.

Se Whitney se sentisse ameaçada, isso a deixaria ainda mais imprevisível. Whitney estava armada, estava no comando. E tinha de continuar acreditando que tinha completo controle sobre tudo, para permanecer racional. *O mais racional possível*, ponderou Lucy, o que não era muito reconfortador, dado o seu histórico de loucuras.

Se Wade cooperasse, Lucy talvez conseguisse livrá-los daquela situação ou pelo menos levar Dennis para um lugar seguro. Se conseguisse tirá-lo da casa, Sean teria de resgatar somente a senhora Barnett.

Lucy pensou em tudo o que sabia a respeito de Whitney. Lera seu diário. Estudara seus desenhos. Lucy compreendia Whitney melhor do que Whitney compreendia a si própria. Mas a assassina não sabia disso, e se Lucy permanecesse calma e centrada, conseguiria usar seu conhecimento para neutralizar a situação, dando mais tempo para Sean e a polícia se posicionarem.

Uma sombra movimentou-se à sua esquerda. Enquanto Wade implorava com Whitney, Lucy relanceou. Sean estava no telhado.

– Deixe Dennis sair, e eu entro – disse Wade, dando um passo à frente. – Por favor, Whitney.

Lucy prendeu a respiração, silenciosamente rezando para que Whitney soltasse o rapaz aterrorizado. Ouviu a porta de um carro bater no começo da rua. E depois outra.

Whitney também ouviu.

– Para dentro! Agora!

– Liberte Dennis...

– Agora! – vociferou Whitney.

– Deixe-o...

— Entre, entre, entre! — ela balançava Dennis ao gritar.

Wade passou pela soleira enquanto Whitney retrocedia. Lucy esticou o braço.

— Wade, não, por favor... — se ele entrasse, podia se considerar morto.

— Você também, sua vadia!

— Ela não faz parte disso — interferiu Wade.

Whitney ignorou. Ela encarou Lucy com ódio e apontou a arma para o ouvido de Dennis, que começou a chorar. Empurrou a pistola com tanta força contra a orelha dele que fez um corte que começou a sangrar. O dedo dela estava no gatilho.

— Você se importa tanto quanto eu com esse idiota. Ou seja, nem um pouco — Whitney disse para Lucy.

— Não vai soltá-lo se eu entrar?

— Não, mas ele pode morrer agora ou pode morrer junto com os outros.

Tempo. Era a única coisa com que Lucy podia contar.

Assim, seguiu Wade para dentro da casa.

*

Sean observou a cena do alto. Sabia que Lucy não tinha escolha, mas não queria que ela entrasse.

Ela sabe o que está fazendo.

Mas Whitney era uma psicótica imprevisível. Sean voltou a subir pelo telhado inclinado, as telhas ainda úmidas por causa da chuva recente. O céu estava escuro e o vento rodopiava ao seu redor. O telhado não era nada inclinado se comparado às montanhas que já tinha escalado, mas ele estava sem equipamentos de segurança. Chegou a escorregar meio metro antes de se segurar na ponta de uma telha, o que machucou seus dedos.

– Devagar, garoto – repreendeu-se. Se caísse e quebrasse o pescoço, não teria como ajudar Lucy.

Do alto, onde duas janelas davam para o sótão, Sean via quatro carros de polícia e dois sedãs sem identificação na rua circundando seu GT. Não viu Suzanne na confusão; ela só devia chegar dali uns dez minutos. Enviou-lhe uma mensagem:

> Os policiais estão sendo indiscretos. Afaste-os até a chegada da SWAT. Whitney está armada. Está com Lucy, Wade e Dennis como reféns no andar principal. Não sei onde está a mãe. Vou entrar. Diga a eles que sou um dos mocinhos.

A janela estava trancada. Sean estendeu o estojo de ferramentas e pegou o cortador de vidro. Ter sido treinado por dois veteranos – seu irmão Duke e o sócio dele, JT Caruso – fez com que Sean desenvolvesse muitas habilidades que a maioria dos civis não tinha.

Empurrou de leve a parte baixa do vidro para retirá-lo de uma só vez. Duvidava que alguém no andar de baixo conseguisse ouvir caso o vidro se quebrasse, mas não queria arriscar. Passou a mão e alcançou a trava. A janela estava dura pela falta de uso, mas no fim cedeu com um guincho. Sean fez uma careta ante o barulho, passou para dentro e aguçou os ouvidos. Não ouviu nada vindo de baixo – nenhum grito, nenhum disparo, ninguém subindo as escadas para confrontá-lo.

Seus olhos ajustaram-se à escuridão do cômodo empoeirado. Encontrou um interruptor, porém a lâmpada estava queimada ou não tinha sido colocada no soquete. Do outro lado, havia uma abertura que conduzia à escada. Ligou sua lanterna pequena e encontrou outro interruptor. A luz do teto iluminou a escada e uma porta embaixo.

Sean andou pela beira dos degraus de madeira para diminuir o ranger das tábuas. Entreabriu a porta para avaliar a cena. Era o segundo andar, perto do corredor. As diversas portas desse corredor estavam fechadas. Quando se certificou de que não havia ninguém ali, saiu, fechando a porta silenciosamente atrás de si.

Ouviu uma voz no andar principal. Pelo tom agudo e carregado de pânico, só podia ser de Whitney.

Seu celular vibrou no bolso, e ele verificou a mensagem:

SWAT está a caminho, chega em 4 min. Eu chego em 9. Falei com o tenente, os policiais vão esperar. Fique parado.

Sean ignorou a última parte. Guardou o telefone no bolso e andou pelo corredor acarpetado até o topo de uma dupla escada curva que levava ao átrio de mármore logo abaixo. A voz ecoou.

– Poderíamos ir para uma ilha – disse Whitney, parecendo iludida. – Wade, precisamos de um tempo a sós. Sem nenhuma interferência.

– Ok – concordou Wade. – Vamos. Você e eu, agora mesmo.

As vozes vinham quase que diretamente de um lugar bem debaixo de Sean. Isso significava que não estavam próximos à entrada da casa. Enviou uma mensagem a Suzanne avisando sobre isso e começou a descer os degraus. Praticamente na mesma hora percebeu que, se continuasse, todos naquela sala o veriam. Ajoelhou-se e espiou por entre as grades. O cômodo era um escritório com duas janelas estreitas que dava para o jardim lateral e várias sempre-vivas.

Não conseguia ver nem Lucy, nem Whitney, mas Wade estava de pé ao lado do sofá em que jazia uma senhora desacordada. Havia sangue na cabeça dela.

Silenciosamente, voltou a subir. Passou a informação para Suzanne, depois verificou o resto do andar à procura de uma segunda escada. Pensou que uma casa grande como aquele teria uma segunda escadaria, mas não havia nenhuma.

Teria de se arriscar.

TRINTA E TRÊS

Sean só tinha visto o desenho de Whitney pendurado na parede de uma sala, mas Lucy notou que ela tinha andado ocupada. Dúzias de desenhos estavam largados no chão ou pregados nas paredes. Eram desenhos apressados e incompletos, sem sua costumeira atenção aos detalhes. Eles tinham uma textura quase que frenética. Mas o assunto era ainda evidente: Wade Barnett.

Wade estava ao lado da mãe inconsciente, deitada no sofá.

– Vamos fazer isso, Whitney. Agora, neste instante – disse Wade. – Tenho dinheiro. Podemos ir para Marthas's Vineyard. Minha família tem uma casa lá.

Lucy vinha observando Whitney atentamente. Ela usava Dennis como uma espécie de escudo só porque ele estava sendo condescendente. Ela apoiava uma mão no ombro dele e o cutucava com a pistola toda vez que queria declarar alguma coisa.

Whitney estava no limite, porém não era nenhuma tola.

– Eu vi a polícia chegar, Wade. Eu disse para não ligar para eles! Como pôde me trair *de novo*?

– Eu não avisei a polícia.

– Não acredito mais nas suas mentiras! – exclamou ela.

Dennis deu um salto quando ela o atingiu com a arma. Ele gritou, e a urina começou a molhar a frente de sua calça, descendo até o chão.

Lucy viu a vergonha e o horror nas feições dele.

Whitney enrugou o nariz.

– Que cheiro é esse?

Dennis murmurou:

– Desculpe. Desculpe...

– Está tudo bem, Denny – garantiu Wade, dando um passo na direção do irmão antes que Whitney virasse a pistola para ele.

– Fique onde está!

– Por favor, deixe-o subir para o quarto dele. Ele ficará lá, prometo.

– Suas promessas não valem nada! – em seguida, sua voz suavizou. – Vai ficar tudo bem. Já descobri qual é o problema em nossa relação. Foi porque em 13 de setembro eu lhe disse que não queria ir ao jogo dos Yankees.

Wade pareceu confuso, mas Lucy se lembrou dessa passagem no diário. Era de *dezessete meses atrás*. Whitney ainda se lembrava do dia com exatidão. Lucy tinha de continuar fazendo-a falar.

– Eu não estava saindo com você em setembro – disse Wade.

– Saiu sim! Não... No outro ano, lembra?

O rosto de Wade empalideceu.

– Sim, eu me lembro.

Wade não era um bom mentiroso. Whitney transitava entre o passado e o presente, de brava para calma. Lucy tinha de mantê-la calma. Dennis soluçava, e isso estava nitidamente irritando Whitney.

Lucy perguntou:

– O que aconteceu naquele dia?

– Wade disse: "Vamos ao jogo dos Yankees", e eu disse: "Não quero ir". E ele ficou bravo e fizemos o que eu queria, mas foi aí que deu tudo errado – ela virou-se de frente para Wade, subitamente parecendo a personificação da inocência. – Irei sempre aos jogos com você. É por isso que transou com Alanna, não foi? Porque ela gostava de baseball. Mas você não precisa mais dela porque eu adoro baseball. Sei as estatísticas de todos os jogadores. Pode perguntar.

– Whitney, eu não...

– Pergunte!

Foi Lucy quem perguntou:

– Quantos campeonatos os Yankees ganharam?

– Vinte e sete! – Whitney sorriu. – O último foi em 2009.

– Que número era Babe Ruth? – perguntou Lucy, observando a pistola na mão de Whitney. Aquele dedo brincando com o gatilho deixava-a extremamente nervosa.

– Três! – respondeu Whitney. – O número foi aposentado. E Roger Maris era o número nove. Reggie Jackson era 44, e...

Wade interrompeu:

– Ok, acredito em você.

Lucy lançou-lhe um olhar de frustração. Não haveria nada melhor do que deixar Whitney tagarelar pelos próximos vinte minutos, recitando as estatísticas do baseball.

Whitney franziu a testa.

– Sinto muito.

– Eu perdoo você.

– Não está falando sério.

– Estou, sim – Wade disse com sinceridade exagerada. – Perdoo você por tudo o que fez. Pelos jogos de baseball, por matar aquelas mulheres...

Lucy tentou interrompê-lo:

– Whitney, quem é o treinador dos Yankees?

Mas Whitney não estava prestando atenção nela.

– Mulheres? Está se referindo àquelas prostitutas horrorosas que considerou melhores do que eu? Elas o enganaram. Você não sabia o que pensar, não percebeu que elas eram bruxas que o enfeitiçavam. A única forma de quebrar os feitiços era livrar-se delas.

Whitney disse para Lucy:

– Pegue aquela bolsa – ela indicou a sacola de lona que estava no chão, perto da entrada.

Lucy não a tinha notado antes. Andou devagar. Pelo canto do olho, viu um movimento fugidio no andar de cima, depois nada mais. Sean? SWAT? Inclinou-se e apanhou a bolsa. Não era pesada. Virou-se.

– Esvazie-a.

Lucy puxou o zíper. Dentro da bolsa havia uma coleção de sapatos sem par. Seu estômago se retorceu quando ela virou a bolsa, deixando os sapatos caírem no chão. Dois saltos agulha, um preto e um prata; duas sandálias de dedo, e uma sapatilha prateada que combinava com o sapato no pé de Sierra Hinkle.

– Foi isso o que restou daquelas vagabundas – disse Whitney para Wade. – E foi você quem fez isso com elas. Você as matou.

Wade ficou transtornado com as provas dos crimes de Whitney.

– Whitney... Por quê? Por que as matou?

– Para salvar você.

– Os sapatos delas... Você é doente. É louca.

Lucy tentou interromper:

– Whitney, podemos resolver isso agora. Vamos falar sobre...

Foi como se Lucy não tivesse dito nada. Whitney disse para Wade:

– Sou a única pessoa sã aqui! Preciso de você, temos de ficar juntos ou vou morrer – ela chutou a pilha de sapatos. – Elas pisotearam em você. Usaram-no.

Wade relanceou para Lucy, de olhos arregalados, perdido, sem saber o que dizer.

Os olhos de Whitney estreitaram-se.

– Por que fica olhando para *ela*? – virou a pistola na direção de Lucy. – Há quanto tempo está transando com essa aí? Ela era uma das vadias do Party Girl?

– Não, eu nunca a vi antes de hoje.

– Uma noitada?

– Não!

A senhora Barnett gemeu no sofá e tentou se levantar. Wade ajoelhou-se ao lado dela.

– Mãe, sou eu, Wade. Você está bem?

Ela não respondeu, mas estava de olhos abertos, piscando.

Lucy virou-se para Whitney, colocando-se entre ela e Wade. Dennis a acompanhava com os olhos. Ela queria tranquilizá-lo, mas não havia nada que pudesse dizer no momento.

– Whitney, você está magoada, entendo isso!

Ela concordou.

– Eu o amo tanto. Não consigo pensar em nada além dele. Respiro por causa dele. Preciso dele.

– Entendo isso – Lucy relembrou o diário, os temas repetidos por Whitney. Tudo se resumia a uma coisa: necessidade. O único foco de Whitney era Wade, e ela tinha se convencido de que, sem ele, não era nada. – Wade precisa de você. Ele tem sido irresponsável e descuidado sem você.

– Eu sei. Ele foi preso por dirigir alcoolizado, perdeu a carteira de habilitação, ele até vomitou do lado de fora do estádio dos Yankees nas eliminatórias do ano passado.

– Você me seguiu até lá? – exclamou Wade.

Lucy olhou para Wade e sussurrou entre os dentes:

– Cale a boca!

Whitney soltou Dennis, que caiu no chão, deu dois passos na direção de Lucy e acertou-a na cabeça com o cano da pistola. Lucy cambaleou de lado e caiu no chão, com a visão embaçada.

– Não o mande calar a boca, sua vadia!

Lucy tentou se erguer, mas a dor a deixava nauseada. O sangue do ferimento da cabeça começou a pingar no chão. Deitou-se de costas para juntar forças.

Dennis exclamou:

– Lucy!

Whitney forçou Dennis a se ajoelhar, segurando a pistola de encontro à sua nuca.

Conforme a vista clareou, Lucy viu um movimento próximo às portas duplas. Tênis azul-escuro. Sean. Ela concentrou-se em respirar para aplacar a dor. O sangue caía no tapete, mesmo ferimentos pequenos na cabeça sangravam bastante. Não pensou que estivesse seriamente ferida, porém.

Whitney olhou para ela cheia de ódio.

– Essa aí é como aquelas outras vadias com quem você transou. Está transando com ela, Wade?

– Não.

Lucy lentamente mudou de posição, sentando-se. A visão começou a ficar mais clara.

– Whitney – disse Wade –, eu sinto muito. Sinto tê-la magoado. Lamento não ter percebido seu sofrimento. Como posso consertar isso? O que posso fazer?

– Você pode me amar!

– Ok.

– Está mentindo!

– O que quer de mim? Whitney, me dê uma chance, eu imploro! Abaixe a arma e me deixe consertar a situação.

– Você não pode! Eu sabia que você não poderia me amar se tivesse todas aquelas vagabundas à disposição! Elas não precisavam de você como eu preciso. Por favor, me perdoe.

Wade olhou novamente para Lucy, perdido e confuso, e ela fez um sinal para ele, desejando que ele entendesse que ele deveria continuar a dizer tudo o que Whitney precisava ouvir.

– Eu perdoo...

Mas Whitney tinha notado a comunicação não verbal entre Wade e Lucy e ficou vermelha, tremendo de raiva.

– Você mentiu para mim! Você disse que não a conhecia!

– E não conhecia. Eu a vi apenas hoje.

Whitney bateu em Dennis.

– Quem é ela? De onde a conhece?

– Lucy – Dennis guinchou.

– Estou bem – garantiu Lucy, sentando-se e recostando-se na escrivaninha.

– Fale!

– Meu nome é Lucy Kincaid, eu...

– Não falei com você!

Dennis começou a gaguejar:

– Ela é u-uma in-in-in...

– Fale de uma vez, seu idiota!

– Sou investigadora particular – disse Lucy.

Whitney mostrou-se confusa e curiosa. Lucy desejou que a polícia tivesse um plano, porque estava ficando sem ideias. Explicou:

– Vim para Nova York à procura de uma adolescente desaparecida.

Whitney perguntou:

– Como a conheceu, Dennis?

Lucy balançou a cabeça de leve quando Dennis olhou para ela.

– E-eu e-esqueci.

– Você é tão retardado! *Você* é que é o problema. Wade não consegue se comprometer por *sua* causa. Irmãozinho idiota. Seu irmãozinho de merda que não faz nada! – atingiu-o com a pistola.

Wade deu dois passos, e Whitney mirou a arma nele.

– Não se aproxime!

– Não machuque meu irmão!

– Diga a ele para responder a minha pergunta. Dennis, de onde a conhece?

Dennis não respondeu, e Lucy sabia que foi para protegê-la.

– Não sou policial, mas estive ajudando a polícia.

Whitney encarou-a.

– De que modo?

– Estou trabalhando com um investigador particular, mas não tenho licença para isso. Sou psicóloga criminalista, ajudando a polícia.

Whitney balançou a cabeça.

– Uma analista? Achou que poderia me dissecar? Acha que me conhece?

– Sim, acho.

Whitney mostrou-se tanto intrigada quanto brava. Lucy desejou que a SWAT estivesse a postos, porque só conseguia ver as coisas piorarem dali por diante.

– Então, diga-me: por que matei aquelas mulheres?

Whitney estava lançando um desafio. Lucy respondeu:

– Elas recebiam a atenção de Wade, por isso você as matou.

– Tão simplista. Você não me conhece nem um pouco!

Lucy continuou rapidamente:

– Porque Wade foi para a cama com você depois que matou Alanna, e você acreditou que ele iria procurá-la se você também matasse as outras.

Whitney voltou-se para Wade.

– Você contou isso para ela? Você disse que não a conhecia!

– Ele não me contou – garantiu Lucy. – Descobri sozinha.

– Não acredito em você!

– Você levou os sapatos, acho que... – Lucy não sabia. Não entendia por que Whitney tinha levado um sapato de cada cena do crime.

Whitney gargalhou.

– Quer saber por quê?

– Sim, eu gostaria – respondeu Lucy.

– Porque Alanna correu e perdeu um sapato. Eu não tinha notado, mas quando ela estava morta, eu tinha de sair dali. Encontrei-o nas escadas e não quis que ninguém fosse procurá-la. Por isso, apanhei-o e fui embora. E depois... – a voz dela sumiu.

– Levou os outros sapatos por que motivo? Para ter sorte?

– Sim, é isso mesmo. Ninguém nem considerou a ideia de eu ter matado Alanna. Wade fez amor comigo. Foi excepcional. Um paraíso. Por isso, na vez seguinte, certifiquei-me de repetir tudo tim-tim por tim-tim.

– Você matou a própria prima? – perguntou Wade.

– Ela era uma vadia barata, feia, maldita.

Com um grunhido, Wade correu na direção dela.

Whitney assustou-se e, surpresa, apertou o gatilho.

A bala atingiu Wade no estômago. O sangue ensopou-lhe a camisa. Ele recuou vários passos.

Dennis gritou e mergulhou na direção de Whitney. Ela empurrou-o, e ele caiu, sangrando.

Virando-se para Wade, com os olhos arregalados e selvagens, ela exclamou:

– Não, não, não! Eu te amo, Wade!

– Eu te odeio! – Wade exclamou entre os dentes. – Vá se foder!

Ela gritou e voltou a pistola na direção de Dennis.

– A culpa é sua!

Sean chutou a porta, com a arma em punho, desviando a atenção de Whitney e afastando a pistola dela do alcance dos outros.

Uma janela se quebrou. O corpo de Whitney estremeceu duas vezes.

Um buraco escuro apareceu na parte de trás da camisa dela, espalhando-se até que as costas fossem somente uma mancha vermelho-escuro. Sangue escorria pelos cantos da boca enquanto ela despencava no chão.

O silêncio tomou conta do cômodo conforme todos os olhos presentes se fixaram no corpo. Aquilo pareceu durar vários minutos, mas, quando a SWAT entrou, somente segundos tinham se passado.

– Uma ambulância! – gritou Lucy. – Wade foi atingido no abdômen!

Sean estava ao lado dela quando ela engatinhou para junto de Wade.

– Você vai ficar bem – Dennis repetiu, como num mantra, segurando a mão dele.

– Denny – Wade tossiu.

Sean rasgou a camisa de Wade e pressionou as mãos no ferimento da bala.

– Paramédico! – chamou ele.

Um homem com uniforme da SWAT ajoelhou-se ao lado de Lucy. Ele tinha uma maleta de medicamentos e pegou uma gaze espessa.

– Pode deixar – disse ele para Sean, assumindo os cuidados médicos. – Os paramédicos já chegaram e estão esperando que tomemos conta da cena do crime. Há mais alguém na casa?

– Não – informou Sean.

Lucy aproximou-se da senhora Barnett.

– Onde se machucou?

– Cabeça – sussurrou ela.

Lucy inspecionou o ferimento. O corte estava seco e já não sangrava, mas o cabelo grisalho estava pegajoso por conta do sangue.

– Há um ferimento aqui, possível concussão.

– Você é médica? – perguntou o atendente da SWAT.

– Não, só tenho treinamento para atendimento de emergência.

Sean fitou-a.

– Acredito que não haja nada que você não consiga fazer.

– Você podia ter levado um tiro – reclamou ela.

– Mas não levei.

– Diga-me que você sabia que a SWAT estava a postos.

– Eu sabia que eles estavam chegando.

Lucy soltou um suspiro pesado. Sean fechou a cara ao ver o sangue na cabeça dela.

– Você precisa de cuidados médicos.

– Estou bem – quando ele começou a discutir, ela interrompeu: – Verdade. Só preciso me limpar.

– Eu também – ele esfregou as mãos sujas de sangue nas calças.

Os paramédicos entraram com uma maca e equipamentos.

– Abram caminho! Rápido!

Lucy afastou a mão de Dennis de cima de Wade.

– Agora você precisa deixá-los trabalhar – disse ela. – Venha comigo – quando Dennis não se moveu, ela disse: – Vamos limpá--lo, está bem, Dennis?

Wade disse:

– Pode ir, Denny.

Ele assentiu, parecendo perdido e confuso. Com lágrimas nos olhos, olhou para os paramédicos e disse:

– Não o deixem morrer. Ele é meu irmão.

– Não no meu turno, garoto.

Lucy levou Dennis para longe do corpo de Whitney. Dennis olhou para ela, atordoado. Lucy não esqueceria aquele dia tão cedo.

Sean seguiu-a até a varanda. Suzanne vinha subindo as escadas e acenou. Lucy acomodou Dennis num banco e disse:

– Você está seguro agora. Vou falar com a agente Madeaux, está bem?

Ele assentiu, em transe. Um paramédico aproximou-se dele.

– Vou dar uma olhada em sua cabeça, tudo bem?

Deixaram Dennis com o paramédico e aproximaram-se de Suzanne no topo das escadas.

– Parece que perdi a parte boa – comentou. – Ouvi dizer que Wade foi ferido. Como ele está?

– Os paramédicos estão com ele – disse Lucy. – Ele levou um tiro no abdômen.

– O que vocês estavam fazendo aqui? Acharam que ela viria para cá?

– Eu fiquei preocupada com Dennis depois do interrogatório. Ele estava tão abalado... Quis ver se ele queria conversar a respeito. E Sean tinha as novidades sobre Kirsten para contar para ele. Ela vai se submeter a uma cirurgia amanhã e gostaria de ver Dennis. Afinal, ele salvou a vida dela no fim de semana passado. Nós queríamos contar isso para ele pessoalmente.

– Pelo menos um final feliz – afastaram-se para dar passagem aos paramédicos que carregavam a maca com Wade.

– Como ele está? – perguntou Sean.

– Teve sorte – o paramédico informou. – Acho que vai sobreviver.

Dennis levantou-se, cambaleante.

– Epa, rapaz, devagar, é melhor se sentar – disse o paramédico que o atendia.

– Preciso ir com meu irmão, por favor.

O paramédico olhou para Lucy, que respondeu:

– Acho que ele deveria ir junto, se houver espaço na ambulância.

– Vou ver o que posso fazer – ele ajudou Dennis a descer as escadas.

Suzanne virou-se para eles.

— Preciso pegar o depoimento de vocês, mas ainda vou ficar presa aqui por um tempo.

— Vamos ficar mais uma noite – decidiu Sean, levando Lucy para o banco em que Dennis esteve sentado. – Vou pegar meu kit de primeiros-socorros. Ou vou levá-la a um hospital.

— Pegue o kit – respondeu ela.

Sean desceu correndo as escadas, parando para falar brevemente com o líder da equipe da SWAT. Ele quase se parecia com um deles. A não ser pelo fato de não ter uma arma grande e um colete à prova de balas naquele momento. Ele entrava de cabeça e se arriscava uma vez atrás da outra. Assim era o Sean. Ele jamais deixaria que alguém sofresse se pudesse evitar.

Suzanne sentou-se ao lado de Lucy.

— Você arrumou um homem cheio de qualidades.

— É verdade.

— Você tem sorte.

Sim, eu tenho.

TRINTA E QUATRO

Três semanas mais tarde.

Sean puxou Lucy do corredor para dentro do escritório de Kate. Fechou a porta silenciosamente. Lucy mal conseguia conter o riso, mas se forçou a fitá-lo com seriedade.

– Hoje é meu jantar de aniversário atrasado – disse ela, levantando a sobrancelha em sinal de indignação fingida. – Acha que ninguém vai notar que saímos de fininho?

Sean beijou-a.

– Não me importo – beijou-a de novo, sugando o lábio para dentro de sua boca, apagando aquele risinho do rosto dela. Ela estava tentando deixar as coisas num tom leve, ele queria mais seriedade.

– O que foi? – ela não sabia por que estava nervosa. Só conseguia pensar em Nova York e em Sean dizendo que a amava. Queria ouvir aquilo de novo, ainda que se sentisse aterrorizada só de pensar em ouvir isso novamente. Como podia ser tão confusa? Não que ela estivesse se questionando se deveria ou não namorar Sean. Já não conseguia mais imaginar sua vida sem ele. Vivera 25 anos sem Sean a seu lado, mas pensar em se afastar dele a assustava quase tanto quanto sua declaração de amor.

– Você não pode dizer não.
– Não posso?
– Não pode, e estou falando sério.
Ela sorriu, um pouco nervosa, mas confiava nele.
– Ok. Sim.
– Você não sabe qual é a pergunta.
– Confio em você.
Ele sorriu, malicioso, e ela ficou ainda mais nervosa.
– Sim para qualquer coisa?
– Sean... Fale de uma vez.
Ele colocou a mão no bolso e, por um centésimo de segundo, ela pensou que ele fosse lhe dar uma aliança. Que ele fosse pedi-la em casamento. Não estava pronta para isso, ainda não.
Ele tirou um folheto dobrado.
– Temos falado em viajar desde que nos conhecemos praticamente – disse ele. – E agora nós vamos. Nova York não valeu. Já fiz reserva para a primeira semana de maio. Eu sei, faltam ainda dois meses, mas tenho um trabalho no Texas que não posso deixar de aceitar. Acredite em mim, se eu pudesse...
– Sim.
– Sim, o quê?
– Claro. Maio parece uma data boa.
– Você nem perguntou para onde.
– Confio em você.
Ele sorriu e trouxe-a para seu abraço.
– Acho que "confio em você" é seu modo de dizer "amo você" – beijou-a.
– Sean...
– Psiu. Sei que me ama – beijou-a de novo, depois sorriu. – Quem não amaria?

Ela sorriu. Talvez o amasse. Por certo não queria estar com mais ninguém. Ele a fazia feliz. Sean lhe dava uma sensação de normalidade que ela não sentia há sete longos anos.

E ela confiava nele.

A porta se abriu. Patrick pigarreou.

Sean passou um braço sobre os ombros de Lucy.

– O que foi?

Depois que retornaram de Nova York, Patrick pareceu aceitar seu relacionamento com Sean, apesar de não terem discutido o assunto.

– Eu gostaria de conversar com a minha irmã – disse ele.

Sean não se moveu. Lucy pegou a mão dele e disse:

– Sean.

Ele beijou-a antes de passar por Patrick, lançando-lhe o que se poderia chamar de olhar maligno.

– Por que ele tem sempre de ser tão teimoso? – perguntou Patrick, fechando a porta depois que ele saiu.

Lucy apenas riu.

Patrick aproximou-se e abraçou-a.

– Estou muito orgulhoso de você, irmãzinha.

– Obrigada – ela não sabia de onde tinha vindo aquilo. – Você está bem?

– Claro que sim – disse ele. – Vou dizer de uma vez, está bem? Sean é meu amigo e meu sócio, mas não acho que ele seja bom o bastante para você e não acho que um dia isso vá mudar. Eu não o escolheria para você, porque acho que você precisa de alguém estável e maduro.

O coração de Lucy ficou apertado.

– Patrick, não... Por favor.

Ela não queria ter de escolher. Não queria sofrer a pressão de ter de escolher entre seu irmão e Sean. Patrick era sua família. Mas Sean... Não se afastaria dele.

– Tudo bem. Acho que não me expliquei direito – Patrick passou as duas mãos pelos cabelos, exasperado. – Você gosta de Sean e já é bem crescida. Não sou eu quem vai escolher com quem você vai ficar. Estou me esforçando nisso. Acho que senti ciúme. Vim para cá para ficar mais perto da minha irmã, e aí Sean vem perambulando e assume o controle. É o jeito dele, eu sei, mas não quero perder você.

Lucy sorriu e afastou as lágrimas, piscando.

– Nunca me perderá. Eu te amo muito, Patrick – ela abraçou-o apertado. – Obrigada.

– Ele a faz feliz, não?

Ela assentiu.

– E me faz rir.

Voltaram para a sala de estar, onde a família e os amigos de Lucy estavam reunidos. Ela era muito abençoada. Com aquelas pessoas em sua vida, como poderia se dar mal? Ela poderia – e conseguiria – conquistar o mundo porque tinha uma base maravilhosa e muito rara.

Sean aproximou-se, pegou em sua mão e beijou-a. Ele estava nervoso, Lucy percebeu. Mesmo com toda sua arrogância, ele estava inseguro quanto ao relacionamento deles.

Ela inclinou a cabeça e beijou-o. Na frente da família e dos amigos. Nunca gostou de demonstrações públicas de afeto, mas um pequeno beijo dizia mais do que muitas palavras.

Noah Armstrong estava de pé num canto da sala, mas se aproximou, entregando um envelope para Lucy.

– Hans queria vir para entregar isto a você, mas não conseguiu sair mais cedo.

Era o mesmo tipo de envelope que trouxera sua carta de rejeição há quatro semanas. No dia em que retornara de Nova York, entrara com a apelação contra a decisão da junta entrevistadora do FBI. Foi-lhe concedida uma segunda chance na jurisdição vizinha. Por mais que Lucy estivesse certa de que Hans tinha alguma responsabilidade pela rápida resposta, ele garantiu-lhe que a nova junta seria imparcial e justa. A aceitação ou a recusa seria uma decisão somente dos entrevistadores.

Ela olhou para Noah, aflita, sem querer uma nova recusa, não naquela noite, quando estava tão feliz.

Ele sorriu.

– Vá em frente.

Ela abriu o envelope e retirou a carta.

Prezada senhorita Lucy Kincaid,

O FBI tem o prazer de lhe informar que foi aceita na Academia do FBI, tendo passado nos exames escrito, oral e verificação de antecedentes. Por favor, reporte-se às 10h, na segunda-feira, 9 de maio, para um exame médico, e perante seu agente de treinamento, o agente especial Noah Armstrong, no escritório de Washington, D.C. às 9h, na segunda-feira, 16 de maio.

A próxima turma da Academia do FBI em Quantico se iniciará em agosto. Desde que passe no exame físico, deverá se reportar no domingo, 14 de agosto, antes das 20h.

Parabéns.

Sean suspendeu-a e rodopiou com ela.

– Eu sabia! – disse ele.

– Você tinha mais fé em mim do que eu mesma – ela olhou ao redor, sorrindo, tentando não chorar. – Todos vocês tinham. Não vou desapontá-los.

*

PRÉVIA DO PRÓXIMO VOLUME
IF I SHOULD DIE*

A recruta do FBI Lucy Kincaid não tinha percebido o quanto precisava de férias até ela e o namorado, Sean Rogan, registrarem-se na pousada Spruce Lake Inn, nas montanhas Adirondacks. No entanto, menos de 24 horas depois, ela sentiu a tensão dos últimos meses milagrosamente desvanecer em meio à beleza das montanhas, à serenidade do lago azul e à pureza do ar fresco.

Somente um medo tênue e incômodo de que tal bênção imaculada tivesse um preço alto atrapalhava o final de semana, de outro modo, perfeito.

– Que tranquilidade esta manhã... – comentou Sean.

Eles tinham pedido ao hotel que providenciasse um piquenique para o almoço e estavam fazendo uma caminhada de sete quilômetros para outro laguinho. Não tinham visto ninguém desde que saíram do alojamento.

Sean vinha planejando aquelas férias praticamente desde que começaram a namorar quatro meses atrás, e não tinha deixado de lado nenhum detalhe. Ele levara-os para lá pilotando seu Cessna

---

* Título original

monomotor, partindo de um aeroporto particular. Só o voo já teria deixado Lucy ansiosa por dias, mas, então, ele a levou para o chalé às margens do lago que reservara com o resort – longe o bastante para que acreditassem estar no meio do nada, porém perto o suficiente do prédio principal para que pudessem sair para jantar, usar a sala de ginástica ou caminhar cerca de um quilômetro até o vilarejo da antiga cidade mineradora utilizando a estradinha de três vias. E na noite anterior, após o jantar romântico na cidade, os dois fizeram amor. Lucy tinha despertado nos braços de Sean, com ele sorrindo para ela.

Ela estava no paraíso.

– É mesmo, está tranquilo e sereno por aqui – concordou. – Nada de trânsito, sem televisão e sem noticiários.

– Eu me referi a você. Você está calada. Na verdade, me parece apreensiva.

– Nem um pouco – ela segurou a mão dele.

– Lucy? – questionou ele, fitando-a com seus olhos azuis perscrutadores.

– O que foi?

– Sei no que está pensando.

– Não sabe, não.

– Está pensando nas milhares de coisas que precisa fazer na semana que vem antes de se reportar à sede do FBI.

Ela riu.

– Errou.

– Mesmo?

Ele não acreditava nela, por isso Lucy lhe contou a verdade.

– Não estou acostumada a relaxar. A última vez que saí de férias foi com Patrick há cerca de um ano. Ficamos presos pela neve num abrigo de esqui com um cadáver e uma longa lista de suspeitos.

– Nenhum cadáver por aqui... – disse Sean, mal refreando um sorriso.

– Está caçoando de mim.

Ele beijou-a.

– Não estou, não.

Continuaram a descer a montanha. O perfume de pinheiros e abetos fazia Lucy se lembrar do Natal. O inverno úmido tinha dado passagem a uma primavera vibrante e em todo lugar a vida vicejava: flores do campo, folhas novas e grilos. Em vinte minutos, avistaram cervos de caudas brancas, coelhos e uma ampla variedade de pássaros.

– Vou ficar mimada – Lucy parou para ver uma águia cruzar os céus.

– Quer dizer que ainda não consegui mimá-la? Preciso melhorar.

Ela revirou os olhos.

– Seria melhor eu não dizer nada, seu ego já é bem grande, mas senti saudade enquanto você esteve no Texas.

– Eu sei que sentiria – disse Sean, puxando-a para seu abraço. – Também senti saudade, princesa – beijou-a. – Você poderia ter ido comigo.

– Talvez eu devesse ter ido mesmo, para impedi-lo de se meter em encrencas – disse Lucy, balançando a cabeça. – Foi melhor você não ter se distraído.

– Mas você é a minha distração predileta – beijou-a novamente, mas dessa vez devagar, metodicamente, aproveitando cada segundo dos lábios que se tocavam, deixando seu corpo mole até que se recostasse no dele.

Lucy, no passado, acreditava que beijos capazes de dobrar os joelhos só existiam nos romances; hoje sabia que não era bem assim.

Ele sorriu, o cabelo castanho recaindo sobre a testa, a covinha tornando seu charme natural irresistível.

– O ar livre a deixa radiante – disse ele.

Ela gargalhou.

– Isso é uma cantada?

Ele sorriu.

– Preciso cantar você? Sério, quero tirar uma foto sua.

Ela gemeu.

– Detesto tirar fotos.

– Então vá em frente. E eu tiro a foto quando você menos esperar.

– Impossível, agora que sei que está brincando com a câmera.

Porque isso fazia Sean feliz, Lucy fez o que ele pediu e continuou pela trilha estreita alguns metros à frente dele. Quase tropeçou sobre uma placa de madeira camuflada por arbustos e musgo. Uma pintura laranja chamou sua atenção.

Agachou-se e levantou a placa, puxando-a com força, uma vez que as raízes das plantas tinham se enroscado na estaca.

PERIGO!
MINA ABANDONADA
CIA DE MINERAÇÃO KELLEY

Sean tirou uma foto com a câmera digital, depois guardou-a no bolso e ajudou Lucy a soltar a placa.

– Eu não sabia que havia minas por esta área – disse ela. – Abel não disse que elas ficavam no outro lado da cidade?

Tinham conversado com Abel Hendricks, o proprietário da pousada, assim que chegaram.

Sean deu uma olhada ao redor.

– Pode ser que tenham chegado até aqui, imagino. Essa não é a minha especialidade.

Lucy fingiu estar surpresa.

– Quer dizer que existe alguma coisa que você não sabe?

— Isso é um desafio? Porque posso muito bem passar os próximos três dias aprendendo sobre mineração e ciência da terra se você quiser.

— Gosto de você ignorante — ela brincou, sabendo que Sean se orgulhava de sua inteligência.

— Palavras, palavras... — Sean esticou-se e fez cócegas com a mão livre.

Ela deu um gritinho e pulou para trás.

— Seria melhor ajeitar a placa. Ela está aqui por um motivo. Não queremos que alguém fique vagando numa área em que possa se machucar.

Sean olhou ao redor.

— Não sei onde ela deveria ficar. Parece que ficou caída um bom tempo — ele abaixou a placa e pegou o celular.

— Está recebendo sinal? — perguntou Lucy.

— Quase nada, mas estou marcando as coordenadas para informar o Departamento Florestal ou quem quer que seja o responsável por essas coisas. Ela deve ter caído numa tempestade.

Sean guardou o celular, depois pegou a placa novamente. A terra da trilha estava dura demais para que a estaca afundasse até que ela ficasse de pé, por isso ele saiu um pouco da trilha e testou o chão.

— Aqui parece bom — disse ele. Empurrou a placa com toda a força de que dispunha, e a estaca entrou bem uns vinte centímetros. — Depois descobrimos a quem avisar quando chegarmos à pousada. Eu não me importaria em...

Um som de algo rachando disparou pela terra. Lucy viu, horrorizada, as pernas de Sean se dobrarem e ele desaparecer de vista, com seu grito assustado ecoando em sua cabeça.

— Sean!

Lucy começou a correr para onde ele caiu, mas deteve-se.

Minas abandonadas.

Ela deixou a mochila no chão e agachou-se, avançando de quatro no solo úmido, tomando cuidado a cada centímetro.

– Sean? Responda! – chamou.

Silêncio.

Moveu-se até a beira do buraco em que Sean tinha caído. Rapidamente afastou as folhas, a terra e as plantas que tinham se acumulado sobre as tábuas da entrada da mina. As tábuas estavam podres e quebradas, e um buraco indicava onde Sean tinha caído.

– Sean! – gritou no buraco. – Responda! Diga-me que está bem!

Tudo o que Lucy ouviu como resposta foi o eco da própria voz.

*

INTERNATIONAL PAPER

Este livro foi impresso em papel Chambril Avena 70 g/m²
da International Paper.
Conforto para quem lê, produtividade para quem imprime.